LES DAMES DE MARLOW ENQUÊTENT

Mort compte triple

L’auteur

Robert Thorogood est né en 1972 à Colchester (Essex), en Angleterre. À l’âge de dix ans, il lit *La Maison du péril* d’Agatha Christie et tombe amoureux du roman policier. Auteur de plusieurs livres, il est le créateur et le scénariste de la série à succès *Meurtres au paradis*, diffusée sur la BBC et France 2, suivie par cinq millions de téléspectateurs en 2020. Il vit à Marlow avec sa femme, ses enfants et leurs deux lévriers, Wally et Evie.

Du même auteur

Les Dames de Marlow enquêtent, *Il suffira d’un cygne*, tome 2, La Martinière, 2022

Les Dames de Marlow enquêtent, tome 3, La Martinière, à paraître (2023)

Robert Thorogood

LES DAMES DE MARLOW ENQUÊTENT

Mort compte triple

Traduit de l'anglais par Sophie Brissaud

Éditions
de La Martinière

Les trois grilles de mots-croisés de ce livre ont été spécialement conçues pour l'édition française, par Fabrice Bouvier.

Illustrations du livre : © Anaïs Lefebvre

Titre original : *The Marlow Murder Club*
Éditeur original : HQ, une maison d'édition du groupe HarperCollins*Publishers*, Angleterre.

Pour la nouvelle inédite de Noël
Titre original : *It's beginning to look like murder*

ISBN : 979-10-401-1377-5

CARTE DE MARLOW

Les personnages

Judith Potts

Judith, vieille dame au caractère tranché, vit au bord de la Tamise et réalise des grilles de mots croisés pour la presse. Son talent pour résoudre les énigmes n'a d'égal que son incroyable courage, dont elle n'est pas toujours consciente, pas plus que de sa réputation d'excentrique dans toute la ville de Marlow (dont d'ailleurs elle se ficherait complètement si elle était au courant).

Becks Starling

Ou faut-il dire Becky ? Ou Rebecca, plus convenable ? Becks (en fait, tout le monde l'appelle Becks) n'en est jamais sûre. La quarantaine, tirée à quatre épingles, ménagère accomplie voire maniaque, elle est la femme du vicaire de Marlow et, à ce titre, doit penser à sa respectabilité sociale. Mais sous ses dehors impeccables, Becks rêve de liberté et d'aventure — enfin, quand elle s'y autorise.

Suzie Harris

Plus âgée que Becks et plus jeune que Judith, Suzie est promeneuse de chiens à Marlow. Elle a la solidité d'une bonne fermière, l'autorité d'un capitaine de galion et l'intelligence d'un fin limier : nul ne flaire mieux qu'elle une entourloupe. Son cœur est aussi grand que ses manières sont brusques, et si son dédain des convenances frise parfois le sans-gêne, sa loyauté et sa bravoure en font une amie très appréciée.

À Katie B.

CHAPITRE 1

Mrs. Judith Potts avait soixante-dix-sept ans et son existence n'était que félicité. Elle habitait une grande maison de style Art nouveau au bord de la Tamise et exerçait un métier qu'elle adorait, et qui ne lui prenait pas plus de temps qu'elle ne voulait y consacrer. Cependant, son plus grand bonheur était de vivre seule, sans homme. Ainsi, personne ne lui demandait chaque soir ce qu'il y avait à dîner, ni pourquoi elle sortait dès qu'elle mettait le pied dehors. Il n'y avait personne non plus pour lui reprocher ses dépenses en whisky. Elle avait en effet l'habitude de prendre un petit verre tous les soirs vers 6 heures.

C'est par une soirée d'été que la vie de Judith changea radicalement. Depuis des semaines, une vague de chaleur pesait sur l'Angleterre. Judith avait gardé toutes les fenêtres ouvertes pour profiter du moindre souffle de vent remontant la vallée, mais rien à faire : la chaleur s'était incrustée au cœur des murs de brique et des poutres de sa maison, jusque dans l'escalier en chêne et la mezzanine au-dessus du salon.

Après avoir dîné devant le journal télévisé, elle posa

son assiette et s'empara du dernier numéro de *Puzzler*. Elle choisit un logigramme et commença à le décortiquer. D'ordinaire, elle prenait beaucoup de plaisir à réduire les indices en unités et en zéros mathématiques, mais ce soir-là, le cœur n'y était pas. Il faisait trop chaud pour se concentrer.

Machinalement, Judith se mit à tripoter une petite clé qu'elle portait au cou, au bout d'une chaîne. Ses pensées dérivèrent en direction du passé, vers une époque beaucoup plus sombre. Elle se releva d'un bond : *Non, non et non,* se dit-elle. *Tout, mais pas ça.* Il y avait toujours moyen de s'occuper. Il suffisait de changer de décor, voilà tout, et elle avait justement la solution idéale.

Judith se déshabilla. Chaque vêtement qu'elle quittait la libérait d'un peu de cette journée étouffante. Une fois complètement nue, elle vibra tout entière d'une joie espiègle. Elle traversa l'entrée, contourna le piano à queue Blüthner dont elle ne jouait que les soirs de cuite monumentale, et saisit la cape en laine gris foncé qu'elle laissait toujours accrochée auprès de la porte d'entrée.

Cette cape était ce qu'elle avait de plus précieux. À quiconque y faisait allusion – et cela arrivait souvent –, elle répondait qu'elle lui tenait chaud en hiver, lui servait de couverture de pique-nique en été, et qu'elle pouvait s'en couvrir la tête en cas d'averse printanière.

Mais pour Judith, c'était surtout une cape d'invisibilité. Chaque soir, quel que fût le temps, elle se dévêtait, s'en drapait et sortait de chez elle parcourue d'un délicieux frisson coquin. Elle chaussait de vieilles bottes en caoutchouc et traversait l'herbe haute – *frrr ! frrr ! frrr !* – jusqu'à son hangar à bateaux. Comme sa maison, il était en brique, à chaînages de bois, et un peu délabré.

L'intérieur était obscur et tapissé de toiles d'araignée. Judith se débarrassa de ses bottes, accrocha sa cape à un vieux crochet et, dissimulée aux regards extérieurs par les deux battants fatigués de la porte du hangar, descendit la cale de pierre et entra dans la Tamise.

Accepter cette eau froide sur sa peau était pour elle une expérience quasi religieuse. Elle expira profondément quand, penchée en avant, elle s'offrit à l'étreinte du fleuve. Soudain, elle fut délestée de toute pesanteur, soulevée par une onde caressante, douce à son corps comme de la soie.

Elle nagea à contre-courant parmi les éclats de lumière que le soleil du soir projetait sur l'eau. Elle sourit, comme toujours quand elle nageait ainsi. C'était plus fort qu'elle. Après tout, des gens pouvaient promener leur chien sur le sentier de halage, et si elle tournait son regard vers le clocher de l'église de Marlow et le pont suspendu d'époque victorienne qui reliait la petite ville au village de Bisham, il y avait pas mal de monde. Mais personne, parmi ces gens, ne se doutait que, tout près d'eux, une dame de soixante-dix-sept ans nageait toute nue.

Au moment précis où Judith pensait : *C'est la vie de château !* elle entendit un cri.

Un cri qui provenait de la maison de son voisin Stefan Dunwoody, sur l'autre rive. Au ras de l'eau, elle avait du mal à distinguer la scène. Seul le toit de la maison de Stefan émergeait d'une épaisse touffe de massettes, ces roseaux envahissants qui bordaient le fleuve.

Judith écouta attentivement. Tout était calme. Cela devait être un animal. Un chien, peut-être un renard.

Soudain, un homme cria :

– NON !

Mais que se passe-t-il ?

– Stefan, c'est toi ? cria-t-elle.

Le bruit d'une détonation couvrit son appel.

– STEFAN ! cria-t-elle plus fort, prise de panique. Stefan, tout va bien ?

Un lourd silence lui répondit. Judith avait compris. On avait tiré un coup de feu. Et Stefan avait hurlé juste avant la détonation. Était-il blessé, se vidant de son sang, en danger de mort ?

Judith nagea aussi vite qu'elle put vers l'autre rive, mais une fois arrivée, elle se trouva face à un obstacle. Derrière les massettes, Stefan avait encerclé sa pelouse de tôle ondulée pour la protéger de l'érosion fluviale. Si Judith traversait les massettes à la nage, elle serait lacérée, et même si elle y parvenait elle ne réussirait pas à se hisser jusqu'à la pelouse. Elle n'en aurait pas la force.

Devant elle se trouvait un canoë bleu amarré dans les roseaux. Peut-être pourrait-elle s'en servir pour sortir de l'eau ? Elle chercha à agripper la proue, mais elle n'avait pas de prise : le canoë tanguait comme un bouchon de liège. Elle n'arriverait jamais à monter sur l'embarcation. Elle essaya tout de même une dernière fois et parvint presque à se hisser sur la poupe. À ce moment, le canoë se mit à rouler lentement sur lui-même et chavira. Elle dut lâcher prise et retomba lourdement dans l'eau avec un gros *plouf*.

Elle remonta à la surface, reprit sa respiration et secoua la tête. Mauvaise idée, le canoë. Mais alors, que faire ?

Judith nagea jusqu'au milieu du fleuve, cherchant désespérément de l'aide. Où étaient les promeneurs de chiens, les amoureux qui se bécotaient, quand on avait besoin d'eux ? Personne en vue. Il ne restait plus qu'une solution : retourner chez elle aussi vite que possible.

Lorsqu'elle atteignit son hangar à bateaux et reprit pied sur la terre ferme, sa respiration était courte et sifflante, mais il n'y avait pas une seconde à perdre. Elle revêtit sa cape. Alors qu'elle traversait la pelouse, elle se retourna vers la maison de Stefan. Au bord du fleuve, un saule pleureur, qu'il ne taillait jamais, faisait écran. De là où elle se trouvait, elle ne distinguait que la moitié du jardin.

Elle se précipita sur le téléphone et composa le numéro d'urgence. En attendant la connexion, elle s'approcha de la fenêtre du bow-window pour surveiller la maison de son voisin.

– Je veux parler à la police ! dit-elle dès que l'on décrocha. On a tiré chez mon voisin ! Vite ! Il y a eu un coup de feu ! Quelqu'un est blessé !

L'adresse fut notée, les détails enregistrés, on informa Judith que les services d'intervention allaient se rendre sur place, puis on raccrocha, la laissant très désappointée. Il y avait sans doute autre chose à faire, quelqu'un d'autre à appeler ! Les gardes-côtes ? Après tout, la catastrophe s'était produite au bord de l'eau. Ou l'Institution royale des bateaux de sauvetage ?

Judith observa à nouveau, de sa fenêtre, la maison de Stefan qui se tenait là, sous le soleil déclinant, avec toute l'apparence de l'innocence.

Si le passager d'un bateau passant là, à cet instant, avait levé les yeux vers la maison de Judith, il aurait vu une toute petite dame de plus de soixante-dix ans, assez dodue, les cheveux en bataille, debout toute nue devant sa baie vitrée, à moitié couverte d'une cape telle une super-héroïne. Ce qu'elle était, à maints égards.

Mais elle l'ignorait encore.

CHAPITRE 2

Une demi-heure plus tard, une voiture de police arriva chez Stefan et un agent en uniforme en descendit. Judith s'efforça de garder ses jumelles fixées sur lui pendant qu'il inspectait les lieux : d'abord un coup d'œil à travers les fenêtres, puis un petit tour du jardin. De l'autre rive, elle était à deux doigts de lui crier de chercher un peu plus sérieusement, mais elle se mordit la langue. Il était censé savoir ce qu'il faisait et trouverait sans tarder des preuves tangibles.

Malheureusement, au bout de vingt minutes d'un examen que Judith qualifia de vérification sommaire, l'agent retourna à sa voiture et quitta les lieux.

C'est tout ? L'homme avait à peine exploré le jardin et n'était même pas entré dans la maison. Était-il parti chercher du renfort ? Elle continua de scruter la maison avec ses jumelles, encore et encore.

À minuit, Judith s'aperçut que la carafe à whisky, sur la petite table à côté d'elle, était vide. C'était signe qu'il était l'heure d'aller au lit. Gravissant d'un pas mal assuré le lourd escalier de chêne, elle s'aperçut qu'elle serrait la rampe un peu plus que d'ordinaire.

Elle tourna à gauche alors que sa chambre était à droite, mena un bref combat contre une plante verte récalcitrante, mais retrouva son chemin et parvint saine et sauve à destination.

Judith adorait sa chambre, dont les lambris étaient peints en vert pâle et le majestueux lit à baldaquin recouvert d'une tapisserie représentant une scène de chasse médiévale. Que cette chambre fût jonchée de vieux vêtements, de repas à demi terminés, de piles de journaux et de magazines abandonnés ne la gênait nullement. Judith ne se souciait jamais du désordre et se laissait même envahir par lui comme elle se laissait étreindre par la Tamise lors de ses baignades rituelles. Plus le chaos régnait dans la chambre, plus elle se sentait entourée, protégée.

Le lendemain matin, elle fut réveillée par le téléphone. Elle tendit le bras. D'un œil embrumé, elle nota qu'il était 10 heures.

– Allô ! grogna-t-elle.

– Bonjour ! répondit une voix de femme claire et professionnelle. Ici l'inspecteur Tanika Malik, du commissariat de Maidenhead. Je vous appelle à propos de l'incident que vous avez signalé hier soir chez Mr. Dunwoody.

– Ah, merci de me rappeler, dit Judith, encore un peu étourdie.

La détective expliqua qu'elle avait envoyé un agent vérifier la maison et le jardin de Mr. Dunwoody. Comme il n'avait rien trouvé de particulier, il n'y avait aucun souci à se faire.

– Mais j'ai bien entendu quelque chose ! observa Judith.

– Oui, j'ai lu le rapport, il est bien mentionné que vous avez entendu un coup de feu…

– Pas seulement. J'ai d'abord entendu quelqu'un crier NON ! puis j'ai entendu le coup de feu.

– D'après ce que j'ai compris, vous étiez en train de nager dans la Tamise. Êtes-vous sûre de ce que vous avez entendu ?

Judith était désormais tout à fait réveillée, et en proie à la plus grande irritation.

– J'ai été élevée à la ferme. Je sais reconnaître un coup de feu.

– Et si c'était autre chose ?

– Quoi ?

– Je ne sais pas, un pot d'échappement de voiture par exemple…

Judith n'avait pas pensé à ça. Elle réfléchit un instant avant de répondre :

– Non. Si ç'avait été une voiture, je l'aurais su. C'était bien un coup de feu. D'ailleurs, je suppose que votre agent a mentionné la voiture de Stefan garée dans l'allée ?

– Je ne vois pas le rapport.

– Et que Stefan n'a pas répondu à votre appel, je me trompe ?

– Désolée, je ne vois pas du tout où vous voulez en venir. Comment ça, « votre appel » ?

– Vous avez certainement essayé de lui téléphoner hier soir.

– Je regrette, mais je ne suis pas en mesure de vous communiquer ce genre d'information.

– Pourtant, quand un voisin signale un coup de feu, la première chose que fait la police est de téléphoner pour s'enquérir de la personne en question. Que vous ne vouliez pas me dire s'il a répondu me suggère qu'il n'a pas répondu. Et le fait que sa voiture soit encore garée dans son jardin me le confirme. Quand on est chez soi, on répond au téléphone. Quand on n'y est pas, c'est qu'on a pris sa voiture. Enfin, c'est ce que ferait le propriétaire d'une voiture. Je n'ai pas de voiture.

La détective Malik ne répondit pas immédiatement.

– Vous y avez vraiment bien réfléchi, reprit-elle enfin.

– Cette nuit, je n'ai pensé qu'à ça. J'étais morte d'angoisse pour Stefan. Et s'il avait été tué, et que l'assassin se soit enfui ? Et si Stefan était, à l'heure actuelle, dans un fossé, baignant dans son sang ?

– Il doit y avoir une explication très simple à tout cela. Rien d'anormal n'a été relevé chez lui, et les gens ne répondent pas toujours au téléphone. Surtout pendant les vacances d'été : beaucoup de maisons sont vides. Je suis certaine que Mr. Dunwoody va réapparaître dans quelques jours. Et dès qu'il refera surface, je vous en avertirai. Il n'y a vraiment aucun souci à se faire.

Après avoir félicité Judith du soin qu'elle prenait de ses voisins, elle raccrocha.

Judith, encore au lit, était décontenancée. Et si la détective Malik avait raison ? Ne pouvait-il pas y avoir une explication beaucoup plus innocente ? Après tout, il y avait une chose dont Judith ne pouvait pas douter : Marlow n'était pas une ville à meurtres.

Bien résolue à se sortir ces idées de la tête, elle décida d'aborder ses tâches de la journée.

En 1976, lorsqu'elle avait hérité la maison de sa grand-tante Betty, Judith avait également reçu un portefeuille d'actions qui lui assurait un modeste revenu. Elle n'avait pas vraiment besoin de travailler pour vivre, mais elle n'aurait abandonné son métier pour rien au monde. Elle aimait trop ça.

Judith élaborait des grilles de mots croisés pour les quotidiens nationaux. Elle en faisait deux ou trois par semaine, et les heures qu'elle y passait chaque matin étaient, pour son esprit, un refuge bienvenu. Lorsqu'elle composait une grille, une sorte de paix descendait en elle, elle pouvait passer de longues heures à se perdre dans les permutations d'une anagramme intéressante, dans les diverses interprétations d'une définition raffinée ou dans les multiples sens d'un simple mot.

Judith s'approcha de la table de jeu à l'autre bout du salon, devant la baie vitrée. Elle lissa de la main la feutrine verte, puis alla chercher sur une étagère une feuille de papier millimétré. Elle choisit un crayon 2B dans un pot qui ne contenait que des crayons 2B, et, bien qu'il n'eût aucun besoin d'être taillé, l'introduisit dans son taille-crayon de bureau en acier. L'engin happa l'extrémité de l'objet et le vieux moteur électrique se mit à cliqueter et à bourdonner. Quelques secondes plus tard, le crayon que Judith en retira était moins un outil pour écrire qu'un stylet pour tuer.

Judith sourit. Un crayon tout frais. Les cases vides sur le papier devant elle. La lutte qui allait s'ensuivre.

Elle s'assit, prit sa règle en bois et commença par tracer une grille carrée de quinze cases de côté. Elle en grisa ensuite quelques-unes autour d'un axe de symétrie de telle sorte que chaque case ombrée eût sa jumelle de l'autre côté de l'axe. Elle ne s'attachait à aucun modèle particulier, sa main se laissait guider par des décennies d'expérience.

Une fois sa grille préparée, il ne lui restait plus qu'à remplir les cases vides de mots, ce qui lui prendrait environ une heure. Quand elle serait satisfaite de sa belle collection de mots entrecroisés, elle passerait à la rédaction des définitions.

À ce propos, elle n'aimait pas les tournures délibérément obscures dont tant de verbicrucistes étaient friands, tendance rendue célèbre par la grille mensuelle quasi impossible à résoudre qui paraissait autrefois dans le magazine *Listener*. Elle jugeait un peu ostentatoire la façon dont ses auteurs faisaient étalage de leur intelligence. « Regardez-moi ! semblaient-ils dire. Voyez-vous comme je suis brillant ? » Elle était d'une autre école, celle de Ximenes, le verbicruciste légendaire qui avait officié pour l'*Observer* entre 1939 et 1972. Sur son exemple, Judith donnait à ses définitions une nature double, avec un sens littéral et un sens énigmatique, mais sans essayer de briller aux dépens du cruciverbiste. Judith était cependant disposée à briser cette règle lorsqu'elle trouvait une définition particulièrement fine ou spirituelle.

Ce matin-là, pourtant, la muse n'était pas venue inspirer Judith. Après avoir tracé son carré de cases grises et de cases blanches, elle ne trouvait pas les bons mots pour remplir la grille. Elle flottait entre deux eaux. C'était à cause de Stefan. Impossible de se concentrer. Elle devait en avoir le cœur net.

Judith attrapa sa tablette tactile. Elle n'aimait pas beaucoup cet engin, mais depuis quelques années il lui était utile pour photographier ses grilles de mots croisés et les envoyer aux rédactions, elle s'était donc résolue à l'adopter.

Elle la plaça devant son visage, mais cette idiote fit semblant de ne pas la reconnaître et refusa de se déverrouiller. Judith, en ronchonnant, incrimina une fois de plus le naufrage de la vieillesse. Pour le monde moderne, Judith était totalement invisible, y compris pour sa fichue tablette qui lui reprochait de ne pas se ressembler suffisamment. Mais à quoi bon lutter contre la technologie ? Il y avait bien longtemps que Judith l'avait compris, notamment à la suite d'un incident qui avait impliqué un iMac couleur fraise, un câble électrique trop court et un passage aux urgences.

Judith inspira profondément et se ressaisit.

Elle releva la tablette et la fixa de nouveau.

Rien.

– Foutu machin ! murmura-t-elle.

Elle composa le mot de passe et lança le navigateur web. Peut-être y trouverait-elle de fraîches nouvelles de son voisin ?

Elle saisit « Stefan Dunwoody » dans le champ de recherche, mais les premiers résultats se référaient tous à la galerie d'art qu'il tenait à Marlow : elle était déjà au courant. Il fallait approfondir : elle passa en revue les résultats suivants.

Tiens, c'est quoi, ça ? Un lien amenait vers le *Bucks Free Press*, un quotidien local. Le gros titre capta son attention : ALTERCATION À LA RÉGATE DE HENLEY.

Un clic et elle put lire un extrait d'un compte rendu de la régate royale de Henley, qui avait eu lieu six semaines auparavant.

Nous avons appris que Stefan Dunwoody, un galeriste local, a eu dans l'enceinte royale un différend quelque peu alcoolisé avec Elliot Howard, propriétaire de l'hôtel des ventes de Marlow. Notre petit doigt nous a dit qu'au moment où Mr. Howard menaçait Mr. Dunwoody de lui écraser son poing sur la figure, on avait fait appel aux serveurs pour éjecter les deux hommes sans ménagement.

Judith reposa sa tablette. Donc Stefan, en état d'ivresse, s'était accroché à Henley avec un certain Elliot Howard, et voilà que, quelques semaines plus tard, un autre accrochage avait eu lieu chez lui.

Un accrochage qui avait abouti à un coup de feu.

Coup de feu après lequel Stefan avait disparu.

Et puis zut ! se dit Judith. Elle traversa la pièce, décrocha sa cape et sortit.

Elle se rendit à son hangar à bateaux, se dirigea vers un vieux punt[1] à moitié sorti de l'eau. Elle le fit avancer d'un coup de pied, puis embarqua par la poupe. Elle se saisit de la perche au moment où l'embarcation passait entre les portes vermoulues du hangar.

Malgré son âge avancé, Judith était une excellente percheuse. D'un geste assuré, elle planta la perche dans le lit du fleuve, se pencha en avant et poussa de toutes ses forces. Le punt s'élança. Elle retira immédiatement la perche du fond bourbeux afin de conserver l'élan nécessaire à la traversée du fleuve.

1. Barque à fond plat et à extrémités carrées utilisée pour se déplacer sur les cours d'eau anglais, très populaire dans l'Oxfordshire et dans la vallée de la Tamise. *(N.d.T.)*

Quand elle fut de nouveau en eau peu profonde, elle parcourut facilement les quelque cinquante mètres qui la séparaient de la maison de Stefan. Elle laissa la proue de la barque écarter le mur de roseaux qui protégeait le terrain et mit pied à terre. Pas la peine d'amarrer le punt : emprisonné par les roseaux, il ne bougerait pas.

Judith jeta un coup d'œil à sa montre. Il y avait un peu plus de huit minutes, elle était confortablement assise chez elle, et elle se trouvait à présent sur le lieu même de la mystérieuse disparition de son voisin.

Judith trouvait cette maison extraordinaire. C'était un ancien moulin dont la grande roue de bois tournait encore paresseusement, mais plusieurs fenêtres rectangulaires de tailles différentes avaient été percées dans les murs. C'était délicieusement désuet, avec une touche de modernité.

Elle alla d'abord examiner la voiture de Stefan garée dans l'allée. Ne connaissant rien aux automobiles et s'y intéressant encore moins, Judith pouvait juste dire que celle-ci était grise et étincelante, sans la moindre rayure ni souillure. Elle ne distinguait aucune autre trace de pneus dans le gravier, ni aucun indice suggérant que Stefan aurait pu quitter les lieux à bord d'un autre véhicule.

Elle fit le tour du jardin, cherchant à localiser l'origine du coup de feu, mais ce n'était pas chose facile alors que son seul point de référence était sa position de la veille, dans l'eau du fleuve, au pied d'un massif de roseaux.

D'ailleurs, il ne lui fallut que quelques minutes pour se rendre compte qu'elle ne savait même pas ce qu'elle cherchait. Une goutte de sang sur un brin d'herbe ? L'empreinte d'une semelle bourbeuse ?

Judith s'intéressa à la roue de bois qui tournait sur le flanc de la maison et au petit étang à sa base. Il avait beau faire très chaud ce jour-là, l'eau était sombre et Judith frissonna en y plongeant le regard. Les eaux dormantes lui inspiraient toujours un certain effroi. Et pourtant, à y regarder de plus près, cette eau n'était pas si dormante que ça. La surface était animée d'un léger courant. Où donc allait cette eau ?

Judith suivit le bord de l'étang et découvrit qu'il se déversait dans une rivière d'à peu près trois mètres de largeur. La limite entre l'étang et la rivière était marquée par une étroite chaussée de brique qui se prolongeait en ligne droite sur toute la largeur du jardin.

À partir de cette bordure, Judith examina la petite rivière. Elle devait bien se jeter quelque part dans la Tamise, mais il n'était pas évident de voir où, car Stefan avait laissé ce bout de jardin en friche : le cours d'eau serpentait entre les massifs de plantes et les épais buissons qui bordaient chaque rive.

Judith soupira : l'exactitude avant tout. Il fallait suivre la rivière. Elle se fraya un chemin en écartant les roseaux, fouettée par les branches, glanant au passage des toiles d'araignée sur le visage et dans les cheveux, jusqu'à ce qu'elle arrivât presque à l'embouchure.

Et là, déception ! La végétation était encore plus dense, mais l'eau, passant à travers des barreaux de fer, se recueillait dans un déversoir en béton avant de retourner à la Tamise. Aucun intérêt.

Judith reprit sa respiration. Elle perçut quelque chose dans l'air, une odeur fétide, comme celle d'un vieux tas de compost. Pouvait-elle venir de la rivière ? Elle examina l'eau qui passait par la grille de fer : une vieille branche d'arbre à demi submergée bloquait l'écoulement. Des feuilles s'étaient accumulées à cet endroit.

C'est alors que Judith comprit.

Ce n'était pas une branche.

C'était un bras.

Il dépassait de l'eau, la main aussi pâle que du marbre. Scrutant les profondeurs de l'eau, Judith parvint à distinguer le corps.

C'était celui de Stefan Dunwoody.

Dont le front portait, en son centre, un petit trou noir. Un trou laissé par une balle.

Portant la main à son cou, Judith fit un pas en arrière et faillit perdre l'équilibre.

Elle ne s'était pas trompée. Du tout.

Stefan Dunwoody, son ami, son voisin, avait été assassiné.

CHAPITRE 3

Une heure plus tard, Judith, assise sur un banc du jardin de Stefan, répondait aux questions de l'inspecteur Tanika Malik. La quarantaine, tailleur-pantalon soigné, elle avait un air très professionnel, un peu maîtresse d'école, que Judith trouvait plutôt condescendant.

– Je ne comprends pas, Mrs. Potts, disait la détective. Vous êtes en train de me dire que vous êtes retournée chez Mr. Dunwoody ?

– Parfaitement ! répondit Judith, relevant crânement le menton. Comme je vous l'ai dit au téléphone, j'étais certaine d'avoir entendu un cri suivi d'un coup de feu hier soir, et comme votre agent n'a pas été fichu d'examiner correctement les lieux, je m'en suis occupée moi-même.

– Aviez-vous une autre raison d'y retourner ?

– Que voulez-vous dire ?

– Vous attendiez-vous à trouver un cadavre ?

– Non. Bien sûr que non !

– Et pourtant, c'est ce qui s'est passé.

– Oui, mais moi, au moins, j'ai trouvé quelque chose ! Si je peux me permettre, votre officier n'en a pas fait autant. D'ailleurs, saviez-vous que Stefan s'était battu avec un certain Elliot Howard il y a quelques semaines ?

– Pardon ?

Judith lui raconta sa découverte de l'article racontant la rixe qui avait opposé Stefan à Mr. Elliot Howard, propriétaire de l'hôtel des ventes de Marlow, à la régate royale de Henley.

– Il y a six semaines, vous dites ?

– C'est ça.

– Je vois.

La détective Malik réfléchit quelques instants.

– Qu'en pensez-vous ? demanda Judith.

– Puis-je vous poser une question, en tant que voisine de Mr. Dunwoody ?

– Bien sûr.

– Dans ce genre de cas, la police vérifie toujours dans sa base de données les dépositions de témoins pour y trouver des noms liés à l'affaire, c'est la procédure standard. J'ai donc fait une recherche sur Mr. Dunwoody. Il n'a aucun casier judiciaire, il possède une galerie d'art à Marlow, il vit seul. Bref tout est normal. Mais il y a cinq semaines, il est venu porter plainte pour cambriolage.

– Ça par exemple ! Et que lui a-t-on volé ?

– Justement, c'est là que c'est bizarre. Il était au restaurant avec des amis, et de retour chez lui, il a vu qu'une fenêtre avait été brisée et que quelqu'un était entré chez lui. Mais quand un de nos agents s'est rendu sur place pour prendre sa déposition, il a finalement déclaré que rien ne lui avait été volé.

– Rien du tout ?

– C'est ce qu'il nous a dit. Pourtant, il y avait bien eu effraction. Son ordinateur était encore là, ainsi que toute sa collection d'œuvres d'art. Et il en a, des tableaux ! Mais aucun ne manquait.

– Il y a cinq semaines ? Ça veut dire une semaine après la bagarre à Henley ?

– Apparemment. Mr. Dunwoody vous avait-il parlé de ce cambriolage ?

– Je ne lui avais pas adressé la parole depuis des lustres.

– Alors vous avez peut-être vu quelque chose de suspect ? Un rôdeur autour de sa maison ? Ou une voiture qui n'était pas la sienne, garée à proximité ?

– Non, j'en suis navrée. Avant d'entendre qu'on lui tirait dessus hier soir, je ne me doutais de rien.

– Je dois vous demander de ne pas vous aventurer plus loin, Mrs. Potts. Nous ne sommes pas certains qu'on ait tué Mr. Dunwoody.

– Pardon ?

– Nous n'avons aucune preuve que Mr. Dunwoody a été assassiné.

– Vous voulez dire que le trou est arrivé sur son front comme par enchantement ?

– Non, bien sûr, mais nous ne sommes pas en mesure d'affirmer que sa mort n'a pas été un regrettable accident. Ou qu'il ne l'a pas provoquée lui-même.

– Vous pensez qu'il s'est suicidé ?

– C'est possible.

– Balivernes !

La détective Malik écarquilla les yeux. Elle ne rêvait pas ? Cette vieille dame venait bien de prononcer le mot « balivernes » ?

– S'il s'agissait d'un suicide, l'arme serait tombée quelque part à proximité. Avant que Stefan ne tombe dans la rivière. Et je peux vous assurer que dans ce jardin je n'ai vu aucune arme à feu.

– Oui, je comprends votre raisonnement, mais l'arme est peut-être tombée dans la rivière après le suicide. J'ai demandé à des plongeurs d'inspecter les fonds. En l'attente d'autres informations, je préférerais que vous évitiez de sauter aux conclusions, Mrs. Potts. Nous devons nous fonder sur des preuves et non sur des conjectures.

Judith évalua silencieusement la détective Malik. Personne efficace et même compétente, mais totalement dépourvue d'imagination. Le genre première de la classe, conclut-elle sans aménité. À sa décharge, il convient de préciser qu'adolescente Judith s'était fait virer du pensionnat très chic où ses parents l'avaient envoyée. Ainsi que du pensionnat beaucoup moins chic où on l'avait admise ensuite. Puis du pensionnat suivant. Dans ces conditions, il va de soi que ses relations avec les fameuses premières de la classe n'avaient jamais été au beau fixe.

Judith soupira. Très bien. Puisque la police ne voulait pas croire que Stefan avait été assassiné, c'était simple : elle se chargerait de l'enquête elle-même.

Une fois sa déposition terminée, elle remonta dans son punt, salua d'un grand geste du bras les officiers médico-légaux en combinaison de papier, puis laissa le courant la ramener chez elle. Elle enfourcha son vieux vélo. Si elle espérait apprendre qui avait tué son voisin, il fallait commencer quelque part, et elle n'avait aucun doute sur sa première étape.

À bicyclette, il ne fallait que cinq minutes pour atteindre Marlow par le sentier de halage. Pour une fois, Judith ne prêta aucune attention aux petits saluts du menton et de la main que lui adressaient de parfaits inconnus à son passage. De manière générale, elle n'avait jamais compris pourquoi tant de gens lui faisaient signe. Elle était totalement inconsciente de son statut de quasi-célébrité dans cette petite ville. Elle-même ne se trouvait aucun intérêt particulier, ni par sa personnalité ni par son mode de vie. Sa stupeur à chaque fois renouvelée devant l'attention qu'on lui portait ne faisait qu'accentuer sa réputation d'excentrique.

Elle quitta le chemin de halage pour traverser un petit parc doté de balançoires et de toboggans. Devant elle, un groupe de pigeons picorait le sol avec insouciance. *Répugnantes créatures !* pensa-t-elle en accélérant, le visage soudain éclairé d'un grand sourire. Elle fonça sur eux au cri de « MORT AUX PIGEONS ! » et souleva dans l'air une nuée d'oiseaux caquetants.

Judith aimait passionnément sa ville. Marlow ne lui paraissait ni trop grande ni trop petite, elle était juste à son goût. La ville parfaite pour une Boucle d'or comme elle. La rue principale, High Street, commençait au niveau d'un élégant pont suspendu du début du XIXe siècle, flanqué d'une ancienne église, et se terminait par un obélisque. Entre les deux, l'urbanisation progressive avait semé de chaque côté de la rue tous les styles architecturaux des siècles passés. Pour parachever l'« unité » esthétique de l'ensemble, l'axe entier était pavoisé de banderoles rouge et bleu, ce qui produisait le fameux effet « boîte de chocolats » qui faisait le charme coquet des petites villes anglaises et avait inspiré tant de beaux puzzles.

Si Judith adorait Marlow, c'était surtout parce que la ville ne se résumait pas, loin de là, à cette High Street de carte postale. Il y avait une gare de chemin de fer, pas plus grande qu'une cabane de jardin, mais cela n'empêchait personne d'y prendre un train pour Londres. Il y avait aussi à la périphérie un parc d'activités florissant où travaillaient des milliers de personnes. Mais ce que Judith adorait par-dessus tout, c'était les deux lycées de la ville et le flot continu d'adolescents qui s'en échappait. En dehors des heures de cours, ils tenaient les caisses des supermarchés ou prenaient les commandes au coffee shop. Voir tous ces jeunes gens, toujours très bien élevés et jolis à regarder, vaquer à leurs occupations, pique-niquer au bord du fleuve ou même traîner sur le parc de skateboard qui s'étendait devant le pavillon de l'équipe de cricket, comblait Judith de bonheur. Si c'était ça, la nouvelle génération, le monde n'avait pas trop de souci à se faire.

Judith était de nature optimiste. Cette qualité aurait suffi à la définir, mais elle s'astreignait aussi à une honnêteté sans faille. Elle devait donc admettre que, bien que Marlow fût une petite ville tranquille, les dix dernières années l'avaient bien maltraitée, comme toutes les autres villes d'Angleterre. Pour les touristes venus passer la journée, tout était parfait. Il y avait assez de restaurants chics et de boutiques de prêt-à-porter pour qu'on ne remarque pas la douzaine de magasins fermés aux devantures recouvertes d'affiches pour masquer leur abandon. Ni le fait que le gentil SDF qui vendait des journaux sur un trottoir de High Street avait été rejoint récemment, sur le trottoir d'en face, par un homme qui restait toute la journée assis jambes croisées derrière une boîte de conserve vide.

Dès l'instant que la détective Malik avait refusé de croire que son voisin avait été assassiné, Judith avait décidé par où elle commencerait son enquête : la galerie d'art de Stefan Dunwoody.

CHAPITRE 4

Judith ne s'était encore jamais rendue à Dunwoody Arts, mais elle n'avait jamais eu besoin non plus d'acheter d'œuvre d'art. Pourquoi l'aurait-elle fait, alors qu'elle avait hérité de sa grand-tante, en même temps que sa maison, sa collection de tableaux ?

Elle entra. Une jeune femme, derrière son bureau, la regarda, les yeux pleins de larmes.

– Oh ! dit Judith. Vous êtes au courant.

– La police vient d'appeler. Je suis sous le choc.

– C'est bien compréhensible ! dit Judith avec douceur.

Elle s'assit sur la chaise vacante devant le bureau, fouilla dans son sac à main, en retira un paquet de mouchoirs en papier et lui en offrit un.

– Merci ! dit la jeune femme avant de se moucher.

– Permettez-moi de me présenter : je m'appelle Judith Potts.

– Je sais. Vous habitez la grande maison au bord de la Tamise.

– Ah ? Nous nous connaissons donc ?

– Nous nous sommes vues une fois, répondit la

jeune femme, que ce souvenir faisait sourire. C'était à la sortie du pub, il y a deux ans, des garçons m'importunaient. Vous êtes intervenue et ils se sont envolés.

– Moi, j'ai fait ça ?

Judith ne se souvenait de rien, mais elle se savait tout à fait capable d'une telle chose. Elle détestait cette façon qu'avaient parfois les hommes d'agir en meute pour agresser des jeunes femmes seules.

– Je m'appelle Antonia. Antonia Webster. Merci d'être venue à mon secours ce jour-là, vous avez été formidable !

– Oh, je suis sûre que vous n'aviez pas besoin d'aide. Vous avez l'air de quelqu'un qui sait se défendre.

Judith se remit à fouiller dans son sac et en sortit une boîte de bonbons anglais.

– Vous en voulez un ?

Antonia ne sut que répondre.

– Non ? reprit Judith. Alors ça ne vous gêne pas si j'en prends un ?

Judith fit sauter le couvercle de la boîte ancienne, sortit un bonbon couvert de sucre glace, le mit dans sa bouche et le suça quelques instants.

– Citron vert ! dit-elle avec gourmandise. Mon préféré. Venons-en au fait. J'espère que ma visite ne vous gêne pas, mais si, comme vous le dites, je vous ai aidée par le passé, vous pourrez sans doute me donner un petit coup de main aujourd'hui. Je suis la voisine de Stefan et j'essaie de comprendre ce qui lui est arrivé. C'est tellement abominable ! Vous travaillez ici, c'est ça ?

– Oui, répondit Antonia. Et je vous aiderai volontiers ! Je suis en effet l'assistante de Mr. Dunwoody. Juste pour l'été, avant d'entrer à l'université.

– Donc vous n'êtes pas ici depuis longtemps.

– Non, mais Mr. Dunwoody était si gentil ! Je n'arrive pas à croire qu'il soit mort.

– Je n'en disconviens pas, mais qu'entendez-vous exactement par *gentil* ?

– Eh bien ! Il s'intéressait à moi, vous comprenez ? À ce que je pensais. À la politique. À l'écologie. À ce que j'allais étudier à l'université.

– Il *s'intéressait à vous* ?

– Pas comme vous l'imaginez, répondit vivement Antonia, à qui la nuance dans la voix de Judith n'avait pas échappé. Ce n'était pas un vieux dégoûtant. C'était un vieux monsieur, voilà tout. C'était ainsi qu'il se décrivait : un vieux monsieur, qui vivait seul avec sa collection d'art. Je l'aimais bien.

Cette description correspondait en tout point au souvenir que gardait Judith de ses rapports avec Stefan, lesquels se résumaient à un signe de la main tous les quinze jours. Il avait toujours l'air content de la voir et trouvait à chaque fois quelque chose à lui crier d'une rive à l'autre : « Il fait beau ce matin ! » ou : « Quelle belle journée ! » Judith sourit tristement à cette pensée.

– Oui, je crois que c'était quelqu'un de bien.

– Quelqu'un de *très* bien, confirma Antonia.

Les deux femmes communièrent en silence pendant un bref moment. Judith continuait de sucer son bonbon avec délectation.

– Et pourtant, on l'a tué, reprit-elle.

Antonia ouvrit de grands yeux.

– Qu'est-ce que vous dites ?

– Vous n'êtes pas au courant ?

– Non. Au téléphone, on m'a dit qu'il avait eu un accident.

Le sac à main que Judith tenait sur ses genoux était encore ouvert. Elle le referma brusquement, faisant claquer la boucle.

– Je suis désolée, mais ce n'est pas du tout le cas. Il a été tué par balle.

– Ce n'est pas possible !

– Oh si ! J'en suis certaine. Et je vous conseille de fermer la galerie. Après un tel choc, votre journée de travail est finie.

– Vous en êtes sûre ?

– Absolument sûre.

– Vous m'aiderez à fermer la galerie ?

– Je n'ai rien d'autre à faire, je suis à votre disposition.

Antonia sortit un trousseau de clés, expliqua à Judith comment fonctionnait le système d'alarme, et elles se mirent à l'œuvre. À l'entrée, elles retournèrent la petite pancarte indiquant « Fermé ». Comme Judith s'y était attendue, Antonia trouvait, dans ces quelques gestes, l'énergie de surmonter l'épreuve qu'elle venait de subir.

Judith guetta patiemment le bon moment, puis se lança, comme si l'idée venait juste de lui traverser l'esprit :

– Vous savez, il n'était peut-être pas si parfait que ça.

– Qui ?

– Mr. Dunwoody. Soit il n'était pas aussi innocent qu'il en avait l'air, soit il avait au moins un ami ou un parent qui n'était pas innocent du tout. Sinon, pourquoi aurait-il fini ainsi ?

– Oh… Oui, je vois ce que vous voulez dire, mais

ce n'est pas possible. C'était vraiment la gentillesse même. Je ne vois pas qui aurait pu vouloir lui nuire.

Un instant plus tard, Judith vit le visage d'Antonia s'assombrir.

– À quoi pensez-vous ? lui demanda-t-elle.

Antonia ne répondit pas.

Judith insista doucement :

– Continuez, s'il vous plaît.

Elle attendit. Elle savait que, bien souvent, le meilleur moyen de faire parler quelqu'un était de garder le silence.

– Eh bien… finit par dire Antonia, quand vous avez parlé d'une personne « pas innocente du tout » dans la vie de Mr. Dunwoody, cela m'a fait penser à quelqu'un. C'est tout.

– Et qui est ce quelqu'un ?

– Aucune idée. Je ne connais pas son nom.

– Alors parlez-moi de lui, et nous verrons bien si, à nous deux, nous parvenons à l'identifier.

– Un monsieur d'un certain âge, aux cheveux gris. Ou plutôt argentés. Qui lui descendaient jusqu'aux épaules. Très grand, très imposant.

– Un ami de Mr. Dunwoody ?

– Je ne pense pas. Il est venu à la galerie la semaine dernière.

– Quel jour ?

– Lundi.

– D'accord, donc cet homme est venu à la galerie lundi dernier.

– Oui. Mr. Dunwoody l'a fait entrer directement dans son bureau. Comme s'il était gêné de recevoir cette visite.

– Je vois. Très intéressant ! Et que s'est-il passé ensuite ?

– Je ne saurais dire. Ils étaient tous les deux dans le bureau de Mr. Dunwoody. Mais au bout d'un petit moment je les ai entendus élever la voix. Je ne savais pas quoi faire : d'habitude, quand Mr. Dunwoody a des visiteurs, je suis chargée de préparer du café pour tout le monde, mais là, j'étais dans une telle panique que je n'étais pas sûre de devoir le faire.

– Avez-vous entendu ce qu'ils se disaient ?

– Non, pas tant que je suis restée à l'extérieur du bureau, mais j'ai fini par prendre mon courage à deux mains, j'ai frappé à la porte et j'ai demandé s'ils voulaient du café. Ça tonnait à l'intérieur ! Le monsieur aux cheveux argentés ne voulait pas de café et me l'a fait savoir assez grossièrement. D'un geste, il m'a fait signe de sortir.

Antonia retomba dans un silence songeur.

– Fascinant, vraiment ! dit Judith. Mais vous me dites qu'à l'extérieur du bureau vous n'entendiez pas ce qu'ils se disaient.

Antonia avait du mal à suivre le raisonnement de Judith.

– Que voulez-vous dire ?

– Vous dites que vous n'entendiez pas leur conversation à l'extérieur du bureau, mais vous avez peut-être entendu quelque chose quand vous êtes entrée.

– Oui, bien sûr, désolée. Quand le monsieur aux cheveux argentés m'a fait signe, je suis sortie, mais en fermant la porte j'ai entendu Mr. Dunwoody lui dire : « Je pourrais aller voir la police dès maintenant. »

– Et qu'a répondu l'homme aux cheveux argentés ?

– Je ne sais pas, je suis sortie avant d'entendre sa réponse.

– Je vois. Mais vous êtes certaine que Mr. Dunwoody a dit qu'il pouvait aller voir la police ?

– Il l'a bien dit.

– Et vous ne savez pas à quoi il faisait allusion ?

– Pas du tout, je regrette.

– Vous n'avez pas abordé le sujet avec lui par la suite ?

– Je ne me le serais pas permis. Mais maintenant que vous en parlez, ce soir-là, alors que nous fermions la galerie, Mr. Dunwoody m'a dit qu'il était désolé que j'aie eu à entendre cette dispute.

– Et que lui avez-vous répondu ?

– Je voyais bien que ça le gênait beaucoup, alors je lui ai assuré que ce n'était pas grave, que je n'avais rien entendu ou vu de spécial. Et alors, il a dit quelque chose de bizarre : « Le désespoir peut pousser à faire les pires bêtises. »

– À votre avis, à quoi pensait-il en disant cela ?

– Je ne sais pas. Mais c'est ce qu'il a dit.

Judith ressentit un frisson d'excitation. Qui donc était cet homme aux cheveux argentés qui s'était querellé avec Stefan ? Elle se souvint de l'article qui relatait son altercation avec Elliot Howard à la régate de Henley, et une idée lui vint.

– Votre ordinateur est-il connecté à Internet ? demanda-t-elle.

Antonia opina.

– Pouvez-vous faire une recherche ?

– Bien sûr, laquelle ?

– Sur *Elliot Howard*.

– Vous croyez que c'est lui qui est venu ici ?

– C'est une possibilité, mais voyons d'abord si nous pouvons trouver une photo de lui.

Antonia retourna à son bureau et ouvrit la fenêtre du navigateur sur son écran. Dans la barre de recherche, elle saisit « Elliot Howard ».

– C'est bien ça ! annonça Judith en désignant la première occurrence.

Antonia cliqua sur le lien qui menait au site de l'hôtel des ventes de Marlow, puis sur *Qui sommes-nous ?* dans la page d'accueil. Bientôt apparurent les noms des principaux membres de l'équipe accompagnés de leurs photographies.

La toute première photo était celle d'un bel homme, la cinquantaine bien avancée, dont la chevelure argentée lui descendait jusqu'aux épaules. Son nom était Elliot Howard et il était président de l'hôtel des ventes.

– C'est lui ! s'exclama Antonia avec étonnement. C'est lui qui est venu lundi dernier !

Judith se pencha afin de mieux voir le visage sur l'écran. Elle lui murmura :

– Je te tiens !

CHAPITRE 5

Quelques minutes après sa conversation avec Antonia, Judith posait son vélo contre le mur de l'hôtel des ventes de Marlow. C'était une grande maison ancienne à pans de bois qui lui rappelait les vieilles granges où elle jouait, enfant, à la ferme de ses parents sur l'île de Wight – pleines de toiles d'araignée, de planchers qui grincent et de bottes de foin humide qui sentent le moisi.

Judith, ajustant sa cape sur ses épaules, se rendit compte qu'elle n'avait absolument pas planifié ce qu'elle s'apprêtait à faire. Ce dont elle était sûre, c'était qu'elle voulait voir Elliot Howard. Histoire de cerner un peu le bonhomme.

Il fallait une certaine dose d'inconscience pour s'approcher ainsi d'un éventuel meurtrier, mais elle balaya cette pensée du revers de la main. Après tout, elle ne l'avait jamais rencontré : qu'est-ce qui l'empêchait d'aller le voir sur son lieu de travail ? Elle pouvait lui raconter qu'elle avait l'intention de vendre un tableau. Ou un autre bobard. Il lui viendrait bien une idée.

À l'accueil, une femme, assise derrière un bureau, travaillait sur son ordinateur. La cinquantaine, cheveux ondulés châtain foncé, lèvres rouge pétard, regard malicieux.

– Bonjour, en quoi puis-je vous être utile ? dit-elle avec un accent irlandais plein de bonne humeur.

– Bonjour, répondit Judith sur le même ton. Vous êtes ouverts ?

– Je suis désolée, mais nous n'avons aucune présentation prévue avant demain.

– Ah, vraiment ?

– Voulez-vous un catalogue des ventes ? Cette semaine, ce sont des médailles et des pièces de monnaie, mais j'ai l'impression que vous ne venez pas pour ça. Les rares visiteurs seront surtout des messieurs qui feraient bien de sortir un peu plus souvent de chez eux.

Son sourire se fit conspirateur.

– Mais ne dites surtout pas ça à Elliot. Nous avons aussi une vente d'art à la fin du mois. À mon avis, c'est davantage dans votre style.

– En fait, c'est Mr. Howard que j'aimerais voir.

– Ah bon ?

– Oui.

– Puis-je vous demander pourquoi ?

– Excellente question.

Judith s'apprêtait à chercher une excuse quand une voix d'homme, derrière elle, retentit :

– Oui, pourquoi voulez-vous me voir ?

Judith, prise de court, sursauta, l'esprit soudain vide de toute pensée. Pour gagner du temps, elle se retourna et vit l'homme de la photo qui s'appuyait nonchalamment au montant d'une porte derrière elle. Il approchait la soixantaine et ses longs cheveux gris ondoyaient jusque sur ses épaules. Il portait des richelieus, un pantalon beige en velours côtelé et une vieille chemise à carreaux sous un cardigan gris fatigué.

C'était Elliot Howard.

Il émanait de lui une sorte de supériorité, une aisance presque moqueuse. Judith sentit qu'il tirait une immense fierté de sa belle chevelure intacte à un âge relativement avancé ; voilà pourquoi il la gardait si longue. Il y avait quelque chose, dans sa décontraction hautaine, que Judith trouvait très perturbant.

– Ça vous intrigue, n'est-ce pas ? dit Judith qui n'avait rien trouvé de mieux à dire.

– Oui, ça m'intrigue, et je vous le demande une nouvelle fois. Pourquoi voulez-vous me voir ?

– Ah ah !

Judith se fustigea intérieurement. *Ah ah ?* C'était tout ce dont elle était capable ?

La dame à l'ordinateur vint à sa rescousse :

– J'ai une idée : et si vous alliez dans le bureau d'Elliot ? Vous y serez plus à l'aise pour discuter !

– OK, chérie, c'est toi le patron, répondit Elliot en souriant, mais son ton seigneurial laissait entendre que c'était tout le contraire.

Elliot entra dans son bureau, précédant Judith, qui n'eut d'autre choix que de le suivre. Elle cherchait désespérément quelque chose à dire, n'importe quoi…

– Elle s'appelle Daisy, dit Elliot en s'asseyant à un grand bureau. Une femme extraordinaire. La mienne. Je ne comprends pas comment elle fait pour me supporter. Bien, que puis-je pour vous ?

Judith, qui n'en avait toujours pas la moindre

idée, repéra plusieurs photos encadrées, accrochées au mur. Elle s'approcha pour mieux les voir. Fanées par le temps, elles représentaient presque toutes des adolescents ramant sur le fleuve ou brandissant, en blazer, des coupes d'argent et des médailles. Chaque photographie était surmontée des armoiries du lycée local Sir William Borlas et les noms des jeunes garçons de l'équipe y avaient été ajoutés à la main. *E. Howard* apparaissait sur chacune d'elles.

– Vous faites de l'aviron ?

Elle avait posé cette question pour meubler le silence, mais la contemplation des photos déclencha soudain son inspiration.

– Vous me devez de l'argent ! lança-t-elle.

– Pardon ?

– Oui, j'aurais dû vous le dire plus tôt. Je m'appelle Judith Potts et vous me devez de l'argent. Depuis la régate de Henley. Pendant laquelle votre conduite a été tout sauf exemplaire.

Elliot devint soudain très attentif.

– Je ne vois pas de quoi vous parlez !

Judith eut l'impression que sa dernière remarque l'avait secoué.

– Je sais que vous vous êtes très mal comporté à l'enclos royal. La façon dont vous avez agressé cet homme…

– Quel homme ?

– Stefan Truc, ou Machin. Il tient la galerie d'art à Marlow. Vous vous êtes conduit de façon inqualifiable envers lui. Mais en plus, en partant, vous m'avez bousculée et j'ai renversé mon verre de vin rouge sur ma robe. Le nettoyage à sec m'a coûté soixante-dix livres, j'espère que vous allez me les rembourser !

Elliot contempla longuement Judith.

– Je ne me souviens pas avoir renversé le vin de qui que ce soit, dit-il enfin.

– Mais vous vous souvenez bien de la dispute ?

– Je ne conteste pas avoir eu un différend avec Mr. Dunwoody ce jour-là, mais je ne me souviens absolument pas de vous.

– Vous étiez dans un tel état, ça ne m'étonne pas du tout ! Ce pauvre monsieur que vous étiez en train d'enguirlander, il n'avait rien fait de mal !

– Oh si, justement !

– Rien, en tout cas, qui justifie que vous perdiez la tête à ce point.

– Vous n'avez aucune idée de ce dont vous parlez.

– Possible, mais quand bien même…

Elliot lui coupa la parole :

– C'était un escroc.

– Comment ?

– J'irai même plus loin : Stefan Dunwoody était un escroc doublé d'un menteur. Et d'un faussaire, et d'un arnaqueur. Et maintenant, si vous n'y voyez pas d'inconvénient, je suis quelqu'un de très occupé et j'aimerais que vous sortiez d'ici.

Son sourire glacial signifiait que l'entretien était terminé. Elliot prit quelques feuilles de papier sur son bureau et s'absorba dans leur lecture.

– Et ma robe dans tout ça ? dit Judith, au comble de l'indignation.

– Si vous voulez mon avis, répondit Elliot sans même lever le regard, vous avez tout inventé. Dieu sait pourquoi. J'ai une excellente mémoire des visages et je suis certain que nous ne nous sommes jamais rencontrés. De plus, je n'ai renversé de vin rouge sur aucune robe à Henley. Et si ç'avait été le cas, la personne en question n'aurait pas attendu deux mois pour me contacter. Maintenant, je vous demande de sortir de mon bureau.

Judith ouvrit la bouche une fois, puis une seconde fois, ajusta la bandoulière de son sac pour s'assurer de l'avoir bien calé, et se rendit à l'évidence : elle n'avait plus rien à ajouter.

Elle se retourna pour partir, mais au moment d'ouvrir la porte elle s'arrêta net.

– Qu'entendez-vous par « c'était un escroc » ?

– Vous êtes encore là ? dit Elliot avec un soupir, levant les yeux vers elle.

– Oui, et j'aimerais savoir pourquoi vous parlez de Stefan au passé.

Elliot haussa les épaules sans exprimer la moindre compassion.

– C'est évident, non ? Il est mort.

– Mais comment le savez-vous ?

– Au bureau, tout le monde ne parle que de ça depuis ce matin. Stefan Dunwoody, le doyen du monde de l'art, vient d'avoir un accident tragique et Dieu l'a rappelé à lui. À propos, comment le connaissez-vous ?

– Pourquoi cette question ?

– On connaît très bien Stefan dans cet hôtel des ventes. Mais en ce qui vous concerne, quelle est votre relation, à tous les deux ?

– Voilà une question très impertinente.

– Non, vu les circonstances, je ne crois pas qu'elle le soit, dit Elliot, s'adossant à son fauteuil et regardant fixement Judith, qui, de nouveau, avait du mal à saisir son comportement.

Il lui rappelait quelque chose, mais quoi ?

Il répéta sa question :

– Quel lien avez-vous avec lui ?

– Il se trouve que nous sommes voisins, répondit Judith, incapable de prolonger le subterfuge. La police est venue m'interroger ce matin, et vous voulez que je vous dise ? Ce n'est pas un accident, il a été tué.

– Ah ! Je vois ! s'exclama Elliot, visiblement ravi.

– Vous voyez quoi ?

– Vous croyez sérieusement qu'on l'a tué ?

– Par balle. Oui.

– Voilà qui est intéressant. Donc, la robe, c'est du bidon, pas vrai ?

Il souriait toujours, mais son regard s'était éteint. Judith eut la sensation que la pièce s'était vidée de tout l'air qu'elle contenait.

– Mais non, la robe, c'est vrai ! insista-t-elle, sachant pertinemment qu'Elliot n'était pas dupe.

– C'est bidon, j'en suis sûr. Parce que vous êtes une fouineuse, n'est-ce pas ? Une voisine qui fouine et qui s'est mis en tête, pour la bonne et simple raison que je me suis querellé avec Stefan à Henley il y a quelques semaines et qu'il vient de mourir, de s'improviser détective et de venir faire un petit tour par ici. Je me trompe ?

– Rien de tout cela.

– Bon, d'accord. Alors pouvez-vous me dire précisément à quelle heure remonte la mort de Mr. Dunwoody ?

Cette question surprit Judith. Comment Elliot pouvait-il faire preuve de tant de légèreté en évoquant un mort ? Là encore, elle avait du mal à saisir son attitude.

– Hier soir vers 20 heures, répondit-elle. Peut-être 20 h 10.

– Eh bien ! Je vous le donne en mille, j'ai un alibi !

– Ah bon ?

– Hier soir à 20 heures, j'étais à l'église de Tous-les-Saints. Voyez-vous, je suis membre de la chorale. Depuis des années. Et tous les jeudis soir, entre 19 heures et 21 heures, nous avons répétition. C'est là que j'étais. Juste en face du vicaire, en plus. Avec le sacristain et quelques bedeaux. Et le maire de Marlow.

Le sourire d'Elliot fit soudain comprendre à Judith ce qui, chez lui, la déstabilisait. Il avait l'air de prendre plaisir à cette conversation, comme un chat qui joue avec une souris.

– Et ne vous donnez pas tout ce mal, ajouta-t-il. Je n'attendrai pas la facture du teinturier, nous savons l'un et l'autre que cette histoire de robe est une pure invention. Maintenant, fichez-moi le camp avant que j'appelle la police, qui vous fera sortir par la force.

Judith ne trouva rien à répondre. Pour la première fois de sa vie, les mots lui manquaient.

CHAPITRE 6

Judith retraversa Marlow à bicyclette. Chemin faisant, elle se remémora la conversation qu'elle venait d'avoir avec Elliot. Quelle mouche l'avait piquée ? Pourtant, malgré elle, sa témérité lui procurait un délicieux frisson. En plein jour, elle avait affronté un homme qui était peut-être un meurtrier ! De plus, la rencontre avait été riche en informations, et pas des moindres, par exemple le fait qu'Elliot traitait Stefan Dunwoody de menteur, d'arnaqueur, d'escroc et de faussaire. Cela faisait beaucoup de vices pour un seul homme. Comment son charmant voisin, Stefan, que son assistante Antonia décrivait comme un parfait gentleman, pouvait-il être un criminel ? C'était inconcevable.

Perdue dans ses pensées, elle ne remarquait aucun des regards amusés et des coups de coude qu'échangeaient les passants de High Street sur son passage, sa cape grise flottant derrière elle, ses jambes pédalant de toutes leurs forces. Avant d'atteindre le pont suspendu, elle descendit en roue libre le petit chemin qui traversait le cimetière et menait à l'église de Tous-les-Saints.

Judith posa son vélo contre le mur et tenta de mettre

un peu d'ordre dans ses pensées. Sa première préoccupation était simple. Selon sa théorie, Elliot pouvait être impliqué dans le meurtre de Stefan. Si tel était le cas, il ne pouvait pas avoir participé à la répétition de la veille, et c'était pour le prouver qu'elle se rendait à l'église de Tous-les-Saints.

Judith n'allait pas régulièrement à l'église. Elle faisait partie de ces gens qui aiment dire qu'ils n'y vont qu'aux grandes occasions et aux fêtes de fin d'année, sans se rendre compte qu'ils n'y vont pas davantage ces jours-là que les autres. Mais elle connaissait un peu le vicaire, Colin Starling, un homme charmant d'ailleurs. S'il était à l'église, il pourrait sûrement lui dire si, oui ou non, Elliot était à la répétition.

Une fois à l'intérieur, Judith prit le temps de goûter le sentiment de paix qui l'envahit. Elle s'était toujours étonnée de l'atmosphère subtile et aérienne qui régnait dans ces bâtiments vieux de plusieurs siècles, mais c'était un fait : ces hauts plafonds voûtés, ces élégants piliers de pierre, toutes ces bannières et ces oriflammes de régiments locaux sur les murs la faisaient sourire de plaisir. L'Église d'Angleterre était pour elle une métaphore parfaite du pays : jolie à voir, résolument démodée et dotée d'une cote de popularité en chute libre.

Un tableau de liège, près de l'entrée, affichait les informations paroissiales. Judith les consulta dans l'espoir d'y trouver quelque détail sur les répétitions de la chorale – dans l'idéal, une liste de tous ses membres –, mais absolument rien sur le sujet, ce qui l'irrita un bref moment. Il devait pourtant bien y avoir des annonces quelque part !

Judith décida de poursuivre ses recherches à la sacristie, qui servait de vestiaire aux choristes.

Elle entrebâilla la porte de chêne massif et lança :

– Il y a quelqu'un ?

Comme personne ne répondait, elle entra. Les surplis et les fraises des choristes étaient accrochés à une rangée de patères, un vieux placard aménagé dans le mur devait contenir les vêtements liturgiques, et sur un bureau étaient posés des papiers et un ordinateur. À part cela, la pièce était vide.

Mais l'était-elle vraiment ? Judith éprouvait la sensation inconfortable d'être observée. Comment était-ce possible ?

De toute façon, l'important, c'était la chorale.

Elle fouilla le bureau, sans cesser d'éprouver cette curieuse sensation. Son sixième sens l'avertissait qu'elle n'était pas seule. Il y avait bien le vieux placard… mais pourquoi quelqu'un aurait-il eu besoin de se cacher là-dedans ?

Judith aperçut des partitions de musique chorale sur une étagère et se mit à les inspecter à la recherche d'une liste des choristes. De nouveau, elle dut s'interrompre. Cette sensation d'être observée était palpable.

Pour en avoir le cœur net, elle alla ouvrir la porte du placard. Celui-ci ne contenait que les chasubles du vicaire suspendues à des cintres. Comme elle s'y était attendue.

Mais il contenait aussi une femme qui la regardait fixement.

– Oh ! s'exclama Judith, surprise. Bonjour, madame !

– Excusez-moi, dit la femme, rouge de confusion. Vous devez me trouver très bizarre.

Judith n'en revenait pas. Cette personne qui lui parlait du fond d'un placard avait, au contraire, l'air d'une dame très bien. Mieux encore : elle respirait le bien-être cossu. La quarantaine, les cheveux lisses châtain clair, elle portait un gilet noir molletonné, des jeggings moulants et des chaussures de jogging rose vif. Que faisait-elle donc à l'intérieur d'un vieux meuble dans une église vide ?

– Il est vrai que ce n'est pas très conventionnel, admit Judith.

– Je peux tout vous expliquer, dit la dame avec précipitation. Je suis venue chercher les mugs du vicaire.

Elle brandit deux mugs à motif floral.

– Colin ne range jamais rien, et cela fait des jours qu'ils prennent la poussière. Je ne m'attendais pas à faire de rencontre, mais j'ai entendu du bruit dans l'église et j'ai été prise de panique. Je ne voulais voir personne aujourd'hui, et surtout pas un des paroissiens de Colin. Oh mon Dieu, je dois vous paraître abominable ! Vous n'êtes pas une de ses paroissiennes, au moins ?

– Aucune inquiétude de ce côté-là, dit Judith en souriant.

– Tant mieux ! Non, je ne veux pas dire : tant mieux que vous ne veniez jamais à l'église, oh vraiment je suis désolée, vous ne devez rien comprendre à ce que je vous raconte. Bref, quand j'ai entendu des pas qui se rapprochaient de la sacristie, je me suis cachée dans le placard.

– Et vous avez refermé la porte derrière vous.

– Oui. Ça a l'air complètement fou comme histoire, non ?

Non, pas du tout. Mais je ne me suis pas présentée : Judith Potts.

– Oui, je sais !

– Comment ça, vous savez ?

Au tour de Judith d'être étonnée. Elle était certaine de n'avoir jamais rencontré cette femme.

– Moi, je m'appelle Becks Starling, dit celle-ci, tendant la main. Mais vous pouvez m'appeler Becky. En général, on m'appelle Becks.

– Ah, vous êtes la femme du vicaire ? demanda Judith, ravie.

– J'en ai bien peur, répondit Becks avec un sourire timide. Il faut bien que quelqu'un se dévoue. Ça vous embête si je sors du placard ?

– Pas le moins du monde !

– Merci, dit Becks en s'extrayant du placard.

Désormais face à face, elles se trouvèrent dans une impasse : il n'existe aucune règle de conversation communément acceptée pour deux femmes de la classe moyenne qui viennent de faire connaissance alors que l'une vient de sortir d'un placard.

– Ce n'est tout de même pas très correct, observa Becks, de se cacher ainsi. À mon âge.

– Je ne vois pas pourquoi. Quand j'étais à l'université, ma chambre d'étudiante était au rez-de-chaussée. Un jour, j'ai vu arriver une amie que je n'avais aucune envie de croiser. Je me suis cachée sous mon bureau.

– Vous avez fait ça !

– Je croyais que ce serait une affaire de quelques instants. Mais en réalité mon amie avait vraiment très envie de me voir, elle est restée presque trois heures devant ma fenêtre. Je suis donc demeurée tout ce temps sous mon bureau sans pouvoir en sortir, car si elle s'en était aperçue, la situation aurait été terriblement embarrassante. J'ai fini par faire pipi dans une corbeille à papier en métal, vous ne pouvez imaginer combien il est difficile de faire pipi dans une corbeille à papier pendant qu'on se cache sous un bureau.

– Je n'ai pas pour habitude de me cacher dans les placards, dit Becks avec une nuance de dédain.

Elle éprouvait soudain le besoin de se distancier de cette femme qui lui avouait sans la moindre honte faire pipi dans les corbeilles à papier et qui – maintenant qu'elle y pensait – était probablement folle.

– Mais en quoi puis-je vous être utile ? continua-t-elle. Vous vouliez voir le révérend Colin ?

– Oh non, rien d'aussi solennel ! Je me demandais juste s'il y avait une liste des membres de la chorale paroissiale.

– Il y en a une, dit Becks, qui se dirigea vers la porte de la sacristie, sur laquelle était punaisée une feuille de papier.

Judith y vit une trentaine de noms. Chacun était inscrit d'une main différente et avec une encre particulière, beaucoup étaient biffés.

Avant même que Judith pût y trouver le nom d'Elliot Howard, Becks ajusta la feuille, qui n'était pas tout à fait dans l'axe de la porte.

– Excusez-moi, vous pourriez me laisser lire ? dit Judith ; mais la feuille, suspendue à sa punaise, ayant valsé dans la direction opposée, Becks lui fit refaire un quart de tour.

– Désolée, elle n'est pas droite.

S'il vous plaît…

Becks arracha la feuille et alla la poser sur le bureau.

– Il vaudrait mieux que je recopie cette liste, une chatte n'y retrouverait pas ses petits, dit-elle en sortant une feuille A4 de l'imprimante posée à côté du bureau.

– Je voulais juste savoir si Elliot Howard appartenait bien à la chorale !

Becks, interrompue dans son élan, regarda Judith avec étonnement.

– Elliot ? Oui, il fait partie de la chorale depuis des années.

– Depuis des années ?

– D'aussi loin que je me souvienne.

– Alors, pouvez-vous me dire s'il y avait répétition hier soir ?

– Oui, il y avait répétition.

– Vous en êtes certaine ?

– Sûre et certaine. Moi aussi, je suis choriste. Il est baryton et moi soprano.

– À quelle heure était cette répétition ?

– Eh bien, de 7 à 8, la chorale au complet répète avec les enfants de chœur. Autour de 8 heures, les enfants de chœur s'en vont et les adultes continuent de répéter jusqu'à environ 9 heures.

– Elliot était donc là à 8 heures ?

– Il était là sans interruption de 7 heures à 9 heures.

– Vous en êtes sûre ?

– Absolument sûre, pourquoi ?

Judith hésita, ne sachant trop que dire. Elle décida, comme elle le faisait souvent, d'opter pour la plus parfaite transparence :

– Je crois qu'il est impliqué dans un meurtre.

– *Quoi ?*

– Et je crois même probable qu'il ait tué mon voisin hier soir.

Becks en resta bouche bée. L'affolement de ses pensées se lisait sur son visage.

– Je sais, admit Judith. Ça fait un choc.

– Lui, un meurtrier ?

– Ça vous étonne ?

– Bien sûr ! Il s'agit d'Elliot Howard, tout de même !

– Vous le connaissez bien ?

– En fait, pas vraiment. À la chorale, c'est le genre de type qui préfère la compagnie des autres messieurs. Mais dites-moi… un meurtre ? Il y a eu un meurtre ?

Judith raconta la succession d'événements qui l'avait amenée jusqu'à l'église. Becks restait suspendue à ses lèvres.

– Donc vous croyez qu'Elliot a tué Mr. Dunwoody, et vous êtes allée lui parler directement ? s'étonna-t-elle lorsque Judith eut terminé son récit.

– Il fallait bien que quelqu'un le fasse. La police est totalement inopérante. Elle pense que Stefan a eu un accident ou s'est suicidé.

– En tout cas, je peux vous affirmer qu'Elliot était bien ici hier soir entre 7 heures et 9 heures.

– Et vous êtes certaine qu'il ne s'est absenté à aucun moment ?

– Oh oui ! Tout à fait certaine.

– Même pas quelques minutes ?

– Il y a toujours une petite pause vers 8 heures, quand les enfants de chœur s'en vont. Pour ceux qui restent, c'est une pause toilettes. Il est possible qu'Elliot se soit éclipsé à ce moment-là.

Vous croyez qu'il aurait pu quitter la répétition à 8 heures et ne pas revenir pour la seconde partie ?

– Je n'en suis pas sûre. En fait, je n'en sais rien. Maintenant que vous en parlez, je me souviens d'avoir vu Elliot vers 7 heures, à son arrivée, mais je ne suis pas certaine de l'avoir revu plus tard. Il a fort bien pu sortir pendant la pause toilettes à 8 heures et ne pas revenir. Comme je vous l'ai dit, nous nous connaissons très peu.

Judith était très satisfaite. Si Elliot avait quitté la répétition à 8 heures, il avait sans doute eu le temps de se rendre chez Stefan en voiture pour le tuer à 8 h 10. Timing serré, mais pas impossible.

– Je suppose que l'église n'a pas de caméra de surveillance ? Un enregistrement vidéo qui permettrait de voir la répétition d'hier soir, ou simplement les gens qui entrent et sortent ?

– Si, justement, nous en avons une ! Une petite caméra dans l'entrée, pour les éventuels cambriolages ou toute autre incivilité.

– Serait-il possible de visionner l'enregistrement d'hier soir ?

Visiblement, la demande choquait Becks.

– Je ne crois pas. Je ne peux pas vous autoriser à voir le contenu de l'ordinateur de Colin.

Judith contempla Becks quelques instants. Elle fouilla dans son sac à main, en sortit sa vieille boîte de bonbons, en fit sauter le couvercle dans un nuage de sucre glace et la tendit à Becks.

– Vous voulez un bonbon ?

– Non, merci ! dit Becks, scandalisée.

Est-ce qu'elle avait une tête à manger des bonbons ?

Judith en prit un et le suça, méditant sur les options qui se présentaient à elle.

– Eh bien ! Je crois que nous n'avons pas le choix.

Elle referma la boîte avec un claquement sec et la glissa dans son sac.

– Il va falloir faire intervenir la police.

– Vous croyez que la police exigera de voir la vidéo ?

– C'est inévitable, j'en ai bien peur. Une fois que j'aurai parlé d'Elliot, il y aura ici des policiers dans tous les coins, avec leurs mandats de perquisition. Ça va faire un de ces scandales ! Et je ne vous parle pas de la presse, qui prendra forcément le relais, vous savez comment sont les journalistes. Tous vos massifs d'hortensias vont grouiller de paparazzi qui publieront des photos de vous peu flatteuses, et l'on vous verra sortir vos poubelles à la une de tous les journaux.

Judith n'avait pas fini cette description que Becks était déjà à l'ordinateur.

– Vous avez raison, dit-elle. Nous devons vérifier nous-mêmes et laisser la police en dehors de tout ça.

– Voilà une excellente idée ! conclut Judith avec un sourire chaleureux.

Becks cliqua sur plusieurs icônes et ouvrit une fenêtre qui révéla, en noir et blanc, la nef de l'église avec les stalles du chœur.

Elle double-cliqua sur un fichier vidéo et une autre fenêtre dévoila exactement la même scène, mais datée de la veille. Becks fit remonter le curseur jusqu'à 19 heures. On put alors voir diverses personnes prendre place dans les stalles, quelques jeunes garçons à l'avant, une vingtaine d'hommes et de femmes à l'arrière.

Elliot Howard était bien visible, debout, dans la dernière rangée de choristes.

– C'est incroyable ! s'écria Becks, au comble de l'horreur.

– Qu'y a-t-il ? demanda Judith, de plus en plus fébrile.

Allait-elle découvrir à cet instant précis qu'Elliot Howard était le meurtrier ?

– Je suis si grosse que ça ? soupira Becks en désignant sur l'écran sa propre image en pleine conversation avec des amis.

– Vous n'êtes pas grosse.

– Si c'est de ça que j'ai l'air, je le suis !

– Croyez-moi, vous n'avez aucun souci à vous faire !

– C'est décidé, à partir de maintenant, fini les produits laitiers !

Judith avait beaucoup de mal à compatir. Pourquoi les gens ne s'acceptent-ils pas comme ils sont ? Il eût toutefois été inutile de vouloir raisonner une femme telle que Becks. Elle était trop atteinte. Judith se contenta de fixer l'écran.

– Ici, c'est Elliot, n'est-ce pas ?

L'attention de Becks se porta de nouveau sur l'écran.

– Oui, c'est lui. Et si je fais une avance rapide, on va voir s'il quitte les lieux...

Becks cliqua plusieurs fois sur le bouton d'avance rapide. Judith put constater que le chef de chœur et les choristes avaient gardé leur place du début à la fin. Lorsque le minuteur afficha 20 heures, les enfants de chœur sortirent tous de l'église et de nombreux choristes adultes quittèrent leur place, conversant entre eux ou sortant du champ pendant quelques minutes. Elliot, lui, restait au même endroit.

À 20 h 07, les adultes étaient tous dans leurs stalles et la répétition reprenait. Elliot n'avait pas bougé. Pas une seule fois. Il n'avait même pas pianoté sur son téléphone pour appeler quelqu'un ; il ne l'avait même pas sorti de sa poche. Il restait là, debout, comme absorbé dans une douce contemplation.

– Il n'est pas sorti ! dit Judith, très déçue.

– C'est plutôt une bonne nouvelle, non ?

Becks continua de faire avancer la vidéo. Il fut établi que jusqu'à 21 heures et quelques minutes, c'est-à-dire l'heure à laquelle l'assistance commença à se disperser, Elliot n'avait pas quitté sa place.

Becks retira son doigt de la souris et la vidéo reprit son rythme normal.

– Voilà, dit Becks. Elliot est resté ici de 19 heures à 21 heures. Il n'est pas votre meurtrier. Dieu merci !

– Vous avez certainement raison.

Judith était au comble du dépit. Ce n'était pas la réponse qu'elle avait attendue. Sur la vidéo, au moment de quitter les lieux, Elliot bavardait avec trois autres choristes, trois hommes. Il fallait bien admettre qu'il n'avait pas du tout le comportement d'un criminel. Il avait l'air parfaitement détendu et de bonne humeur.

– Attendez ! s'écria Judith en pointant l'écran du doigt. Vous avez vu ?

Sur l'écran, Elliot et ses trois amis venaient de sortir du champ.

– Vu quoi ?

– Pouvez-vous retourner au moment où Elliot s'en va ?

Becks fit repartir la vidéo en sens inverse. Les quatre hommes réapparurent dans le champ à reculons.

– Pouvons-nous revoir son départ ?

Becks cliqua sur *play*. Elliot et ses amis parcoururent de nouveau la nef.

Cette fois, elles virent.

Juste avant de disparaître du champ, Elliot fixa ostensiblement l'objectif de la caméra de surveillance. Presque aussitôt, il se retourna, donna une tape dans le dos d'un de ses amis, et tous les quatre s'éloignèrent.

– Il a regardé la caméra ! dit Becks.

– Exactement. Il savait qu'elle était là.

– Pendant toutes ces années, il a eu le temps de la repérer ! Une coïncidence, peut-être ?

– Je ne pense pas. Vous aussi, vous l'avez vue, cette expression sur son visage !

Becks se mordit la lèvre. Oui, elle l'avait bien vue.

– Comme s'il s'attendait à ce que quelqu'un voie cette vidéo. Pour confirmer son alibi. Mais pendant une fraction de seconde son ego n'a pas pu résister à la tentation de regarder cette caméra.

– Comment décririez-vous son expression ?

– Sans aucune hésitation, c'était une expression de triomphe, répondit Judith.

Elles se regardèrent. Judith avait fait mouche. Elliot avait lancé à la caméra un regard *triomphant*.

Becks frissonna.

– Excusez-moi. Ces vieilles bâtisses en pierre, il y fait froid même en plein été.

– Bon, dit Judith. Et maintenant, qu'est-ce qu'on fait ?

– Pardon ?

– Cette vidéo prouve qu'il ne peut pas être l'assassin, mais qu'il est incontestablement impliqué dans le meurtre de Stefan. De quelque manière que ce soit, il a réussi à être à deux endroits à la fois. Il a peut-être eu recours à un tueur à gages. À mon avis, ce regard à la caméra est une preuve de sa culpabilité. Qu'en pensez-vous ?

– Attendez un peu : qu'entendez-vous par « et maintenant, qu'est-ce qu'on fait » ?

– Nous sommes actuellement les deux seules personnes au monde à penser qu'Elliot est mêlé, d'une façon ou d'une autre, au meurtre de Stefan. C'est donc à nous de découvrir comment il s'y est pris.

– Ah non ! Je ne tiens absolument pas à être impliquée dans cette histoire, déclara Becks. C'est le travail de la police. Arrêter les criminels, les meurtriers, c'est son job. Le mien, c'est de faire des sandwichs. Servir du thé et des petits gâteaux, élever mes enfants, aider mon mari. Alors désolée, et ravie de vous avoir rencontrée, Judith, mais je n'ai rien à faire dans tout ça.

Et sur ces mots elle s'envola de la sacristie.

Judith sourit. Elle se souvenait d'elle-même à son âge. Elle n'avait jamais été aussi névrosée que Becks ni aussi obsédée par ce que les autres pensaient d'elle, mais une femme capable de ramasser deux mugs et de se cacher dans un placard deux secondes plus tard ne pouvait pas être inintéressante. Elle avait hâte de la revoir.

En attendant, comment allait-elle prouver qu'Elliot était impliqué dans ce crime ?

CHAPITRE 7

Après sa rencontre avec Judith, Becks retourna en toute hâte au presbytère, une superbe maison de la fin du XVIIIe siècle à la façade galbée, mais elle ne parvenait pas à se détendre. Avoir été, même indirectement, au contact d'un meurtre l'avait ébranlée davantage qu'elle ne voulait bien l'admettre. Pour calmer ses nerfs, elle fit ce qu'elle faisait toujours en pareil cas : le ménage. Elle tapota des coussins déjà tout à fait rebondis, redressa sur les murs des tableaux qui n'étaient aucunement de travers, et passa l'aspirateur sur un sol de cuisine immaculé.

Sam, son fils de quatorze ans, était avachi à la table de la cuisine, le nez sur son téléphone.

– Où est ta sœur ? lui demanda Becks.

– Aucune idée, répondit Sam sans lever les yeux. Quelque part à sniffer du gaz hilarant, j'imagine.

– Ne parle pas comme ça de ta sœur ! glapit Becks.

Sam plaisantait, mais ni lui ni sa mère n'étaient dupes. Si Sam était un élève doué qui obéissait volontiers aux règles, sa sœur Chloe, seize ans, était tout le contraire. Elle ne pensait qu'à sortir avec ses amies et à faire la fête. Même si, en toute honnêteté, Becks savait bien que Chloe ne faisait rien qu'elle n'avait fait à son âge, la conduite de sa fille la rendait malade d'inquiétude.

D'ailleurs, elle ne comprenait pas très bien Sam non plus. Depuis à peu près un an, il était de plus en plus introverti, et pour autant que Becks pût le constater, sa vie sociale en dehors de l'école se résumait à gâter son hamster.

– Comme tu es belle, ma chérie ! dit le révérend Starling qui venait d'entrer en tenue cléricale noire à col blanc et plastron noir.

– Belle ? Tu te fiches de moi ! répondit-elle d'un ton acerbe. C'est ma tenue de yoga !

Exaspérée par l'insensibilité de son mari, Becks monta se changer à l'étage. Au fond, elle était consciente d'avoir mal réagi, mais elle n'arrivait pas à se débarrasser de son malaise intérieur.

Une fois dans sa chambre, elle consulta son téléphone pour voir si Chloe l'avait appelée. Aucune nouvelle.

– Becks ?

Colin l'appelait du pied de l'escalier.

– Tu n'as pas oublié que ce soir le major Tom Lewis et sa femme viennent dîner ?

Elle ne se donna même pas la peine de répondre. Elle ne risquait pas d'oublier qu'il y avait du monde à dîner, elle qui s'était levée à 6 heures du matin pour frotter un morceau de poitrine de porc de graines afin qu'il ait le temps de mijoter dix bonnes heures. Sans oublier qu'avant même d'arriver le major Tom serait déjà saoul et que Mrs. Lewis décocherait à Becks tout au long de la soirée mille petites critiques sournoises.

Qu'est-ce qui a foiré dans ma vie, et quand ? se demanda Becks. Pourtant, elle n'était pas malheureuse. Loin de là. Mais elle n'était pas heureuse non plus. Quand elle avait rencontré Colin, il était banquier. Ils étaient tous deux très assidus à la messe, mais il n'avait témoigné aucun intérêt pour la prêtrise avant leur mariage. À partir de la naissance de Chloe, il avait commencé à culpabiliser d'avoir des revenus plus que confortables. Et juste après celle de Sam, qui faisait monter en flèche les besoins du ménage, il eut la vocation. En épouse irréprochable, Becks avait soutenu ce brusque changement de carrière qui l'avait fait passer de riche banquier à vicaire de province.

C'est ainsi qu'elle se retrouvait, tant d'années plus tard, femme au foyer, épouse et mère. Elle ne reniait aucun de ces trois rôles, elle les adorait même ; elle se répétait inlassablement qu'elle avait une chance folle et que sa vie n'était que bénédiction, mais elle ne pouvait s'empêcher de constater que tout, dans cette vie bénie, paraissait défini par quelqu'un d'autre qu'elle. Elle était la maman *des* enfants, la femme *du* vicaire, et même la maîtresse *de* maison.

Sur son téléphone, elle ouvrit l'application d'un réseau social et y chercha le groupe qu'elle avait rejoint peu après que son mari fut devenu vicaire. Ce groupe s'appelait « Parlons Marlow ». Elle ne s'y était pas inscrite sous son vrai nom mais sous le pseudo Jezebel. Cet anonymat lui avait permis un peu plus de liberté de parole que celle qu'elle s'autorisait dans la vie réelle. Mais au bout de quelque temps elle s'était forcée à abandonner le groupe. Sa personnalité virtuelle était devenue trop enivrante : elle trouvait que ce n'était pas sain, surtout quand elle se rendait compte que cette seconde personnalité lui plaisait davantage que la première.

Elle se rendit sur le fil de discussion, ce qu'elle n'avait pas fait depuis longtemps. Un bref examen des posts récents la renseigna sur les préoccupations de ses concitoyens : l'installation de gens du voyage sur le territoire de Seymour Park, les promeneurs qui ne ramassaient pas les crottes de leurs chiens. Rien de nouveau sous le soleil.

Becks écrivit un nouveau post :

J'ai quelques vieux meubles à vendre. J'aimerais passer par l'hôtel des ventes de Marlow, mais j'ai entendu dire que son directeur, Elliot Howard, n'avait pas bonne réputation. Croyez-vous que je puisse lui faire confiance ?

Son doigt hésita à cliquer sur « Publier ». Était-elle capable d'une telle audace ? Femme de vicaire timide et effacée le jour, mais cyberguerrière anonyme à l'heure du thé ?

Avant d'avoir pu se retenir, elle cliqua et le post fut publié.

Un frisson de joie la parcourut. Elle n'avait pas été aussi intrépide depuis… Elle ne s'en souvenait même pas.

Le lendemain matin, Judith, assise à son bureau, se torturait l'esprit à la recherche d'une bonne définition pour « chaudière ». On pouvait la construire à partir de l'adjectif « chaude » et de l'adverbe de temps « hier ». Il devait bien y avoir moyen de relier l'idée de chaleur avec l'idée de veille, puis d'accorder tout cela avec l'objet en question. Mais chaque fois qu'elle croyait toucher au but, l'image d'Elliot Howard surgissait dans ses pensées. Cet aplomb qu'il avait eu lors de leur rencontre ! Ce regard de défi qu'il avait lancé à la caméra de surveillance à l'église !

Et comme si Elliot ne suffisait pas à anéantir toute sa concentration, Judith ne pouvait s'empêcher de penser à ce pauvre vieux Stefan. Leur seule conversation digne de ce nom lui revint en mémoire. Il y avait quelques années de cela, en plein hiver, le pays avait subi de fortes chutes de neige, et un beau matin Stefan était apparu à sa porte pour lui demander si elle avait besoin d'aide. Il ne se doutait pas que depuis plusieurs jours les difficultés pour se ravitailler ou se procurer du bois de chauffage donnaient à Judith une pêche d'enfer. Contrairement à la plupart des gens, il n'avait fait preuve d'aucune curiosité mal placée et n'avait porté aucun jugement sur sa vie solitaire. Il n'avait même pas essayé d'entrer dans sa grande demeure. En général, les visiteurs occasionnels voulaient à tout prix vérifier si l'intérieur de cette maison était aussi grandiose que son extérieur, mais pas Stefan : il avait été poli, respectueux, et, une fois assuré que Judith n'avait rien à craindre de la neige, il était parti, lui souhaitant une bonne journée.

Oui, c'était quelqu'un de bien, se dit Judith. Pour la centième fois ce matin-là, elle contempla machinalement la maison vide sur l'autre rive du fleuve.

Dans le jardin de Stefan, il y avait une femme.

Judith mit quelques secondes à se rendre compte de ce qu'elle voyait.

Il y avait une femme dans le jardin de Stefan !

Judith se leva précipitamment, envoyant tous ses crayons par terre, courut à la porte, jeta sa cape sur ses épaules et sortit. Qui était cette femme ? Que faisait-elle chez Stefan ?

Judith traversa les hautes herbes de son jardin et s'arrêta au bord du fleuve. L'inconnue, debout sur la pelouse, tournait lentement sur elle-même, comme si elle cherchait à comprendre où elle se trouvait. Elle portait un jean et un t-shirt de couleur sombre et avait une grosse masse de cheveux auburn. Cette chevelure indomptable, sa vive couleur cuivrée évoquaient une peinture préraphaélite.

– Bonjour ! cria Judith de son jardin.

L'inconnue se retourna.

– Bonjour ! répéta Judith. Je m'appelle Judith Potts, je suis la voisine de Stefan. Vous avez besoin d'aide ?

Judith, qui n'avait plus ses yeux de vingt ans, avait du mal à discerner les traits de son visage, mais elle perçut que la femme était soudain prise de panique. Impression immédiatement confirmée quand elle prit la fuite.

– Je voulais juste dire bonjour ! cria Judith, mais il était trop tard.

L'inconnue avait disparu derrière la maison de Stefan.

CHAPITRE 8

L'inspecteur Tanika Malik était plongée dans la lecture du rapport balistique de l'affaire Stefan Dunwoody quand l'interphone sonna : une certaine Mrs. Judith Potts l'attendait à l'accueil. Elle hésita un instant, déconcentrée, puis demanda à l'officier de faire attendre Mrs. Potts quelques minutes dans une salle de réunion. Elle avait une question très urgente à régler.

Tanika décrocha le téléphone et composa le numéro qui se trouvait dans l'en-tête du rapport.

– Êtes-vous en train de me dire que la balle qui a tué Mr. Dunwoody était une antiquité ? demanda-t-elle au médecin légiste.

– Exactement.

– Vous en êtes sûr ?

– La balle que nous avons extraite du crâne de Mr. Dunwoody est un 7,65 x 21 mm Parabellum, un calibre très particulier qui n'a été utilisé que par l'armée allemande, et cela jusqu'à la Seconde Guerre mondiale.

– Vous plaisantez.

– Pas du tout. Elle a été tirée d'un pistolet allemand Luger de la Seconde Guerre mondiale.

– Et ça marche encore ? Une balle de plus de soixante-dix ans ?

– Les Allemands savaient fabriquer des armes. Et savent encore, d'ailleurs. Bien sûr que ça marche.

Elle remercia le médecin légiste et raccrocha. Dans la police britannique, tout le monde était au courant de la difficulté de se procurer une arme à feu en état de marche ; il n'était pas moins difficile de se procurer une arme à feu ancienne qui n'ait pas été neutralisée.

À moins d'être un antiquaire…

Juste après sa deuxième conversation avec Judith, la détective Malik avait téléphoné à Elliot Howard pour vérifier l'indice que la vieille dame venait de lui communiquer. Très aimablement, Elliot avait admis que oui, il avait bien eu un accrochage à la régate royale de Henley, simplement parce que Stefan, assis devant lui, l'empêchait de voir le spectacle. Certes, les choses avaient un peu dégénéré, mais c'était six semaines auparavant, et l'eau avait coulé sous les ponts.

Elle avait ensuite interrogé Elliot sur ses allées et venues le soir de la mort de Stefan. Le rapport du médecin légiste ayant conclu à un décès entre 19 heures et 22 heures, où était-il à ce moment-là ? À la répétition de la chorale à l'église de Tous-les-Saints, ensuite devant une pinte de bière, au pub, dont il était sorti autour de 22 heures, avait-il répondu.

Les manières d'Elliot n'avaient pas été du goût de la détective Malik. Elle l'avait trouvé un peu trop empressé, comme s'il s'était attendu à son coup de fil et s'y était préparé. En général, les gens interrogés dans le cadre d'une enquête étaient mal à l'aise, surtout quand il était question de meurtre. Mais un bref appel au vicaire de Marlow avait confirmé la version d'Elliot. Le vicaire avait même précisé qu'après la répétition il avait accompagné Elliot au pub et était donc resté avec lui entre 19 heures et 22 heures, sans interruption. Comme l'alibi d'Elliot était le vicaire en personne, Tanika avait renoncé à l'interroger plus avant.

Mais maintenant qu'elle savait que l'arme du crime était un ancien pistolet allemand, peut-être fallait-il interroger de nouveau Elliot ? Ou était-ce juste une coïncidence ? Elle s'efforça de ne plus y penser. Stefan Dunwoody s'était suicidé, c'était la seule explication rationnelle. Qu'il l'ait fait avec un pistolet ancien ou non.

Et pourtant, pensa-t-elle, *il y a aussi le médaillon de bronze. Et ça, c'est un mystère.*

C'était le seul détail de cette affaire qui avait réussi à l'intriguer. En repêchant Stefan, les plongeurs avaient trouvé, accroché par une chaînette d'argent à une boutonnière de sa veste, un médaillon d'environ trois centimètres de diamètre. Ce médaillon était visiblement très ancien, de couleur brun terne, et sur son bord extérieur courait un motif de feuilles entrelacées. Au milieu était gravé le mot « Foi ». C'était insolite, ne fût-ce que parce que son équipe n'avait encore jamais trouvé de médaillon accroché à une veste en de telles circonstances.

Toutefois, un ancien symbole religieux n'était pas suffisant pour laisser croire à une affaire de meurtre. Pas plus qu'un pistolet allemand Luger de la Seconde Guerre mondiale.

Avant de rejoindre Judith, Tanika s'arrêta dans le bureau d'un de ses agents.

– Est-ce qu’on a retrouvé l’arme ?

– Pas encore, répondit l’agent. Ce matin, les plongeurs ont fini de passer le fond de la Tamise au peigne fin, et ils n’ont rien trouvé.

– Et l’étang du moulin ?

Une des théories de Tanika était que Stefan avait pu se tenir debout sur le barrage en brique qui séparait l’étang de la rivière, se tirer une balle dans la tête, puis basculer à la renverse dans la rivière en laissant tomber l’arme dans l’étang.

– Ils ont aussi cherché le long du mur, côté étang, mais pas d’arme.

– Ils en sont vraiment certains ?

– On n’est jamais sûr à cent pour cent. À moins de draguer complètement l’étang et la rivière.

– On va peut-être devoir en arriver là.

La détective Malik était encore songeuse quand elle se retrouva face à Judith dans la salle de réunion.

– Désolée de vous avoir fait attendre, dit-elle en s’asseyant.

– Pas de problème, je sais que vous êtes très occupée. Je ne vous prendrai pas plus de temps que nécessaire, mais j’ai découvert deux ou trois choses dont je crois bon de vous tenir au courant. Il me semble même que c’est urgent.

Tanika sortit un bloc-notes et un stylo.

– De quoi s’agit-il ?

Judith lui raconta son passage à la galerie de

Stefan, sa rencontre avec Antonia Webster, qui lui avait raconté la visite d'Elliot au début de la semaine qui avait précédé la mort de son patron. Ils s'étaient violemment disputés et Antonia avait entendu Stefan dire à Elliot qu'il en savait assez pour aller voir la police.

– Mr. Dunwoody a dit ça ?

– « Je pourrais aller voir la police dès maintenant. » C'est exactement ce qu'il a dit à Elliot, selon Antonia. Et un peu plus tard, quand elle a évoqué le sujet, Stefan lui a dit : « Le désespoir peut pousser à faire les pires bêtises. »

– Il voulait dire qu'Elliot était désespéré ?

– Exactement.

– Et si c'était de lui-même qu'il parlait, puisqu'il s'est probablement suicidé ? Le « désespoir qui fait faire les pires bêtises » peut être une allusion à peine voilée à son proche passage à l'acte.

Judith leva les mains au ciel en signe d'exaspération.

– Vous ne croyez tout de même pas encore à cette histoire de suicide !

– C'est une explication plausible.

– Si c'est un suicide, où est la lettre ? Je parie qu'on n'en a pas trouvé !

Le visage de la détective Malik s'assombrit. Judith avait raison. On n'avait retrouvé aucune lettre sur le corps de Stefan, et pas davantage dans sa maison.

Tanika se souvint du petit médaillon de bronze et décida de fouiller un peu dans cette direction.

– Décririez-vous Mr. Dunwoody comme quelqu'un de très croyant ?

– Pardon ?

Tanika expliqua que l'on avait trouvé, accroché à la veste de Stefan, un médaillon portant le mot « Foi ».

– Un peu comme un badge ?

– Oui, dans ce genre-là.

– Et de quelle façon était-il accroché à sa veste ?

– Par une petite chaîne passée dans la boutonnière du milieu.

– Ah ! Comme les médailles que portent les rameurs aux régates.

– Oui ! Exactement !

– Je vois. Eh bien, je ne sais rien de la foi religieuse de Stefan. Moi-même, je vais très peu à l'église, alors comment le saurais-je ? Mais vous n'avez pas répondu à ma question. A-t-on retrouvé une lettre de suicide ?

– Je suis désolée, mais je ne peux pas donner des détails de l'enquête à un civil.

– Parfait ! Ça veut dire que vous n'en avez trouvé aucune. Et pour cause ! Il ne s'est pas suicidé, c'est Elliot Howard qui l'a tué.

– Arrêtez, s'il vous plaît ! Mr. Howard ne peut pas avoir tué Mr. Dunwoody.

– Vous dites ça parce qu'il était à la répétition de la chorale ?

– Comment le savez-vous ?

– Immédiatement après qu'Antonia m'a parlé de cette dispute, à la galerie, je suis allée voir Elliot Howard.

– Vous avez *quoi* ?

– Il fallait que je le voie face à face.

– Et vous trouvez ça intelligent ?

– Si l'on ne faisait que des choses intelligentes, on n'irait pas loin, pas vrai ? Et lors de notre entrevue, il m'a dit qu'au moment où j'entendais un coup de feu il répétait avec la chorale.

– Oui, il m'a dit la même chose.

– Ah, parce que vous lui avez parlé, vous aussi !

– Il fallait bien que je suive la piste que vous m'aviez donnée.

– Et il vous a profondément déplu, n'est-ce pas ?

– Comment ça ?

– Le ton de sa voix. Comme s'il jouait avec nous au chat et à la souris.

Tanika était sur le point d'acquiescer, mais elle se ravisa.

– J'aimerais un peu moins de ce *nous*, si ça ne vous gêne pas, Mrs. Potts. Je suis très honorée de m'entretenir avec vous parce que vous êtes le témoin qui a trouvé le corps et que vous connaissez le défunt, mais cela ne vous autorise pas à vous substituer à la police.

– Bien sûr, dit Judith. C'est votre travail, je comprends parfaitement. Mais à ce propos, dites-moi, avez-vous retrouvé l'arme ?

– L'arme ?

– Je parie que non.

Tanika fut prise de court.

– Vous voyez ! continua Judith. Pas de lettre de suicide et pas d'arme. Parce que le meurtrier l'a emportée avec lui. Et le fait qu'Elliot Howard était à la répétition de la chorale quand Stefan a été tué ne l'empêche pas d'être impliqué. J'en suis même certaine. Est-il possible qu'il ait payé un tueur à gages ?

– Cela me paraît très peu probable.

– Mais possible, tout de même ?

– Mrs. Potts, Marlow vient de gagner pour la

septième année consécutive le prix des plus belles villes fleuries. Et la dernière fois qu'on m'a appelée pour une urgence, c'était parce que deux cygnes se dandinaient en plein milieu de High Street et bloquaient la circulation. Je peux vous assurer qu'il n'y a pas de tueur à gages à Marlow.

La porte s'ouvrit brusquement, laissant passer la tête d'un agent essoufflé.

– Inspecteur, un homme vient d'être tué par balle à Marlow !

CHAPITRE 9

Le meurtre avait eu lieu dans un bungalow de Wycombe Road, une rue tout à fait ordinaire qui, de Marlow, menait au village de High Wycombe. Elle était bordée des deux côtés de pavillons de banlieue, de haies bien taillées et de voitures garées dans des petites allées individuelles.

Tanika Malik arriva sur la scène de crime. Une voiture de police clignotait de tous ses feux, stationnée à côté d'une camionnette blanche et d'une vieille Prius qui avait une plaque de taxi.

Un agent de police gardait la porte d'entrée.

La détective inspira profondément pour calmer son anxiété. En temps normal, elle n'aurait jamais dû être chargée d'une affaire si grave : après tout, elle n'était qu'inspecteur. Mais son chef, l'inspecteur principal Gareth Hoskins, était en arrêt maladie depuis trois semaines pour cause de stress, ce qui donnait *de facto* à Tanika le grade d'inspecteur principal, dont elle disposait également pour l'affaire Stefan Dunwoody.

Elle avait donc passé trois semaines à lire et à relire son exemplaire du *Manuel de l'inspecteur principal* au cas où une grosse affaire lui tomberait sur les bras. Mais elle ne se faisait aucune illusion : mémoriser la théorie était une chose, mettre son savoir en pratique en était une autre.

Suis le règlement, se disait-elle en marchant vers la porte du bungalow. *Juste le règlement, et tout ira bien.*

– Bonjour, qu'avons-nous ici ? dit-elle à l'agent avec un aplomb entièrement simulé.

La victime s'appelait Iqbal Kassam, vivait seul et était chauffeur de taxi.

– Qui a découvert le corps ?

Un jeune livreur venu apporter un colis à Mr. Kassam avait trouvé la porte entrebâillée. Il était alors entré avec l'intention de poser le paquet sur une console avant d'apercevoir l'intérieur de la chambre à coucher. Mr. Kassam y était étendu, raide mort, du sang partout sur les oreillers.

– Je vois. Parlez-moi du livreur.

– Il est complètement sous le choc.

– Pensez-vous qu'il puisse être coupable ?

– Nous avons pris ses vêtements au cas où l'on y trouverait des résidus de tir, mais je crois que le cadavre est là depuis quelques heures.

Il désigna la camionnette blanche.

– Elle est équipée d'un GPS enregistreur et le livreur a pu me montrer son itinéraire de la matinée. Il est resté à distance de Marlow jusqu'à 12 h 37, heure à laquelle il a trouvé le corps et nous a appelés.

– Essayez d'interroger les autres personnes à qui il a livré des colis ce matin. Et assurez-vous que son histoire tient la route.

– Oui, inspecteur.

Tanika enfila une paire de gants en caoutchouc.

– Et la scène du crime ? demanda-t-elle.

– Aucune trace d'effraction ni de lutte. Ni de vol, apparemment. Juste le corps dans la chambre avec un trou dans le front.

– Bien. Allons voir Mr. Kassam.

Une fois entrée, Tanika prit le temps d'observer les lieux. Le logement était modeste, les meubles dépareillés paraissaient sortis d'un dépôt-vente, mais il était propre et bien tenu. Beaucoup mieux tenu, observa-t-elle, que son mari ne tiendrait le sien s'il vivait seul. Près de la porte d'entrée, elle remarqua une petite bibliothèque pleine à craquer de livres sur les bateaux et la navigation. Sur la console, une statuette en bronze représentait un navire d'autrefois toutes voiles dehors.

L'agent toussota et, d'un signe du menton, la dirigea vers la chambre. Elle entra. L'homme allongé dans un grand lit devait être Mr. Kassam. Son visage, les oreillers et les draps étaient couverts de sang.

Sur la table de nuit, elle trouva un sachet de comprimés, un verre d'eau à moitié vide et une édition du Coran reliée en cuir. Elle ramassa le sachet : Diphenhazine.

– Je me suis renseigné, dit l'agent. Ce sont des somnifères vendus sur ordonnance.

– Merci, dit Tanika en reposant le sachet sur la table de nuit.

Elle se promit d'appeler le médecin traitant de Mr. Kassam pour prendre connaissance de son dossier médical.

Iqbal Kassam paraissait avoir entre trente et trente-cinq ans, barbe noire fournie, cheveux noirs frisés. Et un trou au milieu du front. La balle ayant emporté l'arrière de sa tête, son oreiller était un horrible magma de sang, d'os brisés et de cervelle.

Tanika frissonna de tout son corps.

C'était son deuxième mort par balle en trois jours.

Et la première balle avait été également tirée au milieu du front.

Mais ce n'était pas le moment de se livrer à des spéculations. En tant qu'enquêtrice principale, elle était censée « identifier, sécuriser et préserver » la scène du crime. Théoriser, ce serait pour plus tard. Elle fit un effort pour se concentrer sur les preuves matérielles qu'elle avait sous les yeux.

L'agent avait raison : il n'y avait aucun signe de lutte. La couette était bien sagement relevée sous le menton de la victime, laquelle avait gardé les bras le long du corps, sous la couette. Iqbal Kassam ne s'était pas débattu.

Ce n'était pas un simple meurtre : c'était une exécution.

Un long gémissement aigu se fit entendre dans la maison, accompagné d'un bruit de griffes raclant du bois. On aurait dit la plainte d'un animal.

– Vous avez entendu ? Qu'est-ce que c'est ? demanda Tanika.

– Aucune idée, répondit l'agent, déconcerté.

Tanika se rendit dans le salon, où l'étrange lamentation, plus forte à cet endroit, paraissait provenir d'une paire de rideaux. Derrière eux, une porte-fenêtre donnait sur un petit jardin clos de murs.

Un doberman gémissait sur la pelouse. Le pauvre animal était svelte et élégant, il semblait bouleversé lui aussi, mais Tanika savait que ces chiens pouvaient être dangereux. Comment sécuriser et protéger la scène du crime avec une pareille créature dans le jardin ?

L'agent entra dans la pièce.

– Inspecteur, dit-il, je crois qu'il y a une femme qui nous espionne.

– Pardon ?

– Il y a une femme, derrière un buisson, qui nous observe.

– OK, restez ici à surveiller, s'il vous plaît.

Elle sortit si vite de la maison que ses yeux mirent quelques instants à s'adapter à la lumière du jour. Une grosse haie de laurier-cerise ainsi que plusieurs buissons, à côté d'un petit portail, séparaient le jardin d'Iqbal de la rue. L'un d'eux frémit, quelqu'un disparut derrière la haie et s'élança sur la chaussée.

Tanika, lancée à sa poursuite, fouilla dans son sac à main pour y saisir une petite matraque télescopique.

– S'il vous plaît ? appela-t-elle.

L'individu s'arrêta et se tourna vers elle.

Tanika lâcha la matraque et sortit la main de son sac. Elle avait devant elle une femme, la cinquantaine, solidement bâtie, les joues rougies par le soleil. Elle portait des chaussures de marche très sales et un chapeau à large bord tout troué. À sa ceinture étaient attachés plusieurs petits sacs et des laisses de chien effilochées. Elle avait l'air d'une brave fermière.

– Qui ? Moi ? dit-elle en se désignant de l'index

comme s'il n'avait pas été évident que l'inspecteur s'adressait à elle.

– Oui, vous. Vous étiez en train de nous espionner.

La femme, la main sur le cœur, continuait de feindre la surprise :

– MOI ?

– Pourriez-vous me dire votre nom ?

– Bien sûr, pas de problème. Mais en quoi ça vous regarde ?

– Dites-moi votre nom, c'est tout.

La femme réfléchit quelques instants, regarda le ciel, puis fronça le nez. Elle cherchait la réponse dans tous les coins de son cerveau.

– D'accord. Mon nom, c'est Denise.

Elle mentait, indéniablement.

– Vraiment ?

– Oui, répondit la femme en opinant vigoureusement du chef.

– Denise comment ?

– Comment, Denise comment ?

– Votre nom de famille.

– Denise... Denison.

– Vous vous appelez Denise Denison ?

– Tout à fait, répondit-elle, enchantée de son astuce.

– Et vous croyez que je vais gober ça ?

– Bah oui ! C'est comme je vous le dis. Je m'appelle Denise Denison.

– Bon, je vais vous simplifier la tâche. Je suis l'inspecteur Tanika Malik, j'enquête sur une mort suspecte, et si vous ne me dites pas immédiatement votre nom je vous arrête.

Le message passa très vite.

– Vous n'êtes pas en train de me dire qu'Iqbal… est mort ?

– Vous connaissez Mr. Kassam ?

– Oui, oui, je le connais très bien. Je m'appelle Suzie Harris.

Toute tentative de ruse s'était envolée.

– Et j'habite au 14, Oakwood Drive.

– Merci, mais pourquoi n'avez-vous pas commencé par là ?

– Depuis quand on donne son vrai nom aux poulets ? déclara Suzie comme si elle émettait une vérité universelle.

La détective soupira.

– Quand avez-vous vu Mr. Kassam pour la dernière fois ?

Suzie réfléchit un moment.

– Hier, je crois. J'étais venue chercher Emma pour sa promenade. C'est son doberman. Iqbal travaille la nuit, vous savez. Ça lui arrive. En tant que chauffeur de taxi. Alors, chaque matin, je fais faire un petit tour à Emma.

– Et pourquoi vous cachiez-vous derrière un buisson ?

– Parce que j'avais vu la voiture de police, c'est tout. Je voulais savoir ce qui se passait. Mais vous ne me racontez pas de blagues ? Il est vraiment mort ? C'est pas possible. Que s'est-il passé ?

La détective Malik ne souhaitait donner aucun détail, mais elle savait que pour chaque meurtre il y a une « heure d'or » qui commence immédiatement après le début de l'enquête : pendant cette courte période, les chances d'attraper le meurtrier sont à leur maximum. Mr. Kassam vivant seul, il n'y avait personne à interroger dans la maison, et son bungalow n'avait qu'un seul vis-à-vis : une maison avec un jardin en friche, les rideaux tirés et une pancarte À VENDRE.

En tout état de cause, Suzie était le seul témoin qui avait connu, même superficiellement, le défunt. L'inspecteur Malik lui expliqua que quelqu'un s'était introduit chez Mr. Kassam et l'avait tué pendant son sommeil.

Suzie mit quelques secondes à imprimer les faits dans son esprit.

– C'est impossible, dit-elle.

– Pourquoi ?

– Il n'y avait pas plus gentil qu'Iqbal. Vous n'avez qu'à demander à tous ceux qui l'ont connu. Adorable, et toujours de bonne humeur. Tout ce qu'il voulait, c'était gagner assez d'argent pour s'acheter un joli bateau et voguer sur la Tamise.

La détective Malik se souvint de la bibliothèque pleine de livres sur la navigation et du petit navire en bronze sur la console.

– Il avait de la famille ? Des proches ?

– Aucune idée, mais il me disait qu'il était de Bradford. Il avait passé une partie de son enfance à Marlow, c'est pour ça qu'il avait fini par s'y installer.

– Vous avez un moyen de contacter sa famille ?

– Je crois que ses parents sont morts il y a pas mal de temps. Et il était fils unique.

– Donc pas de famille immédiate ?

– Je ne pense pas. Peut-être des cousins, quelque part.

– Une dernière chose. Vous me dites que vous promeniez le chien de Mr. Kassam tous les matins ?

– Oui.

– Donc vous devez avoir un trousseau de clés de sa maison.

– Ah, non ! Vous n'allez pas me mettre ça sur le dos ! Iqbal faisait très attention. Je n'avais accès qu'à son jardin, et j'entrais par ici.

Elle désigna un portail qui faisait communiquer le jardin du bungalow de Mr. Kassam avec celui de la maison à vendre.

– Vous êtes sûre qu'il ne vous a jamais donné ses clés ?

– Absolument certaine.

– Donc je dois vous demander où vous étiez toute la matinée.

– Eh bien… Un de mes clients est venu chercher ses labradors noirs à 8 heures environ. Je m'occupais d'eux depuis la veille. Mais après, je suis restée chez moi.

– Il y avait quelqu'un avec vous ?

– Non. Je vis seule. Et si j'étais mêlée à cette histoire, croyez-vous que je me serais pointée chez Iqbal juste après la police ? Vous me prenez peut-être pour une idiote, mais je ne le suis tout de même pas à ce point-là.

Un van gris équipé d'une antenne parabolique s'arrêta juste devant le bungalow. Une onde de découragement parcourut Tanika. Comment faisait la presse pour être si vite au courant d'un crime ? Elle allait demander à l'agent de les faire déguerpir, mais il fallait aussi éloigner la chienne de Mr. Kassam.

– J'ai deux services à vous demander. Pourriez-vous vous charger de la chienne, au moins jusqu'à ce que nous trouvions une solution ?

– Bien sûr, je m'occuperai d'Emma. L'autre service ?

– Vous voyez la presse locale, là-bas ?

Elle désigna un reporter et un cameraman qui sortaient leur équipement du coffre du van.

– J'aimerais que vous évitiez de leur parler.

– N'ayez aucune inquiétude, je suis une tombe.

– Merci !

La détective accompagna Suzie jusqu'au jardin. La chienne de Mr. Kassam l'accueillit avec effusion. Suzie, de son côté, ne lui témoigna pas moins d'affection : sa relation avec l'animal était à l'évidence spontanée et sincère.

Lorsque Suzie fut partie avec l'animal en laisse, Tanika retourna voir le corps. S'il n'y avait pas eu du sang partout, on aurait pu croire Mr. Kassam endormi. À part, bien sûr, ce trou dans le front. C'était un meurtre, à n'en pas douter. Judith avait-elle raison ? Était-ce là le deuxième meurtre ? Cela paraissait impossible, mais il était tout aussi impossible de nier les similitudes entre les deux décès.

La détective allait quitter les lieux quand un rayon de soleil, à travers la fenêtre, vint ricocher sur quelque chose dans la bouche d'Iqbal. Les lèvres de la victime étant presque closes, elle ne l'avait pas encore remarqué.

– Auriez-vous une lampe torche ? demanda-t-elle à l'agent.

Il lui en apporta une, allumée.

– Pouvez-vous la braquer sur la bouche de la victime ?

L'agent s'exécuta. La lumière fit scintiller un petit objet.

La détective tira avec précaution sur ce qui se révéla être une chaînette en argent.

Au bout de cette chaînette se trouvait un petit médaillon de bronze dont la circonférence était gravée d'un motif de feuilles entrelacées. Il était identique à celui qu'on avait trouvé sur le corps de Stefan. Il y avait même un mot gravé sur une face, cette fois ce n'était pas « Foi », mais « Espérance ».

Cette découverte saisit la détective Malik comme un seau d'eau glacée.

Judith Potts avait raison.

Stefan avait été assassiné. D'une balle au milieu du front. L'assassin avait récidivé en tuant Iqbal exactement de la même manière et avait laissé un médaillon de bronze sur la scène du crime exactement comme il l'avait fait sur la précédente. C'était un message.

Et ce n'était pas fini, comprit la détective Malik, parce qu'elle se souvenait de l'ancienne formule : « Foi, espérance et charité ». Or, si « Foi » et « Espérance » avaient accompagné les deux premiers cadavres, « Charité » n'était pas encore apparu…

Ce message laissé par le tueur était parfaitement clair.

Un troisième meurtre allait être commis.

Bilan de l'enquête (1)

Rien de tel qu'une grille de mots-croisés
pour faire le point sur l'enquête !

Horizontalement

A. Ce mot, je n'arrive pas à le définir. C'est moi : *I, me, myself*. B. *Or* anglais. Herbicide du passé. Elle a entendu la querelle avec Elliot. C. Ses grilles sont imbitables. Niveau d'échecs. *Three and something*. D. Filez, à l'église de Tous-les-Saints. J'adore tous ceux de *Puzzler*. E. Mon royaume ! Rappelant un intérieur anglais. Fleming auteur d'un sacré Bond. F. Tel le sucre enrobant mes bonbons. Élégant à Marlow. Repas du mâtin. G. Laissai des empreintes dans la boue. Convenir. H. Troisième larron. Comme des convictions ou des relations. Barque propulsée à la perche. I. Pour la reine, elle est royale. Je le fais pour calmer mes nerfs. Bien roulé. J. Dunwoody avait une assistante pour cette saison. Vieilles copines au cœur tendre. Chloe pour Sam. K. Chaque médaillon l'est avec un mot. *Lucy in the Sky with Diamonds*. Ma petite sieste. L. Attaché comme fichu. Très, sur une partition de la chorale. Le Clown du King. M. Mon voisin avec un trou dans le front. Dunwoody en a-t-il commis, comme l'affirme haut et fort Elliot ? N. Plante qui en dégage un homophone. Flou ici et collant chez vous. Le genre de Huxley. Béatifié. O. Dans le vent d'antan. Elles hurlent sur les voitures de police, moins sur les rochers. Juillet figure dans celle de la Régate de Henley.

Verticalement

1. Révérend révérant Becks. Mort à ces volatiles idiots ! 2. Les minutes pour aller chez le voisin en barque. Becks en porte un noir molletonné. Pique-sous selon Donald. 3. Comme j'aime vivre. Laisser comme Betty me l'a fait. 4. Mon lait l'est. Cette histoire lui est dédicacée. Celui de se déverrouiller m'agace, chez ma tablette. 5. Match entre le meurtrier et moi. On m'y verra peut-être. Dunwoody était le mien. 6. Qui l'est, à Marlow ? Terrible tsar. 7. Celui d'Elliot le pousse à regarder la caméra. Comblées. Bouclier digital. 8. Les crimes à Marlow ne le sont plus. Il rassure avant sauf. 9. Pendant l'année. Sport *tonic*, comme le gin. Né à l'envers. Mon saule n'en verse pas une. 10. Rappel. Il court toujours et une troisième victime est à craindre. 11. Avec ce vêtement, un type refroidi ne meurt pas. Mon dieu, même s'il ne me voit pas souvent. Pique fort. 12. « Pan ! » ou « frrr ! frrr ! », La preuve, pour l'enquêteur matheux. 13. Symbole titanique cool. Une dose de somnifère et d'amnésie. Les frontières de l'inconnu. Langue parlée dans le restaurant pakistanais du coin. 14. Pourquoi Elliot en donne-t-il une dans le dos de cet homme ? Décorera d'un aspidistra récalcitrant. Point cardinal. 15. Déesse mère d'Horus, *niet* ? C'est comme vous, en anglais. J'en suis une...

CHAPITRE 10

De retour chez elle, Judith était en effervescence. Qui pouvait être la victime de ce deuxième meurtre à Marlow ? Le prochain bulletin télévisé local serait diffusé après le journal de 18 heures. Il en serait certainement question. En attendant, que faire ?

Judith jeta un regard aux piles de vieux journaux, de magazines et de revues qui jonchaient le sol de son salon. Ce désordre devenait insupportable, elle en était consciente. Tout en contemplant ce capharnaüm, elle se mit à jouer avec la chaîne qu'elle portait en permanence autour du cou. Elle sortit machinalement la petite clé du col de son chemisier et son regard se dirigea vers une porte à côté de sa table de bar. Elle ne pouvait s'empêcher de la regarder. Et d'y penser, encore moins.

Elle resta ainsi un long moment, puis fit retomber la clé dans son col. Une seule solution : se trouver une occupation. C'était toujours la solution. Elle alla vers la table du salon, où s'étalait un puzzle inachevé. Oui, voilà une bien meilleure idée : sans risque, succès garanti, et divertissant mais pas trop.

Ce puzzle représentait un West Highland terrier en gilet écossais et le château d'Édimbourg en arrière-plan. Judith n'aimait pas spécialement les West Highland terriers et pas du tout les West Highland terriers en gilet écossais. Mais comme elle achetait tous ses puzzles dans les dépôts-ventes de Marlow et les y rapportait une fois terminés, elle était bien contente d'en avoir trouvé un qu'elle n'avait jamais encore fait.

Elle passa tout l'après-midi sur le puzzle. Vers 18 heures, elle eut une petite faim. Comme elle essayait, depuis quelque temps, de perdre un peu de poids, ce serait un œuf poché sur un toast. Mais un seul œuf, ce n'était tout de même pas sérieux, alors elle se fit deux œufs sur deux toasts généreusement beurrés. Et quelques frites au four pour boucher les trous, puisque le reste du repas avait été tellement diététique. Avec ça, une bonne tasse de thé bien sucré et, pour le dessert, une toute petite tablette de chocolat haut de gamme. Malheureusement, elle n'avait pas trouvé ces minuscules tablettes lors de son dernier shopping hebdomadaire. Elle s'était donc acheté une grosse tablette aux fruits secs, modèle familial. Oh ! Elle n'allait pas la manger d'un seul coup. Cette tablette durerait sans problème jusqu'à la fin de la semaine.

Alors que Judith terminait le dernier carré de la tablette, le bulletin télévisé local commença. À sa grande satisfaction, le meurtre de Marlow faisait la une. Elle posa son plateau-repas à côté d'elle et attrapa sur sa table de travail un crayon bien aiguisé et un bloc de papier millimétré afin de noter les grandes lignes de l'affaire : la victime était un certain Iqbal Kassam, chauffeur de taxi, le décès remontait de toute évidence au matin même, et la police lançait un appel à témoins. *Pas grand-chose*, pensa Judith, mais l'appel à témoins était suivi de l'interview d'une femme.

– Je ne peux rien vous dire ! claironnait-elle à la caméra, mais elle était visiblement enchantée d'être le centre d'attention et mourait d'envie de tout raconter.

– Vous étiez une amie de Mr. Kassam ? demandait le journaliste.

– Non, je ne vous dirai rien. Pas un mot. Juste ceci, tout de même : quiconque a fait ça à Iqbal mérite d'être pendu à un lampadaire. Viens, Emma !

Elle s'éloigna avec un doberman en laisse. Judith l'avait reconnue. Elle ne lui avait jamais adressé la parole, mais elle la voyait souvent entourée de chiens dans les prés qui bordaient le sentier de halage près de sa maison. Sans doute une promeneuse de chiens locale. Et si on l'avait trouvée près de la maison de Mr. Kassam, peut-être le connaissait-elle.

Judith alla se verser un trait de whisky. Ce rituel du soir lui venait de sa grand-tante Betty. Elle en avait pris l'habitude lorsqu'elle était venue s'installer dans sa grande maison pour prendre soin de la santé déclinante de sa tante. Betty n'y dérogeait jamais : un fond de whisky dans un verre épais en cristal taillé. C'était purement thérapeutique, expliquait-elle à sa petite-nièce : depuis qu'elle prenait un verre de whisky chaque soir, plus de rhume ni de grippe ! Après la disparition de sa tante, Judith avait adopté son rituel par fidélité : un verre de scotch chaque soir, c'était juste de la bonne éducation. Pour faire honneur à sa tante. Et de toute façon, quel mal pouvait-il y avoir à siroter gentiment un doigt – à peine – d'un breuvage aussi naturel, voire biologique, que le scotch ?

Son trait de whisky du soir en main, elle bâtit son plan d'action. Il fallait parler à cette femme qui connaissait Mr. Kassam.

Elle but d'un trait ce premier trait.

Et s'en versa un autre. Ça l'aidait à penser.

Le lendemain matin, Judith se prépara une Thermos de thé bien fort et des sandwichs à la betterave qu'elle enveloppa dans du papier, puis partit se promener au bord de la Tamise. Le soleil était déjà haut et elle se sentait tout exaltée. Sur sa rive, des vaches broutaient paisiblement, et sur l'autre le terrain s'élevait en pente douce jusqu'à Winter Hill, une crête densément boisée qui s'étendait entre Marlow et le joli village de Cookham. Ce que Judith appréciait par-dessus tout dans cette promenade, c'était l'activité incessante sur le fleuve : l'équipe de rameurs d'une école fendant les flots à la vitesse de l'éclair, un vieux beau égocentrique conduisant son bateau à moteur comme une Volvo Estate, une maman cygne suivie de ses petites boules de duvet nageant en file indienne…

Le chemin de halage n'était pas moins animé : adolescents pataugeant dans les petites criques qu'avaient formées, à la longue, les vaches qui descendaient boire la nuit ; familles à vélo, casquées du plus petit au plus grand ; et, dans chaque pré, des chiens sans leur laisse, courant à perdre haleine.

Judith atteignit sa place préférée, sous un saule pleureur. Elle étala sa cape grise sur l'herbe, s'assit et attendit avec son thé et ses sandwichs. Elle n'avait pas apporté de livre ni de grille de mots croisés, car elle savait que la contemplation du paysage l'absorberait entièrement. Quelques minutes plus tard, elle était si détendue qu'elle ne percevait plus que la petite musique d'un criquet et le soleil qui la chauffait jusqu'aux os. Le bonheur.

La rêverie de Judith fut interrompue par l'arrivée d'une meute de chiens totalement déchaînés, aboyant, culbutant les uns sur les autres. Ils étaient accompagnés de la femme qu'elle avait vue au bulletin télévisé local. Comme elle l'avait espéré.

Il ne lui restait plus qu'à se lever, ce qui, à son âge, était plus facile à dire qu'à faire. Avec un grognement, Judith s'appuya sur une racine du saule et se redressa lentement. Au bout d'un moment, ses genoux se débloquèrent et lui permirent de tenir debout. *Enfer et damnation !* se dit-elle. Si elle avait eu un conseil à donner à la femme qu'elle était quelques décennies plus tôt, c'eût été : *évite de vieillir*.

Judith ramassa sa cape, la fit claquer dans l'air pour éliminer les brins d'herbe et s'avança vers la femme aux chiens. À mesure qu'elle approchait, elle lui trouvait quelque chose de solide, de bien campé. C'était dû à sa posture bien droite, les deux pieds fermement posés au sol. Un général passant ses troupes en revue ou un capitaine d'autrefois, debout sur le pont de sa goélette. Oui, conclut Judith, c'était bien cela : avec son chapeau à large bord, ses lourdes chaussures de marche et toutes ces laisses de chien entrecroisées autour d'elles telles des bandoulières, cette femme avait quelque chose d'un officier de marine. Et même d'un pirate.

– Bonjour ! la salua Judith.

– Bonjour ! répondit Suzie avec un sourire amical. Je vous connais, vous êtes la dame qui habite la grande maison au bord de la rivière, par là, n'est-ce pas ?

– Vous me connaissez ?

– Je passe devant votre maison depuis des années. Et honnêtement, j'ai toujours eu envie de voir comment c'était à l'intérieur.

Suzie trouvait ça très drôle, mais Judith était outrée. En voilà une chose à dire à quelqu'un qu'on vient juste de rencontrer !

– Je m'appelle Judith Potts.

– Et moi, Suzie Harris.

Un silence amical s'ensuivit. Elles regardèrent quelques instants les chiens faire les fous dans la Tamise.

– Ils sont beaux, ces chiens, dit Judith.

– Magnifiques, n'est-ce pas ? Et avec les chiens, on sait toujours où on en est.

– Je dois avouer que je suis plutôt chat.

– Les chats ! s'exclama Suzie comme le capitaine Achab aurait dit : « Les baleines ! » Je ne vous suis pas sur ce terrain. Les chats sont toujours en train de vous juger.

– Vous croyez ?

– Pas les chiens. Ils ne sont pas comme ça. Ils sont loyaux. Ils ne vous laissent jamais tomber.

– C'est bien possible. Dites-moi, j'espère que vous ne m'en voudrez pas, mais notre rencontre n'est pas entièrement le fait du hasard.

– Ça par exemple !

– Je vous ai vue hier soir à la télé. Vous connaissiez ce pauvre monsieur qui s'est fait tuer, non ?

– Iqbal ?

– Oui.

– Je le connaissais très bien. Je le voyais pratiquement tous les jours. Et vous, vous le connaissiez ?

– Malheureusement non. Mais je crois que mon voisin, Stefan Dunwoody, a été assassiné la semaine dernière, et j'essaie de savoir si les deux meurtres sont liés.

Il n'y avait qu'elles deux dans le pré, Suzie le savait, mais elle ne put se retenir de jeter un coup d'œil sur les alentours pour s'assurer qu'elles étaient bien seules.

– Vous êtes complètement cinglée ! lui murmura-t-elle, au comble de la félicité.

– Pardon ?

– Vous enquêtez sur le meurtre de votre voisin ?

– C'est exact.

– Eh bien ! Foncez ! C'est génial. J'adore !

Suzie, le visage éclairé d'un large sourire, se remit à surveiller les chiens.

Ils plongeaient dans la rivière avec force éclaboussements, en ressortaient et faisaient un petit tour avant d'y replonger. Elle continuait de sourire.

Judith attendit qu'elle reprît la parole.

Elle n'en fit rien.

– Alors, croyez-vous qu'ils soient liés ? insista Judith.

– Quoi ?

– Les deux meurtres !

– Oh, bien sûr ! Désolée, je pensais à autre chose.

Suzie sortit une vieille boîte en fer-blanc d'un sac

qu'elle portait à la ceinture, y prit un paquet de tabac et du papier à rouler à la réglisse, et se roula une cigarette.

– Pourquoi ne me racontez-vous pas toute l'histoire ? Allez-y, je vous écoute.

Alors Judith raconta : le coup de feu chez Stefan, la découverte du corps et ses forts soupçons à propos d'Elliot Howard malgré son alibi à l'heure du crime.

– C'est très étonnant.

– Ça l'est.

– Mais vous croyez vraiment qu'Elliot Howard est l'assassin ?

– Vous le connaissez ?

– J'ai passé toute ma vie ici. Je connais tout le monde.

– Que pouvez-vous me dire de lui ?

– Eh bien... Il est très grand, non ?

Judith, d'accord sur ce point, attendit une nouvelle révélation de Suzie, qui ajouta, après un temps de réflexion :

– Et il a tous ces beaux cheveux !

Ce n'était pas tout à fait la mine d'informations que Judith avait espérée.

– Vous rappelez-vous la dernière fois où vous lui avez parlé ?

– Maintenant que vous le demandez, je crois que je ne lui ai jamais adressé la parole. Mais il habite cette maison neuve, au bout de Gipsy Lane. C'est important, non ?

Judith s'efforça de ne pas laisser voir sa déception.

– C'est très intéressant, mais sauriez-vous, par hasard, pourquoi Iqbal a été tué ?

– Non !

– Aurait-il eu des activités louches ?

Suzie retira un brin de tabac coincé entre deux dents et s'en débarrassa d'une pichenette.

– Pas le moins du monde. Iqbal était l'honnêteté même. Vous voyez ce chien dans l'eau ? (Elle désigna Emma qui barbotait dans la Tamise.) C'est le doberman d'Iqbal.

– Iqbal avait un doberman ! s'étonna Judith, qui connaissait la réputation de cette race de chiens.

– Oui, je sais ce que vous pensez, mais je ne suis pas d'accord, répondit Suzie. Les dobermans sont formidables. Bien sûr, ce sont des chiens de garde. Ils peuvent être dangereux si l'on ne s'approche pas d'eux de la bonne manière. Ou s'ils croient que leur maître est en danger, ou même que quelqu'un qu'ils connaissent est en danger. Alors oui, prenez un doberman à rebrousse-poil et il vous arrachera le bras, et les femelles sont pires que les mâles, soit dit en passant. Mais Emma est la chienne la plus gentille du monde.

Judith attendit la suite. Suzie ne dit rien.

– Emma, c'est donc la chienne d'Iqbal ? dit Judith pour relancer la conversation.

– Je pense bien ! s'exclama Suzie, repartant au quart de tour. Mais pas depuis l'origine. Elle a d'abord appartenu au voisin d'Iqbal, un vieux bonhomme qui s'appelait Ezra. Ezra Harrington, je crois. Mais l'année dernière, Ezra a eu un cancer, le pauvre type. Et il vivait seul. Quand il devait aller à l'hôpital ou acheter ses médicaments, Iqbal l'emmenait en taxi et ne lui faisait jamais payer la course. Parce qu'il avait un cœur d'or. Moi, par exemple, je ne ferais ça pour aucun de mes voisins, et pourtant je les connais depuis des années !

Judith sourit poliment. Suzie goûtait beaucoup sa blague, Judith nettement moins.

– Bon, pour finir, l'état d'Ezra ne s'améliorait pas. Il n'avait que quelques mois à vivre. Quelques semaines. Et il paniquait parce qu'il ne savait pas qui s'occuperait de sa chienne après sa mort. Alors Iqbal, qui, je peux vous l'assurer, ne connaissait rien aux chiens, lui promit de prendre Emma avec lui. Et il l'a fait ! Il a adopté Emma à la mort d'Ezra. L'année dernière. N'importe qui d'autre se serait débarrassé d'Emma aussi vite que possible. C'est ce que j'aurais fait, moi. Mais Iqbal me disait qu'une promesse faite à un mourant, c'était sacré. C'est ainsi qu'Emma est devenue la chienne d'Iqbal. Et comme les dobermans ont besoin de beaucoup d'exercice, il m'a demandé de venir la promener chaque matin. Quand il dormait le jour après avoir travaillé de nuit. Voilà tout ce qu'il y a à savoir sur Iqbal. Impossible qu'il soit mêlé à quelque chose de louche. C'était un saint, il n'y a pas d'autre mot.

– Saint ou pas, quelqu'un avait tout de même des raisons de le tuer.

– Ça ne veut pas dire que ces raisons concernaient directement Iqbal.

– Elles le concernaient d'une façon ou d'une autre.

– Je ne vois pas les choses ainsi. C'est un chauffeur de taxi. Il peut très bien avoir eu un criminel sur sa banquette arrière et avoir entendu, ou vu, des choses qu'il n'était pas censé entendre. Et le criminel, quel qu'il soit, peut avoir compris qu'Iqbal en savait assez pour l'envoyer en prison. Enfin, je n'ai pas les détails, mais en tout cas il va chez Iqbal et il le bute.

Malgré ses fanfaronnades, Suzie n'avait pas tort.

– Oui, vous avez peut-être raison, dit Judith. Iqbal aurait pu voir ou entendre quelque chose de compromettant. Mais cela appelle une autre question : dans une ville comme Marlow, qu'est-ce qui peut bien motiver un meurtre ?

Suzie éclata d'un rire enroué, tira une dernière fois sur son mégot, puis le jeta au loin.

– Oh ! Il se passe plein de choses pas très jolies, par ici. Ne vous laissez pas impressionner par les pelouses bien tondues et les belles voitures qui brillent.

– Vraiment ?

– Ça fait plus de trente ans que je promène les chiens, et pardon de vous le dire, mais les gens d'ici sont vicieux.

Il y avait dans le ton de Suzie quelque chose de définitif qui étonna Judith.

– Emma ! Non ! s'écria soudain Suzie.

Emma le doberman courait après un teckel qui faisait partie du groupe de chiens, l'attrapa par le cou et le souleva.

– Lâche Arnold ! cria Suzie. Désolée, faut que j'y aille ! dit-elle à Judith en se précipitant vers le doberman. Emma, non ! Repose Arnold !

Immédiatement après le départ de Suzie, Judith chercha le mégot qu'elle venait de jeter et le piétina. Avec cette chaleur, un feu de broussailles était si vite arrivé.

Elle se rassit un moment pour méditer sur ce qu'elle venait d'apprendre. Il n'y avait pas grand-chose de consistant, à part l'intuition de Suzie, qu'elle trouvait très plausible : Iqbal pouvait avoir été tué parce qu'il avait entendu ou vu quelque chose à bord de son taxi.

Judith, décidant de poursuivre sa réflexion et sa promenade, prit la direction de Marlow. Elle traversa deux prés et se retrouva à Higginson Park, où elle s'arrêta quelques instants pour regarder des enfants qui se chamaillaient sur le terrain de foot comme de vrais petits hooligans. Leur énergie, leur joie de vivre la comblaient de bonheur.

Arrivée à l'église, elle quitta le sentier de halage et atteignit un pré situé de l'autre côté de la ville. Au loin, une femme s'avançait vers elle. Elle était rousse, comme la femme aux cheveux auburn qu'elle avait aperçue quelques jours plus tôt dans le jardin de Stefan. Mais quand elle fut plus proche d'elle, Judith sursauta.

Ce n'était pas quelqu'un qui ressemblait à cette femme, c'était cette femme !

Judith agita les bras et cria :

– Bonjour !

La femme aux cheveux roux s'arrêta net.

– Attendez ! cria Judith, qui entreprit de la rejoindre à grandes enjambées.

L'autre tourna les talons et se mit à courir.

Judith accéléra à son tour, mais la femme était plus jeune qu'elle. Malgré sa pratique régulière de la natation et de la bicyclette, Judith, quoique très en forme pour son âge, avait les jambes courtes, et l'herbe était haute. Elle faisait d'énormes efforts, mais la femme sortit du pré et referma la barrière de fer.

Une demi-minute plus tard, Judith atteignit la

barrière, l'ouvrit et se retrouva dans un petit parking au sol couvert de gravier. Une douzaine de voitures y étaient garées. Où était-elle passée ?

Une voiture bordeaux sortit d'un créneau dans un crissement de pneus et quitta le parking à toute vitesse. Judith vit briller à l'intérieur l'éclair d'une chevelure rousse. Le vieux véhicule répandait une fumée grise.

Pourquoi s'était-elle de nouveau enfuie ?

Pour l'avoir vue de plus près, Judith l'avait reconnue. Elle lui avait déjà parlé ou l'avait vaguement rencontrée à Marlow, mais elle n'arrivait pas à préciser où ni quand.

Judith eut beau se torturer les méninges, l'identité de la femme aux cheveux auburn lui restait mystérieusement inaccessible.

CHAPITRE 11

Le lendemain matin, assise à son bureau, Tanika Malik était profondément frustrée. La presse locale se répandait en long et en large sur le meurtre d'Iqbal, et leur découverte de celui de Stefan Dunwoody n'était qu'une question de temps. Comme se plaisait à lui répéter le commissaire, l'horloge tournait.

Ni Tanika ni aucun de ses équipiers n'avaient pu mettre la main sur le moindre suspect ayant une bonne raison de tuer Iqbal Kassam. Tout était conforme à la description de Suzie, la promeneuse de chiens : Iqbal était immaculé ou en avait toute l'apparence. Le porte-à-porte ne donna rien non plus. Personne, dans la rue d'Iqbal, ne se souvenait avoir entendu une détonation ou aperçu un individu suspect rôdant aux alentours, entrant ou sortant de chez la victime. Pourtant, quelqu'un était bien entré dans son bungalow et l'avait descendu…

La découverte d'un agenda électronique où Iqbal consignait chacune de ses courses avait, provisoirement, fait renaître l'espoir. Tanika y avait trouvé une liste exhaustive de ses clients, leurs coordonnées, la date et l'heure de chaque trajet. Mais quand son équipe les avait interrogés, tout ce qu'elle avait pu en tirer, c'était qu'Iqbal était un type formidable. Toujours de bonne humeur, digne de confiance, l'honnêteté faite homme. Beaucoup se rappelaient qu'il n'hésitait pas à prolonger la course compteur éteint si le client en avait besoin, et qu'il lui arrivait même de ne pas faire payer si le passager était dans une situation difficile, ou complètement fauché.

Ses relevés bancaires confirmèrent cette histoire d'honnêteté et de travail assidu : Iqbal déclarait tous ses revenus, dépensait peu, n'était pas endetté, et donnait même dix pour cent de ce qu'il gagnait à des œuvres charitables. Tout généreux qu'il fût, il vivait si modestement qu'à sa mort il avait près de vingt-trois mille livres sur son compte en banque. Il économisait pour s'acheter un bateau qu'il amarrerait à Marlow, sur la Tamise. Et il était sur le point de réaliser son rêve au moment où il avait été assassiné.

Selon les premiers résultats de l'autopsie, il n'avait pas d'alcool dans le sang mais des traces de Diphenhazine, le somnifère retrouvé dans sa chambre, bien en dessous de la limite critique toutefois. Le toxicologue judiciaire précisait qu'il y en avait assez pour plonger Iqbal dans un état de somnolence, mais pas davantage. Ce n'en était pas moins un médicament dispensé sur ordonnance, et Tanika appela le médecin généraliste d'Iqbal. Celui-ci lui confirma que Mr. Kassam l'avait consulté l'année précédente pour ses insomnies. Comme il travaillait trop souvent de nuit, il avait du mal à trouver le sommeil le jour.

Ces éléments firent réfléchir Tanika. Il n'y avait

aucun signe d'effraction ou de lutte. Iqbal étant sous somnifères quand il avait été tué, il était peu probable qu'il se soit levé pour faire entrer l'assassin.

Cette théorie fut confirmée par le médecin légiste, qui fixait le décès d'Iqbal entre 5 heures et 6 heures du matin. Cela concordait avec son emploi du temps : la nuit de sa mort, il avait travaillé jusqu'à 3 heures. Selon le scénario le plus probable, il était rentré chez lui et, ne réussissant pas à s'endormir, avait pris des somnifères. Entre 5 heures et 6 heures, l'assassin s'était introduit chez lui avec un double des clés et l'avait tué.

Si l'assassin avait les clés, Iqbal devait le considérer comme un ami ou au moins comme une personne de confiance. Il n'avait même pas jugé bon de le faire pour Suzie Harris, qui promenait son chien tous les jours.

La détective Malik et son équipe avaient beau chercher, il n'y avait rien, ni dans l'agenda d'Iqbal, ni dans ses e-mails, ni dans ses relevés téléphoniques ou bancaires, ni dans quoi que ce soit d'autre, qui indiquait qu'il avait des amis. Même pas une simple connaissance. Comme Suzie le lui avait dit, Iqbal était enfant unique et ses parents étaient morts depuis des années.

Il n'y avait en réalité que deux pistes.

La première : le médaillon de bronze gravé du mot « Espérance » qu'on avait sorti de la bouche d'Iqbal. Il ne portait aucune empreinte digitale, exactement comme pour le médaillon attaché à la veste de Stefan.

Les deux médaillons faisaient clairement partie de la même série. Le temps leur avait donné la même patine, le décor de feuilles entrelacées sur la tranche était identique. Les caractères gravés composant les mots « Foi » et « Espérance » étaient de la même police.

Quant à la seconde piste, si les médaillons suggéraient un lien entre les deux meurtres, le rapport balistique ne laissait, lui, aucun doute à ce sujet. La balle qui avait tué Iqbal et celle qui avait tué Stefan provenaient du même pistolet.

Un Luger de la Seconde Guerre mondiale.

Tanika n'y comprenait rien. Pourquoi voudrait-on tuer un marchand d'art et ensuite un chauffeur de taxi ? Et où l'assassin était-il allé chercher un pistolet Luger d'époque ? À force de se creuser la tête, elle décida d'appeler une personne liée à l'affaire, qui connaissait certainement la réponse.

– Vous voulez savoir comment on se procure un pistolet ancien ? dit Elliot à l'autre bout du fil. C'est curieux comme question.

– Est-ce facile à trouver ?

– Ça dépend des armes. Il y a bien un marché de l'antiquité pour les hallebardes et les masses d'armes, entre autres, et même pour des armes d'époque plus récente. Mais permettez-moi de préciser, vous parlez peut-être de pistolets neutralisés ? Dont on a désactivé le mécanisme de feu ? On ne peut, légalement, vendre des armes à feu anciennes que si elles ont été neutralisées.

Le ton de sa voix avait quelque chose d'onctueux, d'un peu trop satisfait de soi. Tanika se demanda si Judith, après tout, n'avait pas vu juste : ne prenait-il pas plaisir à cette conversation ?

– Vous en vendez, de ces armes ?

– Deux fois par an, nous avons une vente d'objets militaires.

– Et toutes les armes à feu sont neutralisées.

– Bien entendu. Le contraire serait illégal.

– Est-il possible que vous ayez vendu, un jour, un pistolet ancien non neutralisé ? Par inadvertance ?

– Non, c'est impossible. Nous avons un expert militaire qui vérifie tous les lots avant chaque vente. Si jamais on essaie de nous fourguer un pistolet non neutralisé, nous le refusons et nous alertons la police. Mais pourquoi me parlez-vous de pistolets non neutralisés ?

– Parce que nous avons des preuves de l'existence d'une de ces armes.

– Si c'est le cas, je peux vous assurer qu'elle n'est pas passée par mon hôtel des ventes.

– Savez-vous par où, alors ?

– Par Internet, probablement. Il y a tout un marché noir de l'arme historique non neutralisée. Je pense que ce marché s'adresse à des nostalgiques et à des fantaisistes, mais si l'on cherche sérieusement on peut trouver des pistolets anciens en parfait état de marche, et plein de spécialistes prêts à expliquer comment on réactive un pistolet neutralisé. Donc, pour peu qu'on se donne un peu de mal, il y a plus d'un moyen de mettre la main sur un pistolet ancien capable de tirer.

– Je vois. Puis-je vous poser encore une question ?

– Je vous en prie ! dit Elliot. Toujours ravi d'aider la police !

– Si je vous dis « foi » et « espérance », vous me répondez quoi ?

– « Charité ». N'importe qui vous répondrait ça.

– Et que signifie pour vous cette formule ?

– « Foi, espérance et charité », les trois vont ensemble. Je crois que ça vient de la Bible. Ça ne signifie rien de spécial pour moi.

– C'est dans la première épître aux Corinthiens, chapitre XIII, verset 13. « Foi, espérance et charité » est la formule traditionnelle que l'on trouve dans la Bible du roi Jacques. Dans les versions modernes, elle devient « Foi, espérance et amour ».

– Vraiment ? On en apprend tous les jours. En quoi puis-je encore vous être utile ?

– Juste une dernière question. Pouvez-vous me dire où vous étiez hier matin, entre 5 heures et 6 heures ?

– Où j'étais entre 5 heures et 6 heures du matin ?

– Oui.

– Vous ne parlez pas sérieusement ?

– Répondez juste à la question, s'il vous plaît.

– J'étais où je suis toujours à cette heure-là. Au lit. Dormant à poings fermés.

– Avez-vous un moyen de le prouver ?

– Que je dormais ? Vous pourriez demander à ma femme, Daisy. Mais je crois qu'elle dormait aussi.

– Donc vous ne pouvez pas prouver que vous étiez dans votre lit ?

– Évidemment que non, pas plus que vous d'ailleurs ! Comme vous-même et à peu près tout le monde dans ce pays, j'étais dans mon lit entre 5 heures et 6 heures hier matin. Bon, on a fini maintenant ?

Tanika fut satisfaite de percevoir, enfin, un brin d'irritation dans la voix d'Elliot. Elle l'assura que oui, c'était fini, le remercia de lui avoir accordé un peu de temps et raccrocha. Elle se remémora la conversation. Une fois de plus, il avait répondu à ses questions d'une façon imperturbable, mais il y avait un détail significatif : lorsqu'elle lui avait demandé où il était entre 5 heures et 6 heures du matin, il avait répondu sans manifester la moindre curiosité. D'habitude, quand elle posait cette question, on lui demandait d'abord pourquoi. C'était humain. Une réaction naturelle qu'Elliot n'avait pas eue.

C'était bien beau de s'interroger sur Elliot et ses manières bizarres, mais en vérité ni elle ni son équipe n'avaient repéré la moindre référence à Elliot Howard dans la vie d'Iqbal. Ni appel téléphonique, ni e-mail, ni SMS. En l'absence de preuves, elle ne pouvait plus gaspiller le temps et les ressources de la police en continuant à l'interroger.

Elle regarda sa montre. Chez elle, son mari, pelotonné sur le canapé avec leur adorable fille, devait regarder la télévision. La vaisselle du thé était encore dans l'évier, le linge sale qu'elle avait trié, blanc, noir et couleurs, toujours en tas sur le palier à l'étage, quant aux devoirs et à la boîte repas pour l'école du lendemain… Tout cela, elle devrait s'y mettre en rentrant. Elle avait aussi promis à son père de passer le voir sur le chemin du retour : il l'avait appelée dans la journée pour lui dire que sa chaudière était en panne et qu'il fallait être une bien mauvaise fille pour laisser son vieux papa sans eau chaude pour son bain.

Tanika sursauta. Un agent venait d'entrer dans son bureau.

– Excusez-moi, dit-elle. J'étais distraite. Qu'y a-t-il ?

– Je viens de recevoir un appel du *Daily Mirror*. Ils savent qu'Iqbal est la deuxième victime du tueur et que le premier est Stefan Dunwoody.

Tanika soupira. Elle avait espéré au moins quelques jours de répit avant que la grande presse ne s'en mêle.

– Ils vous ont parlé de pistolet Luger ou de médaillons de bronze ?

– Non, il n'en a pas été question pendant cette conversation.

– C'est toujours ça de gagné. Que leur avez-vous dit ?

– Comme d'habitude : aucune information sur une enquête en cours, et s'ils ont des questions, qu'ils s'adressent à notre service de presse.

Le téléphone de Tanika se mit à sonner. C'était justement l'attaché de presse de la police de la vallée de la Tamise. Elle s'arma de tout son courage pour répondre.

La nuit allait être longue.

CHAPITRE 12

Judith était installée dans son fauteuil à oreilles préféré, caressant un petit verre de whisky, quand la sonnette de la porte d'entrée retentit. Elle en fut très agacée. À quoi servait-il de vivre seule s'il fallait laisser entrer des gens chez soi ?

Elle ouvrit la porte et fut étonnée de voir Becks Starling, la femme du vicaire.

– J'espère que je ne vous dérange pas ! dit Becks.

– Non, pas du tout, mais comment savez-vous où j'habite ?

– Tout le monde sait où vous habitez.

C'était le bouquet. D'abord cette Suzie avait affirmé savoir où elle résidait, et maintenant cette autre parfaite inconnue était elle aussi au courant. Ces gens de Marlow étaient d'une indiscrétion !

– Oh, je sais bien que je n'aurais pas dû venir ! continua Becks. Surtout si tard dans la soirée ! Mais j'avais besoin de vous parler. Après le service du soir, il y a eu un petit pot à l'église, et puis j'ai dû faire dîner la famille. Et après ça, la vaisselle. Aujourd'hui, c'est la première fois que je peux m'échapper.

– C'est en rapport avec Elliot Howard ?

– Oui.

– Entrez donc ! dit Judith, faisant un pas de côté pour la laisser passer.

Becks entra et Judith marqua une petite pause sur le seuil. Elle ne se souvenait même pas de la dernière fois où elle avait autorisé quelqu'un à entrer chez elle. Pourtant, ce soir-là, ça lui semblait parfaitement naturel. C'était si simple que ça ? La vie, décidément, n'était que surprises.

Becks fut très impressionnée par la majesté surannée de cette maison, du piano à queue dans le vestibule lambrissé aux tableaux anciens sur les murs. Mais elle nota aussi que l'air était chargé de poussière, que le moindre espace débordait de journaux et de magazines, que les consoles, les tables et les rebords de fenêtre croulaient sous les verres sales et les mugs en céramique. Le plus extraordinaire, si ses yeux ne la trompaient pas, c'était le soutien-gorge gris suspendu à l'abat-jour d'un lampadaire.

Becks éternua.

– Excusez-moi, dit-elle en sortant de sa manche un mouchoir en papier. Je suis un peu allergique à la poussière. Très allergique, en fait.

– Alors vous ne feriez pas long feu dans cette maison, dit Judith, absolument pas gênée. Voulez-vous un whisky ?

– Un whisky !

– Oui. Du whisky.

– Vous n'auriez pas plutôt du thé ? demanda Becks. Ou mieux encore, une infusion ? ajouta-t-elle, une nuance d'espoir dans la voix.

Judith la regarda, décontenancée.

– Écoutez, ce n'est pas grave ! dit Becks. Je voulais juste vous faire part de ce que j'avais découvert sur Elliot Howard.

– Bien sûr, approuva Judith, heureuse que l'on entrât dans le vif du sujet. Et qu'avez-vous trouvé ?

– J'ai posté un statut sur un groupe de discussion. J'ai demandé si Elliot était quelqu'un de fiable.

– C'est assez courageux de votre part de vous exposer publiquement pour cette recherche. Vous êtes tout de même la femme du vicaire.

– Je n'ai pas utilisé mon vrai nom. Et après l'avoir posté, je ne suis plus retournée sur le groupe pendant quelques jours. J'avais même oublié ! Je m'en suis souvenue aujourd'hui et je suis allée voir s'il y avait des réponses.

Becks tendit son téléphone à Judith, qui essaya de déchiffrer l'écran.

– Je suis désolée, je ne peux pas lire ça sans mes lunettes.

– Oh, il n'y a pas beaucoup de commentaires, mais ils sont pour la plupart élogieux.

– Vraiment ?

– Il semble qu'en général Elliot soit très apprécié et jugé fiable. Mais il y a quelqu'un qui ne dit pas du bien de sa femme, Daisy. Apparemment, c'est elle qui porte la culotte. Elle peut même se montrer impitoyable dans les négociations. Aussi pingre qu'Elliot est généreux.

– Je l'ai rencontrée, objecta Judith, et ce n'est pas l'impression que j'en ai retirée. Mais il est vrai que je n'avais rien à acheter ou à vendre.

– En fait, si je tenais à vous voir ce soir, ce n'était

pas à propos d'Elliot. Il est question de Stefan dans ces commentaires. De votre voisin, celui qui a été tué, selon vous.

– Vraiment ? dit Judith, très intéressée.

– Et ce commentaire n'est pas flatteur. Attendez, je cherche… Ça vient d'un membre qui s'appelle Cheval de John Wayne. Quelle idée de choisir un tel pseudo ! Mais passons.

Becks fit défiler les commentaires.

– Le voilà ! Je vous le lis : « Elliot est un brave type. Je n'en dirai pas autant de son père, un véritable escroc. Lui, et Stefan Dunwoody. »

– Il dit que Stefan est un escroc ?

– Attendez, ce n'est pas fini : « Je ne devrais pas dire du mal d'un mort, puisqu'il vient de mourir, mais il fut un temps où je travaillais à l'hôtel des ventes ; Stefan et le père d'Elliot en avaient fait un temple de l'escroquerie. C'était arnaque sur arnaque, et je m'étonne qu'ils n'aient pas fini en prison. Ça n'a changé que lorsque Elliot a pris la suite et fait le ménage. »

Judith était stupéfaite : Stefan, un escroc ? Comme Elliot le lui avait dit ?

Elle commença à envisager l'impossible : malgré le comportement détestable d'Elliot Howard, se serait-elle complètement trompée sur son compte ?

Les deux femmes perçurent un bruit de verre brisé au loin.

Elles regardèrent par la baie vitrée.

– Vous avez entendu ?

– Chut !

Judith s'approcha de la fenêtre, mais elle ne voyait que la silhouette des buissons et des arbres, et le fleuve qui réfléchissait comme de l'étain la dernière lueur du crépuscule. Son œil capta soudain un faisceau de lumière un peu en amont, sur l'autre rive.

– Vous voyez ça ?

– Quoi ?

– Du côté de la maison de Stefan.

Cette fois, elles virent le faisceau de lumière, derrière une fenêtre. Quelqu'un se baladait chez Stefan, lampe torche en main.

– Il y a quelqu'un chez lui ! s'écria Becks. Sans doute un cambrioleur…

Judith se dirigea vers la porte d'entrée.

– Il n'y a qu'un moyen de le savoir. Appelez la police, demandez l'inspecteur Malik. Dites-lui que quelqu'un est entré par effraction chez Stefan Dunwoody.

– Quoi ? Qui ? Où allez-vous ?

– Chez Stefan, évidemment ! Il faut bien que l'on sache de qui il s'agit !

Sa cape sur les épaules, Judith se précipita au-dehors.

CHAPITRE 13

Avant même que Becks eût fini de téléphoner à la police, Judith était à bord de son punt, perche en main, et se dirigeait vers la maison de Stefan. Abandonnant l'embarcation dans les roseaux, elle posa le pied sur la pelouse. Si elle avait pris le temps de réfléchir ne fût-ce qu'une seconde à ce qu'elle faisait, elle aurait pris la mesure du danger considérable qu'elle courait, mais une seule chose l'obsédait : elle avait déjà laissé l'assassin s'échapper une fois, pas question de le louper une seconde fois.

Elle avança dans l'obscurité en direction du vieux moulin, prenant soin de marcher sur l'herbe et non sur le gravier afin de ne pas faire de bruit. Au rez-de-chaussée, le faisceau de la lampe torche se remit à vaciller.

La porte d'entrée était entrebâillée, la serrure arrachée, le cadre déchiqueté. Cela ne l'arrêta qu'une fraction de seconde. Elle traversa tout aussi résolument l'entrée dallée de pierre qui menait au salon, d'où venait le faisceau de lumière.

– Qui est là ? appela-t-elle.

Elle aperçut une vague silhouette au fond de la pièce obscure.

– J'ai dit : qui est là ?

La silhouette était tout de noir vêtue et, de façon inquiétante, portait une cagoule noire. Elle braqua la lampe torche sur Judith et l'agita afin de l'éblouir.

– Éteignez ça ! ordonna Judith.

L'intrus lança la lampe torche vers elle, faisant tourbillonner le faisceau lumineux. Judith plongea au sol pour l'éviter. Une douleur insupportable lui traversa le poignet droit, car elle avait amorti sa chute de ses mains. Quand elle parvint à se relever, il était trop tard : la silhouette en noir prenait la fuite.

– Arrêtez ! cria Judith, étreignant de sa main gauche son poignet qui la faisait horriblement souffrir.

L'intrus avait disparu. Judith eut un haut-le-cœur, conséquence de la douleur et de la décharge d'adrénaline. Elle prit appui contre un mur. Qui venait-elle d'interrompre dans son élan ? Elliot Howard ? Elle n'en savait rien.

Après avoir repris son souffle, Judith chercha l'interrupteur. La lumière des appliques murales révéla un spectacle qui la fit siffler d'admiration. Les murs carmin foncé étaient couverts de tableaux. Chacun, dans son cadre doré, était suspendu avec une précision digne d'un musée. La plupart étaient modernes, mais quelques huiles anciennes s'y trouvaient aussi.

Judith ne put réprimer un frisson : son corps essayait d'évacuer le choc. Elle palpa son poignet. Apparemment, il n'y avait rien de cassé, et sa main droite retrouvait un peu de sensibilité. Plus de peur que de mal. Mais à présent, que faire ?

Elle entendit une voiture se garer. Quelques secondes plus tard, l'inspecteur Malik accourut.

– Tout va bien, Mrs. Potts ?

– Oui, je crois, répondit timidement Judith.

Tanika remarqua qu'elle étreignait son poignet droit.

– Vous vous êtes fait mal ?

– Juste une petite contusion. Rien de plus.

– Vous êtes sûre ? Montrez-moi ça.

Tanika examina le poignet de Judith, lui demanda de faire bouger ses doigts et conclut que, même s'il ne semblait pas y avoir de lésion sérieuse, il faudrait faire examiner ça le lendemain matin au service des blessures mineures de l'hôpital de High Wycombe.

– Êtes-vous en état de me raconter ce qui s'est passé, ou préférez-vous que je vous ramène chez vous et qu'on remette ça à demain matin ?

Pour une fois, la sollicitude de la détective Malik ne dérangeait nullement Judith.

– Ne vous en faites pas pour moi, répondit-elle. Ça va aller.

Elles entendirent une autre voiture et regardèrent la porte, se demandant qui allait apparaître.

C'était Becks, au comble de l'affolement.

– Judith, ça va ? Que s'est-il passé ?

– Ça va très bien, ne vous en faites pas.

– Vous en êtes sûre ?

– Sûre et certaine.

– Vous êtes sûre que vous en êtes sûre ?

– Je vous dis que tout va bien !

– Je me suis fait un sang d'encre. J'ai appelé la

police, mais vous étiez déjà en train de traverser le fleuve en punt, et après ça je vous ai perdue de vue. Vous êtes sûre que tout va bien ?

– Mais oui, tout va bien.

– Dieu merci ! Vous êtes vraiment sûre que ça va ?

Tanika, soupçonnant Becks d'être tombée dans une spirale infernale de panique, décida d'interrompre le dialogue :

– Vous êtes Mrs. Starling ?

Becks regarda par-delà Judith et, pour la première fois, remarqua la détective.

– Oh, bonsoir ! lui dit-elle, ravie. Vous ne seriez pas la maman de Shanti ?

La détective Malik lui répondit par un sourire chaleureux.

– Tout à fait. Et votre fils, si je me souviens bien, joue de la trompette.

– Absolument ! répondit Becks, toute fière. Mais Sam menace de tout arrêter. Il a atteint cet âge, vous savez…

Le regard de Judith passait d'une femme à l'autre comme si elles s'exprimaient dans une langue étrangère, ce qui était d'ailleurs un peu le cas.

– Mais de quoi parlez-vous, toutes les deux ?

– Oh, désolée ! s'excusa Becks. Nos enfants jouent dans l'orchestre de l'académie de musique des Chilterns le vendredi soir.

– Le fils de Mrs. Starling joue dans l'orchestre symphonique, précisa Tanika par souci d'équité. Ma Shanti, elle, joue dans les cordes avec les plus jeunes.

– Mais ils jouent si bien, ces petits ! ajouta Becks.

– Oui, admit Tanika, mais pas aussi bien que l'orchestre symphonique, tout de même.

– Merci ! dit Becks, dont la modestie laissait pourtant entendre que c'était elle et non son fils qui jouait dans l'orchestre. En tout cas, précisa-t-elle pour Judith, Mrs. Malik et moi, nous avons déjà eu l'occasion d'échanger quelques propos autour de la fontaine à thé glacé.

– C'est vrai, mais que faites-vous ici ? demanda Tanika.

– Becks était avec moi lorsque nous avons vu un intrus dans la maison, expliqua Judith, désireuse de ramener la conversation sur un sujet qu'elle estimait un peu plus urgent.

– Parfaitement, dit Becks. C'est moi qui ai appelé la police.

– Alors vous devez rester avec nous, Mrs. Starling, en tant que témoin. Quant à vous, Mrs. Potts, j'aimerais bien savoir comment vous avez fait votre compte pour vous retrouver ici. Et pourquoi la porte a été fracturée.

– Bien sûr, dit Judith, je vais vous raconter exactement ce qui s'est passé.

Judith expliqua que Becks était chez elle et qu'elles avaient vu quelqu'un dans la maison de Stefan. Elle s'y était rendue en punt, et l'intrus lui avait jeté sa lampe torche à la tête avant de s'enfuir. La détective Malik prenait des notes.

– Vous pouvez me montrer cette lampe torche ?

– Ici, dit Judith, désignant l'objet sur la moquette.

– Vous croyez que l'intrus pourrait être la femme aux cheveux auburn ? souffla Becks.

– Je n'en sais rien, répondit Judith.

– Quelle femme aux cheveux auburn ? demanda Tanika.

Judith lui parla de la femme qu'elle avait aperçue dans le jardin de Stefan et revue le lendemain près du sentier de halage. Elle ajouta qu'à chaque fois elle s'était enfuie en la voyant.

– Vous la connaissez ? demanda Tanika.

– Non, et je le regrette, car il me semble l'avoir déjà croisée. J'en suis même certaine, mais je n'arrive pas à l'identifier. Il faut que j'y réfléchisse encore. J'espère que ça va me revenir.

– Vous ne croyez vraiment pas que c'était elle ? insista Becks.

– Aucune idée. C'est possible. L'intrus portait une cagoule, je n'ai pas pu voir ses cheveux.

– Pouvez-vous me dire où il se tenait quand vous êtes entrée ? demanda Tanika.

– Là, à l'autre bout de la pièce.

Elles traversèrent le salon.

– Quelqu'un a laissé un désordre épouvantable ! dit Becks.

Un bureau en noyer était couvert de copeaux de bois. Il y avait aussi un vieux chiffon, un ciseau à bois et un maillet.

– C'est ici qu'il se tenait, dit Judith. À côté de ce bureau.

– En tout cas, ce n'est pas le propriétaire de cette maison qui a pu faire ça, observa Becks, soudain prise de passion. Parce que il n'y a pas ici un seul grain de poussière, je vous l'assure. Et ces tableaux sont parfaitement alignés. Regardez-les !

Becks attira leur attention sur la cinquantaine de tableaux accrochés au mur. Elle avait raison : ils étaient disposés de façon parfaitement rectiligne, formant entre eux des angles droits impeccables.

Becks reprit, un brin de mélancolie dans la voix :

– Votre voisin était très soigneux, à n'en pas douter…

– Vous avez raison à propos de ces outils, dit Tanika. Quand j'ai examiné la maison après la mort de Mr. Dunwoody, il n'y avait ni copeaux de bois sur ce bureau, ni ciseau, ni maillet.

– … à part cette peinture, continua Becks, intriguée.

– Pardon ?

Becks leur montra un des tableaux.

– Ce tableau n'est pas tout à fait droit.

– Il n'est pas droit ?

– Non, pas tout à fait.

Tanika et Judith échangèrent un regard.

– Mais si, il est droit ! affirma Judith.

– Il est presque droit, mais tout de même un peu de travers. Croyez-moi.

– Vous êtes sur une scène de crime, grogna Judith. On s'est servi d'un ciseau à bois et on a essayé de m'assommer avec une lampe torche, et vous, tout ce qui vous intéresse, c'est qu'un tableau soit parfaitement droit !

– J'aime que les choses soient nettes et en ordre, dit Becks avec un sourire pincé. Est-ce que je peux…

Elle était sur le point de redresser le tableau.

– Non, vous ne pouvez pas redresser ce tableau, intervint Tanika avec douceur. Vous êtes sur une scène de crime.

Becks s'arrêta net. Sa main resta en suspens au-dessus d'un coin du tableau.

– Mais… il n'est pas droit !

– Désolée, vous ne pouvez pas modifier la scène.

– Mais qui le saura ?

– Moi, et je suis enquêtrice principale.

– Mais je vais à peine y toucher ! Juste l'effleurer.

– Becks ! aboya Judith. Éloignez-vous immédiatement de ce tableau !

– Mais j'allais juste le redresser !

– D'un autre côté, observa Judith, on sait maintenant ce que l'intrus faisait ici.

Becks en resta médusée.

– Quoi ?

La détective Malik aussi.

– Comment ça ?

– C'est bien ce que je pensais ! s'écria Judith en s'approchant du tableau pour mieux le voir.

– Je ne comprends pas, dit Becks.

– Approchez, vous verrez, dit Judith.

Tanika les rejoignit devant le tableau. Il devait dater des années quarante ou cinquante. Il représentait trois larges bandes de couleur superposées. La bande inférieure était d'un rouge profond, celle du milieu d'un gris léger, et la bande supérieure était jaune vif. Elle trouva qu'une atmosphère apaisante émanait de ce tableau.

– Désolée, je ne vois pas de quoi vous parlez…

– Mais si ! dit Becks, reculant de quelques pas pour mieux voir les autres tableaux. Ils sont tous encadrés, sauf celui-ci.

– Bien vu ! dit Judith.

Becks s'approcha du tableau sans cadre et en

examina les bords. Elle se mit à en parler à la manière d'un médecin qui décrit une radio particulièrement intéressante :

– Si vous regardez de très près, vous voyez que le mur est un peu plus sombre autour du tableau. Il y avait là un cadre qui a empêché la peinture de se décolorer.

– Bien observé, dit Tanika.

– Ce tableau a donc perdu son cadre très récemment, poursuivit Judith. Cela explique la présence d'un ciseau, d'un maillet et de copeaux de bois sur le bureau. L'intrus venait de retirer le cadre du tableau quand je l'ai interrompu.

– Tenait-il ce cadre quand il vous a attaquée ? demanda Tanika.

– Je n'ai pas pu voir, il faisait trop sombre, répondit Judith, déçue.

– Au moins, vous avez pu voir s'il s'est enfui en emportant quelque chose ?

– Désolée, j'étais plaquée au sol et je n'ai rien vu.

– Mais ça n'a pas de sens ! explosa Becks. Les œuvres d'art accrochées dans cette pièce doivent valoir des centaines de milliers de livres, peut-être des millions. Qui aurait l'idée de venir cambrioler cette maison, de tout laisser et de partir avec un cadre ?

Judith examina attentivement le tableau et l'espace qu'avait occupé le cadre, puis elle fit quelques pas en arrière et contempla tous les tableaux de la pièce.

– C'est comme une définition de mots croisés, dit-elle.

– Comment ça ? interrogea Becks, perplexe.

– Une définition de mots croisés n'a pas de sens à

la première lecture, mais c'est parce qu'on ne l'a pas encore décodée.

– Je ne vous suis plus, dit Tanika.

– Une définition cryptique a en général deux aspects : l'un est un jeu de mots, l'autre est la définition de base. À moins qu'on ait affaire à un certain type de définition où le jeu de mots et la définition se confondent. Mais je vais faire simple : une fois que vous avez décodé la définition, elle devient limpide, mais tant que vous ne l'avez pas fait elle n'a aucun sens. Tenez, par exemple : « fréquente le palais et menace la couronne », en sept lettres.

– Tenez quoi ? demanda Becks, qui avait, elle aussi, beaucoup de mal à suivre le raisonnement de Judith.

– « Fréquente le palais et menace la couronne ». Sept lettres.

– Pourquoi menacerait-on une couronne si l'on fréquente un palais ? insista Becks.

– Ne réfléchissez pas au sens littéral, considérez ça comme une énigme.

– Quelle énigme ?

– « Fréquente le palais et menace la couronne ».

– Honnêtement, je n'y comprends rien.

– C'est pourtant très simple ! C'est une des définitions les plus fameuses de l'histoire des mots croisés.

– Quand je pense qu'à cet instant même j'essaie d'élucider une définition de mots croisés ! ironisa l'inspecteur.

– Mais celle-ci est vraiment jolie. Si vous vous attardez au sens premier, vous imaginez un palais et un personnage qui y a ses entrées mais qui fomente secrètement un coup d'État ou une révolution. Pourtant, la solution n'a rien à voir avec la royauté, ni avec un coup d'État.

– Et quelle est la solution ? demanda Tanika.

– Le premier aspect de cette définition est un jeu de mots. Vous devez chercher deux contextes différents pouvant contenir les mots « palais » et « couronne ». Et, de là, trouver le mot de sept lettres.

– Je n'ai toujours rien compris, dit Becks.

– Ce n'est pas grave ! Je veux simplement dire qu'il y a une explication logique à cette méthode de cambriolage. Nous n'en avons pour l'instant que les faits. L'intrus a détaché un cadre avec un ciseau à bois et s'est enfui avec. C'est incompréhensible, mais il suffit de résoudre l'énigme. Si nous découvrons pourquoi il a agi ainsi, nous trouverons la réponse. C'est peut-être, par exemple, lié au fait que Stefan était un escroc.

– Que voulez-vous dire ? demanda la détective.

Judith expliqua que Becks avait posté un statut sur un groupe de discussion et que, selon un commentaire, si Elliot était plutôt apprécié, Stefan était un escroc, apparemment de mèche avec le père d'Elliot.

– Quel genre d'escroquerie ? insista Tanika.

– Nous n'en savons rien, dit Becks. Le commentateur ne l'a pas mentionné. Il a simplement dit que Stefan et le père d'Elliot étaient une paire d'escrocs.

– C'est une chose que je peux faire vérifier par mon équipe.

Les trois femmes contemplèrent le tableau sans cadre pendant quelques minutes, cherchant à comprendre.

Le visage de Tanika s'illumina.

– Caramel ! lança-t-elle.

– Pardon ? dit Becks.

– J'ai compris ! Le caramel, dans la bouche – le palais –, menace la couronne – dentaire !

– Bravo ! s'exclama Judith, enchantée.

– Je ne comprends toujours pas, dit Becks.

– Ne vous en faites pas, je vous expliquerai plus tard.

– C'est très malin, dit Tanika, enfilant des gants de caoutchouc qu'elle avait sortis de sa poche. Il est temps de regarder ce tableau de plus près.

Elle le décrocha et l'inclina pour l'exposer à la lumière.

– Il n'est pas signé, remarqua Becks.

– Cela pourrait expliquer pourquoi l'intrus ne l'a pas emporté, il n'a aucune valeur, déduisit Judith.

Tanika retourna le tableau. Elles inspectèrent son armature de bois et le fil de fer qui servait à le suspendre. Tout était poussiéreux, mais elles ne remarquèrent rien de particulier.

– Je ne suis pas en train de dire qu'il faut nettoyer l'arrière des tableaux, dit Becks d'un ton qui laissait entendre qu'elle pensait exactement le contraire, mais ce sont de vrais nids à poussière. Une fois par an, au moins, il faut les décrocher et les briquer à fond. Et ça, c'est quoi ?

Elle venait de remarquer une petite trace au dos de la toile. Une étiquette délavée, couverte d'une écriture en pattes de mouche. La détective se pencha pour la déchiffrer.

– Vendu par l'hôtel des ventes de Marlow, 15 décembre 1988…

– C'est bien ce que je disais ! remarqua Judith. La provenance de ce tableau prouve qu'Elliot Howard est impliqué dans le meurtre. Elliot a tué Stefan, après quoi il s'est introduit dans sa maison et a volé le cadre d'un tableau qu'il lui a vendu en 1988. Qu'en pensez-vous, inspecteur Malik ?

Tanika contempla un instant la petite femme passionnée et la grande femme un peu hébétée à son côté. La dernière fois qu'elle avait vu Becks, elle essayait de se faire une infusion tout en maintenant un étui à trompette sous un bras et une liasse de partitions sous l'autre.

– Ce que j'en pense ? Je pense que tu dois m'appeler Tanika.

– Bonne idée. Et de mon côté, fini les « Mrs. Potts ». Tu m'appelles Judith.

– Et moi, je ne me suis pas encore bien présentée. Becks Starling, en fait Becky Starling, et en réalité Rebecca. Mais tout le monde m'appelle Becks.

Judith regardait Tanika avec une sincère tendresse. Tanika regardait les deux femmes avec le même sentiment. Et chacune voyait bien que Becks hésitait encore : Becky aurait peut-être été plus convenable.

– Je vais essayer de reconstituer l'histoire, dit Judith. Elliot s'est disputé avec Stefan à Henley. Nous le savons. Mais nous ignorons le sujet de la dispute.

– Apparemment, Stefan lui bloquait la vue des régates, dit Tanika.

– Je trouve cela très difficile à croire.

– Nous sommes d'accord.

– Donc ils se disputent, et je parie que le sujet, c'est ce tableau. Une semaine plus tard, Stefan se fait cambrioler. Or il déclare que rien n'a été volé. Intéressant, non ? Parce que c'est, je crois, la première tentative d'Elliot pour s'emparer du cadre, et que, pour une raison ou une autre, il n'y est pas parvenu. Stefan finit par comprendre qu'Elliot est impliqué dans ce cambriolage. Il lui donne rendez-vous à la galerie. Et comme nous le savons, ça ne se passe pas bien du tout. Stefan dit notamment à Elliot qu'il pourrait, dès maintenant, aller voir la police. Ensuite, Stefan dit à Antonia, son assistante, que le désespoir fait faire de grosses bêtises…

– Tu te souviens vraiment de tout ça ? demanda Becks, épatée.

– Cela veut dire que Stefan sait qu'Elliot est au désespoir. Assez pour se disputer avec lui à Henley. Assez pour entrer chez lui par effraction une semaine plus tard. Mais Stefan ignore une chose, c'est à quel point Elliot est au désespoir, parce qu'Elliot va faire une autre tentative.

– Il devait vraiment le vouloir, ce cadre ! dit Becks.

– Il le veut à tel point qu'il est prêt à tuer. Mais cette fois, Dieu sait comment, Stefan déjoue le projet d'Elliot. Ou alors Elliot a toujours eu l'intention de tuer Stefan. À ce stade, je ne sais pas comment nous éclaircirons ce point. Quoi qu'il en soit, Stefan se trouve un soir près du petit barrage où se déverse l'étang de son moulin. Et là, ça n'a plus beaucoup de sens…

– Pourquoi ? demanda Tanika.

– Que fait Elliot à cet endroit du jardin ? Et pourquoi Stefan a-t-il accepté de l'y retrouver ? C'est bizarre. En tout cas, voilà Elliot et Stefan dans le jardin, à cet endroit précis, et Elliot tue Stefan. Il est enfin libre de s'emparer du cadre, mais arrive alors la dernière chose à laquelle il s'attendait. Il entend une femme appeler Stefan…

– Vraiment ! s'étonna Becks, fascinée, les yeux ronds.

– Oui, une voix qui vient du fleuve.

Becks était suspendue à ses lèvres.

– La voix de qui ?

– La mienne !

Becks mit quelques secondes à comprendre :

– Ah mais oui ! Bien sûr que c'était toi ! Tu étais en train de nager. Désolée, je suis tellement gourde parfois !

– Tu n'es pas gourde, dit Judith avant de reprendre le fil de son récit. Je parie qu'Elliot a paniqué en m'entendant. Un témoin qui pourrait sortir du fleuve pour voir ce qui se passe détruit ses espoirs d'entrer chez Stefan. Donc son plan rate pour la deuxième fois et il déguerpit. Personne n'a envie d'être pris en flagrant délit de cambriolage alors que le cadavre de sa victime est encore dans le jardin, ça se comprend. Mais ça n'arrange toujours pas les affaires d'Elliot. Tout gravite autour de ce cadre : cet objet qu'il désire tant qu'il a déjà essayé de le voler, et pour lequel il a été capable de tuer, est toujours accroché à un mur chez Stefan. Donc il laisse passer quelques jours, le temps que la situation se tasse un peu, et il fait, cet imbécile, sa troisième tentative de cambriolage chez Stefan. Ce soir même. Mais cette fois, bien que j'aie presque réussi à l'arrêter, il a enfin mis la main sur ce qu'il désirait : le cadre.

– Mais en quoi un cadre peut-il être si important ? demanda Becks. Au point de pousser au meurtre.

– Je n'en ai aucune idée. Mais si nous trouvons ce cadre, nous comprendrons certainement pourquoi.

– Je suis impressionnée par ta théorie, dit Tanika.
– Merci !
– À part un petit détail : tu décris le meurtre de Stefan par Elliot Howard. Mais à ce moment-là, Elliot était à la répétition de la chorale de l'église de Tous-les-Saints, devant une bonne vingtaine de témoins.
– Dont je faisais partie ! dit Becks avec regret. Et on le voit même sur la vidéo de la caméra de surveillance, je peux te la montrer, Tanika. Il était incontestablement à l'église du début à la fin.
– Mais tu as bien vu le regard qu'il lance à la caméra à la fin de l'enregistrement ! dit Judith, frustrée. Ce regard supérieur, content de soi…
– Ce qu'il est déjà naturellement, observa Tanika. Et je t'assure que nous n'avons pu établir aucun lien entre Elliot et Iqbal Kassam. Pas l'ombre d'un lien.
– Et pourtant, Elliot est notre assassin. C'est obligatoire. Parce que si ce n'est pas lui, alors qui est-ce ?
Ni Tanika ni Becks ne pouvaient répondre à cette question.

CHAPITRE 14

Deux voitures de police arrivèrent sur les lieux. Tanika donna des instructions à son équipe pour examiner la scène du cambriolage. Judith et Becks firent leur déposition et sortirent ensemble de la maison.

– Il n'est pas question que tu rentres chez toi en punt dans cet état, dit Becks.

– Ne t'inquiète pas pour mon poignet, il va déjà mieux.

– Peut-être, mais laisse-moi te raccompagner. Tu récupéreras ton punt demain.

– Merci, c'est très gentil de ta part.

– En voiture ! dit Becks en ouvrant la portière avant gauche d'un 4x4 blanc étincelant.

Le véhicule était si énorme que Judith dut l'escalader pour s'y asseoir. *Pourquoi les ménagères anglaises conduisent-elles toujours de tels monstres ?* se demanda-t-elle alors que Becks prenait place au volant.

Quelques minutes plus tard, la voiture traversa le pont suspendu et emprunta Ferry Lane, une petite route à une voie qui, longeant la Tamise sur la rive sud, menait à la maison de Judith.

– Tu vas bien rester prendre un verre, dit Judith.

– Excellente idée ! dit Becks avec un enthousiasme entièrement contrefait, mais je te dépose chez toi et je rentre chez moi, si ça ne t'ennuie pas. Il est tard.

– N'importe quoi ! Tu as reçu un choc. Moi aussi. Tu viens chez moi prendre un petit verre pour te remonter.

– Colin a besoin de moi.

– Pour quoi faire ? demanda brutalement Judith.

– Il travaille dur pendant la journée, et…

– Toi aussi, j'en suis sûre, l'interrompit Judith. Il t'a appelée ?

– Je ne sais pas. Je ne pense pas.

– Donc il va très bien.

– Oui, mais quand même…

Ce que Becks essayait de lui expliquer, c'était l'importance de sa présence au domicile conjugal. Comme elle n'avait pas d'emploi à l'extérieur, elle en avait fait son devoir. Il y avait bien au fond de cela un peu de culpabilité : sans profession, elle se devait d'être une épouse parfaite pour se sentir utile. Et il y avait aussi quelque chose de plus prosaïque : l'habitude, tout simplement. Mais comment aurait-elle pu résumer toutes ces demi-réflexions en quelques mots ?

– … il a besoin de moi.

Elle ne trouvait rien de mieux à dire.

– Toi aussi, tu as des besoins, dit Judith.

Becks se gara devant la porte. Un van gris, que Judith ne connaissait pas, s'y trouvait déjà.

Elles sortirent du 4x4 blanc. Suzie, la promeneuse de chiens, scrutait l'intérieur de la maison de Judith par une fenêtre.

– Tiens, tiens ! lança Judith de sa voix la plus autoritaire.

– Ah, c'est vous ! dit Suzie, nullement gênée d'être surprise en train d'espionner. Je jetais un petit coup d'œil.

– Qu'est-ce que vous faites ici ?

– Bonne question, admit Suzie.

Judith attendit. Suzie était à court de mots, comme cela lui arrivait souvent.

– Et la réponse est ?

– Oui, oui, bien sûr ! J'ai un service à vous demander. À propos d'Iqbal. Je faisais faire sa promenade du soir à Emma, et j'ai pensé frapper à votre porte au cas où vous seriez chez vous.

– Et aussi au cas où je n'y serais pas ?

– Je n'ai pas pu résister. Je vous l'ai déjà dit : j'ai toujours voulu savoir à quoi ressemblait votre intérieur.

Cette réponse était si pragmatique, si franche, que Judith se mit à rire, toute offense pardonnée.

– Qui est Iqbal ? demanda Becks.

– Excusez-moi, je n'ai pas fait les présentations. Becks, voici Suzie Harris.

– En fait, je m'appelle Rebecca, dit Becks en tendant la main. Mais personne ne m'appelle ainsi à part ma mère.

– Pourquoi n'entrez-vous pas, toutes les deux ? dit Judith. La journée a été longue et j'aimerais bien m'asseoir un peu.

– Alors je peux voir votre chez-vous ? demanda Suzie.

– Bien sûr que tu peux ! répondit Judith en souriant.

Elle fit entrer Suzie.

Becks hésitait encore sur le pas de la porte.

– Je crois que je n'ai vraiment pas le temps, dit-elle.

– Juste un verre et je te laisserai rentrer chez toi. Pense donc à la journée que nous venons de passer ! Nous avons bien mérité ça.

Becks calcula qu'elle mettrait plus de temps à convaincre Judith qu'à boire un petit coup vite fait avant de s'envoler.

– Entendu ! dit-elle avec son plus beau sourire d'épouse de vicaire. Puisque tu insistes, juste un petit verre et je rentre.

– Bravo !

Judith suivit Becks dans l'entrée. Suzie béait déjà d'admiration devant le piano à queue.

– Nom d'un chien ! dit-elle. Tu dois être pleine aux as !

– Je crois que si tu examines l'état du tissu, tu comprendras vite que je ne suis pas, comme tu dis, pleine aux as, dit Judith.

Elle attrapa dans sa table de bar deux gobelets en cristal taillé, souffla dedans pour les épousseter et les posa à côté de son verre habituel. Elle versa trois généreux doigts de whisky dans chacun d'eux.

– Peut-être, mais cette maison doit valoir des millions !

Malgré elle, Judith trouvait les manières de Suzie très rafraîchissantes.

– Je n'ai aucune idée de sa valeur. Je l'ai héritée de ma grand-tante.

– Elle n'avait pas d'enfants ?

– Non, heureusement pour moi. Elle ne s'était jamais mariée, j'étais la fille qu'elle n'avait pas eue. Je vous conseille vivement de boire ceci, ajouta-t-elle en leur tendant les deux verres.

– C'est du whisky ? demanda Becks, les yeux écarquillés.

– Quand ça coûte si peu cher, je crois qu'on appelle ça du scotch.

– Merci beaucoup, mais je préférerais un verre d'eau. Ou une tisane, si tu en as. À cette heure-ci !

– Tu m'accorderas que nous avons besoin de quelque chose d'un peu plus costaud.

– Je confirme, dit Suzie, qui se saisit du verre et le vida cul sec. Le liquide incendia sa poitrine et la fit frissonner, puis sourire.

– Ça fait du bien par où ça passe ! dit-elle d'un ton de connaisseur.

Pendant que Suzie allait poser son verre sur une console, Becks finit par boire une gouttelette de whisky, puis se frotta les lèvres du bout des doigts.

– Ne te mets pas de whisky sur les lèvres, lui conseilla Judith, ça pique un peu.

– Les toilettes, c'est ici ? demanda Suzie, montrant une porte en chêne à côté de la table de bar.

Avant que Judith eût pu l'arrêter, Suzie essaya de pousser la porte, mais elle était verrouillée.

– Cette porte est fermée à clé, dit Judith avec un sourire poli.

– Pourquoi ? C'est là que tu ranges les cadavres ? s'esclaffa Suzie.

Le sourire de Judith se figea. Suzie haussa les sourcils, ne comprenant pas en quoi sa remarque l'avait heurtée.

En bonne femme de vicaire, Becks excellait à reprendre le contrôle des situations embarrassantes.

– Suzie, dit-elle, tu nous parlais d'Iqbal tout à l'heure. C'est le pauvre monsieur qui s'est fait tuer ?

– Malheureusement oui, répondit Suzie.

Pendant que Suzie racontait à Becks comment elle avait rencontré Iqbal, Judith s'approcha du meuble – et de la porte –, vida son verre et s'en servit un autre. Pendant que les deux autres regardaient ailleurs, elle plongea les doigts dans le col de son chemisier. La petite clé était toujours là, en sécurité. Lorsque Suzie eut achevé son récit, Judith se força à sourire et les rejoignit.

– Il a été tué par balle ? demanda Becks, qui avait du mal à digérer l'histoire qu'elle venait d'entendre.

– Oui, je sais, c'est dingue, dit Suzie. Mais Judith a fait appel à moi parce qu'elle pense que le meurtre d'Iqbal est lié à celui de son voisin.

– Il y est forcément lié, dit Judith. À Marlow, où il n'y a jamais de meurtres, s'il en survient deux en l'espace de trois jours, il faut bien qu'ils soient connectés.

– Tu as certainement raison, dit Suzie. C'est ce dont je voulais te parler ce soir. L'imam d'Iqbal m'a téléphoné cet après-midi. Il prépare les obsèques et la police lui a donné mon numéro. Il voulait savoir si j'avais un moyen de contacter la famille d'Iqbal.

– Et tu en as un ? demanda Becks.

– Non. Quand je questionnais Iqbal sur sa famille, il me disait qu'il n'en avait pas et changeait de sujet. Quand on parlait bateaux, il était de meilleure humeur.

– Quels bateaux ? dit Becks.

– C'était sa passion. Quand on le branchait sur le sujet, il était intarissable. Il mettait de l'argent de côté pour s'en acheter un, qu'il garderait au port de Marlow. Son rêve, c'était de parcourir toute la Grande-Bretagne par les fleuves, les rivières et les canaux. L'imam m'a également fait savoir qu'Iqbal n'allait pas beaucoup à la mosquée et qu'il n'avait pas d'amis parmi les fidèles. En fait, il n'avait trouvé que moi à inviter à ses obsèques, et il me demandait si je voulais venir.

– Et que lui as-tu répondu ? demanda Becks.

– Que j'irais, c'est bien le moins que je puisse faire. Iqbal était mon ami. Mais je n'ai pas envie de me retrouver toute seule là-bas, alors je me demandais…

Elle se tourna vers Judith.

– Tu viendrais ?

– À l'enterrement d'Iqbal ?

– Tu penses que sa mort et celle de ton voisin sont liées. Il y aura peut-être quelqu'un qui sortira du bois, une sœur perdue de vue ou quelqu'un dans le genre. Tu pourras approfondir ta recherche. Et puis, comme je dis toujours, aux enterrements, plus on est de fous, plus on rit !

– Ah bon ! tu dis ça, toi ? demanda Judith, étonnée.

– Bien sûr ! Je ne me suis encore jamais ennuyée à un enterrement. Et toi ?

Judith réfléchit un moment, puis répondit :

– Moi non plus, en fin de compte. Et merci beaucoup pour l'invitation ! Tu as raison, personne ne mérite d'être enterré tout seul. Je viendrai volontiers.

– Voilà une bonne chose de faite, dit Suzie. Il y aura au moins deux personnes à son enterrement.

– Sûrement davantage, remarqua Becks. Les hommes qui fréquentent la mosquée sont censés être présents à la cérémonie, même s'ils ne connaissaient pas le défunt. C'est l'imam Latif qui t'a appelée ?

– Oui, dit Suzie. Tu le connais ?

– Un petit peu. Nous tenons une banque alimentaire

ensemble, le jeudi matin. Je dois dire qu'il est adorable.

L'aisance avec laquelle Becks décrivait sa participation à une œuvre charitable avec l'imam d'une mosquée locale fit forte impression à Judith. Elle avait peut-être eu tort de ne voir en elle qu'un clone de ménagère de Marlow comme il y en a tant, en jeggings et gilet molletonné.

Judith regarda les deux femmes et prit conscience qu'il y avait longtemps qu'elle ne s'était tant amusée. Elle décida de ne pas laisser cette soirée se terminer si vite.

– Je veux bien venir à l'enterrement, dit-elle à Suzie, mais à une condition. Que tu m'accordes ton aide pendant une demi-heure, à peu près.

– Pour quoi faire ? demanda Suzie.

– Rien d'exténuant, ne t'inquiète pas. J'aimerais me renseigner sur un tableau que Stefan Dunwoody a acheté à la galerie d'Elliot Howard en 1988.

– Comment allons-nous procéder ?

– D'abord, on se verse un petit verre de whisky, et ensuite on cherche sur Internet. Qu'en penses-tu ?

Suzie ne voulait pas donner l'impression de s'imposer.

– Je ne peux pas laisser Emma seule dans le van.

– Eh bien, va la chercher !

– D'accord. Marché conclu.

Judith et Suzie se tournèrent vers Becks, mais elle ne faisait que sourire béatement. Le whisky, sans doute. *Tant mieux pour elle !* se dit Judith. Elle mérite de se dévergonder un peu.

– Donc tout le monde est d'accord, lança Judith. Mesdames, au travail !

CHAPITRE 15

Les trois femmes étaient penchées sur leur téléphone ou leur tablette. Judith dans son fauteuil préféré ; Becks assise à la table de jeu, droite comme un I ; Suzie, telle la reine de Saba, se prélassait sur les coussins du bow-window. Emma, couchée à ses pieds, dormait, la tête sur les pattes avant. De temps à autre, l'une d'elles reprenait une gorgée de whisky, faisait un commentaire ou posait une question sur la recherche en cours. Tout cela était convivial, amical, collégial, et à vrai dire elles passaient un moment extraordinaire.

– Tu as des enfants ? demanda Becks à Suzie.

– Oui, les deux meilleures filles du monde ! répondit Suzie en souriant.

– Parle-moi d'elles.

– Oh, elles sont grandes. Rachel a vingt-deux ans et vit à Newcastle avec sa copine. Amy a vingt-cinq ans, elle est mariée et a un enfant.

– Tu es donc grand-mère !

– Eh oui ! dit fièrement Suzie.

– C'est magnifique. Et tu as quelqu'un dans ta vie ?

– J'avais, dit Suzie. Il m'a quittée quand Rachel est née.

– Rachel, c'est la seconde ?

– Oui, il est parti le mois de sa naissance. Il disait que deux, c'était trop pour lui.

– Tu les as élevées seule ?

– Oui.

– Ça n'a pas dû être facile. Et le reste de ta famille ? Ta mère vit dans la région ?

– Mes parents sont morts quand j'étais petite. Comme ceux d'Iqbal. Nous avions cela en commun.

– J'en suis désolée. Pas de cousins, d'oncles, de tantes ?

Suzie reprit une gorgée de whisky.

– Non, aucune famille digne de ce nom. Ce whisky est vraiment une horreur ! dit-elle à Judith avec un sourire un peu forcé qui n'échappa pas à Becks.

– Qu'est-ce que tu racontes ? C'est le nectar des dieux, dit Judith avant de retourner à sa tablette.

– Tu n'aurais pas du vin, par hasard ?

– Désolée, pas de vin chez moi.

– Et pourquoi donc ?

– Parce que si j'en ai je le bois.

Suzie et Becks échangèrent un regard. La carafe était presque vide. Vu la vitesse à laquelle Judith descendait le whisky, qu'est-ce que ça devait être avec le vin !

– Et toi, Judith ? demanda Becks, les joues illuminées d'un halo vermeil entièrement dû au scotch. Tu as des enfants ?

– Moi ? Oh, non. Je n'ai pas eu cette chance.

Pourtant tu es mariée.

– Comment ?

– Si je peux me permettre, tu portes une alliance.

Becks faisait allusion à un anneau d'or que Judith avait à l'annulaire de la main gauche.

– Tu es très observatrice.

– Excuse-moi, déformation professionnelle, quand on est femme de vicaire on remarque les alliances et d'autres détails de ce genre.

– Pour ne rien te cacher, mon mari est décédé, dit Judith.

– Ah bon ?

– Mon beau Philippos. Il était grec. Philippos Demetriou. Je suis tombée amoureuse de son nom avant même de le rencontrer. Mais il est mort dans un accident de voile, à Corfou.

– Je suis désolée de l'apprendre. Quand est-ce arrivé ?

– J'avais vingt-sept ans… Tiens, j'ai trouvé quelque chose d'intéressant ! dit Judith, essayant de changer de sujet.

– Attends un peu, dit Suzie. Tu étais veuve à vingt-sept ans ? Et depuis, il n'y en a pas eu d'autres !?

– Pourquoi ? On rencontre très peu d'hommes qui en vaillent la peine.

– Ça, c'est bien vrai ! À la vôtre !

Judith crut que ces derniers mots avaient été lancés par Suzie, mais elle n'avait rien dit. C'était Becks, qui levait son verre à bout de bras. Elle le vida cul sec.

– Il a un petit goût de reviens-y ! dit-elle d'une voix légèrement pâteuse.

– N'est-ce pas ? dit Judith en lui versant une nouvelle rasade.

– Donc tu as trouvé quelque chose d'intéressant ? demanda Suzie.

– Oui. Intéressant peut-être, ou pas du tout. Je suis allée consulter le site de l'hôtel des ventes de Marlow, puisque c'est de là que vient le tableau de Stefan. Il y a une page retraçant son histoire : il a été fondé par le père d'Elliot, dont le prénom était Dudley. Quand il a pris sa retraite, en 1985, Elliot lui a succédé en tant que président. Or Elliot n'est resté président que trois ans. Regarde.

Suzie lut en effet sur la tablette qu'Elliot avait été président de 1985 à 1988.

– Et le successeur est un certain Fred Smith, ajouta Judith.

– Fred Smith !

Suzie trouvait cela du plus haut intérêt.

– Oui, c'est Fred Smith qui assure la présidence pendant treize ans, jusqu'en 2001. Et là, Elliot redevient président.

– Pourquoi Elliot a-t-il quitté la présidence pour y revenir plus tard ?

– Bonne question, mais ce n'est pas ce détail qui m'intrigue. Elliot quitte la présidence en 1988. C'est aussi l'année où il achète le tableau que nous avons trouvé chez Stefan.

– Probablement une coïncidence.

Judith, Suzie et Becks, chacune dans son petit nuage de whisky, évaluèrent ces indices.

– C'est curieux, non ? s'étonna Judith. Supposons que ce soit Elliot que j'ai surpris chez Stefan. C'est l'hypothèse la plus plausible. Si c'est bien lui, cela veut dire qu'il venait de voler le cadre d'un tableau qu'il avait vendu à Stefan en 1988. L'année même où il a démissionné de son poste de président de l'hôtel des ventes.

– Tu as raison, dit Becks avec passion. Présenté ainsi, c'est louche !

– Je crois qu'il nous faut découvrir pourquoi Elliot a quitté l'hôtel des ventes en 1988.

– Bonne idée ! claironna Becks.

– D'autant plus, dit Suzie, que nous avons de la chance : je sais exactement comment faire.

– Vraiment ?

– Il nous suffit de contacter ce Fred Smith, qui a succédé à Elliot.

– Évidemment ! Il saura ce qui s'est passé à l'époque. Mais comment allons-nous nous y prendre ?

Suzie sourit et répondit :

– Ça ne devrait pas poser trop de difficultés, je lui parle chaque matin vers 11 heures.

– Comment ça ?

– Parce que Fred, sauf erreur, c'est mon facteur.

Suzie habitait à l'est de la ville, entre les immeubles de bureaux en brique rouge de la zone d'activités et le vacarme incessant de l'A404, une autoroute à quatre voies très fréquentée. Mais si les environs manquaient pour le moins de charme, la rue de Suzie n'en était pas dénuée. C'est ce que constata Judith en la parcourant à bicyclette le lendemain matin, peu avant 11 heures. Il y avait, de part et d'autre, de jolies maisons jumelées de deux étages, des voitures bien propres garées dans les allées et des corbeilles de géranium suspendues partout. Très coquet, tout ça. Judith s'arrêta à l'adresse que Suzie lui avait donnée.

La maison n'avait pas de façade.

Judith cligna des yeux. Avait-elle bien vu ? Non, ce n'était pas une illusion : côté rue, la maison n'avait pas de mur, à la place se trouvait un enchevêtrement d'échafaudages, de bâches en plastique bleu, de perches et de poutres métalliques.

Judith fut très impressionnée. Elle qui ne faisait jamais aucun effort pour sauvegarder les apparences, elle ne serait tout de même pas allée jusqu'à avoir une maison sans façade.

En y regardant de plus près, elle comprit qu'il pouvait s'agir de travaux d'extension et que la maison d'origine se cachait certainement derrière cette structure inachevée.

Judith posa son vélo contre une vieille bétonnière. Suzie apparut.

– Désolée pour le chantier ! dit-elle.

– Aucun problème. C'est quoi, ces travaux ?

– Un peu d'agrandissement, répondit Suzie d'un ton léger.

– Ce sera certainement magnifique une fois terminé !

– Oh, oui ! Enfin, c'est ce qui est prévu.

– Ce sera fini quand ?

– L'entrepreneur a dit deux mois. Un peu moins, peut-être, si le temps se maintient au beau.

– Très bien, dit Judith. Alors c'est pour bientôt !

– Deux mois, c'est ce qu'il m'a annoncé il y a trois ans, avant de prendre tout mon fric et de se carapater. Depuis, je ne l'ai plus revu.

– Tu veux dire que…

– Oui, la maison est dans cet état depuis trois ans.

Judith en fut estomaquée.

– Oh, parvint-elle enfin à dire.

– Mais c'est la vie, pas vrai ? dit Suzie, toujours d'un ton léger, comme si cela ne l'affectait pas. Les gens nous quittent. Mari, enfants, et dans mon cas entrepreneur en maçonnerie. Entre, c'est beaucoup mieux à l'intérieur ! Et ne t'inquiète pas, je ne vis pas avec une meute de chiens. Emma et moi, c'est tout.

La maison de Suzie était pourtant imprégnée d'une forte odeur de chien et de cigarette. Le sol du rez-de-chaussée était recouvert d'un épais lino tout éraflé et la porte du salon avait été retirée. Il n'y avait aucun meuble, ni dans l'entrée ni dans le salon. Le sol était jonché de couvertures et de paniers à chien.

Emma sortit en trottinant de la cuisine et nicha son museau dans la main de Judith, espérant une caresse.

– Elle t'aime bien, dit Suzie.

– Moi aussi je l'aime bien, dit Judith.

Elle se pencha pour caresser Emma, sans trop s'attarder.

– Comme tu as les oreilles soyeuses ! lui dit-elle.

– Montons à l'étage, dit Suzie. C'est là que j'habite. Ici, c'est l'étage des chiens. Chez moi, c'est au premier. Viens !

Elle déverrouilla une barrière de sécurité au bas de l'escalier, ordonna à Emma d'attendre, et monta.

Judith la suivit. Heureusement, à l'étage, c'était tout autre chose : tapis épais, fleurs en soie dans des vases sur des consoles, reproductions d'art sous verre. C'était même très joli malgré l'odeur prononcée de cigarette et de ces déodorants ménagers qu'on brûle dans des prises murales.

– C'est charmant, chez toi ! dit Judith.

Suzie la fit asseoir au salon, dont les murs étaient couverts de photos de famille.

– Merci ! répondit fièrement Suzie. Où est Becks ?

– Elle a une réunion paroissiale et n'a pas pu y couper. Entre nous, je crois que c'est une excuse. Et maintenant, qu'est-ce qu'on fait ?

– On attend que Fred vienne apporter le courrier.

Suzie prit sa boîte en fer-blanc sur la table.

– Ça te dérange si je fume ?

– Absolument pas.

Pendant que Suzie rassemblait le nécessaire pour se rouler une cigarette, Judith se dirigea vers une grande affiche encadrée. De nombreuses photos avaient été glissées dans le cadre. Elle désigna celle d'un petit garçon assis dans un transat pour bébé.

– Qui est-ce ?

– C'est mon petit-fils.

– Comme il est mignon ! Quel âge a-t-il ?

– Sur cette photo ? Deux ans.

– Adorable ! Et maintenant, quel âge a-t-il ?

– Six ans, je pense.

Elle alluma sa cigarette.

– Oui, c'est bien ça, six ans.

Judith constata qu'il n'y avait aucun enfant de plus de deux ou trois ans sur ces photos. Et à y regarder plus attentivement, elles avaient toutes l'air anciennes et délavées.

– Tu le vois souvent, ton petit-fils ?

– Oh ! Oui ! Toby, je le vois tout le temps !

Judith décela un peu de fragilité dans sa voix.

– Mais mon refuge, continua Suzie, c'est ici. J'ai tout ce qu'il me faut. Ma famille…

Elle tendit la main vers les photos, puis vers la télévision.

– … mes distractions, et même un chef cuisinier quand j'en ai besoin.

Le chef, c'était un vieux four à micro-ondes sur une desserte roulante.

– Très bien, dit Judith, qui se doutait que Suzie ne lui racontait pas tout.

Elle abandonna le sujet et reporta son attention sur l'affiche bordée de photos.

– J'aime particulièrement cette toile, déclara-t-elle avec un brin d'hypocrisie.

C'était une reproduction de *La Dame de Shalott*, une toile préraphaélite de John William Waterhouse. On y voyait une femme au teint pâle assise dans une barque, en robe blanche ondoyante ses cheveux roux lui descendant jusqu'à la taille. Judith n'avait jamais aimé ce tableau. Il était beau, certes : elle aimait son esthétique néomédiévale, un peu hippie, et la tapisserie rouge et or qui dépassait des bords de la barque, mais elle était revenue de ces vieilles légendes où des femmes passives se consument d'un amour non partagé. Par expérience, elle savait que ce qui consumait les femmes, c'était plutôt la rage de ne pas pouvoir se débarrasser d'un conjoint.

– Oui, elle est très belle ! dit Suzie.

Elles entendirent, au rez-de-chaussée, le claquement métallique de la boîte aux lettres.

– C'est Fred ! s'écria Suzie, éteignant son mégot à la hâte. Attrapons-le avant qu'il ne parte !

Suzie se précipita dans l'escalier, suivie de Judith.

CHAPITRE 16

Fred Smith était un homme espiègle aux cheveux blancs coupés court et à la barbe bien taillée. De tous les métiers qu'il avait exercés au cours de sa vie, aucun ne l'avait autant amusé que celui de facteur. Bien avant de devenir employé des postes, cet enfant de Marlow connaissait déjà les adresses de tous les habitants : pour lui, la distribution du courrier était toujours un plaisir, jamais une corvée. Comment en aurait-il été autrement quand chaque pas de porte était l'occasion d'une petite conversation ? En effet, ce que Fred aimait par-dessus tout, c'était les commérages, mais il ne se serait permis aucune indiscrétion : ç'aurait été un manque de professionnalisme.

Il fut tout de même surpris de voir Suzie et Judith sortir de la maison et se lancer à sa poursuite. D'habitude, les femmes ne lui couraient pas après dans la rue.

– Suzie, que se passe-t-il ? demanda-t-il, un peu éberlué.

– On aimerait te parler cinq minutes, Fred.

– Pour causer, j'ai toujours le temps ! dit-il avec

un grand sourire. Et quel plaisir de faire enfin votre connaissance, Mrs. Potts !

Judith habitait à la périphérie de Marlow, quelqu'un d'autre lui distribuait le courrier, et c'était la première fois qu'elle rencontrait Fred.

– Vous me connaissez ?

– Je suis facteur, dit-il avec un clin d'œil. Je connais tout le monde. Alors, mesdames, que puis-je pour vous ?

– C'est à propos d'Elliot Howard, dit Suzie.

– Elliot ?

– Vous le connaissez ? demanda Judith.

– Bien sûr, j'ai été son patron. Ça fait une paye, notez bien.

– Alors, qu'est-ce qu'on raconte sur lui ? demanda Suzie.

– Sur Elliot ? (Le sourire de Fred se fit conspirateur.) Par où veux-tu que je commence ?

– Est-ce qu'on peut lui faire confiance ? interrogea Judith.

– Drôle de question. Il avait ses mauvais quarts d'heure, ça, je peux vous le dire. Un peu condescendant parfois. Mais côté fiabilité, il était nickel.

Ce n'était pas ce que Judith avait espéré entendre. D'abord ces commentaires sur Internet, et maintenant Fred qui, à son tour, affirmait qu'Elliot était un type bien !

– Tu l'as connu quand tu dirigeais l'hôtel des ventes ? demanda Suzie.

– Oui, comment le sais-tu ?

– C'est sur leur site Internet.

– Je suis sur leur site ? C'est la gloire !

– Tout à fait, dit Suzie, qui sentit que Fred était parti pour bavarder un bon moment. Ça doit être une sacrée histoire, ta carrière à l'hôtel des ventes…

– Tu peux le dire ! Quand j'y suis entré, j'avais seize ans. C'était il y a des siècles, mais le chef, à cette époque, c'était le père d'Elliot, Dudley.

– Quel genre d'homme était-ce ? s'enquit Judith.

– Pourquoi voulez-vous le savoir ? répondit Fred, soudain sur ses gardes.

– Parce que, à en croire nos recherches, il semblerait que c'était plus ou moins un escroc. C'est vrai ?

– Ce n'est pas faux. C'était un sacré filou, Dudley. Toujours à faire des petites affaires en douce ou à installer des comparses dans la salle pour faire monter les enchères. Dès qu'il y avait un sale coup à faire, il n'hésitait pas. Et il n'aimait pas son fils. Pas du tout.

– Il ne l'aimait pas ?

– Il le détestait. Adolescent, Elliot était un passionné d'aviron.

Judith se souvint d'Elliot jeune, parmi les rameurs, sur les photographies affichées dans son bureau.

– Et il était doué ! continua Fred. Mais son père ne voulait pas en entendre parler. Elliot m'a raconté que Dudley avait demandé à son coach d'aviron si son fils atteindrait un jour le niveau professionnel. Dès qu'il avait eu la confirmation que ce ne serait pas le cas, il avait tiré un trait définitif. Fini les stages de formation ou d'entraînement, il ne paierait plus. Point à la ligne.

– C'est dur, commenta Suzie.

– Dudley était quelqu'un de très dur.

– Et la mère d'Elliot, elle avait son mot à dire, non ? demanda Judith.

– Je crois qu'elle a quitté Dudley quand Elliot était très jeune. Je ne connais pas les détails de l'histoire, mais Elliot a été élevé par son père. C'est pour ça qu'il a été si bouleversé quand son père a décidé que l'aviron, c'était fini pour lui. Dudley était son unique parent, tout ce qu'il disait était parole d'évangile…

– Attendez un instant ! l'interrompit Judith.

Une idée venait de lui traverser l'esprit. Mais laquelle ? Son cerveau avait essayé d'établir une connexion, et cela avait un rapport avec l'aviron. Mais quoi au juste ? Quelle était donc cette idée qui avait surgi sans prévenir et lui avait aussitôt échappé ?

– L'aviron… dit-elle à voix haute, goûtant le mot comme si sa sonorité avait pu l'aider à retracer le cheminement de sa pensée.

– Oui, l'aviron, et donc ? demanda Suzie.

Judith fit une autre tentative pour retrouver cette étincelle, mais celle-ci s'était entièrement dissipée.

– J'avais une idée, mais elle s'est envolée, avoua-t-elle, déçue.

Il n'y avait rien à faire : à son âge, quand une pensée s'échappait, elle était partie pour toujours.

– Je suis désolé, mesdames, dit Fred, mais il faut que j'y aille. Je ne peux pas rester toute la journée à bavarder ici.

– On n'a pas fini, insista Suzie.

– Comment ça, vous n'avez pas fini ?

– C'est sans doute important.

– Et moi, je vais sans doute avoir des ennuis si je ne termine pas ma tournée à l'heure.

– Alors on vient avec vous ! dit Judith.

– Pardon ?

– Nous ne vous gênerons pas, mais nous avons encore quelques questions à vous poser.

– Vous voulez m'accompagner pendant que je finis ma tournée ? dit Fred, hilare. Eh bien ! Je ne vais pas me plaindre de faire ma tournée avec une belle dame à chaque bras ! Suivez-moi.

Pendant une heure, Judith et Suzie accompagnèrent Fred dans sa distribution le long des rues avoisinantes. C'était un peu frustrant, car elles ne pouvaient lui parler qu'entre deux maisons. Souvent, lorsqu'il connaissait les destinataires, il discutait un peu avec eux sur le seuil. À un moment, il disparut même à l'intérieur d'une maison. Quand il en ressortit, un peu plus tard, il s'excusa : c'était une vieille dame qui vivait seule, le flotteur de sa chasse d'eau ne fonctionnait plus et il avait dû le réparer. Mais ça n'avait pris que quelques instants.

Malgré tout, entre les conversations, la plomberie et la distribution des lettres et des paquets qu'il sortait de son chariot d'un beau rouge éclatant, Judith et Suzie parvinrent à reconstituer quelques fragments de l'histoire de Fred et d'Elliot.

Fred avait quitté l'école à seize ans et trouvé un emploi à l'hôtel des ventes, d'abord comme commissionnaire, puis, quelques années plus tard, comme premier clerc, chargé de valider et de répertorier les nouveaux objets en vente. Il était un peu plus jeune qu'Elliot, avec qui il allait de temps en temps prendre une bière au pub après le travail. C'était au cours d'un de ces moments de convivialité qu'Elliot s'était ouvert à Fred de la frustration qu'il éprouvait à travailler pour son père. Pis encore, Elliot commençait à se passionner pour ce qui lui passait entre les mains chaque jour : l'art.

– Il s'était mis à la peinture, dit Fred. Un de ses aïeux avait été un artiste de talent, c'est d'ailleurs pourquoi la famille s'était retrouvée à la tête d'un hôtel des ventes. Elliot s'y était lancé à corps perdu, il lisait, il s'exerçait pour améliorer sa technique. Et il était doué, pour ça aussi. Même moi, je m'en rendais compte. Ses tableaux étaient pour la plupart abstraits, très années cinquante, du genre « je pose deux aplats de couleur l'un à côté de l'autre et j'appelle ça de l'art ».

Judith regarda Suzie. Ces « deux aplats de couleur » décrivaient très bien la peinture dont le cadre avait été volé chez Stefan. Suzie n'avait pas l'air de faire le rapprochement. Évidemment, se dit Judith : elle n'était pas chez Stefan avec Becks, Tanika et elle. Mais l'association d'idées était-elle pertinente ? Y avait-il un rapport entre le style expressionniste abstrait de l'œuvre visée par le cambriolage et celui dans lequel Elliot aimait peindre ? Ou était-ce une coïncidence ? Après tout, il était logique qu'un jeune homme qui, comme Elliot, se formait à la peinture à la fin du XXe siècle peigne comme un artiste de la fin du XXe siècle.

– Et donc, continua Fred, au bout de deux ans, Elliot a eu envie de laisser tomber les ventes et de se lancer dans une carrière de peintre. Il envoie son dossier de candidature à l'école Slade, à Londres, et surprise ! il est admis. C'est probablement la meilleure école d'arts plastiques d'Angleterre et il y entre les doigts dans le nez ! Faut le faire ! Mais devinez ce qui se passe : papa dit non. Une fois de plus. Il dit à Elliot que la peinture, c'est comme l'aviron : un hobby. On ne gagne pas d'argent en faisant de l'art, on en gagne en vendant de l'art. Il refuse donc de financer sa scolarité à Slade. Et revoilà Elliot très malheureux.

– C'est compréhensible ! dit Judith.

– Malheureux et plein de rancœur, parce que son père lui jure que s'il fait un seul pas de côté il ne pourra plus jamais revenir à l'hôtel des ventes. Soit il reste pour l'aider à diriger la maison, soit il part à tout jamais.

– Quelle cruauté ! dit Judith.

– Je ne vous le fais pas dire. Donc Elliot laisse s'envoler sa place à l'école d'art et reste à l'hôtel des ventes. Plus tard, son père tombe malade et Elliot devient président. À cette époque, je suis directeur adjoint. Mais franchement, le cœur d'Elliot n'y est pas. Il préférerait être ailleurs. Un peu plus tard encore, son père meurt d'une crise cardiaque en faisant du golf. Dès lors, Elliot n'a qu'une envie : quitter le métier. Il renvoie son dossier à Slade, où cette fois il n'est pas admis, mais il trouve une autre école, à Reading, qui l'accepte. Il quitte donc l'hôtel des ventes.

– Cela se passe en 1988 ?

– Exactement.

– Et là, vous prenez sa place.

– Tout à fait. Elliot tient à ce que la boutique soit bien tenue pendant ses études. Mais ces études ne le comblent pas. Il me dit que les autres étudiants sont beaucoup plus jeunes que lui et qu'il regrette d'avoir atterri dans une école moins prestigieuse que Slade. Une fois son diplôme en main, il essaie de percer dans la peinture, mais il a passé l'âge d'être un jeune espoir. Et on est dans les années quatre-vingt-dix, époque où l'art contemporain, c'est plutôt des requins conservés dans le formol. La peinture des années quarante et cinquante n'intéresse plus beaucoup de monde. Et le pire, dans tout ça, c'est que moi-même je découvre à ce moment-là que je ne suis pas si doué que ça pour diriger un hôtel des ventes. En tant qu'administrateur ça passe encore, mais la dimension artistique m'a toujours échappé. Et les affaires périclitent. Honnêtement, Elliot n'aurait jamais dû me laisser les clés. Au bout de quelques années, il s'aperçoit qu'il ne sera jamais un grand artiste. Il fut un temps où il aurait pu, mais il est trop tard. Et s'il ne revient pas s'occuper de l'hôtel des ventes, il perd tout. Il me relève donc de mes fonctions, et moi, je me relève au sens propre. Si mon expérience de directeur d'entreprise m'a appris quelque chose, c'est que je ne suis pas fait pour diriger une entreprise. Trop de pression, trop d'employés à gérer…

Il désigna son uniforme de facteur.

– Ça, c'est vraiment mon truc. Je me balade au grand air, et quand j'ai fini ma tournée je n'emporte pas mon travail chez moi. Chaque soir, je dors comme un bébé. Et ça, ça n'a pas de prix !

Fred sourit.

– Quand Elliot est revenu à l'hôtel des ventes, dans quelle disposition était-il ? demanda Judith.

– Toujours le même, un peu hautain, parfois assez prétentieux, mais avec un bon fond. Honnête, fiable. Un bon patron.

– Vous n'avez donc que du bien à dire de l'homme qui vous a viré ?

– Pourquoi en dirais-je du mal ? Je n'avais pas brillé par ma compétence, et d'ailleurs il ne m'a pas viré. Nous avons décidé d'un commun accord que je ferais mieux de partir, et c'est ce que j'ai fait.

Suzie s'étonnait du détachement de Fred, mais Judith éprouvait beaucoup de sympathie pour cet homme à qui les hauts et les bas de la vie ne laissaient aucun regret.

– Maintenant, mesdames, il faut que je retourne au dépôt, sinon on va croire que j'ai séché ma tournée.

– Merci pour ton aide ! dit Suzie.

– Je peux vous demander pourquoi vous vous intéressez à Elliot ?

– Oh, rien de particulier, mentit Judith avec un sourire hypocrite.

Fred marqua un silence, réfléchit à la réponse de Judith, puis décida de laisser tomber :

– Très bien, ce ne sont pas mes oignons. Bonne journée, mesdames !

Fred les salua et tourna les talons.

– Une chose encore ! s'écria Judith.

– Quoi donc ?

– Que savez-vous de Stefan Dunwoody ?

– Vous cherchez des infos sur Stefan ? dit-il, assez surpris.

Il jeta un regard d'un côté de la rue, puis de l'autre. Personne en vue. Il alla se cacher à l'entrée d'un jardin, derrière un massif d'hortensias. Les deux femmes le rejoignirent.

Qu'est-ce que vous voulez savoir sur Stefan, et pourquoi ? demanda-t-il à voix basse.

– Nous avons entendu dire que c'était un escroc et

qu'il faisait ses coups avec Dudley. Apparemment, ils ont commis pas mal d'arnaques tous les deux.

– Je ne sais pas si vous êtes au courant, mais Stefan est mort la semaine dernière, et je ne veux pas dire de mal des morts.

– C'est important. Nous pensons qu'il a été assassiné.

– Quoi ?

– Oui, je sais, ça surprend. Donc tout élément que vous pourrez nous fournir sera très précieux.

Fred lutta contre sa conscience, heureusement pas très longtemps :

– OK. Stefan était toujours charmant, tiré à quatre épingles. Il s'intéressait à chaque personne qu'il rencontrait. Aussi poli qu'on pouvait l'être. Le gentleman parfait. Mais c'était une façade, parce que oui, vous avez raison, c'était un escroc. Tout autant que Dudley.

– Il travaillait à l'hôtel des ventes ?

– Oui, il était notre expert. Son truc, c'était la fausse expertise.

– Comment procédait-il ?

– Imaginez quelqu'un qui ne connaît rien à l'art et qui apporte un tableau à Dudley, à l'hôtel des ventes. Dudley appelle Stefan, l'expert, pour l'évaluer, et celui-ci conclut que c'est une croûte sans valeur ou une copie. Dudley réussit alors à convaincre le vendeur de lui céder le tableau à un prix ridicule. Et merveille des merveilles, quelques mois plus tard, le tableau réapparaît dans une vente comme par magie, cette fois correctement expertisé comme l'œuvre d'un artiste un peu connu. Notez bien qu'il ne s'agissait jamais d'œuvres valant des dizaines de milliers de livres : seulement quelques milliers, et de temps en temps, pas trop souvent. Ça n'en était pas moins illégal, et je sais que ces deux lascars se remplissaient bien les poches. C'était lamentable.

– Est-il arrivé quelque chose de spécial en 1988 ? demanda Judith.

– Quoi, par exemple ?

– Nous pensons que Stefan a acheté un tableau à l'hôtel des ventes de Marlow l'année même où Elliot est parti faire ses études d'arts plastiques.

Fred se tut quelques secondes, cherchant dans sa mémoire.

– C'est vrai ! dit-il enfin. Vous avez raison. Ça a fait un sacré scandale à l'époque. Enfin, dans le milieu de la vente d'art, en tout cas. À la mort de Dudley, Elliot a hérité de toute sa collection. Il a donc demandé à Stefan d'expertiser les œuvres léguées par son père en vue d'une vente aux enchères. Il ne savait pas encore quel escroc était Stefan. Aucun de nous ne le savait, à l'époque. Or il s'est avéré que cette collection valait quelques centaines de milliers de livres, un vrai pactole pour Elliot. Même s'il y avait pas mal de camelote parmi les œuvres de valeur.

– Ainsi qu'un tableau abstrait composé de trois bandes de couleurs horizontales : jaune en haut, grise au milieu et rouge foncé en bas, dit Judith.

– Vous connaissez ce tableau ? demanda Fred.

– Si je suis votre logique, je suppose que Stefan lui a dit qu'il ne valait pas grand-chose.

– Exactement. Il n'était pas signé. On l'avait retrouvé dans une caisse avec deux ou trois autres tableaux non signés. Des croûtes qui ne valaient rien, et Elliot était bien content de vendre le lot à Stefan pour quelques billets. Mais là encore, Stefan a réussi à arnaquer son monde : à peine avait-il acheté le tableau qu'il exprimait des doutes sur sa vraie nature. Alors le voilà parti à Londres pour demander l'avis d'un autre expert, et c'était un Mark Rothko. Un des plus grands peintres américains du XXe siècle !

– Quelle était sa valeur ? demanda Suzie.

– Ce n'était qu'une étude, pas le tableau proprement dit. C'est pourquoi Rothko ne l'avait pas signé. Mais il existe une photo de lui en train de le peindre, donc son origine est certifiée et il vaut quelques centaines de milliers de livres.

– Vous plaisantez ! s'exclama Judith.

– Et Stefan a refusé de le rendre à Elliot ou de le lui revendre à son prix réel. Il lui a dit qu'il était désolé de cette erreur d'expertise, mais il était trop tard, il ne pouvait plus rien faire. Il s'était trompé en toute bonne foi. Et vous avez raison, Elliot s'est inscrit à cette école d'art quelques mois plus tard. Je n'avais pas fait le rapprochement. Stefan le trahit, et, avant la fin de l'année, Elliot quitte l'hôtel des ventes.

– Voilà qui est très intéressant, dit Judith. Merci, Fred, de nous avoir consacré tout ce temps.

– Je vous en prie. Et maintenant, si ça ne vous embête pas, faut vraiment que j'y aille.

– Bien sûr ! Merci encore !

Elles regardèrent Fred s'éloigner.

– Imagine un peu, dit Judith à Suzie, Elliot entre par effraction chez Stefan, met la main sur ce Rothko que son père lui a légué et qui vaut des centaines de milliers de livres, mais il le laisse accroché au mur et emporte juste le cadre.

– Tu as raison, ça n'a pas de sens ! dit Suzie quelques minutes plus tard en s'asseyant au salon, à l'étage de sa maison.

– Certes, continua Judith, mais ça explique au moins une chose, la haine d'Elliot envers Stefan. Et il y a un autre détail. Fred nous a bien dit qu'Elliot peignait dans le style du milieu du XXe siècle, tu te souviens ?

– Oui, et alors ?

– Alors il ne devait rien ignorer de Rothko, peintre de cette même époque. Il devait connaître ses techniques, sa palette de couleurs, sa méthode picturale.

– Que veux-tu dire ?

– Mets-toi à la place d'Elliot. Tu veux récupérer le Rothko que Stefan t'a volé. Comment faire ? Tu ne peux tout de même pas entrer chez lui et emporter le tableau. Son absence sauterait aux yeux de Stefan, et il saurait qui l'a pris. Mais Elliot est peintre et initié aux techniques de Rothko. Tu me suis ?

– Ah ! Tu crois qu'il a peint une copie ? dit Suzie, les yeux brillants.

– C'est une possibilité, non ? Et je crois Elliot tout à fait capable d'avoir le culot de faire un faux Rothko pour le substituer à celui de Stefan. Donc, considérons que c'est ce qu'il a fait. Il peint cette copie et envisage de s'introduire chez Stefan, de laisser le faux sur le mur et de partir avec le vrai.

– Tu crois vraiment qu'il a fait ça ?

– Ce tableau vaut une fortune. Et du point de vue d'Elliot, Stefan le lui a volé en 1988. N'importe qui lui en garderait rancune. Ah, et aussi, ça peut expliquer pourquoi le Rothko chez Stefan n'a plus de cadre.

– Pourquoi donc ?

– Reconstituons les faits. Elliot peut copier la peinture, mais il ne peut pas copier le cadre. Il entre chez Stefan avec le faux Rothko, mais au moment où il s'apprête à retirer le cadre du vrai Rothko je l'interromps. Or c'est la troisième fois qu'il s'introduit, ou tente de s'introduire, chez Stefan pour voler ce Rothko, et cette fois doit être la bonne. Il décroche le vrai Rothko, avec son cadre, et le remplace par sa copie, espérant que personne ne remarquera que le tableau n'a plus de cadre.

– Je ne te suis toujours pas.

– Je pense que le Rothko actuellement accroché chez Stefan est un faux peint par Elliot, qui s'est enfui avec le vrai Rothko, tableau et cadre.

– Ah, je vois. Mais alors il faut en parler à la police.

– De retour chez moi, j'appelle Tanika pour qu'elle fasse examiner le Rothko de Stefan par un expert. D'un autre côté, je crois que nous tenons le mobile d'Elliot pour assassiner Stefan. Stefan découvre qu'Elliot est l'organisateur du premier cambriolage de sa maison. Et nous savons, selon son assistante Antonia, que Stefan a menacé Elliot d'aller « voir la police dès maintenant ». Elliot a peur de se retrouver en prison et tue Stefan pour l'empêcher de parler.

– Très bien raisonné ! dit Suzie. Elliot est l'assassin, c'est obligatoire, à part le fait qu'il peut aussi ne pas l'être.

– Je sais, c'est exaspérant ! Comment s'y est-il pris ? C'est ça, la question. Nous devions le suivre dans tous ses mouvements, repérer tous ses faits et gestes, cacher des petites caméras partout dans sa maison, mais nous n'en avons pas le droit, nous ne sommes que des civils.

– J'ai peut-être une solution, dit Suzie.

– Ah bon ?

– Laisse-moi le temps de fouiller un peu, je suis sûre de connaître quelqu'un, ou quelqu'un qui connaît quelqu'un qui habite Gipsy Lane, où se trouve la maison d'Elliot. Je pourrais éventuellement le faire surveiller.

– Ce serait formidable ! dit Judith.

Tout en prononçant ces mots, Judith fixa la dame de Shalott sur la reproduction affichée au mur. Pourquoi ce personnage attirait-il de nouveau son regard ? Soudain, elle comprit :

– Liz Curtis ! dit-elle en sursautant.

Suzie fut prise de court :

– Comment ?

– La femme, c'est elle !

– Quelle femme ?

– La femme aux cheveux auburn qui était dans le jardin de Stefan après sa mort, et qui s'est enfuie quand elle m'a aperçue dans le pré le jour où je t'ai parlé pour la première fois. Je me disais bien que je l'avais déjà vue quelque part ! Elle s'appelle Liz Curtis.

– Qu'est-ce qui a bien pu te faire penser à elle ?

– Elle a les cheveux roux, comme cette dame de Shalott. Et tout comme elle, quand je l'ai croisée pour la première fois, elle était en bateau. Liz Curtis dirige le club nautique de Marlow.

Suzie fut prise d'une frénésie soudaine.

– Tu es sûre que cette femme était Liz Curtis ?

– Oui. Tu la connais ?

– Un peu, que je la connais ! Sur une liste de meurtriers potentiels, j'inscrirais Liz en première place.

– Tu crois ?

– Je ne le crois pas, j'en suis sûre, dit Suzie d'un air sombre. Parce qu'elle a déjà tué.

CHAPITRE 17

Dans le van de Suzie, les fauteuils étaient déchirés, des emballages de fast-food vides jonchaient le sol et un vieux tournevis était enfoncé là où aurait dû se loger la clé de contact. Pendant que Judith faisait de gros efforts pour se persuader qu'elle n'était pas à bord d'un cercueil roulant, Suzie se roula une cigarette avec du papier à la réglisse, l'alluma et réussit à faire tousser le véhicule jusqu'à ce qu'il démarre. Elle prit la direction du club nautique de Marlow.

– Quand je te disais que je connaissais tout le monde à Marlow ! dit-elle fièrement. Cela dit, Liz Curtis et moi, nous ne nous parlons plus depuis dix ans. Elle avait un Welsh Springer Spaniel qui s'appelait Crumble. Le chien le plus gentil du monde, monté sur ressorts, tout en grandes oreilles de velours, tout en joie bondisssante. Tu vois le genre ? Et tout cet amour dans ses yeux ! Mais à l'origine, ce n'était pas le chien de Liz, c'était celui de son père. C'est ce qu'elle m'avait dit. À la mort de son père, Liz a hérité du club nautique. Et de Crumble.

– Laisse-moi deviner. Elle n'aimait pas les chiens.

– Dans le mille ! Elle me l'amenait pour que je le

promène et parfois aussi pour que je le garde pendant la nuit, mais elle ne s'intéressait pas à lui. Elle se plaignait du tarif : est-ce que je ne pouvais pas laisser Crumble dans mon jardin et prendre moins cher ? Ou garder d'autres chiens en même temps pour faire baisser les coûts ? Mais chez moi, je préfère ne pas garder plus d'un chien à la fois, afin de pouvoir mieux m'y consacrer. Un jour, elle a cessé de m'amener Crumble.

– Pourquoi ? Que s'est-il passé ?

– Quelques mois plus tard, je tombe sur Liz dans High Street et je lui demande des nouvelles de Crumble. Elle me répond qu'il est parti un jour et n'est jamais revenu. Il a tout simplement disparu. Mais elle me dit ça d'un ton bizarre, je sais qu'elle ment ou qu'elle se sent coupable. À ma visite suivante chez le vétérinaire, j'échange deux ou trois mots avec la secrétaire. On se connaît bien, depuis le lycée à Marlow. Je lui demande si l'on a retrouvé Crumble, le chien de Liz. Elle a l'air choquée que je sois au courant. En fait je ne suis au courant de rien, mais je fais comme si je l'étais. Elle finit par me dire que selon certaines rumeurs, Liz aurait emmené son chien chez le vétérinaire de Bovingdon Green et l'aurait fait piquer.

– Excuse-moi, je ne comprends pas bien. Elle aurait fait quoi ?

– Pourtant, Crumble était en parfaite santé.

– Elle a tué son chien ?

– C'est ce que m'a dit la secrétaire.

– C'est légal de faire une chose pareille ?

– Légal, peut-être, mais je n'irai jamais consulter un vétérinaire qui accepte de piquer un animal bien portant.

– Je suis d'accord avec toi.

– Il n'y a jamais eu de preuves. Je sais seulement que la clinique vétérinaire de Bovingdon Green a vite fermé une fois qu'on a su que son vétérinaire faisait des euthanasies de complaisance. Pour être honnête, j'y suis peut-être pour quelque chose. Mais le plus important, c'est que Liz a fait euthanasier son chien alors qu'il se portait aussi bien que toi et moi.

– Tu en es sûre ?

– Absolument sûre. C'est d'une cruauté incroyable. Crumble avait une si belle âme ! Si Liz ne voulait pas s'en occuper, n'importe qui aurait accepté de l'adopter. Moi, je l'aurais fait. Mais Liz est comme ça, c'est une tueuse de chiens.

Elles étaient bien silencieuses quand Suzie se gara dans le petit parking du club nautique de Marlow, un complexe de modules en préfabriqué et de cabanes en bois installé à la périphérie de la ville, sur une boucle de la Tamise. Le site était joli, mais les bâtiments avaient souffert des intempéries. Les canoës et les kayaks rouges, blancs ou bleus, rangés sur des étagères en métal, n'étaient plus de la première fraîcheur.

– Tu as raison, dit Judith à Suzie. Nous sommes peut-être sur le point de rencontrer l'assassin. Tu es sûre de ton coup ?

– Absolument ! répondit Suzie avec un excès d'enthousiasme qui mit Judith un peu mal à l'aise.

Judith sortit son téléphone et appela Tanika.

– Judith, tout va bien ? demanda Tanika.

– Tout va bien, merci. Je voulais juste te dire que j'ai enfin identifié la femme aux cheveux auburn.

Tu sais, celle que j'ai vue dans le jardin de Stefan et dans un pré le lendemain.

– Ah bon ? Qui est-ce ?

– C'est Liz Curtis, la directrice du club nautique de Marlow.

– Tu en es certaine ?

Au moment où Tanika posait cette question, la femme aux cheveux auburn sortit d'un module en préfabriqué un pinceau à la main, secoua celui-ci pour l'égoutter, puis retourna dans le module. Elle n'avait pas levé les yeux et n'avait pas vu Judith et Suzie.

– Oh oui, tout à fait certaine ! répondit Judith.

– Alors il faut que tu me promettes quelque chose.

– Quoi ?

– Que tu n'essaieras pas de l'interroger.

– Pourquoi ?

– Parce que tu as déjà pris trop de risques en poursuivant le cambrioleur chez Stefan. Je t'interdis de recommencer ce genre de truc.

– Ne t'inquiète pas, c'est du passé.

– Non, je crois que l'assassin n'en a pas fini.

– Que veux-tu dire ?

– Sans pouvoir l'affirmer, je pense qu'il va y avoir encore un meurtre. Un troisième.

La main de Judith se crispa sur son téléphone. Comment Tanika pouvait-elle savoir une telle chose ?

– Donc, je veux que tu me promettes que tu ne te mettras plus en danger. Je veux te l'entendre dire.

– Compte sur moi ! dit Judith. Les enquêtes en amateur, c'est fini ! Tu as ma parole.

– Merci, dit Tanika, soulagée. Et merci pour l'info sur Liz Curtis, je vais me renseigner sur elle.

Tanika raccrocha. Suzie, qui n'avait entendu que la moitié de la conversation, demanda à Judith ce qu'elle venait de promettre.

– Oh, rien d'important, répondit Judith avec un sourire radieux. Et maintenant, viens, nous devons parler à Liz Curtis !

Elles entrèrent dans le module et y trouvèrent Liz debout sur une échelle. Elle couvrait un mur de peinture blanche, mais elle descendit pour les saluer.

Liz était grande, mince et anguleuse. Ses bras et ses jambes plus longs que la normale lui donnaient, aux yeux de Judith, une allure de mante religieuse. D'un autre côté, son imposante tignasse d'un roux flamboyant ne laissait aucun doute sur son identité : c'était bien la femme qui avait fui devant elle à deux reprises.

Dès qu'elle vit Judith, son visage se figea.

– Ah, c'est vous ! dit-elle.

– Bonjour, Liz ! lança Suzie.

Liz fut encore plus décontenancée en voyant Suzie avec Judith.

– Bonjour, Suzie, répondit-elle en leur tournant le dos.

Elle se dirigea vers un samovar posé sur une table à tréteaux où se trouvait tout le nécessaire pour faire le thé.

– Vous voulez faire une réservation ? demanda-t-elle.

– Non, pas aujourd'hui, déclina Judith en lançant un regard à Suzie.

Liz avait un comportement de coupable, c'était très clair.

– Mon amie aimerait savoir pourquoi vous vous enfuyez toujours devant elle, dit Suzie.

– Pardon ? demanda Liz en se versant une tasse de thé, toujours le dos tourné.

– Vous n'avez pas pris la fuite en me voyant dans le pré, peut-être ? insista Judith.

Liz ne dit rien, remua son thé avec une petite cuillère, la reposa et se retourna enfin.

– Comment ? dit-elle, comme si elle n'avait pas entendu la question.

– Je vous ai vue dans le jardin de Stefan deux jours après sa mort, précisa Judith. Et dans un pré le lendemain. Dans les deux cas, vous vous êtes enfuie en m'apercevant. J'aimerais savoir pourquoi.

Liz prit une gorgée de thé et traversa la pièce pour aller au bureau d'accueil. Visiblement, elle cherchait à gagner du temps.

– Désolée, je ne vois pas de quoi vous parlez.

– Mais nous nous sommes vues…

– Je viens de vous dire que je ne sais pas de quoi vous parlez, insista Liz.

Elle s'efforçait de ne pas laisser voir qu'elle était en pleine panique.

– Donc, dit Judith, vous n'êtes pas allée chez Stefan Dunwoody après sa mort.

– Pas une seule fois, dit Liz. Je ne sais même pas qui est Stefan Dunwoody. Ce nom m'est totalement inconnu. Alors, vous voulez faire une réservation, ou dois-je vous demander de sortir ?

– Et Iqbal Kassam ? demanda Suzie.

Liz réfléchit un instant avant de répondre :

– Qui ?

– Iqbal Kassam. Le chauffeur de taxi qui est mort l'autre jour.

– Oui, je l'ai lu dans la presse, c'est horrible. Mais pourquoi me demandez-vous ça ?

– Nous voulons savoir si vous le connaissiez.

Quand Liz eut deviné pourquoi Suzie lui posait cette question, elle parut au comble de la surprise.

– Qu'êtes-vous en train de suggérer ?

– Rien du tout, nous vous demandons simplement si vous le connaissiez.

– Bien sûr que non ! Pourquoi prendrais-je un taxi quand j'ai une voiture en parfait état de marche ? Vous entrez ici sans y être invitées, vous vous livrez à des insinuations, c'est intolérable !

– Pardon ? dit Suzie.

– Pourquoi me posez-vous toutes ces questions sur ces morts ?

– Je crois que vous connaissez la réponse.

– Pas du tout.

– Alors je vais vous dire un nom : Crumble.

Ce mot fit à Liz l'effet d'une gifle.

– Parce que nous savons toutes les deux quel sort vous avez réservé à ce pauvre chien, ajouta Suzie.

– Je ne lui ai rien fait !

– Vous l'avez tué.

– Vous n'avez pas le droit de dire ça ! s'écria Liz, les larmes aux yeux, terrassée par la terreur, la culpabilité et la honte.

– Vous l'avez tué parce que vous n'avez jamais voulu de lui. Parce qu'il vous coûtait trop cher !

– Croyez-moi, c'est vrai que je ne voulais pas de lui quand papa est mort. Il n'y avait pas de place pour un chien dans notre vie. Oui, il nous coûtait cher, parce que nous sommes fauchés ! J'aimais Crumble, vous le savez bien ! J'étais folle d'angoisse quand il a disparu. Nous avons mis des affiches partout, sur les réverbères, sur les vitrines… Ça a été la pire épreuve de ma vie. Comment osez-vous dire que je l'ai tué ? Non, vous ne me mettrez pas ça sur le dos. Pas aujourd'hui. Pas maintenant.

Avant que Judith et Suzie eussent pu répondre, Liz sortit comme une tornade.

– Je la déclare coupable, dit Suzie.

– Tu sais quoi ? Moi aussi, dit Judith.

Elles sortirent juste à temps pour voir Liz monter dans une voiture bordeaux toute cabossée, celle que Judith avait aperçue en sortant du pré, une preuve de plus qu'elle avait bien rencontré Liz. Elle s'engagea sur la route dans un crissement de pneus et une forte détonation du pot d'échappement, tourna à droite et disparut en direction du centre-ville de Marlow.

– C'est ce que j'appelle faire une belle sortie, dit Suzie.

– Où va-t-elle, à ton avis ?

– Je ne sais pas, mais elle y va très vite.

– Pourquoi nie-t-elle m'avoir rencontrée ? Parce que cette voiture, je la reconnais.

– Parce que c'est elle, l'assassin.

– Ça en a tout l'air. Mais on peut s'étonner qu'elle n'ait pas mieux préparé ses répliques. Parce que je l'ai croisée deux fois avant aujourd'hui. Elle le sait, je le sais. Alors pourquoi n'a-t-elle pas inventé une petite histoire pour expliquer sa fuite ? Par exemple, elle aurait pu me prendre pour quelqu'un d'autre. Ou bien elle se serait perdue, puis retrouvée par erreur dans le jardin de Stefan, et le lendemain elle aurait eu honte et se serait enfuie.

Judith regarda autour d'elle à la recherche d'un détail qui pourrait l'inspirer. Un homme en salopette vert bouteille réparait un canoë au bord du fleuve.

– Tu le connais ? demanda-t-elle.

– Non. C'est peut-être un employé ?

– Si nous faisions un brin de causette avec lui ? Nous devons nous renseigner un peu sur cette dame qui vient de nous quitter si précipitamment.

Quand elle vit l'homme de plus près, Judith remarqua qu'il était grand et assez corpulent. Son ventre, en particulier, tendait l'étoffe de sa salopette. Un buveur de bière, pensa-t-elle en lui souhaitant le bonjour.

Il procédait à l'entretien d'une série de vieux canoës. Il interrompit son travail, clé à molette en main.

– Bonjour ! dit-il.

– Excusez-nous de vous déranger, mais nous aimerions vous poser quelques questions.

– Bien sûr ! Je vous écoute.

– Vous travaillez pour Liz Curtis ?

Il sourit.

– En quelque sorte. Je suis son mari, je m'appelle Danny Curtis.

Il leur tendit la main, et elles se présentèrent à leur tour.

– Que puis-je faire pour vous ? demanda-t-il.

– J'espère que vous pouvez faire quelque chose. Je suis la voisine de Stefan Dunwoody. J'habite sur l'autre rive, un peu en aval de sa maison.

– Oui, je vois très bien ! Vous avez cette grande maison juste avant l'écluse de Hurley. Je vous aperçois de temps en temps dans votre jardin, de mon bateau. Il est mort récemment, n'est-ce pas ? Et dans les journaux, on dit qu'il a été assassiné. Ce qui, à Marlow, est tout de même difficile à croire.

– C'est vrai. Connaissiez-vous, ou votre femme connaissait-elle, Stefan Dunwoody ?

– Moi, non. Mais Liz, oui.

Judith et Suzie se regardèrent, étonnées.

– Donc, elle le connaissait ?

– Il avait une galerie d'art, non ? Liz était tout le temps fourrée là-bas.

– Elle le connaissait bien ?

– Je n'irais pas jusque-là, mais quand nous allions faire des courses en ville elle s'arrêtait toujours pour échanger deux ou trois mots avec lui.

– Intéressant. Savez-vous si elle est déjà allée chez lui ?

– Dans sa maison ? Non. Je crois qu'elle ne sait même pas où il habitait.

– Aurait-elle pu y aller samedi dernier ?

– Je n'en sais rien, il faudra que vous le lui demandiez. Mais ne vous imaginez pas qu'elle était cliente chez Stefan. Même s'ils s'entendaient bien, elle ne lui a jamais rien acheté. Regardez autour de vous ! Nous n'avons pas les moyens de nous offrir des œuvres d'art.

D'un mouvement de menton, Danny désigna les bâtiments délabrés du club nautique.

– Oui, d'ailleurs, je me demandais… dit Judith. Où sont les membres du club ? En pleines vacances d'été, je m'attendais à voir une foule d'enfants en canoë.

Danny poussa un gros soupir.

– Depuis les inondations, nous passons nos journées à rafistoler ce club en espérant le relancer.

La Tamise était sortie plusieurs fois de son lit l'hiver précédent, Judith s'en souvenait. Son jardin étant en pente, sa maison n'avait pas été menacée, mais son hangar à bateaux et le jardin lui-même avaient été inondés.

– Tout était sous l'eau, dit Danny. Et en se retirant les eaux ont laissé un sacré bourbier. Ç'a été le pire hiver depuis des décennies. Nous avons fait appel à toutes les bonnes volontés pour nous aider à nettoyer, et il est venu du monde, mais ça n'a pas changé grand-chose. C'est la pire catastrophe que nous ayons essuyée. Et pourtant, les catastrophes, ça nous connaît !

– Vous êtes souvent inondés ?

– Selon le père de Liz, à l'époque où il avait fondé ce club nautique, il était inondé une année sur dix. Et maintenant, c'est tous les ans.

– Je suis désolée de l'apprendre.

– Comme nos équipements ne sont pas encore entièrement retapés, nous devons faire avec notre petit nombre de visiteurs quotidien. Et Liz et moi, nous sommes seuls pour tenir la boutique. Notre projet est de réparer pendant l'été, de survivre à l'hiver prochain et de quitter les lieux au printemps.

– C'est terrible, dit Suzie.

Judith sentit naître un lien de sympathie entre Suzie et Danny. L'un et l'autre semblaient savoir ce que travailler dur veut dire.

– Liz est une bonne chrétienne, elle va à l'église tous les dimanches. Moi, je n'en fais pas autant. Mais les épreuves que nous avons subies l'ont affectée, elle aussi. Excusez-moi, mais je dois livrer ces canoës ce soir à Nottingham pour l'entraînement.

– L'entraînement ? demanda Judith, qui ne put s'empêcher de jeter un coup d'œil sur la silhouette généreuse de Danny.

Il éclata de rire.

– Pas le mien ! Celui de l'équipe juniors de Grande-Bretagne. Je suis leur entraîneur et ils sont basés à Nottingham.

– Vous êtes l'entraîneur de l'équipe de Grande-Bretagne ? demanda Suzie, impressionnée.

– Seulement des juniors, et je ne suis pas le seul entraîneur, mais oui, j'y participe.

– Nous allons vous laisser travailler, conclut Judith. Merci beaucoup de nous avoir accordé un peu de temps.

Elles s'éloignèrent, mais au bout de quelques pas Judith se retourna : si Liz leur avait menti sur Stefan, elle pouvait avoir menti sur d'autres points.

– Une dernière chose, lança-t-elle à Danny. Est-ce que vous, ou votre femme, connaissiez le chauffeur de taxi qui a été tué ?

– Qui ? demanda Danny.

– Iqbal Kassam.

Danny parut perplexe pendant un court moment, puis répondit :

– Oui, je crois. Je ne l'ai jamais rencontré, mais nous avons fait appel à lui il y a environ deux semaines. Notre voiture était en réparation et nous avions des courses à faire. Nous avons appelé Mr. Kassam pour nous conduire au supermarché et nous ramener chez nous. Au téléphone, il avait l'air très sympathique.

– Il l'était ! confirma Suzie.

– Vous le connaissiez ?

– Je promenais son chien.

– Et c'est vrai, ce qu'on dit dans les journaux ? Il a été tué par balle, lui aussi ?

– C'est ce qu'on dit, répondit Judith, qui ne tenait

pas à révéler à quel point elles étaient proches de l'enquête.

– Bon Dieu ! dit Danny. C'est tout de même incroyable.

– Par hasard, demanda Judith, vous n'auriez aucune idée de qui aurait eu intérêt à le tuer ?

– Moi ? Non, je ne l'ai jamais rencontré. Mais vous devriez demander à Liz ! C'est elle qui a pris le taxi.

– C'est elle qui a pris le taxi d'Iqbal ?

– Oui, c'est Liz qui fait les courses.

– Et combien de fois a-t-elle pris ce taxi ?

– Je ne sais pas, juste une fois, je crois. Pourquoi cette question ?

– Et savez-vous combien de temps elle a été en présence d'Iqbal ?

– Deux heures, je dirais. Il l'a conduite au supermarché Asda Handy Cross de High Wycombe, il l'a attendue pendant qu'elle faisait ses courses, et puis il l'a ramenée chez nous. Mais je ne comprends pas pourquoi ça vous intéresse tant.

– Nous essayons de comprendre ce qui s'est passé, répondit Judith, fidèle à son principe d'honnêteté sans faille.

Danny fronça les sourcils.

– Vous ne croyez pas que c'est plutôt le rôle de la police ?

– Ne vous inquiétez pas, dit Judith avec un grand sourire. La police est parfaitement au courant de ce que nous faisons.

– Ah bon ? dit Danny, incrédule.

Il haussa les épaules.

– De toute façon, ajouta-t-il, si vous cherchez plus

de renseignements sur votre chauffeur de taxi ou sur votre voisin, vous n'avez qu'à demander à ma femme. Elle doit être quelque part dans le coin.

– Merci ! dit Judith. Si nous la voyons, nous n'y manquerons pas !

Judith remercia de nouveau Danny, lui souhaita un franc succès pour son entraînement à Nottingham, puis s'éloigna avec Suzie.

Lorsqu'elles furent certaines qu'il ne pouvait plus les entendre, Suzie dit à Judith :

– Liz nous a menti.

– Et plutôt deux fois qu'une, confirma Judith.

– Elle connaissait Stefan et Iqbal.

– Et elle nous a dit qu'elle ne les connaissait ni l'un ni l'autre, qu'elle n'était jamais allée dans le jardin de Stefan et qu'elle n'avait jamais fui en me voyant. Pour moi, elle est mouillée jusqu'au cou.

– Qu'est-ce qui t'a donné l'idée d'interroger Danny à propos d'Iqbal ?

Judith réfléchit un moment.

– Je ne sais pas. Peut-être toutes ces années à construire des grilles de mots croisés… On prend l'habitude de relier les choses entre elles. À partir du moment où Danny nous a confirmé qu'elle mentait à propos de Stefan… Il est temps de nous renseigner un peu plus sur Liz Curtis, tu ne crois pas ?

– Si, mais comment ?

– Selon Danny, Liz allait régulièrement à l'église. Dans ce cas, je connais quelqu'un…

– Bien sûr ! dit Suzie. Becks !

CHAPITRE 18

– Qu'est-ce que vous faites ici ?

Becks n'avait pas pu retenir ces mots en découvrant Judith et Suzie sur le pas de sa porte.

– Nous aussi, nous sommes enchantées de te voir ! ironisa Suzie.

– Je ne peux pas vous laisser entrer ! dit Becks, épouvantée.

– Tu ne sais même pas pourquoi nous venons !

– Oh, j'en ai ma petite idée ! Pas question d'apporter vos meurtres au presbytère ! Que dirait Colin ?

Judith se redressa de toute sa hauteur, toute minuscule qu'elle fût.

– D'abord, dit-elle, ce ne sont pas « nos » meurtres. Ensuite, si nous ne pouvons pas les apporter au presbytère, où le ferons-nous ?

– Je suis désolée, mais je ne veux pas qu'on m'entende parler de meurtre.

– Et pourquoi donc ?

Becks était scandalisée, mais elles n'en comprenaient pas exactement la raison.

– Pourquoi ? répéta Judith.

– Chérie ? Qui est là ? demanda une voix masculine.

– Personne ! dit Becks. Elles s'en vont !

– Nous sommes venues te parler de Liz Curtis, dit Suzie.

Becks ne s'attendait pas à ça.

– Qu'est-ce que vous voulez savoir sur Liz ?

– Tu la connais ?

– Juste assez pour dire bonjour-bonsoir à l'église le dimanche. Pourquoi ?

– Parce qu'elle pourrait bien être notre assassin.

L'étonnement de Becks ne connut plus de bornes.

– Mais ce n'est pas possible ! Elle fait du yoga !

Judith n'était pas sûre d'avoir bien entendu.

– Tu n'es tout de même pas en train de nous dire que les gens qui font du yoga ne tuent jamais personne !

– Si ! Absolument !

– Bien, dit Judith, qui décida de lancer l'artillerie lourde. Alors tu vas pouvoir nous dire ce que tu sais sur Liz Curtis devant une bonne tasse de thé.

Le sourire de Becks se figea. En Anglaise pur jus, elle savait bien qu'en aucune circonstance elle ne pouvait refuser de servir une tasse de thé.

– Excellente idée, dit-elle contre son gré.

Elle fit entrer ses deux amies.

– Nom d'une pipe ! s'écria Suzie en découvrant l'intérieur de Becks. On se croirait dans une pub !

Elle faisait allusion au joli papier peint, aux gravures encadrées et aux beaux meubles qui ornaient l'entrée.

– Une pub ? dit Becks, qui ne comprenait pas bien.

– Mais oui, tu sais, ce qu'on voit dans les magazines ! Mais ça n'existe pas. En vrai, personne n'habite là-dedans.

Becks sourit, prenant cela pour un compliment.

– Merci, c'est très gentil de ta part. Allez, venez ! Ne faites pas attention au désordre, ajouta-t-elle en les précédant dans une cuisine où l'on aurait cherché en vain le moindre grain de poussière.

Suzie siffla d'admiration.

– C'est vraiment d'une propreté éclatante, confirma Judith.

– Quoi ? Tu nettoies ton évier ? dit Suzie en admirant un évier en acier inoxydable qui étincelait de mille feux.

– Seulement quand j'ai fini la vaisselle, dit Becks. Je ne suis pas obsessionnelle.

Suzie se tourna vers Judith :

– Elle nettoie son évier !

Becks prit un vaporisateur de nettoyant ménager, en projeta un nuage sur une tache imaginaire sur le plan de travail, puis l'essuya avec une lingette.

– Qui veut du thé ? Avec ou sans théine ?

– Normal, ça ira pour moi, dit Suzie.

– Noir, vert ou oolong ?

– Oolong ? C'est quoi ? Normal, ce sera parfait, merci.

– Ou alors une tisane ? J'ai aussi du rooibos ou du chai.

– Juste une tasse de thé normal avec du lait. Un sucre.

Becks, consciente de ne pas disposer d'informations suffisantes, hésitait.

– Quoi encore ? dit Suzie.

– Du lait de vache ?

– Pardon ?

– Tu veux du lait de vache avec ton thé ou du lait de soja ? Du lait d'amande ? Du lait de coco ?

– De vache ! Une tasse de thé ordinaire avec du lait ordinaire !

Becks se récria, presque offensée, mais les exigences de Suzie l'intriguaient par leur exotisme. Du thé ordinaire avec du lait normal ? On n'avait pas entendu parler de ça au presbytère depuis une éternité.

Becks alla chercher, sur les étagères de la cuisine, la théière en céramique à pois exactement assortie aux tasses en céramique à pois, aux soucoupes en céramique à pois et au pot à lait en céramique à pois. Pendant ce temps, Judith lui expliqua que la femme qui avait pénétré dans le jardin de Stefan et s'était enfuie devant elle après le meurtre d'Iqbal n'était autre que Liz Curtis.

– Et Liz, ajouta Suzie, a affirmé ne connaître ni Stefan ni Iqbal, mais plus tard son mari, Danny, nous a révélé qu'elle connaissait suffisamment Stefan pour lui parler de temps à autre, et qu'elle avait pris le taxi d'Iqbal deux semaines plus tôt.

– Elle vous a menti ? dit Becks, qui avait du mal à le croire.

– Effrontément.

– Pourquoi l'aurait-elle fait ?

– C'est là que nous avons besoin de ton aide, dit Judith. Que peux-tu nous dire sur elle ?

– Eh bien ! Pour commencer, elle a remporté une médaille d'argent aux jeux Olympiques, mais ça, vous le savez certainement.

– Ah bon ? dit Judith.

Cette médaille n'avait rien à voir avec le sujet, mais

Becks était de ces femmes qui aiment définir autrui par ce genre d'accomplissement.

– C'est une battante, une gagnante. Concentrée. Déterminée.

– Une médaille de quoi ? demanda Suzie.

– D'aviron. Elle est rameuse, ou plutôt elle l'a été. C'est ainsi qu'elle a connu Danny, il était rameur, lui aussi, mais seulement niveau junior, je crois. Liz me disait que Danny était bourré de talent mais qu'il n'avait pas l'énergie nécessaire. Honnêtement, elle peut être un peu inquiétante quand elle énumère toutes les qualités que doit réunir un athlète de haut niveau. Tout se joue sur des marges infimes, il faut être entièrement dédié à son objectif et ne jamais tolérer aucun obstacle. Mais il faut peut-être être comme cela pour se retrouver médaille d'argent aux jeux Olympiques.

– Dans quelle classe ? demanda Judith.

– Comment ça, dans quelle classe ?

– Dans quelle catégorie de rameurs était-elle ? Elle ramait en huit ?

– Non, en solo, je crois. En skiff.

– C'est intéressant. Est-ce que tu la décrirais comme une personne solitaire ?

– Je ne sais pas. Je ne la connais pas très bien.

– Mais elle vient à l'église une fois par semaine ! dit Suzie.

– Je sais, mais comprends-moi, à l'église je représente Colin, alors je parle avec quiconque m'adresse la parole. Mais Liz n'est pas très communicative. J'ai l'impression que la foi, pour elle, est une chose très personnelle.

– Mais tu la définirais comme une vraie chrétienne ?

– Oui, sans hésitation.

– Même en sachant qu'elle a tué son chien ? demanda Suzie.

– Qu'est-ce que tu dis ?

Suzie lui expliqua que Liz avait payé un vétérinaire pour tuer son chien.

– C'est impossible.

– Non seulement c'est possible, mais c'est vrai.

– Bon, écoutez. J'admets qu'elle est parfois un peu hautaine. À Marlow, avec sa médaille olympique, elle se prend pour une princesse royale. Ça se voit à son attitude quand elle vient à l'église. Elle se pavane comme une diva, et comme tout le monde se presse autour d'elle et lui fait la cour, elle aurait tort de s'en priver. Maintenant que j'ai répondu à vos questions, je dois vous demander de partir, toutes les deux.

– Nous ne faisons que prendre le thé dans ta cuisine, observa Judith.

– Je ne veux pas être surprise à cancaner sur les gens d'ici.

– Des gens d'ici qui ont tué !

– Arrête de dire ça !

– Mais c'est vrai ! Quelqu'un a bien tué Stefan. Et puis Iqbal. Nous devons l'identifier.

– En tout cas, ce ne peut pas être Liz, dit Becks d'un ton péremptoire. J'en suis certaine. Elle ne peut pas avoir tué.

– C'est ton opinion, dit Suzie, mais les apparences sont parfois trompeuses. Judith croyait son voisin Stefan blanc comme neige, mais il s'avère qu'il a volé un tableau valant des centaines de milliers de livres au nez et à la barbe d'Elliot Howard. On ne sait jamais quels secrets inavouables se cachent dans le passé des gens. N'est-ce pas, Judith ?

Sous le regard étonné de Suzie, Judith perdit contenance et renversa un peu de thé en portant la tasse à ses lèvres.

– Regarde ce que je viens de faire ! s'exclama Judith.

– Aucun problème, dit Becks, qui déroula plusieurs mètres de papier absorbant quadruple épaisseur et les tendit à Judith.

Pendant que Becks épongeait Judith qui se fustigeait de sa maladresse, aucune des deux ne remarqua le coup d'œil soupçonneux que Suzie posait sur Judith. Si elle ne se trompait pas – et elle était sûre de ne pas se tromper –, Judith avait quelque chose à cacher. Par intuition, Suzie se rappela le moment où elles avaient évoqué son défunt mari : Judith avait rougi. Et par association logique, elle pensa à la porte fermée à clé. Pourquoi Judith, d'habitude si ouverte et si franche, gardait-elle chez elle une porte fermée à double tour ?

La sonnerie d'un téléphone les fit sursauter. Suzie finit par comprendre que c'était le sien et le sortit de sa poche. Elle regarda son écran fissuré.

– Je ne connais pas ce numéro.

Elle décrocha.

– Bonjour, ici Suzie Harris !

Elle écouta quelques instants, puis posa la main sur le micro de l'appareil.

– C'est l'imam d'Iqbal, murmura-t-elle théâtralement, plus fort que sa voix naturelle. Il dit que la police vient de rendre le corps et que l'enterrement aura lieu demain. Il veut savoir combien de personnes m'accompagneront.

– Moi, dit Judith sans hésitation.

Suzie se tourna vers Becks, qui ne lutta que très brièvement contre sa conscience.

– Écoutez, je ne peux pas vous aider dans votre enquête, c'est impossible. Mais je viendrai, bien entendu. C'est le moins que je puisse faire.

– Merci pour l'invitation, dit Suzie au téléphone. Nous serons trois à l'enterrement d'Iqbal.

CHAPITRE 19

La mosquée d'Iqbal se trouvait à la périphérie de High Wycombe, au milieu d'un quartier de maisons mitoyennes. Construite en brique rouge dans les années quatre-vingt, elle était surmontée d'une grande coupole blanche et dominée par un minaret.

La cérémonie, ainsi que l'expliqua Becks à ses deux amies, consistait en une prière appelée *Janazah*. Elle était différente des autres services funéraires auxquels elles avaient assisté, mais elle leur ressemblait aussi à maints égards.

Elle en différait surtout par l'obligation de retirer ses chaussures et de se couvrir la tête pour pénétrer dans la mosquée. Judith arborait un splendide carré Hermès des années quarante qui avait appartenu à sa grand-tante. Becks était coiffée d'une jolie écharpe indienne rouge et or. Elle en avait deux autres dans son sac au cas où l'une ou l'autre de ses amies aurait oublié ce détail, ce qui était le cas de Suzie.

Une fois à l'intérieur, elles furent conduites dans une grande salle de prière recouverte d'un tapis rouge sombre marqué de lignes dorées sur toute la longueur de la pièce. Un rideau bleu nuit, suspendu au milieu de la salle de prière, la divisait en deux. Il n'y avait aucun meuble hormis quelques chaises en plastique le long des murs.

Au fond de la salle de prière, un vieux monsieur en *salwar kameez* lisait des versets du Coran au micro, d'un ton monocorde, devant une demi-douzaine d'hommes assis. À côté de lui, sur une table à tréteaux, était posé le cercueil d'Iqbal, recouvert d'une étoffe d'un blanc immaculé.

L'un des hommes, voyant entrer les trois femmes, s'écria, furibond :

– Vous n'avez rien à faire ici ! Les femmes, c'est de l'autre côté !

– Nous sommes absolument désolées, dit Becks, désamorçant la situation avec son sourire bien rodé de femme de vicaire. Nous y allons immédiatement !

De l'autre côté du rideau, il n'y avait qu'une femme, au fond de la salle. À leur arrivée, elle leur adressa un sourire de bienvenue, qu'elles lui rendirent.

– Asseyons-nous ici, dit Becks en désignant les chaises en plastique.

Alors qu'elles prenaient place, l'imam apparut et le service commença. Elles ne comprenaient pas les prières et les psalmodies en arabe, mais l'atmosphère de la cérémonie avait quelque chose de familier et de rassurant. Becks s'aperçut aussi qu'elle était beaucoup plus brève qu'un service funéraire de l'Église anglicane : vingt minutes, pas plus.

À la fin, les six hommes assis de l'autre côté du rideau se levèrent, se rassemblèrent autour du cercueil, le soulevèrent et l'emportèrent sur leurs épaules.

L'imam Latif traversa la salle pour saluer les trois femmes.

– Je suppose que l'une de vous est Suzie Harris.

– C'est moi, dit Suzie en lui tendant la main.

– Je vous présente toutes mes condoléances.

– Merci ! dit Suzie, très touchée.

– Et je suis ravi de vous revoir, Mrs. Starling.

– *Salaam*, imam.

– Comment vont vos ouailles ?

– Celles de mon mari, vous voulez dire ? À merveille. Et les vôtres ?

– Oh, rien à signaler. Mais je vous dois des excuses, j'ai vu comment l'un des membres de ma congrégation s'est adressé à vous quand vous êtes entrées. C'était inacceptable et il n'avait aucun droit de vous demander de partir.

– Pas besoin de vous excuser, dit Becks. C'est aussi comme ça dans notre église : vous devriez voir le regard que le major Lewis jette à un inconnu qui s'assoit par erreur sur son banc familial !

L'imam Latif sourit.

– Vous avez toujours le mot juste, Mrs. Starling. Malheureusement, malgré tous nos efforts pour faire évoluer les choses, il y en a toujours qui s'accrochent à leurs vieilles traditions. Voulez-vous que nous fassions quelques pas ensemble ?

L'imam Latif leur montra la porte par laquelle les hommes avaient emporté le cercueil d'Iqbal. Elles le suivirent.

– Vous, dit-il à Judith, je ne vous connais pas encore.

– Je m'appelle Judith Potts, et merci de m'avoir invitée dans votre mosquée.

– Tout le plaisir est pour moi.
– Puis-je vous poser quelques questions ?
– Bien sûr. En quoi puis-je vous aider ?
– C'est horrible, la façon dont Iqbal est mort.
– Horrible, oui. Tragique, même.
– Mais en avez-vous été surpris ?
– Vous voulez dire : est-ce que je crois qu'Iqbal était mêlé à des activités répréhensibles ?
– En d'autres termes, oui.
– Honnêtement, dit l'imam Latif, je ne connaissais pas bien Iqbal. On le voyait rarement ici, ce qui ne me dérange pas, je préfère voir un fidèle de temps en temps plutôt que de lui ôter toute envie de venir en faisant pression sur lui. Mais il m'a toujours fait l'effet d'un homme sincère et réfléchi. Peut-être un peu introverti, un peu trop secret. Et qui était animé d'une colère intérieure.
– Vous croyez ?
– Je devrais plutôt parler de frustration. Lors de la seule vraie conversation que j'ai eue avec lui, il m'a dit que son rêve était de parcourir tout le Royaume-Uni par les cours d'eau et les canaux.
– Oui, il m'en avait parlé aussi, dit Suzie.
– Mais il m'a dit également que ce rêve, cet avenir, lui avait été volé.
– Quand était-ce ? demanda Judith.
– Il y a environ un an. L'année dernière en tout cas.
– Il a dit qu'on lui avait volé son avenir ?
– Je crois que c'était lié à un héritage.
Les trois femmes échangèrent un regard : cette information était prometteuse.
– L'héritage de son voisin, continua l'imam Latif.

– Ezra, je pense, dit Suzie.

– Oui, c'est bien le nom qu'il m'avait donné. Son voisin Ezra est mort en lui laissant tout, son argent et sa maison. Mais on s'est aperçu ensuite que quelqu'un lui avait fait modifier son testament à la dernière minute. C'est ce quelqu'un, et non Iqbal, qui a hérité.

– Oh ! dit Becks. Pauvre Iqbal.

– En effet, dit l'imam.

– Ce quelqu'un s'appelait-il Elliot Howard ? ne put s'empêcher de demander Judith.

– Je ne sais pas, Iqbal ne m'a pas dit son nom. Mais je l'ai vu une fois…

Il se tut un instant, fouillant dans sa mémoire. Puis son visage s'éclaira.

– Oui, continua-t-il, c'était la dernière fois que j'ai vu Iqbal, il y a quelques mois. Je le rencontre au moment où il sort du centre commercial. Je m'approche de lui pour lui parler et son regard est fixé sur le parking, de l'autre côté de la route. Je lui demande si tout va bien, mais il est furieux. Il me désigne un homme qui sort de sa voiture et me dit que j'ai devant moi celui qui l'a spolié de son héritage.

– Un homme très grand ? demanda Judith. Proche de la soixantaine ? Les cheveux très longs, jusqu'aux épaules ?

L'imam Latif réfléchit longuement avant de répondre.

– Non, il n'était pas grand, mais proche de la soixantaine, peut-être. Maintenant, la mémoire me revient, il était petit. Et très potelé. Comme une grosse boule de pâte. Un homme très petit et très gros.

Les trois dames étaient fort étonnées. Dans leur enquête, que ce soit à propos de Stefan ou d'Iqbal, il n'avait encore jamais été question d'un homme petit et gros.

– Vous souvenez-vous du modèle de voiture qu'il conduisait ? demanda Suzie.

– Oh ! non, dit l'imam avec un petit rire. Je ne connais rien aux voitures. Mais je revois très bien la scène : ce petit homme très gros, en costume-cravate, portant un attaché-case, sort de sa voiture et quitte le parking. Iqbal est formel, c'est bien l'homme qui lui a volé son héritage en faisant modifier le testament de son voisin. Je ne sais quoi répondre, Iqbal est dans un état d'agitation extrême. Depuis, je ne l'ai plus revu.

Tout en leur parlant, l'imam Latif avait peu à peu guidé les trois femmes vers l'escalier de la mosquée. Dehors, les porteurs du cercueil aidaient les employés des pompes funèbres à le charger dans un corbillard.

– Merci beaucoup pour cette conversation, dit Becks, nous n'allons pas vous retenir plus longtemps.

– Je vous en sais gré, car je dois accompagner la dépouille au cimetière. Et merci, à mon tour, pour votre soutien. Revenez quand vous voulez.

L'imam Latif leur adressa un sourire chaleureux et descendit l'escalier pour rejoindre le corbillard.

– En voilà un coup de théâtre ! dit Judith.

– Il y a donc, quelque part, un petit gros qui a spolié Iqbal de son héritage, résuma Suzie.

– Il n'était pas seulement petit et gros. Il portait un costume et une cravate, donc il est dans les affaires. Mais avant de céder à l'enthousiasme, nous devrions essayer de savoir combien il y a d'argent en jeu.

– La maison d'Ezra est dans un triste état, dit Suzie. Je ne crois pas qu'elle ait une grande valeur.

– Mais elle est à vendre, non ? demanda Becks.

– Oui, il y a une pancarte.

– Et où se trouve cette maison ?

– Sur Wycombe Road, à la sortie de Marlow, à mi-chemin entre Marlow et High Wycombe.

– Ah, je la connais ! Un bungalow de trois chambres, terrain à gros potentiel, le tout évalué à six cent cinquante mille livres.

Judith et Suzie la regardèrent, stupéfaites.

– C'est l'évaluation maximale, mais la propriété se vendra à ce prix, continua Becks. Je pense qu'un promoteur du coin va s'en emparer, la démolir et construire à la place quelque chose de plus rentable.

– Mais comment sais-tu ça ? demanda Suzie.

Becks eut la bonne grâce de prendre un air un peu gêné.

– Je m'intéresse au marché immobilier local.

– Mais tu es au courant du prix exact de cette maison ! dit Suzie.

– Oui, comme je viens de le dire, ça m'intéresse.

– Tu connais donc tous les prix de l'immobilier à Marlow ?

– Bien sûr que non. Ce serait idiot.

– Mais tu connais celui d'un bungalow sur Wycombe Road !

– Simple coïncidence, dit Becks avec modestie.

– Et la maison à vendre sur High Street, à côté de l'atelier de toilettage ? demanda Suzie.

– Oh ! dit Becks. Aucune idée.

Judith et Suzie voyaient bien qu'elle mentait.

– Allez, vas-y ! l'encouragea Judith. Tu sais exactement à combien elle est évaluée, j'en suis sûre.

– Bon, puisque vous insistez, huit cent mille, mais je ne l'achèterais pour rien au monde. Elle n'a pas de garage, aucune des chambres n'a de salle de bains privée, pas même la chambre parentale. Et de nos jours, pour une maison de famille, c'est la moindre des choses.

Judith applaudit, enchantée.

– Un vrai Google sur pattes ! dit-elle. Et cette horreur tout en verre qui est à vendre un peu en aval de chez moi ? J'ai toujours voulu savoir combien ça valait.

– Ah, tu veux parler de la « maison familiale d'architecte », cinq chambres, toutes avec salle de bains, et plus de soixante-dix mètres de bord de fleuve ? Trois millions cent mille livres.

– C'est une belle somme ! dit Judith. Et tout cela explique la colère d'Iqbal : une maison de six cent cinquante mille livres qui lui passe sous le nez ! Ça mettrait n'importe qui en fureur.

– Surtout quand on sait qu'il mettait de l'argent de côté pour s'acheter un joli bateau. S'il avait touché l'héritage, il aurait pu s'offrir quelque chose de magnifique.

– Mais qui est donc ce petit homme très gros, cette boule de pâte ? demanda Suzie.

– Il ne devrait pas être trop difficile de le savoir, dit Judith.

– Tu crois ?

– En fait, c'est très simple. Si la maison d'Ezra est sur le marché, cela veut dire que le testament a été homologué. Et donc qu'il est tombé dans le domaine public.

– Comment le sais-tu ?

– Je l'ai appris en héritant de ma grand-tante Betty.

N'importe qui peut obtenir un exemplaire d'un testament tombé dans le domaine public. Il nous suffit de demander le testament d'Ezra sur le site du gouvernement, et nous découvririons ainsi qui a hérité à la place d'Iqbal.

– Et j'espère que nous trouverons alors la petite boule de pâte, dit Suzie.

– Exactement, acquiesça Judith. Le petit homme très gros. Quel qu'il soit.

CHAPITRE 20

Les jours suivants, la vie de Judith retrouva un semblant de normalité. Elle parvint à réaliser une grille de mots croisés qu'elle envoya au rédacteur en chef de l'*Observer*, termina son puzzle avec le West Highland terrier en gilet écossais, le rapporta au dépôt-vente où elle l'avait acheté, et se baigna chaque soir dans la Tamise. Elle n'avait pas le choix : tous les jours, heure après heure, il continuait à faire une chaleur torride.

Suzie, sa nouvelle amie, s'était jetée à corps perdu dans ses activités habituelles, sans pouvoir chasser l'impression lancinante qu'elle ratait quelque chose. Il ne s'agissait pas tant de son désir d'élucider le meurtre d'Iqbal que du sentiment de camaraderie qui s'était développé entre Judith, Becks et elle. En vérité, malgré la compagnie des chiens, les longues promenades quotidiennes et même les nombreux visiteurs qui passaient chez elle, Suzie se sentait seule. Bien sûr, elle avait Emma. Elle s'était beaucoup attachée à son nouveau doberman. Mais elle avait passé tant d'années à élever ses deux filles de son mieux sans cesser de travailler qu'elle avait perdu de vue tous ses amis d'autrefois.

Et maintenant que ses filles l'avaient quittée, elle se sentait abandonnée, comme un vieux navire échoué sur une plage à marée basse.

Becks, de son côté, vivait dans un tourbillon de colère qui allait croissant, parce qu'elle venait de vivre une aventure passionnante mais que personne chez elle ne s'y intéressait. Colin avait paru attentif quand elle lui avait décrit sa conversation avec l'imam Latif et la spoliation de l'héritage d'Iqbal. Son récit terminé, il lui avait recommandé d'éviter les commérages, autrement dit : il ne l'avait pas écoutée du tout. Son fils, Sam, était tellement claquemuré dans sa vie d'adolescent de quatorze ans que Becks ne s'était même pas donné le mal de lui en parler. La seule qui aurait adoré le récit de ses escapades était Chloe, mais pour le moment la mère et la fille ne s'adressaient plus la parole. La veille de l'enterrement, Becks avait surpris Chloe sortant en catimini pour retrouver son petit ami, Jack. Un gentil garçon au demeurant, mais la découverte, dans le sac de Chloe, d'une bouteille de gin avait mis Becks sur le sentier de la guerre. « Tu en connais, des filles de seize ans qui vont chez leur copain avec une bouteille de gin ? » avait-elle hurlé.

Sa fille avait répondu du tac au tac : « Oui, j'en connais une, elle s'appelle Becks. » Après tout, il fallait bien que Chloe tienne son côté transgressif de quelqu'un, et ce n'était certainement pas de Colin. Becks se souvenait même avoir, à onze ans, volé une vieille bouteille de Cointreau à sa mère pour la boire dans un pré avec sa meilleure amie, en fumant les cigarettes de maman.

Mais ça, c'était Becks enfant. La Becks pleine d'audace, celle qui se fichait pas mal des règles.

La colère de Becks était surtout provoquée par une prise de conscience : ce manque d'autorité au sein de sa famille, elle le devait à elle-même au moins autant qu'à ses proches. À l'époque de ses fiançailles, elle avait hâte d'avoir la bague au doigt et de prendre le nom de son mari ; mais des années plus tard, dépouillée de tout jusqu'à son nom, elle se sentait larguée, à la dérive.

Quand son téléphone sonna, elle était en train de monter une mayonnaise avec un fouet à main. Son robot ménager dernier cri aurait pu accomplir cette tâche en quelques secondes, ou elle aurait pu acheter de la mayonnaise bio et artisanale dans cinq ou six magasins différents à quelques pas de chez elle, mais comme sa vie lui semblait partir à la dérive Becks se raccrochait à la seule vérité dont elle fût certaine : elle était une femme au foyer. Or le seul moyen de garder la raison était d'être la meilleure de toutes les femmes au foyer. D'où le fouet.

Quand elle vit le nom s'afficher sur l'écran, son cœur bondit de joie. Elle répondit avec enthousiasme.

Quelques minutes plus tard, quand son téléphone sonna à son tour, Suzie éprouva la même félicité. Elle se trouvait au bord du fleuve avec Emma, deux whippets qui s'appelaient Wally et Evie, et Crackers, un carlin. C'était Judith.

– Je viens de recevoir le testament d'Ezra Harrington, dit-elle, le souffle court. Au courrier de ce matin.

– Alors, qui hérite ? demanda Suzie, allant droit au but.

– Tout ce qu'il possédait va à un certain Andy Bishop.

– Qui est-ce ?

– Selon ce testament, c'était le notaire d'Ezra.

– Attends… tu es en train de me dire que le voisin d'Iqbal a tout légué à son notaire ?

– Oui, et ce notaire est aussi son seul exécuteur testamentaire. C'est donc le même homme qui a rédigé le testament, l'a exécuté après le décès d'Ezra et en est l'unique bénéficiaire.

– Tu crois que c'est légal ?

– J'ai vérifié, oui, c'est légal. Mais moral, certainement pas.

– Il faut qu'on se voie, tu ne crois pas ?

– Il faut qu'on se voie de toute urgence.

CHAPITRE 21

Marlow ne manquait pas de lieux de rendez-vous pour trois amies. Il semblait même qu'en ville, un commerce sur deux fût un café ou un salon de thé spécialement prévu pour les réunions féminines. Judith, Suzie et Becks étaient installées près de la fenêtre dans un petit coffee shop de High Street, juste en face de l'étude d'Andy Bishop. L'adresse était dans l'en-tête du testament d'Ezra.

L'étude se trouvait dans un joli hôtel particulier néoclassique doté de bow-windows. À côté de la porte laquée de noir était clouée une discrète plaque de laiton. Elles avaient lu sur le site Internet qu'une douzaine de notaires et de conseillers juridiques se partageaient l'espace ; Andy Bishop était mentionné comme cofondateur de l'étude.

Quelle serait leur prochaine étape ? Selon Suzie, il fallait trouver un moyen d'espionner Andy, et Becks recommandait au contraire de ne pas l'approcher. Ce fut Judith qui l'emporta. Elle avait beau chercher, il n'y avait qu'un seul moyen de savoir si Andy Bishop était impliqué dans le meurtre d'Iqbal.

Quelques minutes plus tard, elle se présentait à la réception.

– Je viens voir Mr. Bishop.

Ses deux amies lui avaient déconseillé de se lancer tête baissée dans le bureau d'Andy – c'était trop imprudent –, mais Judith s'était moquée de leurs scrupules. Cette fois, ça ne se passerait pas comme chez Elliot Howard : elle avait un plan. Ou croyait en avoir un, ce qui, pour elle, revenait plus ou moins au même.

– Vous avez rendez-vous ? demanda la réceptionniste.

– Non, mais vous pouvez lui donner mon nom, Judith Potts. Et lui dire que j'aimerais lui parler du testament d'Ezra Harrington.

– Le testament de Mr. Harrington ? dit la réceptionniste, perplexe. Nous avons clos ce testament l'année dernière, non ?

– Ne vous inquiétez pas, Mr. Bishop comprendra l'objet de ma visite.

Judith, avec un sourire poli, alla s'asseoir dans un fauteuil à côté de la cheminée. La réceptionniste, se rendant compte qu'elle n'en bougerait pas, se leva et disparut dans un couloir.

Elle revint en moins d'une minute.

– Mrs. Potts ? dit-elle, visiblement étonnée. Mr. Bishop va vous recevoir tout de suite.

– Merci !

Elle la fit entrer dans un bureau décoré avec goût : deux fauteuils de cuir encadraient une table basse et les murs étaient ornés de tableaux anciens représentant des scènes de chasse. Il n'échappa pas à Judith que le bureau avait une double exposition : une belle fenêtre à guillotine donnant sur High Street et une autre, en face, ouverte sur une vieille cour goudronnée et le parking de l'étude.

Andy Bishop était assis à un bureau couvert de paperasse. Quand il se leva pour l'accueillir, Judith vit avec satisfaction qu'il n'était pas grand. Moins d'un mètre soixante-cinq, sans doute. Et ce qui lui manquait en hauteur, il le compensait en largeur. Il était, en fait, si rondouillard que son ventre tendait l'étoffe de sa veste au point d'en faire presque sauter les boutons.

Il n'y avait aucun doute : c'était bien le « petit homme très gros » qu'Iqbal avait désigné à l'imam et qu'il avait accusé de l'avoir spolié de son héritage. La conscience du danger la fit frissonner. Andy l'invita à s'asseoir dans un des fauteuils en cuir et prit place dans l'autre.

– Vous venez me voir au sujet du testament de Mr. Harrington ? demanda-t-il.

– Oui. C'était un ami.

– C'était aussi mon ami, dit-il. Un type formidable, n'est-ce pas ? Désolé pour la chaleur, dit-il en épongeant son front luisant avec un mouchoir. Nos bureaux ne sont pas climatisés et je peux juste ouvrir les fenêtres.

– Aucun problème.

– En quoi puis-je vous aider ?

– Je voulais vérifier une chose : vous êtes bien l'Andy Bishop qui a établi le testament d'Ezra ?

– C'est bien moi.

– Ou, devrais-je dire, qui l'a modifié.

– Pardon ?

– Je sais qu'à l'origine Ezra avait légué tous ses biens à son voisin, Iqbal Kassam.

Andy parut gêné.

– Je crains de ne pas pouvoir faire de commentaire sur les affaires financières privées d'un client.

– C'est pourtant vrai. Ezra m'a dit, il y a longtemps, qu'il laissait tout à son voisin Iqbal qui l'avait tant aidé. Quand il était malade, Iqbal l'emmenait en taxi pour faire ses examens. Entre autres.

– Je n'en doute pas, dit Andy. Je ne me souviens pas bien d'Iqbal. Cependant, désolé d'insister sur ce point, mais Iqbal n'était pas le seul à soutenir Ezra.

– Que voulez-vous dire ?

– Vers la fin de sa vie, j'allais voir Ezra tous les jours. Moi aussi, je l'emmenais à l'hôpital, et je m'assurais qu'on lui donnait bien les médicaments appropriés. Parce qu'il en prenait de toute sorte ! Il n'a jamais eu une santé de fer, ce pauvre Ezra.

Il sourit en pensant au défunt et resta silencieux quelques instants.

– Judith Potts ? reprit-il. En y réfléchissant, je ne me souviens pas l'avoir entendu parler d'une amie qui s'appellerait Judith.

– Je ne l'avais pas vu depuis longtemps quand il a repris contact avec moi, au début de sa maladie.

– Comment se fait-il que vous vous connaissiez ?

Judith sourit. Elle s'était attendue à cette question.

– Nous nous connaissons depuis une éternité en tant que résidents de Marlow.

– Mais comment vous êtes-vous rencontrés ?

– Peut-être par un ami commun. Je ne m'en souviens pas, ça doit dater d'une quarantaine d'années.

– Vous avez connu sa sœur ?

Judith ne se départit pas de son sourire, mais dans

son esprit la panique s'installa. *Sa sœur ? Quelle sœur ?* Soudain, elle se souvint du testament et prit conscience du piège.

– Quelle étrange remarque ! Il n'avait pas de sœur.

Andy observa un bref silence, puis sourit.

– C'est vrai ! Il n'avait pas de sœur, dit-il. Je ne sais pas pourquoi, je m'imagine toujours qu'il en avait une. C'est bête. Mais que puis-je faire pour vous ?

Judith espérait que la joie de ne pas être tombée dans le panneau ne se voyait pas trop sur son visage.

– Voici. J'ai une tante très malade. Elle a un cancer de l'œsophage.

Judith n'éprouvait aucune culpabilité à recycler la maladie qui avait emporté sa grand-tante pour embobiner Andy. Betty, à coup sûr, aurait approuvé le procédé.

– Elle n'en a plus pour longtemps. Et il se trouve qu'elle a désigné son notaire comme exécuteur testamentaire.

– Oui, je vois. Ça me paraît une bonne idée.

– En effet, mais elle a chargé son notaire de rédiger le testament.

– Ça aussi, c'est une bonne idée.

– Pourquoi ?

– Entre autres avantages, ça réduit les frais et les complications administratives. On fait exécuter le testament par la personne qui l'a établi : c'est clair, net et sans bavure.

– Vous avez certainement raison. Voici ce que je ne comprends pas, et c'est là que j'espère que vous allez pouvoir m'aider. Ma tante, en plus de choisir son notaire pour rédiger et exécuter son testament, désire aussi lui léguer une part importante de sa fortune.

Andy prit un air soupçonneux.

– Oui, je vois, mais qu'attendez-vous de moi au juste ?

– Eh bien ! Je sais qu'Ezra a fait de même avec vous. Peu avant sa mort, il vous a fait établir un nouveau testament et vous a nommé exécuteur testamentaire et unique bénéficiaire.

– Comment êtes-vous au courant de ça ?

– Il m'en a parlé. Je vous l'ai dit : c'était un ami.

– Il vous a vraiment parlé de ça ?

– Oh, oui ! Peu avant sa mort. Et j'espère que vous n'allez pas m'en vouloir, mais toute cette histoire me paraît bizarre. C'est pourquoi je suis venue vous voir : ma tante est en train de faire la même chose et cela aussi me paraît bizarre. Donc, si je peux formuler ma question ainsi, pouvez-vous me confirmer que le notaire de ma tante agit conformément à la déontologie ?

– C'est-à-dire en établissant un testament dont il est également bénéficiaire ?

– En gros, c'est ça, oui.

Andy contempla Judith quelques instants, puis poussa un profond soupir de déception.

– Je crois comprendre ce que vous faites ici, lui dit-il. Vous cherchez à vous renseigner sur moi.

– Pardon ?

– Ne vous inquiétez pas, c'est tout naturel, dit-il, presque bienveillant. Je suppose que vous vivez seule. Ça fait longtemps que j'exerce ce métier, je connais les femmes dans votre genre. Comme vous n'avez rien à faire de la journée, vous vous êtes mis en tête qu'il y a quelque chose de louche dans le testament d'Ezra.

Andy se leva et alla ouvrir la porte.

– Malheureusement pour vous, le testament d'Ezra est tout ce qu'il y a de légal. Et pour cause, s'il ne l'était pas, il n'aurait jamais été homologué. Et maintenant, que vous le croyiez ou non, j'ai du travail. Si vous voulez vous donner la peine de sortir…

Debout près de la porte avec un sourire de triomphe, il semblait deviner que Judith était à bout d'arguments. Elle était bien obligée d'admettre qu'il avait raison : elle n'avait plus une seule carte en main, à moins de révéler le véritable motif de sa présence. Judith se leva, remercia Andy et sortit.

De retour à la réception, elle se fit d'amers reproches. Ce qu'Andy Bishop avait fait avec le testament d'Ezra était peut-être techniquement légal mais relevait, à tout le moins, de pratiques malhonnêtes. Alors de quel droit lui faisait-il la morale ? De plus, si ce testament ne posait aucun problème de légalité, pourquoi l'avait-il reçue sur-le-champ, sans rendez-vous ?

Juste au moment de sortir, elle s'arrêta net.

Que lui avait-il dit ? Qu'elle vivait seule et ne faisait rien de ses dix doigts ? Entièrement faux ! Elle avait un métier : elle composait des mots croisés, ce qui n'était pas mal pour une femme de soixante-dix-sept ans ! Personne n'avait le droit de s'adresser à elle avec une telle condescendance. Surtout pas un petit notaire de province parvenu.

Judith tourna les talons, se précipita vers le bureau d'Andy et ouvrit la porte sans frapper.

– J'ai un travail ! lui lança-t-elle avec majesté.

Andy, debout devant la fenêtre côté High Street, se retourna, surpris par le retour soudain de Judith.

Sur une table, près de la fenêtre, une déchiqueteuse

réduisait une feuille de papier en fins copeaux recueillis dans un sachet en cellophane fixé à l'arrière de la machine. Judith ne voyait pas cette feuille en détail, mais c'était du papier glacé, comme une page de magazine. Instinctivement, Andy se déplaça pour l'empêcher de voir la déchiqueteuse.

Sa mine coupable n'échappa pas à Judith.

– Vous dites ? lui demanda-t-il pour gagner du temps.

– J'ai tout dit. J'ai un métier. Je ne suis pas une fouineuse désœuvrée, et vous devriez témoigner davantage de respect à vos aînés et à leur expérience. Au revoir.

Sur ces mots elle quitta les lieux, mais cette fois avec la conviction qu'Andy était mouillé dans le meurtre d'Iqbal, même si elle ne savait pas comment. Un innocent ne se précipiterait pas pour détruire des documents, juste après avoir été accusé d'avoir trempé dans quelque chose de louche. C'était évident.

Mais quel était ce document qu'il avait détruit ? Et pourquoi était-il si important pour lui de le détruire immédiatement après la visite de Judith ?

CHAPITRE 22

C'est au presbytère, qui n'était pas loin de l'étude d'Andy Bishop sur High Street, qu'on décida de tenir le conseil de guerre. Judith et Suzie s'installèrent dans le salon de Becks.

– Nous devons à tout prix savoir quel document Andy était en train de détruire ! dit Judith en se laissant tomber dans un canapé Laura Ashley si moelleux qu'il faillit l'engloutir tout entière.

Becks entra avec un plateau de thé et de biscuits.

– Ça me paraît compliqué. Qui veut du thé ?

– Merci ! dit Suzie en attrapant un biscuit.

– C'est du thé normal, précisa Becks, qui dissimulait très mal l'horreur que cela lui inspirait. Il y a aussi un petit bol de sucre.

– C'est très gentil de ta part, dit Suzie avec gratitude.

– Si seulement nous pouvions nous emparer de cette feuille déchiquetée, dit Judith, je crois que je pourrais la déchiffrer.

– Comment ? dit Suzie. Si elle est déchiquetée, c'est impossible.

– Au contraire, ça me paraît tout à fait possible. Mais il ne sert à rien d'en parler tant que nous n'aurons pas mis la main sur ces copeaux de papier.

– Ce qui n'arrivera jamais, dit Becks en versant du thé dans les trois tasses.

– Tu n'as pas forcément raison, intervint Suzie.

– Tu crois ?

– Il existe un moyen de s'emparer de ce document.

– Lequel ?

– C'est très simple : on y va et on le récupère.

– Jamais il ne nous laissera faire !

– Jamais, en effet. C'est pourquoi nous devons le récupérer sans qu'il s'en aperçoive.

Becks mit un peu de temps à deviner les intentions de Suzie, puis elle s'offusqua.

– Mais... mais c'est du vol !

– Oui, c'est une façon de voir la chose.

Becks était horrifiée.

Judith se pencha en avant, les yeux brillants d'enthousiasme.

– Et tu as une idée pour y arriver ?

– Il n'y a pas trente-six solutions, dit Suzie. Il faut cambrioler son bureau.

– Non, non et non ! s'écria Becks. Nous ne pouvons pas pénétrer dans son bureau et encore moins y voler quoi que ce soit !

– Tu en parles comme d'une mauvaise action ! marmonna Suzie.

– Mais *c'est* une mauvaise action !

– Pas tant que ça.

– C'est illégal ! Nous risquons la prison !

– Nous n'irons pas en prison.

– Comment peux-tu en être sûre ?

– Parce qu'on ne se fera pas pincer, tout simplement.

Becks attendit la suite des explications de Suzie, mais il n'y en avait pas.

– C'est tout ?

Suzie haussa les épaules.

– C'est tout ! dit-elle.

– Désolée, dit Becks, il est hors de question que je participe à ce genre d'escapade ! Je suis la femme du vicaire !

– Tu as encore ton libre arbitre, dit Judith.

– Oh, très drôle ! Et d'ailleurs tu te trompes : une femme de vicaire n'a jamais son libre arbitre. Mais même le peu que j'en ai ne suffira pas à me faire enfreindre la loi.

– Ce n'est même pas vraiment du vol, dit Suzie avant de boire une gorgée de thé.

– C'est du vol pur et simple ! Et c'est sans moi !

Becks s'aperçut qu'elle avait parlé beaucoup trop fort et jeta un regard épouvanté vers la porte du salon. S'il y avait quelqu'un d'autre dans la maison, on pouvait l'avoir entendue. Mais tout était calme.

Judith se pencha vers Becks et lui tapota le genou.

– Je comprends parfaitement. Tu dois tenir ton rang. Comme tu dis, tu es la femme du vicaire.

– Soit, continua Suzie. Si tu ne veux pas t'impliquer, c'est ton droit. Mais aurais-tu une feuille de papier et un stylo ? Judith et moi, nous avons besoin de dessiner un plan.

Becks sortit d'une armoire quelques feuilles de papier à lettres qu'elle tendit à Judith. Celle-ci les regarda avec étonnement.

– Tu tiens vraiment à ce que ton nom et ton adresse figurent sur notre plan de cambriolage ?

– Ah oui, c'est vrai ! dit Becks. Je vais chercher du papier A4 dans le bureau de Colin. Et arrête de parler de cambriolage, ça me dégoûte.

Becks quitta la pièce. Suzie se mit à interroger Judith sur la configuration du bureau d'Andy, la position de la porte d'entrée et l'emplacement exact de la déchiqueteuse.

Quand Becks revint avec son papier, elle se sentait lourde et fatiguée, comme si un brouillard glacial venait de s'abattre sur elle. Elle n'en comprenait pas la raison, puisque ses amies avaient accepté son refus d'enfreindre la loi. Mais il y avait une telle joie de vivre dans la façon dont Suzie et Judith parlaient de plan au sol et de fenêtre qu'elle brûlait d'envie de se joindre à l'aventure.

– Même si sa fenêtre est ouverte, comment allons-nous entrer ? demanda Judith.

– En l'escaladant, dit Suzie.

Judith éclata de rire.

– Escalader cette fenêtre ? Impossible !

– Mais si ! Il suffit de trouver un moyen de l'atteindre. Tu m'as dit qu'elle était au rez-de-chaussée !

– Oui, mais à une certaine hauteur tout de même.

– Il nous faudra une échelle.

– Je crains que deux dames d'un certain âge traversant Marlow avec une échelle ne passent pas inaperçues.

– Tu as raison. Alors que faire ?

Judith fut sur le point de déclarer forfait, mais elle se rattrapa.

– Nous disposons d'un atout de taille, dit-elle.

– Lequel ?
– Nous sommes invisibles !
– Invisibles ?
– Nous sommes des dames d'un certain âge, n'est-ce pas ? Personne ne prête attention aux femmes de plus de quarante ans.
– Ça, tu peux le dire ! répondit Suzie avec un rire amer. Je ne fais plus tourner la tête aux hommes depuis longtemps !
– Ils ne savent pas ce qu'ils perdent, dit Judith. En ce qui me concerne, la société a décidé que je n'étais qu'une petite vieille dame, donc invisible. Profitons-en !
– Comment ?
– En ayant l'air encore plus vieilles et décrépites.
– Tu ne veux quand même pas qu'on se balade en fauteuil roulant.
– Tu sais quoi ? dit Judith. Un fauteuil roulant, c'est exactement ce qu'il nous faut. Un de ces vieux modèles qui ont des freins puissants. Tu sais où l'on peut trouver ça, Suzie ?
– En fait, oui, je crois savoir.
– Et donc ?
– Il y en a un au dépôt-vente de l'hospice de Marlow.
– Tu as raison, il y en a un ! reconnut Judith.
– Tu fréquentes les dépôts-ventes ? demanda Suzie, étonnée.
– Bien sûr ! Où crois-tu que je trouve mes puzzles ?
– On en apprend tous les jours, dit Suzie. Si nous pouvons nous procurer un vieux fauteuil roulant, nous pourrons entrer dans le bureau d'Andy. Et nous trouverons certainement tout le reste dans les autres

dépôts-ventes de la ville, sur High Street. Mais ça ne nous servira pas à grand-chose.

– Pourquoi ? demanda Judith.

– Parce que c'est toi qui prendras place dans le fauteuil roulant, puisque tu es la plus âgée de nous trois. Et que c'est moi qui le pousserai, puisque c'est moi qui dois entrer par la fenêtre. Mais nous avons besoin d'un troisième larron qui entrera par la porte principale de l'étude et fera diversion.

– Moi, dit Becks.

– Toi ?

– Est-ce que ce troisième larron doit se mettre hors la loi ?

Suzie réfléchit un instant.

– Je ne crois pas, dit-elle.

– Et est-ce qu'il participe directement au cambriolage ?

– Pas du tout ! Je crois même que personne, à l'étude, ne se rendra compte qu'il était dans le coup.

– Tu en es sûre ?

– Oui.

– Alors le troisième larron, c'est moi.

Becks ressentit une décharge d'adrénaline. Quelle audace ! Plus jeune, elle n'aurait pas hésité une seconde.

– À une condition, ajouta-t-elle : si vous vous faites pincer, je ne vous ai jamais vues de ma vie.

Le pas qu'elle était prête à faire vers son indépendance était un tout petit pas.

– Aucun problème, dit Suzie. Je peux te poser une question ? Je parie que la réponse sera oui.

– D'accord.

– Tu fais ton pain ?

– J'ai fait cuire un beau pain au levain ce matin même.

– J'en étais sûre ! C'est parfait.

– Je n'en fais pas tous les matins, on n'a pas besoin d'un pain tous les jours. C'est pour faire des économies, précisa Becks, un peu sur la défensive.

– Mais oui, bien sûr ! dit Suzie, pas dupe pour un sou.

– Andy va sûrement s'apercevoir qu'on a volé la feuille déchiquetée, remarqua Judith. Les documents détruits sont recueillis dans un sac en cellophane fixé derrière la machine.

– Je vois, dit Suzie. Ça, c'est un problème.

– Peut-être pas, poursuivit Judith, si nous arrivons à remplacer ce papier déchiqueté par un autre qui lui ressemble.

– Et où allons-nous trouver ça ?

– On trouve peut-être des déchiqueteuses dans les dépôts-ventes ? hasarda Becks.

– Non ! répondirent en même temps Judith et Suzie.

– Alors nous tombons sur un os, dit Becks.

Soudain, son regard s'illumina : elle avait une idée.

– Ou pas, continua-t-elle. Je sais exactement où trouver du papier déchiqueté.

– Nous sommes sauvées ! s'écria Judith.

Elle se tourna vers Suzie :

– Pourquoi nous faut-il du pain ?

– Allons nous en couper deux tranches et je vous dirai tout. Entre le pain de Becks, le papier déchiqueté et le fauteuil roulant du dépôt-vente, je crois que nous avons tout ce qu'il faut pour mettre la main sur l'objet convoité avant la fin de l'après-midi.

CHAPITRE 23

4 heures de l'après-midi venaient de sonner. Becks entra dans l'étude d'Andy Bishop sans rendez-vous, mais avec une épaisse tranche de pain blanc au levain dans chaque poche de son manteau. Judith et Suzie, au même moment, étaient sur le front des opérations. Elles avaient acheté tout le nécessaire au dépôt-vente de l'hospice : Judith était assise dans un vieux fauteuil roulant, sa cape grise sur les genoux, et Suzie la poussait dans une ruelle. Impossible d'avoir l'air plus inoffensif : à les voir, personne n'aurait pu imaginer qu'elles s'apprêtaient à commettre un braquage de la plus extrême audace.

Elles passèrent devant de belles maisons victoriennes aux jardins soignés, puis atteignirent la façade arrière du grand bâtiment néoclassique où se trouvait l'étude. Plusieurs voitures étaient garées sur le petit parking. La fenêtre du bureau d'Andy était toujours ouverte.

– OK, dit Suzie. On y va.

Elles s'arrêtèrent sous la fenêtre, à côté de la porte donnant sur la cour. Le sol étant un peu affaissé à cet endroit, la tête de Suzie atteignait juste le rebord de la fenêtre.

– Tu es sûre de pouvoir grimper jusque-là ? murmura Judith.

Suzie hésita un instant, puis répondit :

– Oui.

En fait, elle n'en était pas sûre du tout, pas plus que Judith. C'était trop haut.

Becks, pendant ce temps, se présentait à la réception.

– Bonjour, dit-elle à la réceptionniste. Je crois que vous êtes compétents pour traiter les conflits familiaux, les litiges…

– Tout à fait. En quoi puis-je vous aider ?

– C'est un peu délicat. J'aimerais m'entretenir avec un avocat.

– Vous avez rendez-vous ?

– Non, mais je peux attendre que quelqu'un soit disponible.

– Tous nos avocats sont occupés aujourd'hui, mais Mr. Bishop a un trou dans son agenda d'ici une demi-heure.

– Mr. Bishop ? dit Becks, déstabilisée.

– Ça ne vous dérange pas d'attendre ?

Becks se ressaisit et répondit avec aplomb :

– Pas du tout, c'est parfait !

Andy Bishop était la dernière personne qu'elle avait envie de voir, mais en se dirigeant vers l'espace d'attente elle se dit que si tout se passait comme prévu elle serait sortie de l'étude bien avant d'avoir à le croiser.

– Voulez-vous me donner votre veste ? demanda la réceptionniste.

– Pardon ?

– Il fait si chaud aujourd'hui ! Vous devez étouffer là-dedans.

Le sourire de Becks se figea.

– Non, merci.

Instinctivement, elle plongea sa main dans une poche pour effleurer l'épaisse tranche de pain qui s'y trouvait.

– Vous êtes sûre ?

– Oui, oui, merci !

La réceptionniste lui jeta un coup d'œil soupçonneux. Elle trouvait Becks un peu bizarre, sans vraiment discerner pourquoi.

– Comme vous voudrez, mais si vous changez d'avis, n'hésitez pas.

– Bien sûr. Puis-je vous demander où sont les toilettes ?

Becks savait que le succès du plan tout entier reposait sur la réponse qu'allait lui donner la réceptionniste.

– Oui, par ici, dit-elle en lui montrant une porte au pied d'un somptueux escalier. C'est au bout du couloir.

– Merci, dit Becks.

Elle entra dans le couloir. Son cœur battait la chamade. Se débarrasser de la réceptionniste, c'était fait. Maintenant, trouver la kitchenette. Suzie le lui avait bien dit : il y a une kitchenette dans tous les bureaux.

Sur le parking, Judith et Suzie commençaient à paniquer.

– Et si Andy se pointe à la fenêtre ? murmura Suzie.

– Il ne viendra pas.

– Mais s'il vient, il te verra !

– Par cette chaleur, il ne risque pas de fermer la fenêtre.

– Mais s'il le faisait tout de même ?

Judith se retourna et fixa Suzie d'un regard perçant.

– Ce n'est pas le moment de te dégonfler, dit-elle. On s'est embarquées, on va jusqu'au bout, pour le meilleur ou pour le pire.

Suzie frémit, déglutit, puis opina.

– Entendu !

Judith jeta un coup d'œil à sa montre.

– Et l'autre, qu'est-ce qu'elle fabrique, là-dedans ?

L'autre, c'est-à-dire Becks, n'avait pas trouvé de kitchenette dans le couloir du rez-de-chaussée, mais quelques secondes lui avaient suffi pour localiser un placard à balais et une réserve de fournitures de bureau derrière l'escalier principal. Elle avait aussi trouvé un petit escalier de service brinquebalant : tout entière dédiée à sa mission, elle s'y était engagée.

Ainsi, pendant que Judith et Suzie s'impatientaient sous la fenêtre d'Andy, Becks était à l'étage et cherchait toujours une kitchenette. *Il doit bien y en avoir une quelque part !* pensait-elle. Mais elle ne voyait que de lourdes portes laquées de blanc, et sur chacune une plaque gravée du nom d'un notaire. *Où était-elle, cette satanée kitchenette ?*

Elle aperçut enfin une porte sans battant au bout du couloir et s'y précipita. À son immense soulagement, c'était la kitchenette. Elle vérifia que personne ne la voyait, puis entra.

Un homme, petit et gros, se trouvait à côté de la bouilloire.

Becks reçut sa seconde décharge d'adrénaline de la journée. C'était Andy Bishop ! À moins qu'il n'y eût deux petits notaires rondouillards dans cette étude, ce qui était improbable.

– Bonjour ! dit Andy en souriant, visiblement ravi de la voir.

L'instinct de Becks l'avertit qu'il lui faisait du charme, mais elle chassa cette impression. C'était impossible.

– Bonjour, répondit-elle d'un ton hésitant.

– Andy Bishop, pour vous servir ! dit-il en tendant la main.

– Rebecca Starling. Mrs. Rebecca Starling, se présenta-t-elle en serrant la main d'Andy, qui était froide et moite.

– Qu'est-ce qui vous amène ici ? Je n'ose espérer que vous venez pour un divorce.

Oh mon Dieu ! pensa Becks. *Il me drague !*

– Désolé, c'est une affaire privée. Mais je cherche un verre d'eau. Il fait si chaud !

– Une véritable étuve ! dit Andy, qui se faisait une tasse de thé. Vous devriez enlever votre manteau, ajouta-t-il avec un clin d'œil. Il fait trop chaud pour garder ça sur vous.

– Non, merci, dit Becks d'un ton pincé.

Elle lui tourna le dos et prit un verre sur une étagère. Elle s'étonnait elle-même : l'excuse du verre d'eau lui était venue à l'esprit sans réfléchir. Elle n'aurait jamais cru qu'il serait si facile de mentir.

Comme, depuis son adolescence, elle n'accordait aucune attention aux hommes comme Andy Bishop, elle continua donc de lui tourner le dos tout en faisant couler l'eau du robinet, attendant qu'elle refroidisse. Le doigt sous l'eau, elle sentait sur elle le regard de convoitise d'Andy. De colère, tout son corps se raidit : de quel droit se permettait-il de la reluquer ainsi ?

Elle l'entendit remuer une cuillère dans sa tasse, et l'instant d'après il se collait à elle.

– À bientôt ! dit-il en laissant tomber sa petite cuillère dans l'évier.

Il sortit de la kitchenette.

Becks laissa échapper le long soupir qu'elle n'avait pas eu conscience de retenir. Elle eut honte de voir sa main trembler en tenant le verre : elle comprenait que cet état de choc n'était pas causé par l'angoisse mais par le comportement d'Andy à son égard. Et que les manières du notaire ne l'avaient pas seulement heurtée : elles avaient affermi sa résolution.

Elle s'approcha du grille-pain dont Judith lui avait prédit la présence, sortit de ses poches les deux épaisses tranches de pain au levain et les enfonça dans les fentes de l'appareil. Elle abaissa le levier et s'assura que les résistances commençaient à rougir. Les tranches étaient trop épaisses, elles ne seraient pas éjectées à la fin du cycle. Pour mettre toutes les chances de son côté, Becks régla le bouton d'intensité au maximum, vérifia au plafond que la petite lumière de l'alarme anti-incendie clignotait bien, puis partit à toute vitesse. La dernière étape de sa mission consistait à mettre la plus grande distance possible entre le grille-pain et elle.

– On croyait vous avoir perdue ! dit la réceptionniste en la voyant réapparaître.

– Désolée, il y avait la queue aux toilettes.

Décidément, c'était facile de mentir !

– Mr. Bishop vient de passer, reprit la réceptionniste.

Je lui ai parlé de vous. Le temps qu'il termine ce qu'il est en train de faire, il vous recevra dans quelques minutes.

– Merci ! dit Becks, qui s'assit, confiante.

Si tout se passait bien, elle serait sortie de l'étude avant de le revoir.

Dans son bureau, Andy Bishop repensait à l'appétissante mère de famille rencontrée dans la kitchenette. *Je me demande bien pourquoi elle a besoin d'un avocat*, se disait-il en buvant son thé, avant de se rendre compte que la chaleur était devenue insupportable. La fenêtre qui donnait sur le parking était ouverte, mais il pouvait l'ouvrir davantage.

Andy alla relever la fenêtre d'une vingtaine de centimètres. D'un œil distrait, il remarqua sur le parking une vieille dame en fauteuil roulant accompagnée d'une femme qui devait être sa soignante. Au moment de s'installer à son bureau, il eut un doute : la vieille dame ressemblait étrangement à cette Judith qui était venue l'interroger à propos d'Ezra. Il alla se pencher à la fenêtre, mais le fauteuil roulant avait disparu. *Hmm !* se dit-il avant de se désintéresser de la question et de retourner s'asseoir.

Voyant Andy apparaître à la fenêtre, Suzie et Judith avaient paniqué. L'une avait poussé l'autre de toutes ses forces vers la maison la plus proche du parking. De ses deux pieds, Judith avait écarté la barrière tandis que Suzie la précipitait dans le jardin. Quand Andy s'était de nouveau penché à la fenêtre, elles se cachaient derrière un massif d'hortensias.

– Tu crois qu'il nous a vues ? demanda Judith.

– Tais-toi ! ordonna Suzie, le cœur battant à tout rompre.

Elles entendirent – enfin ! – le sifflement perçant de l'alarme anti-incendie.

– Maintenant, à toi de jouer, dit Judith.

Suzie la ramena sous la fenêtre à laquelle Andy s'était montré quelques instants plus tôt. Le rebord paraissait encore plus haut que tout à l'heure. Comment Suzie pourrait-elle se hisser jusqu'au bureau d'Andy ?

Becks, assise à la réception les bras croisés, attendait sereinement. L'alarme retentit. Une demi-douzaine de notaires et leurs clients sortirent des bureaux et affluèrent dans l'escalier.

– C'est un exercice d'alerte ? demanda l'un d'eux.

– Je ne crois pas, dit la réceptionniste.

– Bon, alors tout le monde au point de rassemblement ! Au parking !

Becks se redressa. Elle n'était plus sereine du tout.

– Au parking ? dit-elle.

– Oui, en cas d'évacuation, le point de rassemblement est le petit parking derrière le bâtiment.

– Pas en face ? demanda-t-elle sans laisser paraître son angoisse.

– Non. On ne va pas s'amasser sur High Street, alors tout le monde au parking ! cria le notaire.

Becks resta figée sur place tandis que notaires, clercs et clients empruntaient le couloir qui menait au parking. Elle n'avait aucun moyen d'avertir Suzie et Judith que tout le bâtiment allait se rassembler à l'endroit même où elles se trouvaient.

Ce qu'elle ignorait, c'était que pendant ce temps les efforts de Suzie et Judith ne donnaient aucun résultat.

La théorie de Suzie était la suivante : si Judith restait assise dans le fauteuil roulant pour faire contrepoids, elle pourrait prendre appui sur le dossier et passerait par-dessus le rebord de la fenêtre. Malheureusement, la théorie était plus aisée que la pratique, notamment parce que Suzie n'avait aucun sens de l'équilibre et que Judith changeait sans arrêt de position pour l'aider à se maintenir, ce qui menaçait de faire basculer le fauteuil roulant.

– Arrête de bouger tout le temps ! dit Suzie, les pieds sur un accoudoir, une main posée sur une poignée du fauteuil et l'autre agrippée à la tête de Judith.

– Tu me fais mal !

– Faut que je me redresse !

– Aïe !

– Tiens bon !

Suzie essaya de se redresser, posa un pied sur le dossier du fauteuil, les deux mains fermement accrochées au rebord de la fenêtre. Elle était sur le point d'y arriver. Peut-être. Parce qu'à présent tout son corps pesait sur le dossier, et celui de Judith était le seul contrepoids pour empêcher le fauteuil de basculer. L'équilibre était très instable, toutes les deux en avaient bien conscience.

D'ailleurs, les deux roulettes avant commencèrent à s'élever lentement : le fauteuil partait en arrière. Suzie parvint à déplacer son point d'appui pour l'empêcher de se renverser.

– Tu te souviens de la scène finale de *L'or se barre*[1] ? dit Judith.

1. Film d'action britannique de Peter Collinson (1969) dont la scène finale se déroule dans un autobus à demi suspendu dans le vide et qu'un chargement d'or menace de faire basculer. *(N.d.T.)*

– Ne me fais pas rire ! implora Suzie.

La porte s'ouvrit brusquement sur tout ce petit monde qui évacuait les bureaux. *Qu'est-ce qui se passe encore ?*

La surprise provoquée par ce coup de théâtre donna à Suzie l'énergie de se propulser par la fenêtre. Elle atterrit de l'autre côté avec un grand soupir de soulagement. Les employés du bureau découvrirent Judith, abandonnée dans son fauteuil, sous la fenêtre d'Andy.

Elle leur décocha son plus beau sourire de gentille petite vieille dame, mais Andy Bishop apparut, suivi de Becks, qui se plaça immédiatement devant lui pour l'empêcher de repérer Judith. Dans quelques secondes, il serait trop tard. Celle-ci eut tout juste le temps de décamper vers l'extérieur du parking.

Becks, proche du désespoir, la regarda s'éloigner. L'idée initiale était que Suzie récupère le document déchiqueté et ressorte par la fenêtre avant que quelqu'un ne découvre la cause de l'alarme. Mais maintenant que tout le personnel se trouvait réuni sur le parking, comment allait-elle sortir du bâtiment ?

Dans le bureau d'Andy, Suzie n'était pas en proie à tant de réflexions mais à une panique totale. L'adrénaline submergeait toutes ses sens, le sifflement strident de l'alarme lui perçait les tympans. Elle se dirigea vers la déchiqueteuse installée sur la table devant la fenêtre donnant sur High Street, comme le lui avait décrit Judith. Elle commençait à examiner la machine lorsqu'un camion de pompiers apparut devant la fenêtre. Une brigade de pompiers casqués en descendit.

Suzie se plaqua au sol. *Ah, non ! Pas les pompiers, en plus !* se dit-elle. Dans quelques secondes, elle serait découverte. Ses mains tremblaient. Rassemblant tout son courage, elle se leva à demi, arracha le sac en cellophane de la déchiqueteuse et le posa sur la moquette. D'un sac à main en similicuir acheté au dépôt-vente, elle sortit un sac en plastique que Becks avait rempli de copeaux de papier qu'elle avait pris dans la cage du hamster de son fils. Elle le mit de côté, reprit le sac à main, y vida le contenu du sac en cellophane, referma le sac à main, puis introduisit dans le sac en cellophane quelques poignées de litière pour hamster. Le résultat pouvait faire illusion.

Mais comment allait-elle rattacher le sac à la déchiqueteuse ? Pour cela, il fallait se mettre debout.

Elle risqua un œil et constata avec soulagement qu'il n'y avait plus un seul pompier sur le trottoir de High Street. Au moment où elle rattachait le sac à l'arrière de la machine, l'alarme cessa.

Ce silence soudain lui laissa un bourdonnement dans les oreilles.

Suzie attrapa le sac à main et retourna à la fenêtre côté parking. Judith avait disparu. Elle vit aussi les employés et les notaires rentrer peu à peu dans le bâtiment, guidés par un pompier qui tenait dans chaque main une grosse tranche de pain carbonisée.

Sa seule issue était la porte principale, elle devait l'atteindre avant que les employés ne passent par la réception et ne découvrent sa présence. C'était une question de quelques secondes, mais, la main sur la poignée de la porte, elle s'arrêta.

L'ordinateur d'Andy était allumé. Il n'en avait pas verrouillé l'accès avant de sortir. Elle eut une idée.

Elle sortit son téléphone. Déjà, des voix lui parvenaient

du couloir : tout le monde parlait de l'imbécile qui avait laissé brûler des toasts dans la kitchenette.

Avec la souris de l'ordinateur, elle localisa les applications de bureautique et cliqua sur l'icône du calendrier. La porte s'ouvrit à demi : elle eut juste le temps de s'effondrer comme une marionnette dont on coupe les fils.

Andy entra. Suzie, à terre, se crut perdue. Elle était à demi cachée par le bureau, mais quand il s'assoirait… Elle avait beau chercher, elle ne trouvait aucune explication pour justifier sa présence à quatre pattes sous son bureau. Flagrant délit de cambriolage ! La prison l'attendait !

Andy approchait. La porte s'ouvrit de nouveau.

– Mr. Bishop ?

C'était Becks.

Andy se retourna.

– Mrs. Starling ! Vous ici ! dit-il, enchanté.

– En fait, je crois que vous pourriez m'aider, dit-elle en faisant sa plus belle imitation de petite fille perdue. Vous aviez raison, je suis venue pour un motif très personnel. Pour moi, c'est une question de vie ou de mort : je ne voudrais pas que mon mari me voie ici. Accepteriez-vous de faire une petite promenade en ma compagnie ?

– Une promenade ?

– Je crains qu'il ne me surprenne ici. On pourrait se balader un peu ? Juste vous et moi ?

Andy fit semblant de réfléchir à la proposition.

– Eh bien, dit-il, ce n'est pas tous les jours qu'une jolie jeune femme me propose une petite balade… Ce sera avec plaisir !

– Maintenant ! ajouta Becks.

– Oh. Je vois. Quand vous dites « maintenant »…

– Je veux dire « immédiatement ». Si ça ne vous dérange pas.

De sa position derrière le bureau, Suzie voyait Becks implorer Andy du regard. Une vraie demoiselle en détresse. Andy était cuit.

– Pas du tout ! Allez-y, je vous suis, dit-il.

Becks adressa un sourire de gratitude à son preux chevalier et fit un pas de côté pour le laisser passer. Son regard croisa celui de Suzie, qui lui adressa un « merci » muet, mais Becks, absorbée par son rôle d'épouse perturbée, fit semblant de ne rien voir et referma la porte derrière elle. Suzie se précipita à la fenêtre et nota avec soulagement que tous les employés avaient réintégré leurs bureaux et que Judith avait repris son poste sous la fenêtre. Elle lui jeta le sac à main, Judith le récupéra et le posa sur ses genoux. Suzie enjamba le rebord, posa un pied sur le dossier du fauteuil roulant et, de nouveau, agrippa d'une main la tête de Judith pour stabiliser sa descente.

Quand Suzie se remit à pousser le fauteuil roulant, ses genoux tremblaient.

Elles avaient réussi ! De justesse, mais elles avaient réussi à s'emparer du document !

CHAPITRE 24

Les trois amies avaient prévu de se retrouver chez Judith, mais quand celle-ci rentra chez elle avec Suzie, aucun signe de Becks. Suzie ne s'en inquiéta pas.

– On a réussi ! dit-elle en laissant tomber le sac à main sur la table de jeu.

– Oui, on a réussi ! renchérit Judith avec une joie paisible.

– Et pourtant, on a bien failli se faire pincer !

– On ne s'est pas fait pincer, c'est tout ce qui compte !

Elle s'assit à la table de jeu et se mit à retirer le papier déchiqueté du sac à main avec d'infinies précautions.

– Surtout moi, continua Suzie. Quel besoin avais-je de rester devant l'ordinateur d'Andy ? J'aurais dû ressortir pendant qu'il était encore temps.

– Ne regrette rien.

– Pourtant, quelle idiote j'ai été !

– Pas du tout. On s'en est bien tirées, c'est l'essentiel.

– Mais c'est tellement moi ! insista Suzie, prise

d'un accès de doute existentiel. Je ne réfléchis jamais jusqu'au bout !

Judith s'aperçut que l'excellent moral de son amie était en train de flancher.

– Que veux-tu dire ?

– Que je suis trop impulsive, c'est mon problème.

– Qu'est-ce que tu racontes ? Tu as été formidable !

– J'ai failli tout faire foirer ! J'ai voulu lorgner sur son ordinateur. Au lieu de sortir comme nous l'avions décidé. Je n'ai pas pensé aux conséquences, ni pour moi, ni pour toi, ni pour Becks. Je ne pense jamais aux autres.

– Je ne suis pas du tout d'accord avec toi.

– Ma fille Rachel a raison : je ne pense qu'à moi, dit Suzie en s'effondrant sur le canapé de Judith.

– Ce n'est pas vrai.

Suzie, plongée dans ses souvenirs, était trop déprimée pour continuer la conversation.

– Et ton autre fille, qu'est-ce qu'elle en dit ? demanda Judith, espérant sortir Suzie de son coup de cafard.

– Comment le saurais-je ? Amy et moi, on ne s'est pas adressé la parole depuis plus d'un an.

– Et pourquoi ?

– Nous sommes fâchées.

– Ah, je vois. Pourquoi tu ne lui passes pas un coup de fil maintenant ?

– Impossible, on ne se parle plus ! dit Suzie, dont la logique n'admettait aucune objection.

Judith eut pitié de son amie. Toutes ces photos jaunies dans son salon prouvaient en effet que ses relations avec sa famille n'étaient pas au beau fixe. Élever des enfants est le plus dur métier du monde, Judith le savait. Et pour Suzie, qui l'avait fait toute seule, cela devait avoir été encore plus éprouvant.

Il fallait intervenir.

– Et si je nous faisais une bonne tasse de thé ? Avec une cuillerée de sucre ou deux pour nous redonner de l'énergie ?

– Oh oui ! Ça nous ferait du bien. Merci.

Judith partie pour la cuisine, Suzie se retrouva seule avec ses pensées. Elle jeta un regard circulaire sur le salon : l'invraisemblable tas de journaux et de magazines qui jonchait toute la surface du sol, le piano à queue Blüthner à côté de l'escalier…

Et la porte à côté de la table de bar, celle que Judith gardait verrouillée.

Attentive au bruit des tasses et des soucoupes venant de la cuisine, Suzie se leva et essaya d'ouvrir cette porte. Fermée à clé, comme la fois précédente, mais que pouvait-il y avoir derrière ? Elle colla son œil au trou de la serrure et ne vit qu'une obscurité opaque.

Avant d'être prise en flagrant délit d'espionnage, elle retourna sur le canapé et chercha à analyser ce qui l'entourait. *Mais qui est donc Judith Potts ?* se demandait-elle.

– Et voilà ! dit Judith, chargée d'un plateau couvert de tasses et de soucoupes en porcelaine dépareillées, d'un pot à lait et d'une théière fumante.

– Puis-je te poser une question ? demanda Suzie.

– Bien sûr.

Judith leur servit deux tasses de thé avec deux ou trois bonnes cuillerées de sucre.

– Tu as dit que tu étais veuve.

– C'est vrai.

Elle ajouta du lait, puis tendit à son amie une tasse sur une soucoupe.

– Merci, dit Suzie en buvant une gorgée. Exactement ce dont j'avais besoin.

– Tant mieux.

– Mais je ne vois de photo de ton mari nulle part.

Judith n'avait aucune envie d'évoquer son passé. Elle ne le faisait d'ailleurs jamais, c'était une de ses règles de vie. Mais, Suzie lui ayant confié un peu de son histoire familiale, elle trouva normal de lui rendre la pareille.

– En effet, il n'y en a pas. Tu sais, ce n'était pas un mariage heureux.

Elle s'assit dans son fauteuil à oreilles avec sa tasse de thé.

– Ah bon ?

– Tu sais ce qu'on dit : mariée trop vite, toute la vie pour s'en repentir. Et j'étais jeune.

– Que s'est-il passé ?

– Tu veux vraiment le savoir ?

– Si ça ne te gêne pas d'en parler.

– Non, pas du tout. C'est simplement parce que je n'y pense plus beaucoup. Je revenais d'Oxford et je n'avais aucune idée de ce que j'allais faire de ma vie.

– Tu étais étudiante ?

– C'étaient les années soixante, il y avait de l'amour dans l'air.

Elle prit une gorgée de thé, Suzie se mit à imaginer les frasques que la Judith d'alors, jeune étudiante, avait pu commettre. Son sourire n'échappa pas à Judith.

– Exactement, poursuivit-elle. Mais quand j'ai quitté

Oxford, le reste de l'Angleterre n'était pas si avancé. Les femmes devaient rester au foyer, faire un beau mariage, aider leur mari – et rien de cela ne m'intéressait. Absolument pas. Mais que faire ? Ma mère m'a alors parlé de ma tante de Marlow, partiellement invalide, qui cherchait une aide à domicile.

– Ta grand-tante Betty, je suppose.

Judith, entendant ce nom, sourit.

– Oui, et entre elle et moi, ça a carburé dès le début. Elle ne s'était jamais mariée, c'était une femme farouchement indépendante. Notre seul sujet de désaccord était Philippos.

– Ton mari.

– Mon mari. Il travaillait pour un tour-opérateur grec. J'étais tombée raide dingue de lui. Il était si beau ! Forte personnalité, un caractère entier en paroles comme en actes. Et navigateur hors pair ! Moi, je n'y connais rien en navigation, mais il m'emmenait au club nautique de Bourne End, j'adorais ça. Voguer sur la Tamise en bateau à voile, les cheveux au vent… Il était de Corfou, il avait la mer dans le sang. Il savait lire dans le vent et les marées. Lui et moi, c'était incroyablement romantique.

– Tu avais quel âge ?

– Vingt-six ans quand nous nous sommes rencontrés. Et vingt-six ans aussi quand nous nous sommes mariés. À Corfou. C'est à ce moment que je me suis brouillée avec Betty. Elle me disait que Philippos était un vaurien, que je ne pouvais pas lui faire confiance. Tu aurais dû nous voir, ici même, quand nous évoquions le sujet ! Il y avait des étincelles dans l'air !

Judith eut soudain l'air triste, comme si elle regrettait.

– Mais j'étais amoureuse. Et je croyais que Betty se comportait ainsi par égoïsme, car si je me mariais elle perdrait son aide à domicile. J'étais persuadée qu'elle essayait de semer le trouble dans mon esprit afin que je ne la quitte jamais. Quelle idiote j'ai été !

– Pourquoi ? Elle avait raison ?

– Oui, et encore plus que tu ne peux l'imaginer. Après mon mariage, je suis allée vivre à Corfou, et tout s'est immédiatement effondré. Philippos buvait. Il avait toujours eu un tempérament irascible et un peu manipulateur, mais une fois revenu sur son île natale il s'est montré sous son vrai jour.

Judith se tut, perdue dans ses souvenirs.

– C'était dur ?

– C'était dur, confirma Judith.

Suzie devina l'océan de souffrance que recouvraient ces simples mots.

– Mais que veux-tu, comme on fait son lit on se couche, continua Judith. J'ai supporté.

– Que s'est-il passé ensuite ?

– Ensuite, la Providence est intervenue. Peu importent les qualités d'un marin, la mer Ionienne est capricieuse. Les tempêtes peuvent frapper sans prévenir. Un jour, Philippos était en mer. Son bateau était modeste, une voile, une cabine avec un lit et une petite cambuse. C'était avant les téléphones portables et le GPS. On n'a jamais su ce qui s'était passé, mais ce soir-là, il ne revint pas. Ni le lendemain. Moi, je le croyais en goguette avec sa chérie du moment, car je savais depuis longtemps qu'il était infidèle, aussi bien pendant nos fiançailles qu'après notre mariage. Le lendemain de sa disparition, on trouva les débris de son bateau, fracassé sur des rochers. Aucune trace de Philippos.

– Et où était-il ?

– La veille, il y avait eu une tempête. Les autorités ont pensé qu'il était passé par-dessus bord. On a retrouvé son corps sur le rivage une semaine plus tard.

Un silence s'établit entre les deux femmes.

– C'est horrible ! dit enfin Suzie.

– Oui. Mais c'était il y a des décennies. Et tout était de ma faute, en réalité. Quoi qu'il en soit, je suis retournée en Angleterre la queue entre les jambes, et si je m'en suis remise, c'est parce que Betty ne m'a posé aucune question. Nous avons juste repris les choses où nous les avions laissées. C'est là que j'ai commencé à faire des grilles de mots croisés. Ça m'a aidée à garder mon équilibre.

Judith marqua une pause pour changer de sujet.

– Et voilà, c'était la triste histoire de Judith et de Philippos, conclut-elle. Rien à voir avec Pyrame et Thisbé. Encore un peu de thé ?

– Non, merci, j'ai ma dose. Mais je peux te demander autre chose ?

– Bien sûr.

– Tu dis que tu n'étais pas heureuse avec ton mari.

– C'est vrai.

– Alors pourquoi portes-tu encore ton alliance ?

Cette question prit Judith au dépourvu. Elle sourit, mais Suzie vit que ce sourire était forcé.

– Pour me souvenir, dit Judith.

– De quoi ?

– De mes erreurs.

Elle avait prononcé ces derniers mots d'un ton si

froid que Suzie eut la vision d'un étang couvert d'une épaisse couche de glace, solide en apparence mais susceptible de craquer à tout moment, révélant sous la surface des tourbillons d'eau noire.

Judith prit conscience d'en avoir trop dit. Elle fut soulagée d'entendre la sonnette de la porte d'entrée.

– Becks, enfin ! s'exclama-t-elle en posant sa tasse et sa soucoupe. Elle doit avoir des tas de choses à nous raconter !

Judith et Suzie allèrent ouvrir, mais ce n'était pas Becks.

C'était l'inspecteur Tanika Malik.

Elle avait l'air d'avoir vu un fantôme.

– Tanika, que se passe-t-il ? demanda Judith.

– Judith, je suis navrée. Il vient d'y avoir un autre meurtre.

CHAPITRE 25

Judith fut la première à encaisser le choc.

– Pas Becks, j'espère ! s'écria-t-elle.

– Becks ? Becks Starling ? demanda Tanika, étonnée.

– Oui, Becks. Comment va-t-elle ?

– Bien, pour autant que je sache. Pourquoi cette question ?

– Pour rien, s'empressa de répondre Judith avant de dévoiler ses batteries. Qui a été tué ?

– Liz Curtis. La femme que tu as vue dans le jardin de Mr. Dunwoody.

– Liz est morte ? dit Judith, horrifiée.

– Nous devons identifier le corps et je me demandais si tu pouvais nous aider. Après tout, tu l'as vue récemment. À deux reprises, même.

– Trois, murmura Judith, un peu gênée.

– Comment ça, trois ?

– J'ai vu Liz une troisième fois.

– Quand ?

– Tu te souviens du moment où tu m'as dit, au téléphone, que je ne devais lui parler sous aucun prétexte ?

– Bien sûr, et je te l'avais fait promettre.

– Oui, mais il y avait un problème, à ce moment-là j'étais déjà au club nautique. Il était donc un peu difficile de ne pas lui parler.

– Tu es allée voir Liz Curtis malgré mon interdiction ? dit Tanika, exaspérée.

– Oui, et tant mieux pour toi, puisqu'elle est morte. Je suis témoin, je peux te dire pas mal de choses à son sujet.

– C'est une tueuse de chiens ! intervint Suzie.

– Et vous, je peux savoir ce que vous faites ici ? demanda Tanika.

– C'est mon amie, dit Judith.

Tanika s'efforça de garder le contrôle de la situation :

– Écoute, Judith, il va falloir que tu viennes avec moi. Et en route, tu as intérêt à me raconter ta troisième rencontre avec Liz.

– Et moi ? demanda Suzie.

– Quoi, vous ?

– Moi aussi j'ai rencontré Liz Curtis. Je peux venir ?

– Non.

– Vous êtes sûre ?

– Je n'ai besoin que d'une personne pour identifier le corps.

Suzie dut s'avouer vaincue.

– Je n'ai rien à répondre à ça, dit-elle.

Pendant que Tanika la conduisait au club nautique, Judith décrivit sa rencontre avec Liz en compagnie de Suzie. Elle insista particulièrement sur deux points : Liz avait prétendu ne pas connaître Stefan et Iqbal, et plus tard son mari, Danny, avait démenti cette affirmation. Pendant tout ce récit, Tanika fixait la route, les mâchoires serrées.

Une fois sa voiture garée sur le parking du club, Tanika tira le frein à main avec un peu trop d'énergie.

Judith comprit alors à quel point elle était furieuse.

– J'aurais dû t'en parler avant… commença-t-elle.

– Tu n'aurais jamais dû lui parler, c'est tout ! dit Tanika, criant presque. Il y a dans les parages quelqu'un qui a tué trois personnes, et à chaque fois que tu t'en mêles tu te mets en danger de mort !

Judith, penaude, fouilla dans son sac à main, en sortit sa boîte de bonbons anglais et fit sauter le couvercle.

– Tu veux un bonbon ? demanda-t-elle comme pour agiter un drapeau blanc.

– Non merci ! fulmina Tanika.

Elle n'allait certainement pas se laisser attendrir si facilement.

Judith prit un bonbon, puis, feignant l'insouciance :

– Alors je devrais peut-être te parler aussi d'Andy Bishop…

– Qui est Andy Bishop ?

– Un notaire de Marlow. Il a établi le testament d'Ezra Harrington, le voisin d'Iqbal Kassam.

– Qu'est-ce que c'est encore que cette histoire ?

Suzie, raconta Judith, avait été invitée aux obsèques d'Iqbal. À cette occasion, l'imam avait rapporté à Becks, à Suzie et à elle-même que peu avant de mourir Iqbal accusait Andy Bishop de l'avoir spolié de son héritage. Judith eut la présence d'esprit d'arrêter là son récit. Vu la colère que sa conversation avec

Liz avait déjà provoquée, inutile d'avouer qu'elle ne s'était pas contentée de parler à Andy Bishop : elle avait aussi cambriolé son bureau pour y prendre un sachet de papier déchiqueté.

– Donc tu es allée aux obsèques d'Iqbal Kassam ?

– Nous étions invitées, alors nous y sommes allées. Qu'y avait-il d'autre à faire ? Pas de bonbon, tu es sûre ?

Elle fit une nouvelle tentative d'apaisement en lui présentant la boîte.

– Non, merci ! répondit Tanika.

La détective arrivait à peine à contenir sa fureur. Elle sortit de la voiture.

– Y a-t-il autre chose que tu aurais oublié de me dire ? demanda-t-elle d'un ton aigre.

– Oh, non ! C'est tout ! Absolument tout ! répondit Judith, qui en arrivait à se persuader de ce qu'elle disait.

Une tente de police bleu marine dressée sur la pelouse près du rivage attira son regard. Voyant Judith s'assombrir, Tanika s'adoucit légèrement.

– Ne t'inquiète pas. Tu n'auras pas à voir le corps. Tu l'identifieras sur les photos que nous venons de prendre. Ça devrait suffire.

Elle conduisit Judith à la réception du club. Là, Judith ne put éviter de voir l'échelle, le pot de peinture et le pinceau encore rangés dans un coin de la pièce. Ce détail, aussi poignant que dérisoire, l'attrista plus que tout le reste.

– Peu m'importe, si je peux t'aider. Mais où est Danny, son mari ?

– À Nottingham. En route pour Marlow dans une voiture de police.

– Eh bien ! Je suis prête. Montre-moi ça.

Tanika prit une tablette tactile des mains d'un policier qui dressait l'inventaire des indices et la tendit à Judith. Elle la prévint que les photos risquaient de la choquer.

– Pas de problème, je suis blindée, dit Judith.

Tanika fit glisser son doigt plusieurs fois sur l'écran avant de faire apparaître une image.

Liz Curtis, étendue sur l'herbe, bras et jambes écartés telle une poupée de chiffon, un magma de sang à la place du visage.

Et un trou au milieu du front.

– C'est bien Liz Curtis, dit Judith en s'efforçant de ne pas détourner les yeux.

– Merci.

– Aucun signe de lutte ?

Tanika ne répondit pas, mais Judith, à juste titre, prit ce silence pour un acquiescement.

– Et c'est un chef scout qui l'a découverte ?

– Oui. Il est venu ce matin avec sa troupe pour louer des kayaks. Ils sont partis sur le fleuve vers 9 heures.

– Elle était donc encore vivante à 9 heures.

– Tout à fait. Elle leur a transmis toutes les instructions de sécurité, puis les scouts ont fait du kayak pendant environ une heure et sont retournés au club peu après 10 heures. C'est à ce moment-là que le chef a découvert le corps de Liz. Heureusement, il a réussi à empêcher les enfants de s'approcher : il les a rassemblés et les a ramenés à Marlow. Un agent est en train de prendre sa déposition.

– Ça nous donne une heure de crime bien définie, à peu près entre 9 heures et 10 heures ce matin. Tu as interrogé Elliot Howard ?

– Pour ne rien te cacher, c'est la première chose que j'ai faite. Depuis ce matin, 8 h 30, il préside une vente aux enchères.

– Ça alors !

– Et cette vente est filmée et retransmise en live sur Internet.

– Tu plaisantes !

– Non.

– Une vente aux enchères qui commence à 8 h 30 ?

– Apparemment, c'est pour une clientèle internationale. Mais il est clean. Il a des témoins partout dans le monde qui peuvent confirmer son alibi entre 9 heures et 10 heures.

Judith était en proie à la plus grande frustration. Certaine qu'Elliot était responsable du meurtre de Stefan, elle avait même, depuis quelque temps, développé une petite théorie qu'elle gardait pour elle : Liz avait tué Stefan à la demande d'Elliot, pour une raison qui restait à éclaircir. Et plus tard, Elliot avait tué Liz afin d'éviter que le meurtre précédent ne soit élucidé. Mais toute cette théorie s'écroulait si Elliot avait un alibi pour le meurtre de Liz.

Il y avait pourtant une question qu'elle n'avait pas encore posée.

– Tu m'as dit que son mari était à Nottingham ?

– Tu crois qu'il pourrait être impliqué ?

Pas forcément, mais j'aimerais vraiment qu'au moins un de ces meurtres ait été commis par quelqu'un qui avait un mobile évident...

– Je vois ce que tu veux dire, mais ce matin, entre 9 heures et 10 heures, Danny Curtis prenait son petit déjeuner dans une cafétéria sur l'aire de stationnement à l'embranchement 25 de l'autoroute M1. Hier soir, il était au Centre national des sports nautiques.

– Il a donc un alibi ?

– Il était à plus de cent cinquante kilomètres d'ici.

– Tu en es sûre ?

– Un agent de police est allé le chercher à la périphérie de Nottingham ce matin vers 10 h 30. La personne qui a fait ça était à Marlow ce matin.

Judith regarda plus attentivement la photo sur la tablette.

– Qu'est-ce que c'est que ça ?

Elle désigna un petit objet au bout d'une chaînette, auprès du visage de Liz.

Un médaillon. Le *troisième* médaillon de bronze. Comme Tanika l'avait craint. On l'avait trouvé attaché au cou de Liz. Et comme elle l'avait prévu, le mot « Charité » y était gravé.

– C'est un médaillon de bronze, se contenta-t-elle de répondre.

– Elle portait un médaillon de bronze ? s'étonna Judith, vivement intéressée. Comme celui de Stefan, à sa boutonnière ?

– Moi, je t'ai parlé de ça ? Et tu t'en souviens ?

– Bien sûr, et tu as même dit que le mot « Foi » était gravé sur celui de Stefan.

– C'est la vérité.

– Et sur ce médaillon-ci, qu'y a-t-il de gravé ?

– Désolée, je ne peux pas te le dire.

– Et pourquoi donc ?

– Parce que je suis censée ne partager aucun détail de l'enquête avec un civil.

– Pourtant tu aurais intérêt à le faire, et nous le savons toutes les deux.

– Oui, mais je ne peux pas. Excuse-moi. C'est…
– Oui, je sais, le règlement ! explosa Judith.
– Exactement.
Un agent en uniforme entra.
– Inspecteur, Mr. Curtis, le mari de la victime, vient d'arriver.

Bilan de l'enquête (2)

Rien de tel qu'une grille de mots-croisés
pour faire le point sur l'enquête !

	1	2	3	4	5	6	7	8	9	10	11	12	13	14	15
A	S					■									
B	C								■			■			
C	O		■											■	
D	T					■				■			■		
E	C	■			■			■							■
F	H						■								
G	■					■								■	
H								■				■			■
I		■			■						■				
J			■						■				■		
K				■				■						■	
L							■			■					
M					■						■				
N						■									
O	■			■						■					■

Horizontalement

A. Elle pousse mon fauteuil de vieille dame. Mais pourquoi nous a-t-elle menti deux fois ? B. Je suis certaine qu'Elliot en est un. Livre britannique qui ne se lit pas. Chaud comme chez le Bishop. C. L'être anonyme. Pour Harris, c'est un boulot ! D. Iqbal y est retourné. Lettres de menace, au Japon. Le sein du sein. Une couleur sur *La Dame de Shalott*. E. Tête d'œuf ! 1988 en est un charnière. Écrivît ses dernières volontés. F. Maisons de Marlow. Métier de Colin, avant. G. Sorti. Celles de la mosquée sont rouges. H. Imite France Gall ou un rugbyman de France-Galles. High Street est la principale. Négation. I. Fleuve espagnol. Amy l'est, par rapport à Rachel. Garde secret. J. Les scouts ne pensent qu'à ça. Champ au lion. Bon plan pour un Trésor. Neuf plutôt vieux. K. Roi arrêté en état d'ivresse. Céréale dans horizontalement. Frousses pas pour moi. L. Les tableaux en avaient tous, sauf un. Professeur. Le balai y était inflammable. M. S'adresse à moi depuis l'autre rive. Matière a réfléchir. Ces derniers temps, elle est plutôt de sang dans le quartier. N. Tels les reproches que je me fis en sortant de chez le petit gros. Les balles qu'on s'y échange sont moins mortelles ! O. Europium du labo. Source lumineuse du 4x4 de Becks. Coups de pub.

Verticalement

1. On s'en colle un entre amies pour mieux réfléchir. Seule sa mère appelle Becks comme ça. 2. Pot de chagrin. On combat sa patte. Un toast brûlé l'a déclenchée. 3. Zone industrielle qu'il serait indécent de doubler. Comme cette femme qui se sauvait tout le temps. Stefan n'a pas eu le temps de me le dire. 4. J'en ai fait une bonne à Tanika. Un transport de Paname. 5. Voisine de l'Ouest. Attrapés. Quelques étages d'un autre temps. Sapeur-pompier. 6. Tintin à Marlow. Carreau coupant. Cours où rament de nombreux étudiants. 7. Lac toujours classe quand il passe après gent. Restiez cois, quoi ! Un transport jadis concurrent de PanAm. 8. Corfou et les Ioniennes. Brome. Neuf de cœur. Hors ça, c'est top ! 9. Celui d'Ezra m'a l'air véreux. Cadeau bonus. 10. J'en garde une sur une chaîne à mon cou. C'est Tanika qui la mène, pas moi. *Nota bene* ou note à benêt ? 11. Tellement absurde que j'ai ri comme Jarry. Repérés. Article de gazette. 12. Le domicile d'une amie l'est au 14, Oakwood Drive. Fréquente le palais et menace la couronne. 13. Noir, vert ou oolong ? Le 02 des Français. École où fut admis Elliot. 14. Elle a fini avec un mufle. Opère en retrait. Cours tournant kazakh. Ah, l'amour ! 15. En suis-je une ? Filet de pêche. Celui des *posts* renseigne Jezebel.

CHAPITRE 26

En quittant la réception, Judith et Tanika virent Danny Curtis sortir d'un van de police, soutenu par un agent. Il avait l'air assez désorienté.

– Tu veux bien m'attendre ici ? demanda Tanika.

– Bien sûr, dit Judith.

– Merci.

Tanika alla accueillir Danny.

Judith avait été d'une absolue sincérité en assurant Tanika qu'elle l'attendrait. Mais d'un autre côté, c'était bien dommage de ne pas pouvoir entendre ce que ces deux-là avaient à se dire. Il devait bien y avoir un moyen. Allons, personne ne pourrait lui reprocher de faire un petit tour ! Discrètement, elle fit quelques pas vers la réception, espérant que Tanika ne s'en apercevrait pas, ce qui paraissait être le cas. Tout en scrutant le ciel, comme pour vérifier le temps qu'il faisait, elle disparut derrière le bâtiment.

Désormais à couvert, elle se hâta de rejoindre le module voisin, puis contourna celui des toilettes, et se retrouva enfin derrière le van. De l'autre côté, Tanika interrogeait Danny.

Très lentement, Judith se déplaça le long du véhicule, remerciant la nature de l'avoir faite si petite. Sa tête dépassait à peine le sommet des vitres : ni Tanika ni aucun autre policier ne pouvaient la voir à travers les vitres fumées. En se haussant sur la pointe des pieds, elle voyait très bien Danny et Tanika. Et en se concentrant elle entendait presque tout ce qu'ils se disaient.

– Ce n'est pas possible ! dit Danny.

– Toutes mes condoléances, dit Tanika. Nous avons demandé à un agent de liaison familial de venir ici au plus vite.

– Qu'est-ce que je vais devenir ?

– Je compatis à l'épreuve que vous traversez, Mr. Curtis, mais je dois vous poser quelques questions. Ce ne sera pas long.

Danny opina.

– Que faisiez-vous hier soir à Nottingham ?

– Hier soir ?

– C'est pour avoir une idée de vos déplacements.

– Je suis coach. De l'équipe juniors de canoë de Grande-Bretagne. Et cette équipe est basée à Nottingham.

– Donc, c'était un déplacement prévu.

– Quand l'équipe n'est pas en compétition, elle s'entraîne tous les mardis soir.

– Vous allez à Nottingham une fois par semaine ?

– Oui, dans l'après-midi. L'entraînement a lieu le soir. Je passe la nuit au centre et je rentre le mercredi matin.

– Donc, si l'on vous connaît, on sait que vous êtes absent de chez vous chaque semaine entre le mardi après-midi et le mercredi en fin de matinée.

– Oui, je suppose.

– Avez-vous une idée de qui pourrait vouloir du mal à votre femme ?

– Aucune idée. C'est inconcevable. Tout le monde aimait Liz.

– Vous en êtes sûr ?

– Dans notre couple, le râleur, c'est moi. Celui qui s'énerve, l'emmerdeur, c'est moi. Liz, elle s'adapte, elle suit le courant. Vous voyez ce que je veux dire ? Elle garde toujours son sang-froid. Il n'y a pas un sou de méchanceté en elle.

À ces mots, Judith ne put s'empêcher de penser à Crumble, le chien de Liz. Si Suzie disait vrai, Danny avait une nette tendance à idéaliser sa femme.

– Pouvez-vous me décrire vos rapports récents avec Mrs. Curtis ?

– Pardon ?

– J'aimerais connaître l'état de votre relation ces derniers temps.

– Vous savez, quand j'ai commencé à sortir avec Liz, j'avais vingt ans. Depuis, on ne s'est jamais quittés. Je ne suis jamais sorti sérieusement avec personne d'autre.

– Et vous vous entendiez bien ?

– Oui. Je l'aime. Je l'ai toujours aimée. Pourquoi cette question ?

– Est-il possible qu'elle n'ait pas partagé vos sentiments ?

– Vous voulez dire : est-ce qu'elle couchait ailleurs ? Vous vous fichez de moi ? Toutes les heures, tous les jours que Dieu fait, nous sommes ici à nous tuer au travail. À essayer de remettre ce club en état après l'inondation. Sept jours sur sept. Peindre, réparer, rebâtir.

– D'accord. Autre question : avait-elle des soucis financiers ?

Danny éclata d'un rire amer.

– Ha ! Des problèmes financiers ! Mais nous sommes un problème financier ambulant ! Fauchés comme les blés ! C'est notre problème.

– Elle était endettée ?

– Elle, personnellement, je ne crois pas. Nous avons des comptes séparés, et je ne peux pas vous décrire sa situation financière, mais ça fait des années qu'on tire le diable par la queue. En fin de compte, si l'on veut réaliser son rêve de travailler sur le fleuve, il faut tout construire sur pilotis.

– Votre entreprise se portait mal ?

– Pas l'entreprise. Liz l'a héritée de son père il y a des années, il n'y a donc pas d'hypothèque. Tant que nous gagnons plus que nous ne dépensons, tout va à peu près bien. Mais quand l'inondation est arrivée, nous n'avions pas un sou de côté. À cause de l'inondation précédente.

– Vous aviez dépensé toutes vos économies ?

– Oui, et nous comptions les reconstituer une fois le club rouvert.

– Bien, encore deux ou trois questions. Que savez-vous d'un homme du nom d'Iqbal Kassam ?

– C'est curieux, une femme m'a posé la même question l'autre jour.

– Judith Potts ?

– Oui. Elle m'a demandé si je connaissais le type qui s'est fait descendre la semaine dernière.

– J'ai cru comprendre que votre femme avait pris son taxi il y a quelques semaines.

– Oui, mais seulement pour faire des courses. Pas plus d'une heure. Je suis sûr que des tas de gens en ont fait autant.

– Et pouvez-vous me décrire sa relation avec Stefan Dunwoody ?

Danny se tut quelques instants, puis répondit, sur la défensive :

– Oui, cette Judith m'a posé la même question. En quoi ça vous intéresse ?

– Si vous pouviez juste répondre…

– Mais où êtes-vous allées chercher un lien entre Liz et ces deux hommes ?

La voix de Danny se chargeait peu à peu de colère.

– Mr. Curtis, il est très important que vous répondiez à mes questions.

Danny soupira.

– Après les questions de Judith Potts, je suis allé parler à Liz. Elle m'a répondu qu'elle n'avait pas vu Stefan depuis des mois. Qu'elle n'était pas allée à sa galerie. Qu'elle ne lui avait pas parlé du tout. Et avant que vous n'y arriviez : je lui ai aussi demandé si elle s'était déjà rendue chez lui. Elle m'a ri au nez ! Elle ne savait même pas où il habitait. Et voilà, c'est tout ce qu'il y a à savoir sur Liz et Stefan. On a fini, maintenant ?

– Presque. Possédez-vous une arme à feu ?

– Non ! Pourquoi j'en aurais une ?

– Dernière question : si je vous dis « Foi, espérance et charité », qu'est-ce que ça signifie pour vous ?

Derrière le van, Judith dressa l'oreille. « Foi, espérance et charité » ? Qu'est-ce que ça voulait dire ? C'était peut-être en rapport avec le médaillon de Stefan.

Danny paraissait tout aussi surpris que Judith.

– Rien du tout. Pourquoi ?

– Cette formule ne vous évoque vraiment rien ?

– C'est une espèce de devise, non ? J'y connais rien.

– Ça vient de la Bible, mais ça a peut-être un autre sens pour vous.

Avant que Danny eût pu répondre, le téléphone de Judith se mit à sonner. *Merde, merde, merde,* se dit-elle en s'éloignant rapidement du van. Où était la commande pour mettre cette machine infernale sur silencieux ? Elle appuya sur tous les boutons qu'elle trouva sur le côté de l'appareil, qui finit par se taire. Soulagée, elle répondit dans un murmure :

– Allô !

– C'est moi, dit Suzie. Becks vient d'arriver. Elle a du nouveau sur Andy Bishop. Du très lourd. Rejoins-nous aussi vite que tu peux.

CHAPITRE 27

– Alors, qu'as-tu découvert ? demanda Judith en entrant chez elle comme une tornade, jetant sa cape à la volée sur le piano à queue.

– L'assassin, c'est Andy Bishop, dit Becks.

– J'espère que tu sais de quoi tu parles. Parce qu'au bridge, on appellerait ça une grosse enchère d'ouverture.

– Il n'y a aucun doute.

– Admettons. Mais pourquoi ?

– À cause de son comportement envers moi.

– Raconte !

– Pour commencer, c'est un porc. Un de ces hommes qui, quand ils te parlent, te regardent droit dans les seins.

– Le sale pervers ! dit Suzie.

– Exactement, dit Becks. Et quand nous sommes sortis de l'étude, il m'a discrètement mis la main aux fesses. C'était répugnant.

– Tu as besoin d'un whisky ? demanda Judith.

– Non, merci, ça va.

– Tu es sûre ? Moi, je vais m'en verser un.

– Puisque tu le proposes… dit Suzie.

– Bon, alors deux petits whiskys pour nous calmer les nerfs. Continue, Becks.

Judith prit deux verres dans la table de bar et y versa du whisky pour Suzie et elle.

– Andy et moi, nous avons d'abord fait un tour sur High Street, et je n'avais rien à lui dire. Je l'avais juste attiré dehors pour faire gagner du temps à Suzie…

– Et tu as été merveilleuse, ajouta Suzie. Mais ça n'a pas servi à grand-chose : tout le temps que tu m'as fait gagner, je l'ai gaspillé à photographier son agenda, sur lequel il n'y a rien d'intéressant. Nous avons vérifié.

Suzie disait vrai : Judith et elle avaient été très déçues par cette photo prise dans le bureau d'Andy. Les deux dernières semaines, il n'avait eu que des rendez-vous professionnels, sans aucun rapport apparent avec les assassinats.

– C'était tout de même une bonne idée, dit Judith. Becks, tu étais donc sur High Street avec Andy. Que lui as-tu dit ?

– Je l'avais fait sortir de son bureau sous prétexte de lui parler de ma vie de couple. Je lui ai dit que mon mari ne m'appréciait pas, que je me sentais invisible : rien d'autre qu'une mère, une épouse. Et que cet effacement de mon identité personnelle me rendait folle.

– Donc, tu lui as dit la vérité, observa Judith.

– Bien sûr que non ! répondit Becks, heurtée. C'était juste un bobard, pour le faire parler !

– Ah, d'accord, c'était un bobard, reprit Judith, dont le regard croisa celui de Suzie.

– Dans ma vraie vie, je suis parfaitement épanouie !

– Bien sûr, bien sûr.

– Mais il fallait que j'invente un truc pour embobiner Andy, alors je lui ai dit que j'envisageais de quitter Colin et que je voulais savoir à quoi m'attendre en cas de divorce. Est-ce que j'aurais la moitié des biens du ménage, la garde entière des enfants et la pension alimentaire qui va avec. Est-ce que Colin financerait mon déménagement du presbytère…

Nouveau regard entendu entre Judith et Suzie. Pour une femme parfaitement épanouie dans sa vie conjugale, Becks avait bien potassé les détails d'un divorce.

– Et qu'a répondu Andy ?

– Que quand on est jolie comme moi, plumer un mari et le laisser en caleçon, c'était l'enfance de l'art.

– Pas possible, il a dit ça !

– Et que selon son expérience les juges étaient plutôt mal disposés envers les hommes qui négligent une jolie épouse.

– N'importe quoi !

– Absolument. Je pense qu'il disait ça juste pour me draguer. Ensuite, il a proposé une balade le long de la Tamise. Pas en direction de l'église, Dieu merci, mais vers l'écluse de Hurley. Quand nous nous sommes retrouvés seuls, sans risque d'être entendus, il a ajouté que si je pouvais suggérer que mon mari m'avait infligé des violences physiques je m'en tirerais encore mieux au procès. J'étais outrée : Colin est peut-être ennuyeux, mais il n'a jamais été violent !

Cette fois, Judith et Suzie n'eurent même pas besoin d'échanger un regard.

– Il disait aussi, continua Becks, qu'on pouvait la jouer plus finement. Si j'affirmais avoir subi des sévices moraux tout en refusant de répondre sur d'éventuelles violences physiques, le juge en tirerait lui-même les conclusions. L'essentiel était de traîner Colin dans la boue. J'étais scandalisée.

– Je suis sûre qu'il n'y a rien de légal dans tout ça.

– C'est ce que je lui ai dit, et vous savez quoi ? Il a éclaté de rire. Il m'a traitée de petite fille naïve qui avait encore beaucoup à apprendre avant de pouvoir dépouiller son mari jusqu'au dernier sou.

– Quel abominable petit homme ! dit Judith.

– Attends, ce n'est pas le pire. À un moment, je me suis rendu compte que nous nous dirigions vers chez Stefan.

– Vous êtes allés si loin ?

– Oui, mais côté Marlow, côté Stefan. Je ne comprenais pas. J'ai pensé qu'il fallait entretenir la conversation jusqu'à la maison, ne serait-ce que pour savoir pourquoi il prenait cette direction. Je lui ai demandé s'il emmenait souvent ses clients au bord de la Tamise, et vous savez ce qu'il m'a répondu ? Chaque fois qu'il voulait avoir une conversation dont il pourrait plus tard nier l'existence, il proposait à son client une petite balade aller-retour « jusqu'à la maison de cet imbécile ». « Cet imbécile », c'était Stefan. Naturellement, j'ai fait l'innocente et je lui ai demandé de qui il parlait ; il m'a expliqué que la maison de Stefan était en travers du sentier de halage et qu'il fallait la contourner pour continuer son chemin. Mais, par bonheur, il avait récemment « pris un pruneau dans le buffet ».

– Il a désigné Stefan par son nom ? demanda Judith.

– Oui.

– Donc il le connaissait ! dit Judith, les yeux

brillants. Il a dit que Stefan avait été tué par balle, tu es sûre ?

– Il l'a bien dit. Pas seulement qu'il était mort, pas seulement qu'il avait été tué, mais qu'il avait été tué par balle.

– En quoi est-ce intéressant ? demanda Suzie.

– La police n'a jamais révélé de détails sur la mort de Stefan, répondit Judith. La presse a spéculé à tour de bras, mais rien n'a été confirmé.

– Tout à fait, dit Becks, alors je lui ai demandé : « Comment savez-vous qu'il a été tué par balle ? »

Les deux autres en restèrent sans voix.

– Tu lui as dit ça ? dit enfin Judith.

– Je n'ai pas pu m'en empêcher. Après tout, nous cherchons toutes les trois à découvrir l'assassin de Stefan ! Et j'étais en présence d'un homme qui en savait long sur la question.

Judith et Suzie étaient stupéfaites. Sans jamais s'être concertées, elles avaient toujours pris Becks pour une lâche. Quelle erreur !

– Et qu'a-t-il répondu ? demanda Judith.

– Il a ri, puis il m'a dit qu'il connaissait quelqu'un « dans le coup », et que Stefan avait été tué avec un pistolet ancien. Je n'oublierai jamais cet instant, ce rictus sur son visage : cet air sûr de lui.

– Il a parlé d'un pistolet ancien ? demanda Judith.

– Oui, dit Becks.

Les trois amies se regardèrent en silence.

– Voilà qui est intéressant, reprit Judith. Parce, nous qui suivons l'enquête de très près, nous n'avons encore jamais entendu parler d'un pistolet ancien.

– Je sais, dit Becks. Et quand il m'en a parlé, j'ai

dit « Quelle horreur ! » ou un truc dans le genre. À vrai dire, j'allais à la pêche, j'essayais de le faire parler. Alors il s'est tourné vers moi et m'a dit, comme s'il s'agissait de quelque chose d'anodin : « Au fait, vous n'aimeriez pas qu'on vous débarrasse de votre mari de la même façon ? » Devant ma réaction horrifiée, il s'est mis à rire et a dit que c'était une blague. J'ai répondu que j'étais vraiment bête de l'avoir cru. On me croit toujours quand je joue les idiotes. Parce que j'en ai l'air.

– Ne sois pas idiote, dit Judith.

– Si, c'est vrai. Et pour une fois, j'étais bien contente de n'être qu'une ménagère stupide. Parce qu'il s'est immédiatement détendu, persuadé que cette plaisanterie, comme il disait, avait brisé la glace entre nous. Alors que ça m'avait plutôt donné envie de vomir. Et quand nous avons rebroussé chemin vers Marlow, pour changer de sujet je lui ai demandé de me parler de lui. Il a un de ces egos ! C'est inimaginable. Quelques secondes plus tôt, il me proposait de faire assassiner mon mari, et un instant plus tard il recommençait à me draguer. C'était horrible. Il me racontait que dans sa jeunesse il avait été un athlète, qu'il avait peut-être un peu forci depuis, mais qu'il était toujours costaud. « En possession de tous mes moyens », disait-il. Le cochon ! D'ailleurs, tu sais quoi ? Finalement, je veux bien un whisky.

– Bonté divine ! Tu le mérites ! dit Judith.

Elle lui versa un doigt de whisky et lui tendit le verre.

Becks, la parfaite épouse de vicaire, la fille modèle, la ménagère idéale, la mère de famille irréprochable, en but une gorgée.

– Aïe ! dit-elle en essuyant du revers de la main le liquide qui lui brûlait les lèvres. Il faut vraiment que ce soit toujours du whisky ?

– Pour ne rien te cacher, dit Judith, nous avons pris le thé avant ton arrivée, et il nous a semblé qu'il manquait quelque chose. Mais bravo, Becks ! Tu es notre héroïne. C'était déjà assez culotté de déclencher l'alarme avec les toasts, mais obliger Andy à sortir de son bureau est encore plus admirable. Et obtenir ces informations sur l'arme du crime est un acte de bravoure ! Sans oublier qu'il s'est démasqué en te proposant de faire tuer ton mari, même en prétendant que c'était une blague ! Laisse-moi te le dire : tu as accompli beaucoup plus que Suzie et moi.

Becks devint écarlate, et pas seulement à cause de l'afflux soudain de whisky dans son organisme.

Judith alla reposer la bouteille sur la table de bar.

– Bon, maintenant qu'Andy a révélé qu'il sait que Stefan a été tué par balle, et avec un pistolet ancien par-dessus le marché, quelles conclusions pouvons-nous en tirer ?

– Que c'est lui l'assassin, dit Becks.

– Pourtant, dit Judith, si c'était le cas, t'aurait-il parlé ainsi ?

– J'ai l'impression qu'il ne pouvait pas s'empêcher de rouler des mécaniques, dit Suzie.

– Certes, mais moi, je crois qu'il serait resté coi. Et j'imagine qu'un notaire connaît du monde dans la police, ou du monde qui en connaît. En fait, il se peut bien qu'à Marlow pas mal de gens aient entendu dire que Stefan s'est pris une balle. Andy, comme tu dis, roulait des mécaniques.

– Mais comment est-il au courant pour le pistolet ancien ? demanda Suzie.

– Je viens de passer plus d'une heure avec lui, dit Becks. Il a beau se faire passer pour un homme avisé et sophistiqué, l'assassin, c'est lui, j'en suis sûre. Nous savons déjà qu'il est impliqué dans le meurtre d'Iqbal, autrement, il n'aurait pas détruit ce document juste après ton passage ?

– C'est vrai, opina Suzie.

– Et s'il sait que Stefan a été tué avec un pistolet ancien, c'est évidemment parce que c'est lui qui l'a tué. Tout ce qu'il nous reste à faire, donc, c'est trouver en quoi il est lié au meurtre de Liz, et nous tiendrons enfin un coupable pour les trois assassinats.

Judith, pensive, but une gorgée de whisky.

– Mais c'est là le problème, dit-elle. Selon Tanika, les dernières personnes à avoir vu Liz Curtis vivante étaient une patrouille de scouts. Leur chef a découvert son cadavre peu après 10 heures. Si nous savions ce que faisait Andy entre 9 heures et 10 heures, nous pourrions prouver qu'il est l'assassin.

Son visage s'éclaira.

– D'ailleurs, nous avons tout ce qu'il faut pour le savoir ! Suzie, ressors-nous cette photo de son agenda.

Suzie saisit son téléphone et montra la photo à ses amies. Andy avait chaque jour de nombreux rendez-vous, mais aucun n'était noté avant 9 h 30.

– Voilà ! s'écria Judith. Grâce à Suzie et à sa merveilleuse présence d'esprit, nous savons qu'Andy Bishop n'est jamais à son bureau avant 9 h 30 !

– C'est vrai ! C'est grâce à moi !

– Oui, dit Judith. Bravo ! Mais ce serait un peu

juste, non ? Imaginez : Andy est au club nautique, il attend dans l'ombre avec son pistolet. Il laisse les scouts partir dans leurs canoës, shoote Liz à la dernière minute et retourne au travail pour 9 h 30.

– Juste, oui, mais faisable, dit Becks.

– Et il doit savoir, lui aussi, que Danny, le mari de Liz, est absent.

– Il l'était ? demanda Becks.

Judith lui raconta l'interrogatoire mené par Tanika. Danny était à Nottingham depuis la veille au soir.

– Ce n'était pas un secret d'État, observa Suzie. Nous-mêmes, nous étions au courant de ces mardis soirs à Nottingham dès notre première conversation avec Danny.

– C'est vrai, dit Judith. Il avait hâte d'en parler. Il en était tout fier !

– Alors qu'avons-nous de concret ? résuma Becks. Nous savons qu'Iqbal était persuadé qu'Andy Bishop l'avait spolié de son héritage. Et qu'Iqbal a été tué. Et bien que nous ignorions le lien entre Andy et Stefan, nous savons que Stefan était plus ou moins un escroc. Et qu'Andy en est un à part entière. C'est peut-être ça, le lien ? Deux escrocs qui font leurs coups ensemble. En tout cas, Andy sait que Stefan a été tué avec un pistolet ancien, et seul l'assassin peut savoir ce genre de chose. Et maintenant, son agenda nous apprend qu'il a eu le temps de tuer Liz avant d'aller au bureau ce matin…

Pendant que Becks parlait, Judith avait sorti son téléphone de son sac et composé un numéro.

– Judith ? fit Tanika à l'autre bout de la ligne.

– Juste un petit mot, dit Judith d'un ton léger,

comme pour l'inviter à un tournoi de whist. Aurais-je raison de penser que notre assassin a utilisé un pistolet ancien ?

Un lourd silence lui répondit.

– Comment diable es-tu au courant ? dit enfin Tanika.

– Merci beaucoup, c'est très intéressant, on avance ! se réjouit Judith avant de raccrocher. Confirmé, dit-elle. Comme Andy l'a dit à Becks, l'assassin a utilisé un pistolet ancien.

Elles se regardèrent en silence.

Andy Bishop était-il le coupable ?

Le téléphone de Judith se mit à sonner. Judith regardant son écran, constata avec surprise que personne n'était en train de l'appeler.

Suzie comprit soudain qu'il s'agissait de son téléphone, qu'elle sortit de la poche arrière de son pantalon.

– Désolée. Allô ! Brenda ! Comment vas-tu ?

Elle écouta quelques instants et s'écria :

– Pas possible !

Elle écouta encore et son regard s'illumina.

– Très bien, nous serons chez toi dans cinq minutes. Merci, Brenda, tu es une fée.

Suzie raccrocha.

– C'était Brenda McFarlane, dit-elle.

– Qui est Brenda McFarlane ? demanda Judith.

– Une ancienne cliente. Elle avait un cocker qui s'appelait Monty. Mais l'important, c'est que Brenda est la voisine d'Elliot Howard, et je lui ai demandé de le surveiller.

– Vraiment ? dit Judith.

– Tu ne te souviens pas ? La première fois que

tu m'as parlé d'Elliot, je t'ai dit que j'allais trouver quelqu'un pour garder un œil sur lui.

– Et elle l'a fait ?

– Brenda est une chic fille. On peut lui faire confiance.

– Mais pourquoi vient-elle de t'appeler ?

– Elle me dit qu'il y a une demi-heure Elliot a allumé un feu dans son jardin.

– Ah, dit Becks avec une nuance de dédain. Et c'est louche ?

– Pas le feu, mais ce qu'Elliot est en train de brûler.

– Pourquoi ?

– Parce qu'il vient d'y jeter une vieille peinture à l'huile.

CHAPITRE 28

– Je ne crois pas que ce soit une bonne idée… Nous devrions laisser la police s'occuper d'Elliot, dit Becks.

Au volant de son van brinquebalant, Suzie traversait Marlow pied au plancher.

– Nous ne faisons rien d'autre, répondit-elle, mais il faudra dix minutes à Tanika pour venir de Maidenhead. Nous avons une longueur d'avance. Et d'ailleurs, où est le problème ? Tu as bien dit que l'assassin, c'était Andy Bishop.

– Oui, mais nous ne devrions pas faire ça ! Nous sommes… euh… nous ne sommes que des femmes au foyer.

– Parle pour toi ! rétorqua Judith. Est-ce que cet engin pourrait aller plus vite ?

– Je vais aussi vite que possible, assura Suzie. Cramponnez-vous.

Faisant crisser les pneus, et sans perdre de temps à mettre son clignotant, elle prit un virage sur les chapeaux de roue et s'engagea dans Gipsy Lane.

– Nous devons arriver avant qu'il ait fini de brûler les preuves, dit-elle.

Gipsy Lane était une ancienne route qui avait autrefois relié Marlow au village voisin de Marlow Bottom, mais elle avait été récemment urbanisée et bordée de pavillons. Elle se terminait par une boucle au centre de laquelle se dressait une maison plus somptueuse que les autres : portail de sécurité avec interphone, épaisses haies de laurier, et une allée d'accès dont le sol vert vif jurait avec le rouge intense des murs de brique. C'était là qu'habitaient Elliot Howard et sa femme, Daisy.

Le van s'engagea dans la boucle. Suzie écrasa la pédale de frein de toutes ses forces. Avec une secousse, le véhicule s'arrêta dans un nuage de poussière, les roues de gauche mordant sur le trottoir.

– Rappelle-moi de ne plus jamais monter en voiture avec toi au volant, dit Becks.

– Où habite Brenda ? demanda Judith.

– Là, indiqua Suzie.

Elle désignait une petite maison à deux numéros de celle d'Elliot. Une adorable octogénaire au regard pétillant vint les accueillir. Avant de les faire entrer, elle vérifia d'un air conspirateur que personne ne les avait remarquées.

– Je vous présente Brenda, dit Suzie en leur faisant traverser un petit vestibule.

– On se croirait en France dans les années cinquante ! C'est charmant chez vous ! dit Judith, enchantée par les rideaux de dentelle, la collection de dés à coudre en porcelaine et les portraits de chevaux en cuivre martelé accrochés aux murs.

– Merci, dit Brenda. Et merci d'être venue, Suzie. Venez, montons à l'étage !

Brenda leur fit emprunter un escalier qui débouchait dans un salon aux rideaux tirés. Sur une table tendue de feutrine verte étaient étalées des cartes à jouer, accompagnées de crayons et de carnets de bridge.

– Oh ! Vous jouez au bridge ? demanda Judith.

– Oui, vous aussi ?

– Autrefois. Je surenchérissais toujours et ça faisait enrager mes partenaires.

– Quel système d'enchères utilisiez-vous ?

– Aucune importance, on terminait toujours à sept piques.

– Et Elliot Howard, intervint Suzie, il termine à quoi ?

– C'est vrai, désolée ! dit Brenda en tirant les rideaux sur quelques centimètres. Je dois dire que je ne l'ai jamais apprécié. Ni sa femme. Ils ne disent jamais bonjour. Et d'ici, je vois l'intérieur de leur maison. Il y a quelque chose de bizarre dans la façon dont ils vivent. On les voit rarement tous les deux dans la même pièce. Ils n'écoutent jamais de musique, ni la radio. Il n'y a pas de joie chez eux. Quoi qu'il en soit, tout était normal jusqu'à aujourd'hui. Rien à signaler, et pourtant je les surveillais régulièrement comme tu me l'avais demandé, Suzie. Et cet après-midi, je me prépare à faire un petit bridge, et je vois… Tiens, regarde toi-même.

Brenda s'écarta et les trois visiteuses vinrent jeter un coup d'œil entre les rideaux. Elles distinguaient très bien la haie de laurier et, au-delà, la grande maison au bout de la rue.

Elliot se tenait là, seul, devant un feu allumé dans son jardin.

Dans le feu, on devinait le cadre d'un tableau.

– Tu avais raison, dit Suzie. Il est bien en train de brûler une peinture.

– C'est bien ce qu'il me semblait, dit Brenda. Tu m'avais demandé de te signaler tout détail bizarre. Et brûler un tableau, je n'hésite pas à dire que c'est bizarre.

Elliot retourna dans la maison, puis reparut avec plusieurs toiles.

– Il ne se contente pas d'en brûler un seul, dit Judith.

Elliot jeta les tableaux dans le feu.

– Pourquoi fait-il ça ? demanda Becks.

Avant que l'une d'elles eût pu répondre, elles virent une voiture de police se garer devant la maison d'Elliot. Tanika en sortit.

– C'est pas trop tôt ! soupira Judith en lâchant les rideaux. Merci beaucoup pour votre œil de lynx, Brenda. Vous êtes formidable.

Tanika s'apprêtait à appuyer sur le bouton de l'interphone quand elle vit Judith, Suzie et Becks sortir d'une maison voisine et s'avancer vers elle.

– Je l'aurais parié, leur dit-elle.

– C'est grâce à nous et à personne d'autre que tu sais qu'Elliot brûle des tableaux dans son jardin, dit Judith, blessée par la froideur de cet accueil.

– Comment ça, *des* tableaux ? dit Tanika d'un ton acerbe. Tu m'avais parlé d'un tableau.

– Nous avons vu tout ça de chez ma copine Brenda, précisa Suzie.

– Brenda ?

Suzie attira son regard vers Brenda, qui, derrière

sa fenêtre du premier étage, leur faisait un petit signe amical.

– Soit dit en passant, je ne suis pas très contente de toi, dit Judith à Tanika. Pourquoi ne m'as-tu pas dit dès le début que Stefan et Iqbal avaient été tués avec un pistolet ancien ?

– Parce que tu n'es pas chargée de l'enquête ! rétorqua Tanika, réprimant mal sa colère.

– Mais tu progresserais tellement mieux si tu nous tenais informées !

– Peut-être, mais vous êtes des civils, et je n'en ai pas le droit. C'est aussi simple que ça.

Judith ne prêta aucune attention aux arguments de Tanika.

– Par exemple, dit-elle, moi, je pourrais te dire ce que signifie « Foi, espérance et charité ».

– Tu connais ça ?

– Oui, ce sont les mots que tu as retrouvés gravés sur les trois médaillons, un pour chaque meurtre.

– Mais comment peux-tu savoir ça ?

– Simple déduction. Tu m'as dit que le mot « Foi » était gravé sur le médaillon attaché au corps de Stefan, et j'ai vu sur la photo un autre médaillon à côté de Liz. Donc, si tu me dis « Foi, espérance et charité », j'en conclus logiquement que ces trois mots sont gravés sur les médaillons que tu as trouvés avec les corps.

– Pas folle, la guêpe, hein ! dit Suzie à Tanika, le pouce pointé vers Judith, que ce compliment fit rayonner de joie.

– D'accord, avoua Tanika. Alors, selon toi, que veut dire « Foi, espérance et charité » ?

– Ça vient de l'épître aux Corinthiens, bien sûr.

Mais plus précisément, n'importe quel verbicruciste digne de ce nom te dirait que c'est aussi la devise des francs-maçons.

Tanika était désarçonnée.

– C'est une information importante, reconnut-elle. Merci.

– Alors je te conseille de chercher qui est franc-maçon dans cette histoire, car d'unc façon ou d'une autre ce détail est lié aux trois assassinats.

– Oui, j'imagine. Tu as sans doute raison.

– Venez, les filles, dit Judith avec majesté. Laissons Tanika travailler.

Elles se dirigèrent vers le vieux van garé à demi sur le trottoir, à demi sur la chaussée, en toute illégalité. Tanika les regarda s'éloigner : à gauche, la ménagère modèle avec son brushing, ses jeggings et son gilet molletonné ; à droite, la femme taillée comme un chêne centenaire, prête à écumer les océans avec le capitaine Morgan ; et au milieu, l'aristo excentrique, à peine plus haute que large, toujours couverte de sa cape grise.

Difficile d'imaginer trio plus disparate, mais Tanika ne put s'empêcher de sourire en regardant disparaître le van de Suzie dans un nuage de fumée de diesel.

Elle appela à l'interphone. Une voix féminine lui répondit.

– Oui ?

– Bonjour. Je suis l'inspecteur Tanika Malik. Puis-je entrer ?

CHAPITRE 29

Tanika passa le portail de sécurité. Deux BMW rutilantes étaient garées dans l'allée et Daisy l'attendait sur le seuil.

– Bonjour ! Daisy Howard. Que puis-je faire pour vous ?

Tanika se présenta, surprise qu'un homme comme Elliot eût une femme si accueillante.

– Pourrais-je parler quelques instants avec votre mari ? demanda-t-elle.

– Bien sûr ! Entrez donc.

Daisy lui fit traverser un intérieur au luxe épuré : épais tapis couleur crème, vases en céramique des années cinquante, tableaux anciens. Elle la fit entrer dans une cuisine tout en marbre et en acier chromé.

– Voulez-vous boire quelque chose ?

– Non, merci.

– Vous êtes sûre ? Il fait si chaud !

– Pourrais-je juste parler à votre mari ?

– À quel sujet ?

– Malheureusement, c'est une affaire de police, dit Tanika aussi gentiment qu'elle put.

– Vous le trouverez dans le jardin. Il fait brûler des trucs. Typiquement masculin.

Daisy lui indiqua une porte dont les deux battants ouvraient sur un patio recouvert de dalles d'église. Au bout du jardin, Elliot se tenait devant un feu. Pendant quelques instants, elles le contemplèrent en silence.

– Comment vous êtes-vous rencontrés ? demanda Tanika.

– Dans une galerie d'art à Londres, en essayant d'acheter le même tableau, répondit Daisy, toujours souriante. Un Anglais pur jus, tout en fausse indignation, mais j'ai senti qu'il avait un bon fond. Abîmé, mais profondément gentil.

– Comment ça, abîmé ?

– Il a une âme d'artiste, fragile et pleine de bleus. Quelle que soit la raison de votre visite, ce n'est pas de sa faute. Quelqu'un l'aura écarté du droit chemin. Il n'est pas aussi fort qu'il en a l'air.

– Qu'est-ce qui vous dit qu'il a des ennuis ?

– Quand la police vient chez vous, ce n'est jamais pour vous demander l'heure.

Derrière le sourire de Daisy, Tanika perçut quelque chose de dur et froid comme l'acier. Elle la remercia d'un signe de tête et traversa le jardin. Judith et ses amies ne s'étaient pas trompées : des cadres en bois et des toiles peintes de couleurs vives dépassaient des flammes.

Elliot la regarda s'approcher. Tanika avait vu sa photo sur le site de l'hôtel des ventes et l'avait eu deux fois au téléphone, mais elle le rencontrait pour la première fois. Il avait l'air plus humble qu'elle ne s'y était attendue. Peut-être un peu moins arrogant.

– Bonjour, dit-il.

Tout en se présentant, Tanika aperçut au moins une demi-douzaine de tableaux dans le feu. Elle entreprit de les sauver des flammes l'un après l'autre : tous ressemblaient au tableau sans cadre qu'elle avait vu chez Stefan.

Elliot fit quelques pas de côté et la regarda avec étonnement.

– Qu'est-ce que vous faites ?

– Une voisine vous a vu brûler des tableaux dans votre jardin et nous a appelés.

– En quoi ça regarde la police ? demanda Elliot en promenant son regard sur toutes les maisons dont les fenêtres avaient une vue sur son jardin. Satanés voisins qui fourrent leur nez partout ! ajouta-t-il.

– Ça regarde la police parce que nous avons tout lieu de croire que Stefan Dunwoody a été tué à cause d'un Rothko que vous lui avez vendu en 1988, continua Tanika en retirant un autre tableau du feu.

Elle étouffa les flammes en frottant l'objet sur l'herbe et le posa encore fumant au sol. Sur le tiers du tableau encore intact, elle distinguait encore trois aplats de couleur superposés, trois nuances d'orange.

– Vous vous foutez de moi ? dit Elliot, qui retrouva un peu d'arrogance, mais Tanika devina qu'il donnait le change. Vous ne croyez tout de même pas que j'ai mis le feu à des Rothko ? Ça vaut des millions de livres.

Tanika examina une latte noircie : c'était du pin, et le bois était récent. Ce n'était pas le genre de cadre qu'on mettrait autour du Rothko de Stefan. Il n'y avait chez lui que des cadres anciens, pour la plupart dorés ou ciselés. Quand elle eut retiré la dernière toile du feu et eut éteint les flammes, elle découvrit que tout ce bois n'était que du matériel bon marché pour des encadrements modernes. Aux coins, les agrafes de fer qui avaient servi à fixer la toile étaient encore visibles.

Tanika, qui ne désirait pas céder un pouce de terrain, observa :

– Ça ressemble pourtant bien à des Rothko.

– Vous me flattez énormément. C'est l'effet que j'ai recherché.

– Que voulez-vous dire ?

– C'est moi qui les ai peintes. Toutes ces toiles.

– Ah bon ? Quand ?

– Ces derniers mois. Je fais ça à mes moments perdus. De la peinture.

– Parlez-moi du Rothko que Stefan vous a acheté après le décès de votre père.

Elliot réfléchit quelques instants avant de répondre :

– Soit. Il faut d'abord que vous sachiez que Stefan Dunwoody était un escroc.

– Un escroc ?

– Oui, mais à la mort de mon père, en 1988, je n'en savais rien. C'est pourquoi je lui ai demandé d'expertiser les tableaux de papa à sa disparition. Et il l'a bien fait, ou du moins le croyais-je, à l'époque. Il m'a dit qu'un des tableaux de mon père était un faux, me l'a acheté pour une bouchée de pain, et beaucoup plus tard le tableau a été réexpertisé. C'était un vrai Rothko. Ça m'a fait un mal de chien, croyez-moi ! Rothko a toujours été ma passion, mon modèle. Regardez ces tableaux ! Tant d'années ont passé, et Rothko m'obsède encore.

– Alors pourquoi les brûlez-vous ?

– Je détruis toujours mes peintures au bout d'un moment.

– Pourquoi ?

En guise de réponse, Elliot contempla les braises mourantes.

– Pourquoi brûlez-vous vos peintures ? insista Tanika.

– Parce que je suis nul, dit-il, s'adressant au feu plus qu'à Tanika.

– Quoi ?

– Ma peinture ne vaut pas un clou.

Il avait prononcé ces mots si doucement qu'elle n'était pas sûre d'avoir bien entendu.

– Vous avez fait des études d'art…

– N'importe qui peut faire des études d'art. Il suffit d'un peu de talent. Et j'en ai toujours eu. Mais je n'ai jamais eu le truc en plus, le don, le détail qui fait la différence. Le pouvoir de transmettre un message.

Tanika se souvint des propos de Judith : dans sa jeunesse, Elliot avait été admis dans une grande école d'art, mais son père lui avait interdit d'y entrer.

– Mais quand vous étiez plus jeune, quand vous avez commencé vos études artistiques, vous l'aviez, ce truc qui fait la différence, non ?

Elliot détourna enfin son regard du feu.

– C'est possible, mais je ne le saurai jamais.

Pour la première fois, Tanika eut le sentiment d'avoir devant elle le véritable Elliot Howard. Ni grandiloquent ni arrogant, mais un petit garçon perdu. Elle n'oubliait pas, bien sûr, que rien n'empêchait les petits garçons perdus d'assassiner les gens. Elle récapitula : il avait peint, puis brûlé, des tableaux dans le style de Rothko.

Parallèlement, on avait tenté de voler un Rothko chez Stefan. Si l'on rapprochait ces deux faits, c'était plus que louche, même si seul le cadre du Rothko avait été dérobé.

– Après votre dispute avec Stefan, êtes-vous entré chez lui par effraction ? demanda-t-elle.

– Non. De quoi parlez-vous ?

– C'est vous qui avez cambriolé sa maison la semaine dernière ?

– Je ne comprends pas. Quel cambriolage ?

– Avez-vous volé le cadre du Rothko de Mr. Dunwoody ?

– Sérieusement, c'est la première fois que j'entends parler de ça. Quel cadre ?

Il paraissait sincère dans ses protestations. Mais s'il n'avait pas volé ce cadre, qui l'avait fait ? Et d'abord, pourquoi ce cadre était-il si important ?

Daisy apparut, le téléphone à la main.

– Inspecteur, dit-elle, je dois vous demander de partir.

– Qu'y a-t-il, chérie ? demanda Elliot.

– Je viens d'avoir notre avocat au téléphone, et il m'assure que nous n'avons à répondre à aucune question hors de sa présence. Et que pour pénétrer chez nous la police doit avoir un mandat de perquisition.

– Je ne fais que répondre aux questions de l'inspecteur.

– Eh bien, n'y réponds plus, dit Daisy avec la plus grande fermeté.

Elle se tourna vers Tanika :

– Si vous n'avez aucune raison d'arrêter mon mari et pas de mandat de perquisition, vous devez quitter ces lieux immédiatement.

Elle avait raison. Sans l'autorisation du propriétaire, Tanika ne pouvait rester. La détermination de Daisy ne laissait aucune alternative.

Avec un sourire crispé et quelques excuses, Tanika prit congé. Avant d'entrer dans la maison, elle se retourna pour jeter un regard vers Elliot et sa femme.

Daisy passait un énorme savon à son mari.

À propos de quoi ?

CHAPITRE 30

Le lendemain matin, un grand quotidien national faisait sa une sur le tueur qui avait fait trois victimes à Marlow et courait encore. Toute la journée, l'info passa en boucle à la télévision et à la radio, et bientôt la ville fut envahie par la presse internationale. De camionnettes à antenne parabolique garées devant la salle des fêtes sortit une nuée de journalistes équipés de micros. Ils assaillirent immédiatement les passants pour leur demander comment ils faisaient pour vivre avec un assassin en cavale dans leur voisinage.

Les pauvres Marloviens en étaient tellement traumatisés que leurs notables, le maire et le révérend Colin Starling en tête, ne cessaient de rappeler à leurs concitoyens et au reste du monde que Marlow était une ville paisible où tout le monde vivait en parfaite harmonie.

Quant à Judith, elle disparut pendant deux jours, ce qui permit à Becks et à Suzie de reprendre le cours de leur existence. Mais, le lundi matin, elle les appela l'une après l'autre, les sommant de tout planter là et de la rejoindre immédiatement. Elle venait de faire une grande découverte.

– Incroyable ! s'écria Suzie, debout à côté de Becks dans le salon de Judith.

Devant elles, sur la feutrine verte de la table de jeu, se trouvait le papier déchiqueté que Suzie avait volé dans le bureau d'Andy Bishop. Judith avait soigneusement démêlé la pelote, puis défroissé les lanières de deux millimètres de largeur avant de les assembler dans l'ordre de la feuille A4 d'origine.

– Tu as tout reconstitué ? dit Becks, aussi étonnée que Suzie.

– Je t'avais dit que je le ferais ! répondit Judith.

– Mais il devait y avoir des centaines de lanières de papier ! enchérit Suzie.

– Oui, mais c'est comme un puzzle : chaque élément que tu assembles n'est pas seulement un élément à sa place mais aussi un élément qui ne figure plus parmi ceux qui restent à placer. C'est un jeu à somme nulle.

– Chapeau ! dit Becks. Je ne pensais pas que tu y arriverais.

– Dis-nous tout ! dit Suzie avec passion. Qu'y a-t-il de si important sur ce papier pour qu'Andy Bishop ait cru bon de le détruire juste après ta visite ?

– C'est une page du *Borlasian*.

– Du quoi ?

– Une revue scolaire, le bulletin de liaison annuel des anciens élèves du lycée William Borlase.

– Je ne comprends pas, dit Becks. Pourquoi Andy Bishop a-t-il détruit la page d'une revue scolaire ?

– Regarde-la de plus près.

Suzie et Becks se penchèrent sur le document reconstitué.

– Je préfère ne pas trop m'approcher, dit Becks.

– Ne t'inquiète pas, expliqua Judith. Je ne voulais pas risquer qu'un coup de vent anéantisse toutes les heures de travail que j'ai passées là-dessus. J'ai collé les lanières une à une sur une feuille de cellophane : tu peux la prendre en main, mais aussi la retourner. D'ailleurs, il faut la retourner.

Judith saisit la feuille et la tendit à Becks et à Suzie. Elles l'examinèrent mais ne remarquèrent rien de spécial.

– C'est un article de l'année dernière sur l'équipe de hockey sur gazon de Borlase, observa Suzie.

C'était bien cela : le texte décrivait les prouesses des équipes premières masculines et féminines durant la saison précédente.

– Je viens de vous le dire, ce n'est pas le côté intéressant, dit Judith. Retournez la feuille.

Le verso concernait les vétérans de l'école : un message du président de l'association, quelques détails sur le lancement d'une souscription, et une liste d'anciens élèves décédés l'année précédente. Là non plus, rien de spécial.

– Bon, dit Suzie. De deux choses l'une, soit je suis complètement folle, soit c'est du blabla d'école et rien d'autre.

– D'ailleurs, où Andy a-t-il trouvé cette page ? demanda Becks.

– Bonne question ! dit Judith. Au début, j'ai pensé qu'elle provenait de son exemplaire de la revue. Car je suis allée lire la bio d'Andy Bishop sur le site de son étude notariale : il est ancien élève de Borlase et il devait recevoir la revue chaque année.

– Qu'est-ce qui te fait croire que ça ne vient pas de son exemplaire ? demanda Suzie.

– Regarde plus attentivement, dit Judith, qui s'amusait comme une folle.

– Il n'y a rien, dit Suzie. Je ne vois aucune mention d'Ezra Harrington. Ni d'Iqbal Kassam. Pas plus que de Stefan Dunwoody ou d'Andy Bishop. Ça n'a rien à voir avec qui ou quoi que ce soit.

– Et c'est là que tu te trompes ! dit Judith.

Elle alla chercher un autre document sur une console. Le testament d'Ezra Harrington.

– Au début, j'ai raisonné comme toi. Je ne comprenais pas pourquoi Andy Bishop tenait tant à détruire cette page d'une revue scolaire, mais le fait est qu'il l'a détruite. Il devait y avoir une raison, encore fallait-il la trouver. Examiner chaque aspect de l'affaire. Et, revenant au testament d'Ezra, j'ai compris. Notez les noms des deux témoins qui ont signé, tout à la fin…

Becks et Suzie se penchèrent et lurent les noms : Spencer Chapman et Faye Kerr. Leurs adresses et leurs professions – respectivement éleveur de chevaux et professeur – étaient mentionnées.

Suzie fut la première à faire le lien.

– C'est incroyable ! s'écria-t-elle.

Elle reprit la page du *Borlasian* et examina les noms des anciens élèves décédés.

– Spencer Chapman et Faye Kerr sont morts l'année dernière.

– Dans le mille ! confirma Judith, ravie que son amie ait compris si vite.

– Tu te fiches de moi ! dit Suzie. Ils sont morts tous les deux après avoir été témoins du testament d'Ezra ? Qu'est-ce qui leur est arrivé ?

– Oh non, c'est tellement mieux que ça ! Regarde les dates de leur décès !

Suzie examina de nouveau la page.

– Spencer en mars de l'année dernière, et Faye aussi. Tous deux sont morts en mars.

– Et maintenant, regarde la date du testament d'Ezra.

Becks vérifia la date.

– Le 5 mai de l'année dernière… Attends, ça ne tient pas debout !

– Oh si ! Ça tient parfaitement debout ! dit Judith.

– Comment ces deux-là ont-ils pu être témoins du testament d'Ezra deux mois après leur mort ? s'étonna Becks.

– Parce qu'ils n'ont jamais été témoins, dit Suzie. Ils n'ont jamais signé. Andy a imité leurs signatures.

– Tout à fait ! dit Judith. Mais il ne pouvait pas prendre le risque de choisir les signatures de personnes qui, plus tard, à un procès, pourraient certifier qu'elles n'avaient jamais été témoins du testament. Il a donc choisi deux personnes récemment décédées et a falsifié leurs signatures.

– Ce qui explique pourquoi il s'est senti obligé de détruire cette page après ton passage ! ajouta Suzie. Il avait peur que tu découvres le pot aux roses.

– Mais comment a-t-il fait pour embobiner Ezra ? demanda Becks.

– Ça, c'est plus facile, dit Judith. Le testament d'Ezra est daté de deux semaines avant son décès. À ce moment, il devait être à l'agonie et souffrir atrocement. Drogué à la morphine et dans un état second. J'ai déjà vu quelqu'un mourir du cancer : deux semaines avant de nous quitter, ma grand-tante Betty ne savait plus quel jour de la semaine on était, ni même qui elle était. Elle passait le plus clair de son temps à halluciner sous l'influence des drogues qu'on lui donnait à l'hôpital. J'aurais pu lui faire signer n'importe quoi si je l'avais voulu.

– Exactement comme Andy Bishop a fait avec Ezra.

– Oui, il a rédigé un nouveau testament où Ezra lui léguait tout ce qu'il possédait, l'a fait signer par Ezra, puis il a contrefait deux signatures pour faire croire qu'il y avait des témoins. Qui aurait pu découvrir l'arnaque ?

– Quiconque, un an plus tard, aurait trouvé la date de décès des deux « témoins » dans la rubrique nécrologie du *Borlasian*.

– C'est bien ce que je disais, observa Becks : l'assassin, c'est Andy Bishop. Forcément.

– Tu as peut-être raison, dit Judith. C'est l'hypothèse la plus crédible.

– Mais alors, comment Iqbal a-t-il découvert la supercherie ? demanda Suzie.

– J'ai une théorie à ce sujet, dit Judith. Si elle se vérifie, elle expliquera pourquoi Iqbal a été tué et pourquoi l'assassin est Andy. Attendez un instant.

Elle prit son téléphone portable et composa un numéro.

– Tanika ! J'espère que je ne te dérange pas.

– Pas du tout, Judith. Tout va bien ?

– Tout va très bien, merci ! Mais j'ai une question à te poser.

– Vas-y, mais je te préviens, tu ne peux rien me demander sur ma conversation avec Elliot Howard. C'est compris ?

– Ne t'inquiète pas, ça n'a rien à voir avec Elliot Howard.

– Ni sur les trois meurtres.

– Pardon ?

– Tu ne peux rien me demander sur les meurtres.

– Qu'est-ce qui te fait croire que je vais le faire ?

– Je ne vois pas à quel autre sujet tu m'appellerais.

– Est-ce qu'Iqbal Kassam a fait des études au lycée Borlase ?

– Ça, c'est lié à l'affaire.

– Évidemment que c'est lié à l'affaire !

– Alors je ne peux rien te dire.

– Réponds seulement par oui ou par non, car je crois que c'est d'une importance cruciale. Il y est allé ou non ?

Le silence qui suivit lui parut une éternité. Tanika répondit enfin :

– Après tout, ta question relève du domaine public. Tu as raison : les parents de Mr. Kassam ont séjourné une année à Marlow quand leur fils avait douze ans. Il a passé toute son année scolaire à Borlase. Je crois que c'est pour cette raison qu'il est revenu vivre à Marlow après la mort de ses parents. Il s'était attaché à la ville.

– Dans ce cas, tu dois te rendre de toute urgence chez Iqbal Kassam. En cherchant bien, tu trouveras le dernier numéro de la revue *The Borlasian*. Il y manquera une page : la page 74.

– Tu me demandes de faire ça ?

– C'est la preuve de la falsification du testament d'Ezra Harrington par Andy Bishop. Sur cette page se trouve une liste, et dans cette liste tu trouveras les noms de deux personnes censées avoir signé ce testament en tant que témoins, et décédées un mois avant d'avoir pu le faire.

– Tu veux dire qu'Andy Bishop aurait falsifié leurs signatures ?

– Oui. Mais malheureusement pour Andy, ces deux personnes étaient d'anciens élèves de Borlase, ce qui n'a rien de surprenant, car il n'y a que deux établissements d'enseignement secondaire à Marlow : quand on est de Marlow, on a une chance sur deux d'être allé à Borlase. Donc, un an après avoir falsifié le testament d'Ezra en toute impunité, Andy s'apprête à toucher les six cent cinquante mille livres de la vente de la maison d'Ezra. Mais il ne se doute pas que ses deux « témoins » figurent dans la dernière rubrique nécrologique du bulletin de l'école, avec la preuve manifeste qu'ils sont morts plus d'un mois avant la date du testament. Pire encore pour Andy, Iqbal, en tant qu'ancien élève de Borlase, a reçu un exemplaire de la revue. Nous ne connaîtrons sans doute jamais les détails de ce qui s'est passé ensuite, mais j'imagine : Iqbal feuillette son magazine et découvre la date de décès des deux témoins du testament d'Ezra. Rappelle-toi : il a déjà flairé la magouille. Ezra avait promis de lui léguer tous ses biens mais l'a remplacé par son notaire à la dernière minute. Et un an plus tard, Iqbal tient la preuve que les deux témoins n'étaient plus de ce monde au moment où ils étaient censés avoir signé.

Alors que fait-il ? Je pense qu'il prend contact avec Andy et lui annonce qu'il a compris l'entourloupe. Que se passe-t-il ensuite ? Andy cherche-t-il à acheter son silence en lui proposant une partie de l'argent de la succession d'Ezra ? Nie-t-il tout en bloc ? Qui sait ? Ce que nous savons, par contre, c'est qu'Andy a désormais un mobile en béton armé pour liquider Iqbal. Il doit le tuer pour le faire taire et pour garder la main sur les six cent cinquante mille livres de l'héritage qu'il a détourné.

– Bien, Judith. Accorde-moi quelques instants. Ça fait beaucoup à avaler. Tu es sûre de ce que tu dis ?

– Absolument sûre. Oublie Elliot Howard et son bûcher des vanités. Quel que soit son différend avec Stefan, on s'en fiche, parce que notre assassin est Andy Bishop. D'ailleurs, les trois médaillons qu'il a laissés auprès de chaque cadavre sont une autre preuve. Foi, espérance et charité sont les trois vertus maçonniques, et je serais très étonnée que Mr. Bishop ait atteint son statut de notaire cossu sans un petit coup de main des frères la Truelle. Ce n'est pas tout, il a confié à Becks que non seulement Stefan a été tué par balle, mais aussi que cette balle provenait d'un pistolet ancien. Comment pouvait-il le savoir sans être l'assassin ? Il faut que tu l'arrêtes séance tenante.

– Tu m'impressionnes. Si, si, sincèrement. Le seul problème, c'est qu'Andy Bishop n'a pas tué Iqbal Kassam.

– Mais si ! Je viens de te l'expliquer.

– Et pourtant non. Il n'était pas en Angleterre quand Iqbal a été tué. Il était à Malte.

Judith n'était pas sûre d'avoir bien entendu.

– Où ça ?

– Quand tu m'as parlé de lui, j'ai demandé à mon équipe de faire une recherche, selon l'Agence des frontières du Royaume-Uni et le ministère maltais de l'Immigration, Andy Bishop passait sa seconde semaine de vacances à Malte quand Iqbal Kassam a été tué. D'ailleurs, il y était déjà lors du meurtre de Stefan Dunwoody.

– Il était en vacances au moment des deux meurtres ?

– Désolée, Judith, mais oui, à plus de mille kilomètres. Il ne peut pas être l'assassin.

Judith en resta bouche bée. Si Andy n'était même pas en Angleterre au moment des deux meurtres, son mobile pour tuer Iqbal ne servait plus à rien. En ce qui concernait Liz Curtis, il pouvait encore l'avoir descendue vite fait avant d'aller au bureau, mais s'il n'était pas l'auteur des deux premiers meurtres, pourquoi aurait-il commis le troisième ? D'autant plus qu'on n'avait trouvé aucun lien entre Liz Curtis et lui.

Retour à la case départ, pensa Judith. Elliot Howard retiré de la liste des suspects, et maintenant Andy Bishop. Mais si aucun des deux n'était coupable, alors qui diable avait tué Stefan Dunwoody, Iqbal Kassam et Liz Curtis ?

Et pourquoi ? Quel pouvait être le lien qui unissait ces trois victimes et avait scellé leur sort ?

CHAPITRE 31

Si Judith et ses amies n'avaient pas le moral, Tanika ne valait guère mieux. Avec le meurtre de Liz Curtis et la presse internationale qui ne lâchait plus l'affaire, son équipe était débordée. Tanika, en tant qu'officier de police, n'avait pas l'expérience nécessaire pour mener de front trois affaires criminelles. Son supérieur s'était entretenu avec le commissaire de police judiciaire de la région afin d'obtenir l'aide d'un inspecteur plus expérimenté, mais la décision traînait en longueur.

En attendant, Tanika était seule.

Ses collaborateurs voyaient bien qu'elle était dépassée, ce qui n'arrangeait rien. Ce n'était pas une question de compétences, loin de là. Grâce à sa réactivité et à son souci scrupuleux du règlement, Tanika ne laissait jamais ses collaborateurs dans le flou : à chaque instant, ils savaient ce qu'ils avaient à faire. Le problème, c'était qu'elle ne pouvait pas faire face à une telle charge de travail.

Tanika était consciente des regards en biais qu'on lui jetait quand elle avait le dos tourné. Dès qu'elle entrait dans une pièce, les gens interrompaient leur conversation, gênés. Son équipe perdait confiance.

– Avez-vous des pistes solides ? lui demanda son supérieur lors de son rapport quotidien.

– Sur quelle affaire, commissaire ?

Le commissaire vit bien que, pour la première fois, elle ne se tenait pas bien droite sur sa chaise et n'essayait même pas de donner le change. Elle avait l'air épuisée.

– Liz Curtis.

– Honnêtement, nous n'avons presque rien.

– Vraiment rien ?

– Ni piste, ni témoin, ni mobile.

– Et son mari ?

– D'après de nombreux témoins, il était près de Nottingham quand elle a été tuée. Nous avons tout mis à plat, rien ne le relie à Stefan Dunwoody ou à Iqbal Kassam. Ni e-mail, ni coup de fil, ni SMS, aucun message d'aucune sorte, rien du tout.

– Donc ce n'est pas lui qui a tiré.

– Non, ça ne peut pas être lui.

– Et avec quelle arme a-t-on tué Liz Curtis ?

– Le rapport balistique mentionne exactement le même pistolet Luger que celui qui a servi pour tuer Iqbal Kassam et Stefan Dunwoody.

– Alors la presse a raison ? Nous avons un tueur en série qui se balade ?

– Oui.

– Et à Marlow ?

– À Marlow.

Le commissaire se rendait bien compte de son désarroi. Il se souvint des enquêtes d'homicide qu'il avait menées en son temps : il connaissait ce risque permanent d'être submergé. Il n'en devait pas moins faire son job.

– Vous devez redoubler d'efforts, inspecteur, j'insiste sur ce point. Au moins jusqu'à ce que nous puissions mettre un officier plus expérimenté sur une de ces affaires. Peut-être sur les trois, ajouta-t-il d'un ton légèrement menaçant. Faites l'impossible pour que ça avance.

– Oui, commissaire.

– L'impossible. Est-ce que je me fais bien comprendre ?

Tanika fit un petit signe du menton. Elle avait très bien compris.

Après son rapport, elle ne retourna pas immédiatement à la salle des opérations. Elle prit la sortie de secours pour respirer un peu. Plus facile à dire qu'à faire, car cette issue donnait sur une autoroute à deux voies.

Tout en contemplant le passage des camions et des voitures, elle laissa libre cours à sa frustration pendant un bref instant. Elle avait compris que son commissaire s'attendait à la voir échouer. Ou, à tout le moins, qu'il tentait de se couvrir en cas d'échec.

Faites l'impossible pour que ça avance. Mais elle faisait déjà l'impossible ! Le problème était financier. Son équipe n'avait pas assez de moyens. Des années de restrictions budgétaires avaient obligé la police à faire les pieds au mur, et le point de rupture était proche. Voilà pourquoi il n'y avait personne pour remplacer l'inspecteur Hoskins pendant son arrêt maladie. Voilà aussi pourquoi, soupçonnait Tanika, le commissaire n'avait pas encore réussi à la faire seconder par un autre inspecteur : ce renfort devait coûter très cher et il fallait éviter par tous les moyens que le commissariat de Maidenhead en fasse les frais.

Pour ne rien arranger, à cause de son absence presque constante, Shamil, son mari, n'était pas à prendre avec des pincettes. Il savait combien sa femme prenait son métier à cœur et il faisait de son mieux pour la soutenir, mais, comme il le disait souvent, lui aussi il avait ses rêves ! Il avait toujours voulu être DJ, et ce n'était pas en étant papa au foyer qu'il allait faire carrière, surtout le week-end, quand il fallait rentrer tard dans la nuit. Tanika aurait pu rétorquer à Shamil qu'il nourrissait le même rêve depuis plus de vingt ans et n'avait pas progressé d'un pouce ni rapporté le moindre sou, mais elle avait cessé d'aborder le sujet depuis un bon bout de temps.

C'était le regard de sa fille Shanti qui lui brisait le cœur, quand elle demandait chaque matin si maman viendrait lui lire une histoire avant qu'elle s'endorme. Le coup de grâce avait été porté la semaine passée : Shanti avait renoncé à demander. Elle connaissait la réponse.

Et ce n'était pas tout : en plus de ses responsabilités domestiques, Tanika devait s'occuper de son père. Elle avait bien deux frères parfaitement capables d'assurer cette tâche, mais ils n'en faisaient rien. Ils ne disaient pas explicitement que c'était un travail de femme, mais c'était inutile puisque leur père s'en chargeait. Depuis la mort de la mère de Tanika, il estimait que le rôle de cuisinière, chauffeur, secrétaire, blanchisseuse et femme de ménage revenait naturellement à sa fille.

Tanika serra les poings, ferma les yeux et poussa un hurlement intérieur. Pourtant, elle voulait tant faire de son mieux ! Être un bon officier de police, une bonne épouse, une bonne mère, une bonne fille, et obtenir justice pour ces trois victimes ! Mais il n'y avait plus rien à faire.

Elle revint sur cette dernière pensée : *Tu n'as pas tout à fait raison,* se dit-elle. Bien sûr qu'il restait quelque chose à faire ! À quoi bon se persuader du contraire alors que Judith lui avait appris le sens de foi, espérance et charité, la devise des francs-maçons ? Si Tanika lui en avait parlé plus tôt, l'affaire n'aurait pas tant traîné.

Elle ouvrit grand les yeux et, dans un sursaut d'énergie, se ressaisit : une idée venait de lui traverser l'esprit.

Ce n'était pas une idée raisonnable, ni très réglementaire, mais le commissaire ne lui avait-il pas demandé de faire l'impossible ? Il y avait une ressource qu'elle n'avait pas encore exploitée. Une ressource qui ne lui avait donné que des pistes infaillibles depuis l'assassinat de Stefan Dunwoody.

Tanika prit son téléphone et très vite, avant de risquer de changer d'avis, composa un numéro.

– Allô ! dit Judith. Il y a du nouveau ?

– On peut dire ça, répondit Tanika, un sourire dans la voix.

– Formidable ! Raconte !

Tanika prit une longue inspiration et lâcha une phrase qu'elle n'aurait jamais cru prononcer un jour :

– Judith Potts, à partir de maintenant, tu fais partie de l'équipe.

CHAPITRE 32

Dès leur arrivée, Tanika accueillit Judith, Suzie et Becks au commissariat de Maidenhead. Elle leur donna un passe à chacune.

– Je ne comprends toujours pas, dit Becks.

– Je vous propose, à toutes les trois, de rejoindre mon équipe en tant que conseillères civiles. Si vous en avez le temps.

– Oh, le temps, nous l'avons ! dit Judith en passant la dragonne autour de son cou.

– C'est payé combien ? demanda Suzie.

– Malheureusement rien, répondit Tanika. Vous imaginez bien que, si nous nagions dans l'opulence, je ne ferais pas appel à vous. Mais un inspecteur principal est autorisé à coopter des civils s'ils disposent d'une expertise qu'il juge nécessaire.

– De quoi, de quoi ? dit Judith, haussant un sourcil. C'est conforme au règlement ?

– Ne t'inquiète pas, dit Tanika, sachant très bien que Judith la taquinait. J'ai lu et relu mon manuel de l'inspecteur principal, tout est réglo. Associer des civils à une enquête est un moyen de réduire les coûts.

– Mais moi, avança Becks, je ne suis experte en rien !

– Je ne suis pas d'accord, dit Tanika. Vous trois, vous êtes les seules personnes qui aient réussi à faire avancer ces enquêtes. Je crois au contraire que vous disposez d'une véritable expertise.

– Et nous aurons accès aux dossiers ? demanda Judith, alléchée.

– Absolument.

– Rapports d'autopsie, rapports balistiques, dépositions de témoins et tout le bazar ?

– Oui.

– Bon, eh bien ! c'est parti !

– Juste un petit détail, ajouta Tanika. N'oubliez pas qu'il s'agit d'une procédure exceptionnelle.

– Ça, tu peux le dire, dit Suzie d'un ton guilleret. J'ai un casier judiciaire !

Tout le monde la regarda avec étonnement.

– Toi, tu as un casier ? dit Becks.

– Oh, rien de sérieux. Juste une petite fraude.

– Et tu crois qu'une fraude ce n'est pas sérieux ?

– J'ai été condamnée avec sursis, et tout est purgé.

– Je te conseille de garder ça pour toi, dit Tanika. Par « exceptionnelle », je veux dire que mon équipe ne voit pas d'un très bon œil l'arrivée de trois civils dans nos rangs. Ils n'ont pas le choix, mais ne vous étonnez pas si vous vous heurtez à une certaine résistance.

Tanika leur avait bien décrit la situation. Lorsque Judith, Suzie et Becks traversèrent la salle des opérations, elles se sentirent transpercées par des dizaines de regards. *Qui est-ce ? On ne les connaît pas ! Des femmes, en plus !* se disaient les officiers de police.

Judith haussait le menton avec orgueil, Becks fixait ses pieds et Suzie regardait l'assistance comme si elle avait été prête à en venir aux mains.

Tanika les fit asseoir dans une petite salle de réunion.

– Voilà, vous êtes chez vous. Si vous avez besoin de quelque chose, demandez-le-moi.

– Pour commencer, nous aimerions avoir tout ce que tu as sur les trois affaires, dit Judith.

– Ma gestionnaire de dossiers va vous apporter tout ça dans quelques instants.

– Sérieusement ? Comme ça, en claquant des doigts ? s'étonna Becks.

– Merci, dit Judith, mais avant que tu partes j'ai trois questions. La première : as-tu fait vérifier le Rothko de Stefan ? Celui qui n'a plus de cadre ?

– Je l'ai fait examiner par un expert, comme tu me l'as demandé, et il le dit authentique.

– Ce n'est pas une copie ?

– La structure des coups de pinceau, les pigments et l'âge des matériaux indiquent que nous avons affaire à un véritable Rothko.

– Ça, c'est très intéressant, dit Judith.

– Mais pourquoi Elliot volerait-il le cadre d'un Rothko qui vaut plusieurs centaines de milliers de livres ? demanda Suzie. C'est la seule partie du tableau qui n'a aucune valeur !

Judith ne prêta aucune attention à cette remarque et poursuivit :

– Et quel modèle de pistolet ancien l'assassin a-t-il utilisé ?

– Un Luger de la Seconde Guerre mondiale, répondit Tanika, soulagée de ne plus rien devoir cacher à Judith.

– Pourquoi un pistolet allemand ? demanda Suzie.

– J'espère que vous allez m'aider à le découvrir, dit Tanika.

– Moi aussi, j'ai une question, reprit Becks. Qu'en est-il de ces médaillons en bronze ?

– À leur propos, Judith avait raison. Comme d'habitude. L'assassin a laissé un de ces médaillons sur chaque scène de crime. Sur le premier était gravé le mot « Foi », sur le deuxième « Espérance » et sur le troisième « Charité ».

– Pourquoi ?

– C'est sans doute un message pour la police, dit Judith.

– Je pense la même chose, dit Tanika.

– D'où tiens-tu cette idée ? demanda Becks à Judith.

– Qui d'autre que la police allait découvrir les cadavres ? Et il y a une idée que je n'arrive pas à m'ôter de la tête : il y a trois mots, pas quatre. Foi, espérance, charité. Ça fait trois. Trois cadavres. C'est ainsi que l'assassin fait savoir à la police que c'est terminé.

– En tout cas, je l'espère, dit Tanika.

– Le fait que ce soit une devise maçonnique doit également signifier quelque chose. As-tu vérifié si Andy Bishop était franc-maçon ?

– Pas encore. Nous sommes un peu débordés, mais je vais faire vérifier cela dès maintenant.

Au moment de quitter la pièce, Tanika s'arrêta sur le seuil.

– Tu avais trois questions ?

Judith sourit.

– As-tu trouvé le dernier exemplaire du *Borlasian* chez Iqbal ?

– Ah ! C'était sérieux, ton histoire de magazine ?

– Pourrais-tu envoyer quelqu'un chez Iqbal ? Il y trouvera le dernier numéro de la revue, et je suis quasi persuadée, comme je te l'avais dit, qu'il y manquera la page 74.

Tanika vit la même insistance dans les yeux des trois femmes. Elle soupira : comment résister à cette force de la nature qu'était Judith Potts ?

– Très bien, j'envoie un officier chez Iqbal.

Elle referma la porte derrière elle.

Dès qu'elles furent seules, Suzie exprima son étonnement :

– Qu'est-ce qu'on fout ici, bordel ?

– Chut ! dit Becks, scandalisée. Pas de gros mots dans un commissariat !

Suzie ne l'écoutait même pas. Elle pianotait sur son téléphone.

– J'ai suivi ton conseil, Judith. J'ai repris contact avec Amy, et j'ai eu bien raison.

Elle plaça l'écran à hauteur de son visage et dit à voix haute :

– Allô ! Amy ? Devine d'où je t'appelle !

Elle montra l'écran à ses amies. C'était un appel vidéo.

– Qu'est-ce qui se passe, maman ? dit une voix féminine à travers le haut-parleur.

– Je suis au commissariat de Maidenhead !

– Qu'est-ce que t'as encore fait ?

– Rien ! La police a besoin de mon aide, tu te rends compte ! Je te présente mes amies, Judith et Becks. Dis-leur bonjour !

Becks et Judith, un peu gênées, firent un signe de

la main devant l'écran. À cet instant, une policière entra avec trois enveloppes en kraft pleines à craquer.

– Merde, les flics ! dit la fille de Suzie.

Même Suzie fut embarrassée.

– Évidemment que c'est les flics ! chuchota-t-elle très fort au téléphone. Je te l'ai dit ! On est au commissariat !

Avec un sourire pincé, la policière déposa les enveloppes sur une table et sortit.

– Elle avait l'air d'avoir un manche à balai dans le cul, vous ne trouvez pas ? se moqua Suzie.

Elle promit à sa fille de la rappeler bientôt, raccrocha et se frotta les mains à la manière d'un garagiste qui s'apprête à ouvrir le capot d'une voiture de collection.

– Et maintenant, dit-elle, comment voulez-vous qu'on procède ?

– Avec moins de grossièretés et moins d'appels vidéo, dit Becks.

– On prend une enveloppe chacune ? proposa Judith.

– Bonne idée, dit Becks. Je choisis celle de Liz Curtis, si ça ne vous ennuie pas, puisque je la connaissais.

– Alors je prends celle de Stefan Dunwoody, dit Judith.

– Il ne me reste que celle d'Iqbal, et ça tombe bien, parce que c'est celle-là que je voulais ! dit Suzie.

Chacune prit place et commença à éplucher le contenu des enveloppes.

– Vous savez ce qui me plairait ? dit Suzie. Une bonne tasse de thé !

– Excellente idée, approuva Judith.

– Je m'en occupe, dit Becks.

Elle quitta la pièce et revint quelques minutes plus tard avec trois gobelets de thé fumant et une petite assiette de biscuits.

– Voilà qui est très agréable, dit Judith.

– Qu'est-ce que nous devrions chercher en premier ? lui demanda Suzie.

– D'abord, je vous conseille d'examiner l'ensemble du dossier, puis de vous pencher sur les dépositions de témoins, les rapports d'autopsie, etc. Le plus important, c'est de découvrir le lien entre les trois victimes, leurs assassinats sont forcément connectés. Ils ne sont espacés, au maximum, que de treize jours. Si nous arrivons à établir cette connexion, nous pourrons identifier l'assassin.

– Mais pourquoi ne pas nous concentrer sur Elliot Howard et Andy Bishop ?

– Parce que ça ne nous mène nulle part, au moins pour le moment.

– Que veux-tu dire ?

– Chaque fois que je pense à ces deux-là, je me fais des nœuds au cerveau. Andy Bishop ne peut pas avoir tué Stefan ou Iqbal, vu qu'il était à l'étranger au moment de leur assassinat. Il est donc hors de soupçon, même s'il avait un mobile gros comme une maison pour vouloir éliminer Iqbal. De même, Elliot ne peut pas avoir tué Stefan, même s'il lui en voulait à mort depuis des années à cause du Rothko. À moins qu'Elliot n'ait tué Stefan avant de se rendre à la répétition de la chorale et que le coup de pistolet que j'ai entendu juste après 20 heures n'ait été tiré que pour m'induire en erreur. Ce dont je doute fort et vous aussi, j'en suis sûre. Et il est tout aussi inimaginable qu'Elliot ait voulu tuer Iqbal Kassam ou Liz Curtis, même en faisant abstraction du fait qu'il dirigeait une vente aux enchères en ligne quand Liz a été tuée.

– Il faut pourtant que ce soit l'un des deux, observa Becks.

– Je suis d'accord avec toi, ils ont signé ces trois meurtres. Au sens figuré, bien entendu.

– Peut-être quelqu'un les a-t-il piégés, dit Suzie.

– Ton raisonnement ne s'applique pas à Liz Curtis, coupa Becks en brandissant son dossier.

– Tu peux développer ? demanda Judith.

– Des liens existent entre Andy Bishop et Iqbal, et entre Elliot Howard et Stefan, mais nous n'avons rien qui puisse suggérer une connexion entre l'un ou l'autre de ces hommes et Liz Curtis.

– Précisément, répondit Judith. Quand nous évoquons Andy Bishop et Elliot Howard, nous sommes réduites à des conjectures. Mais pour les victimes, nous devons nous rendre à l'évidence : elles ont bel et bien été tuées, et nous savons qu'il existe un lien entre ces trois assassinats. C'est ce lien que je vous propose de chercher.

– Il n'y en a pas ! dit Suzie. Rien de commun entre un galeriste local, un chauffeur de taxi et la propriétaire d'un club nautique.

– Mais si ! Ils ont forcément un point commun. Autrement, ils n'auraient pas été tués de la même manière. Il nous faut juste le découvrir.

– C'est curieux que tu fasses cette réflexion, remarqua Becks, qui sortit une feuille du dossier. Voici la liste de tous les clients d'Iqbal. Elliot Howard n'y est pas. Il n'a jamais été son client. Andy Bishop non plus.

Pas plus que Stefan Dunwoody, d'ailleurs. Mais Liz Curtis a effectivement été sa cliente, deux semaines avant sa mort. La course lui a coûté quinze livres.

– Voilà exactement ce que je veux dire ! dit Judith avec passion. Son mari, Danny, nous a dit qu'elle avait pris le taxi d'Iqbal. C'est une preuve, non ? Liz a rencontré Iqbal deux semaines avant sa mort. Et nous savons qu'elle fréquentait la galerie de Stefan. Voilà donc un lien clair et direct entre ces trois personnes ! Liz connaissait les deux autres victimes.

– Mais d'après son mari, ça n'a rien de surprenant, dit Suzie. Elle dirigeait le club nautique depuis très longtemps, elle allait à l'église… Elle connaissait tout le monde à Marlow.

– Ça reste un lien, dit fermement Judith. Il nous faut donc examiner tout ce qui connecte les victimes entre elles. Par exemple, je vois ici que Stefan Dunwoody est allé au lycée Sir William Borlase.

– Iqbal aussi, dit Suzie.

– Tu vois ? Autre lien !

– Mais pas Liz, dit Becks. Elle est allée à Great Marlow.

– D'accord. On continue de chercher.

Les trois amies se mirent au travail. Un profond silence régna dans la pièce, parfois interrompu par le bruit d'une page tournée, d'une gorgée de thé ou d'un biscuit croqué.

– J'ai trouvé quelque chose, dit Becks.

– Quoi ? demanda Judith.

– Un compte rendu des interactions sociales de Liz. La police a dressé la liste de ses appels téléphoniques, épluché son agenda électronique, analysé ses e-mails, son historique de navigation Internet, et tout le reste. Impressionnant, le travail qu'ils ont fait ! C'est sa vie entière qu'on voit là. Ils n'ont rien trouvé d'anormal.

– Il doit pourtant bien y avoir quelque chose, dit Suzie.

– Honnêtement, non. Liz menait une vie irréprochable. Une tonne d'e-mails professionnels consacrés aux réservations du club d'aviron, des coups de fil à sa famille, c'est tout. Sa vie sociale se résume pratiquement à cela. Quant à son agenda, il est vide, à part un rendez-vous.

– Lequel ? demanda Judith.

– « Dîner des rameurs », le mois dernier.

– Son agenda ne comporte qu'un seul rendez-vous et c'est ce dîner ?

– Oui, sur des mois. Absolument vide. Et le 5 août, ce dîner des rameurs. Je me demande si l'une ou l'autre des autres victimes s'y trouvait…

– Excellent raisonnement ! dit Suzie.

– Le 5 août ? demanda Judith.

– Oui.

– Voilà qui est intéressant, dit Judith, qui se mit à feuilleter le dossier Stefan Dunwoody. Sauf erreur, le 5 août est aussi le jour de cette énorme dispute entre Elliot Howard et Stefan…

– À la régate de Henley ? dit Suzie.

– Non, ça, c'était quelques semaines plus tôt. Je parle du jour où Elliot s'est rendu à la galerie de Stefan et s'est disputé avec lui. Tiens, regarde !

Judith prit dans le dossier la déposition d'Antonia Webster, l'assistante de Stefan, et la parcourut rapidement.

– Une vive discussion a eu lieu entre Elliot et Stefan dans le bureau de celui-ci le matin du 5 août. Et nous savons maintenant que, le soir même, Liz est allée à un dîner de rameurs.

– Tu crois que les deux événements sont liés ? demanda Becks.

Judith réfléchit brièvement, puis répondit :

– Je n'en sais rien, mais je peux au moins te dire qu'il y a un lien entre Liz et Elliot : l'aviron.

– L'aviron ?

Judith évoqua les photographies qu'elle avait vues dans le bureau d'Elliot : il y figurait comme membre de plusieurs équipes de rameurs.

– Il a fait de l'aviron ! dit Suzie. C'est cool !

– Et je te rappelle que Liz a représenté la Grande-Bretagne aux jeux Olympiques, dit Judith. Ils se sont peut-être rencontrés dans le milieu de l'aviron.

– Peu probable, corrigea Becks en examinant son dossier. Elle était beaucoup plus jeune qu'Elliot : cinquante-quatre ans.

Judith consulta son dossier.

– Elliot en a cinquante-huit, dit-elle. De plus, si mes souvenirs sont bons, il n'existe pas d'équipe mixte. Ils n'ont sans doute jamais ramé ensemble, mais cela ne les empêchait pas d'assister tous les deux à ce dîner, n'est-ce pas ? En tout cas, c'est une possibilité. Excusez-moi un instant.

Elle sortit de la pièce. Tanika parlait avec un officier de police.

– Inspecteur Malik, pourriez-vous vous renseigner sur ce que faisait Elliot Howard le soir du 5 août ? Et même, si possible, sur toutes ses activités de la semaine du 5 août afin qu'il ne s'aperçoive pas que nous nous intéressons particulièrement à cette date ?

– Volontiers, dit Tanika. Et au fait, vous aviez raison à propos d'Andy Bishop. Nous sommes allés interroger le maître de la loge maçonnique de Marlow, Andy Bishop en fait bien partie.

– Et Elliot Howard ?

– J'ai également demandé, mais non, il n'est pas franc-maçon et ne l'a jamais été.

– Et Stefan Dunwoody ?

– Pareil pour lui et pour Iqbal Kassam. Le seul franc-maçon de l'affaire, c'est Andy Bishop.

– Bon à savoir, dit Judith. Merci, je vais en informer l'équipe.

Elle retourna dans la salle de réunion. Suzie et Becks étaient en pleine conversation.

– Dites-moi si je vous dérange, dit-elle en reprenant sa place.

– Je suis en train de lire le rapport des constatations criminelles pour Iqbal, dit Suzie, et croyez-moi, ça glace le sang. Mais un détail m'a sauté aux yeux : l'assassin n'est pas entré chez Iqbal par effraction.

– Tu crois qu'Iqbal l'a laissé entrer ? demanda Judith.

– À 5 heures du matin ? Certainement pas. Et selon le médecin légiste, Iqbal avait absorbé une forte dose de somnifères.

– Il avait été drogué ? demanda Becks, stupéfaite.

– Non, c'étaient des somnifères sur ordonnance. Iqbal me disait qu'il en prenait quand il avait travaillé de nuit. Je ne peux pas croire qu'il ait ouvert sa porte à qui que ce soit cette nuit-là.

– Donc l'assassin avait un double des clés, dit Judith. C'est ce que tu veux dire ?

– C'est la seule conclusion vraisemblable, répondit Suzie. Mais Iqbal était un peu parano. Il ne m'a jamais donné ses clés pour récupérer Emma. Chaque fois, il venait m'ouvrir le portail ou le laissait ouvert quand il savait que j'allais venir. Un jour, je lui ai même demandé pourquoi il ne me laissait pas une clé, ç'aurait été plus simple, mais il a refusé. Il préférait me laisser entrer lui-même.

– S'il n'a jamais voulu te laisser un double de ses clés, à qui en aurait-il laissé un ? demanda Judith.

– C'est ça qui est bizarre. Nous sommes allées toutes les trois à son enterrement, les seules personnes présentes avaient été conviées par l'imam Latif. Il n'aurait confié ses clés à aucune d'entre elles.

– Mais on les confie à son voisin, pensa Becks à voix basse.

– Tu peux répéter, s'il te plaît ? dit Judith.

– Nous n'avons confié les clés du presbytère à personne, sauf à notre voisin.

– Mais bien sûr ! s'écria Judith avec un regain d'enthousiasme. On confie ses clés à son voisin ! C'est exactement ce qu'a fait Iqbal !

– En quoi cela nous aide-t-il ?

– Ezra était le voisin d'Iqbal. Comme ils étaient bons amis, je suis sûre qu'Iqbal lui a confié un double de ses clés.

– Mais Iqbal est mort, dit Suzie. Qu'est-ce que ça change ?

– Réfléchis un peu. Le double des clés d'Iqbal est chez Ezra, dans un placard, un tiroir, peu importe.

Ezra meurt, et qui hérite de toutes ses possessions ? Andy Bishop. Tout ce qu'il a à faire, c'est de fouiller la maison d'Ezra – comme je suis sûre qu'il l'a fait après sa mort. Et il trouve le trousseau de clés.

– Attends, je ne comprends pas, coupa Becks. Tu dis qu'Andy Bishop a tué Iqbal, malgré tout ?

– Non, je dis juste qu'Andy avait un mobile pour le tuer, et nous savons maintenant qu'il en avait aussi le moyen. Il était probablement la seule personne capable d'entrer chez Iqbal sans avoir besoin de forcer la serrure.

– Mais il était à Malte au moment du crime, leur rappela Suzie.

– Oui, ajouta Becks, mais imagine qu'ils aient travaillé les uns pour les autres ?

Elles se regardèrent en silence.

– Continue, dit Suzie.

– Andy Bishop tue Stefan Dunwoody pour le compte d'Elliot Howard, expliqua Becks. Ensuite, Elliot Howard tue Iqbal Kassam pour le compte d'Andy Bishop.

– J'y ai pensé, moi aussi, dit Judith. Mais désolée, ça ne colle pas. Prenons le premier meurtre, celui de Stefan Dunwoody. Elliot est alors en pleine répétition de la chorale, donc il ne peut pas l'avoir tué. Andy est à Malte, ce n'est pas lui non plus. Il nous manque un élément crucial, je le sens. Quelque chose d'évident, qui crève les yeux et que, précisément pour cette raison, nous ne voyons pas. Si nous pouvions seulement l'identifier !

Tanika entra avec une liasse de feuilles imprimées. Avant qu'elle eût ouvert la bouche, Suzie lui demanda :

– As-tu trouvé des liens entre Andy Bishop et Elliot Howard ?

Tanika soupira.

– Non. Nous avons croisé leurs factures de téléphone, leurs e-mails et leurs agendas, ils n'ont jamais été en contact. D'après toutes nos recherches, ils sont de parfaits étrangers l'un pour l'autre.

– Voilà notre théorie qui tombe à l'eau, dit Suzie.

– Autre chose, Judith, ajouta Tanika. Une de mes collaboratrices est allée fouiller le bungalow d'Iqbal. Elle y a trouvé le dernier numéro du *Borlasian* sur une étagère. Il y manque la page 74, déchirée, comme tu me l'avais annoncé. Je ne comprends vraiment pas comment tu y arrives.

– Justement, dit Judith, je préférerais que tu évites de me le demander.

– Comme tu veux, mais je suis allée consulter la page de la revue sur le site Internet du lycée, et là aussi, c'est exactement comme tu me l'as décrit. À la page 74 figure une liste des décès récents parmi les vétérans de Borlase, et deux des noms cités correspondent aux signataires du testament d'Ezra Harrington : Spencer Chapman et Faye Kerr.

– Qui étaient morts au moment de la signature.

– Ce qui veut dire que nous allons pouvoir inculper Andy Bishop pour falsification de testament. Bravo, bien joué ! Mieux encore, la présence de la revue chez Iqbal implique qu'il était au courant de cette falsification, et s'il était sur le point de tout révéler, cela donne à Andy un mobile incontestable pour vouloir supprimer Iqbal. Mais dis-moi, comment Andy peut-il avoir tué Iqbal pendant qu'il était à Malte ?

– Nous travaillons encore sur ce détail, dit Judith.

– Alors je vais te raconter la conversation que je viens d'avoir au téléphone avec Elliot Howard.

– Tu lui as parlé ? demanda Becks.

– Bien entendu, dit Tanika. Je lui ai demandé de nous envoyer des copies de son agenda pour chaque semaine écoulée depuis sa dispute avec Mr. Dunwoody à Henley.

Elle tendit la liasse qu'elle avait apportée à Judith, qui la feuilleta avec curiosité.

– Alors que faisait-il le soir du lundi 5 août ? Et comment l'as-tu trouvé au téléphone ?

– Très agacé, dit Tanika. Il m'a traitée comme une idiote qui lui met des bâtons dans les roues.

– Tu n'as rien d'une idiote, dit Judith, mais pour les bâtons dans les roues il n'a pas tort. Ah, nous y voici : lundi 5 août.

– Il était au dîner des rameurs ? demanda Becks.

Judith ne répondit pas immédiatement.

– Alors ? insista Becks.

– Malheureusement non. Ce soir-là, il nageait.

Judith étudia plus attentivement l'agenda.

– Il note tout. Les pots avec des amis, les dîners, les répétitions de la chorale le jeudi, les matchs de foot, le badminton le samedi. Ils ont une vie sociale trépidante, sa femme et lui.

– Pourquoi cette soirée du lundi 5 août t'intéresse-t-elle tant ? demanda Tanika.

– C'est la seule soirée où Liz Curtis a noté un événement dans son agenda, un dîner de rameurs. Et comme nous savons qu'Elliot Howard a été rameur dans sa jeunesse, nous nous sommes demandé si Liz et lui se connaissaient par l'aviron. Mais d'après son agenda, tous les lundis soir, de 8 heures à 9 heures, il est à la piscine du centre de loisirs de Court Garden.

– Tous les lundis soir, vraiment ? demanda Suzie avec scepticisme.

– Tous les lundis soir. C'est écrit ici.

– Donc il pouvait difficilement être au dîner de Liz.

Judith était très contrariée.

– Vous n'avez pas, comme moi, cette impression ? Chaque fois que nous recherchons quelque chose sur Elliot, il a déjà un alibi. Soit il nage, soit il répète avec la chorale, soit il dirige une vente aux enchères par webcam…

– C'est une impression qu'on ressent souvent dans la police, dit Tanika. On se heurte sans arrêt à des murs. Mais il faut se fier à sa méthode et garder confiance en soi. Et quand je pense à ce que vous avez déjà accompli, toutes les trois, avant même d'avoir accès aux dossiers, je suis certaine que vous allez faire une découverte gigantesque. Je le sais, je le sens !

Pour une fois, sa confiance n'était pas justifiée : malgré leur étude minutieuse des rapports balistiques, des constatations criminelles et des comptes rendus d'autopsie, sans oublier les dépositions de témoins, les relevés bancaires et les factures téléphoniques, elles ne trouvèrent rien qui fasse progresser l'affaire. C'était extrêmement frustrant. L'assassin était tout proche et elles n'avaient aucune idée de son identité.

Pourtant, Judith leur répétait sans cesse qu'un élément important, évident même, devait leur échapper. Elle le sentait dans tout son être. Mais de quoi s'agissait-il ?

CHAPITRE 33

Aucune des trois amies ne fit de découverte significative le premier jour. Le deuxième non plus. Elles tournaient en rond, remâchaient les mêmes indices et les mêmes pistes, et trébuchaient sur les alibis à toute épreuve d'Elliot Howard et d'Andy Bishop.

Le moral se mit à baisser. Elles étaient conscientes des regards moqueurs qu'on leur lançait au commissariat chaque fois qu'elles entraient et sortaient, ou quand elles avaient la témérité de demander des informations spécifiques. La déception de Tanika devenait perceptible. Après tout, elle avait pris un risque en les associant à l'enquête et elles la remerciaient bien mal de sa confiance.

Le mercredi, ni Becks ni Suzie n'eurent le temps de venir travailler à l'enquête. Suzie avait des chiens à promener, Becks une maisonnée qu'elle croyait complètement en ruine après deux jours d'absence. C'est ainsi que Judith passa la journée seule au commissariat. Sans ses amies, ce n'était pas pareil.

Elle se sentait un peu bête. Bête comme la vieille dame trop curieuse, la mouche du coche que les collaborateurs de Tanika voyaient en elle.

Quand elle retrouva enfin sa maison après une journée enfermée dans la salle de réunion, elle avait besoin de nager dans la Tamise. Encore plus que d'habitude, pour se laver l'esprit.

Après de longues semaines de soleil éclatant, le ciel du soir charriait des nuages tachés de gris ardoise et l'air était d'une chaleur étouffante. Nageant à contre-courant, Judith se dit que l'orage était proche.

Pour calmer sa frustration, elle fit ce qu'elle faisait toujours en pareil cas : elle énumérait les bienfaits dont la vie la gratifiait. Il y en avait tant ! Elle était en bonne santé, ne manquait de rien et s'était même fait des amies. Mais en dépit de ces efforts pour garder l'esprit positif, ses pensées la ramenaient sans cesse au commissariat, où ses recherches n'avaient rien donné.

Elle pensait notamment au pistolet ancien utilisé par l'assassin et au médaillon de bronze qu'il avait laissé sur chacune des trois scènes de crime. La marque du pistolet, un Luger allemand, accusait Elliot Howard de façon flagrante, mais les médaillons maçonniques clamaient tout aussi fort la culpabilité d'Andy Bishop.

Judith eut l'impression désagréable que l'assassin se jouait d'elle et de la police. Pourquoi laissait-il ces médaillons sur les scènes de crime ? Un assassin digne de ce nom n'aurait jamais laissé le moindre indice. Ces médaillons n'avaient aucun sens.

Alors qu'elle nageait près de la maison de Stefan, elle fit quelques instants de surplace pour contempler la barrière de massettes. Son esprit la ramena au soir du premier crime. *Et dire que je n'étais qu'à quelques pas lorsque l'assassin a tiré !*

Cette incroyable et terrible pensée la fit frissonner.

Elle décida d'écourter sa baignade et de laisser le courant la ramener chez elle. Tout en flottant, elle pensa, avec un certain émerveillement, que la Tamise reliait entre eux tant de gens de Marlow ! Elle vivait au bord du fleuve, comme Stefan y avait vécu, et si elle se laissait porter au-delà de sa propre maison, elle traverserait Marlow et se retrouverait de l'autre côté de la ville, près du club nautique.

Elle se mit à penser à Liz Curtis, ex-championne internationale d'aviron. Elliot Howard aussi avait été rameur. Et Stefan Dunwoody ? Avait-il été rameur, lui aussi ? Il avait bien assisté à la régate royale de Henley… Voilà une chose à laquelle elle n'avait pas encore pensé. Lors de son premier accrochage avec Elliot, Stefan était venu voir une compétition d'aviron !

Elle ressentit une légère ivresse, celle qu'elle éprouvait quand elle arrivait au bout d'une grille de mots croisés. Son intuition lui soufflait que même si elle ne connaissait pas encore la réponse elle était sur le bon chemin. Plus elle réfléchissait à cette altercation entre Stefan et Elliot à Henley, plus cette intuition se précisait.

De retour chez elle, Judith se rhabilla et se versa une copieuse rasade de ce qu'elle appelait son « scotch à penser ». Elle s'assit à sa table de jeux et déverrouilla sa tablette tactile. Elle prit aussi quelques feuilles A4, tailla un crayon HB déjà taillé, et se mit au travail.

Dans la barre de recherche, elle saisit « Elliot Howard » et « aviron ». Aucun résultat. Pas grave : elle réessaya avec « Stefan Dunwoody » et « aviron » et, à sa grande surprise, trouva quelque chose. Un article du *Marlow Free Press*.

Dans cet article de la rubrique « Maisons et jardins », Stefan Dunwoody faisait visiter sa belle demeure aux lecteurs. On voyait de nombreuses photos de Stefan chez lui, mais Judith chercha en premier lieu le passage où il était question d'aviron. Elle le trouva très vite :

Quand je demande à Mr. Dunwoody pourquoi il a acheté une maison sur la Tamise, il éclate de rire. « Je ne sais pas nager, dit-il, et j'ai toujours détesté l'aviron : mon achat d'un vieux moulin peut donc vous sembler bizarre. Mais j'aime bien la faune du fleuve et cette sensation d'être proche de la nature. Tant que vous ne m'obligez pas à monter à bord d'un bateau, je suis le plus heureux des hommes. »

L'enthousiasme de Judith retomba à plat. Ce passage ne laissait aucun doute : si quelque chose reliait Stefan à l'un ou l'autre des trois suspects, ce n'était pas l'aviron.

Judith savait qu'aux mots croisés il ne fallait pas déclarer forfait avant d'avoir épuisé toutes les combinaisons et essayé chaque lettre de l'alphabet. Elle devait donc persévérer dans sa recherche. Elle saisit « Iqbal Kassam » et « aviron » dans la barre de recherche.

Rien.

Elle essaya ensuite « Liz Curtis », « Danny Curtis » et « aviron », et obtint des centaines de résultats, surtout des sites de voyages et de tourisme.

Elle aurait aimé en savoir plus sur la carrière olympique de Liz, mais il n'en était fait aucune mention sur les sites liés au club nautique de Marlow. Elle cliqua sur les liens l'un après l'autre, essaya d'autres termes de recherche, mais ça ne la menait nulle part. La plupart des articles décrivaient le club nautique comme l'endroit idéal pour faire passer une bonne journée aux enfants, ou déploraient sa fermeture depuis les inondations, mais elle ne trouva rien sur les compétitions, ni pour Liz ni pour Danny.

À minuit, Judith n'avait plus les idées très claires. Vers 10 heures du soir, son scotch à penser s'était transformé en scotch à arrêter de penser, et dès lors, elle n'avait plus accompli grand-chose. Elle avait écumé les sites Internet de toute la presse locale, fouillé tous les clubs d'aviron de la région, des lycées William Borlase et Great Marlow jusqu'au club Leander à Henley, en passant par le centre municipal. Elle avait beau chercher de toutes ses forces, elle restait bredouille.

Toute une soirée fichue en l'air.

Pourtant, elle ne doutait pas d'être sur la bonne voie. Après tout, la presse locale et les sites de club d'aviron n'étaient pas l'idéal pour explorer le passé lointain. On y trouvait les informations des dix dernières années, mais celles qui concernaient les décennies antérieures étaient beaucoup plus sporadiques, moins fiables, incomplètes : quelques scans d'archives dactylographiées, rien de plus.

Pour les années quatre-vingt et quatre-vingt-dix, il n'existait aucune base de données de presse, tant pour la compétition que pour les clubs d'aviron. Elliot avait été jeune rameur et Liz championne d'aviron bien avant l'avènement d'Internet.

Judith se leva avec un peu de difficulté. Il était

l'heure d'aller au lit. Avant de se diriger vers l'escalier, elle porta la main à la clé suspendue à son cou et contempla d'un œil vague la porte de chêne à côté de la table de bar. Malgré son esprit embrumé, elle eut conscience que certes, ce n'était pas le moment, mais elle ne pouvait plus différer la chose très longtemps.

En montant l'escalier, Judith se dit qu'une bonne nuit de sommeil lui apporterait peut-être la solution.

Le plus extraordinaire, c'est qu'elle avait raison.

CHAPITRE 34

Le lendemain matin, Elliot avait faim. Il était arrivé au travail à 10 heures précises, comme d'habitude, et sa matinée n'avait pas été plus éprouvante qu'une autre, mais il était à cran et ne tenait pas en place. Bien qu'il fût à peine 11 heures, il n'avait aucune envie de rester au bureau. Non loin de là, au food-truck du centre commercial, il achèterait un bon sandwich au bacon grillé qu'il arroserait d'un thé servi dans un gobelet en polystyrène. Il annonça à tout le monde qu'il sortait une demi-heure et quitta l'hôtel des ventes.

En passant, il ne remarqua pas la vieille dame assise sur un banc, près d'un massif d'hortensias, malgré sa cape gris foncé.

Judith regarda Elliot s'éloigner. Il était sorti ! Pour combien de temps, elle n'en savait rien. Elle se leva, ramassa le sac de shopping qu'elle avait apporté et entra dans l'hôtel des ventes d'un pas décidé.

Daisy, la femme d'Elliot, était à son bureau.

– Bonjour ! dit Judith, prête à mobiliser toute sa force de caractère pour obtenir ce qu'elle désirait.

Daisy parut très étonnée.

– Qu'est-ce que vous faites ici ?

– Vous devez avoir oublié, mais je suis venue voir votre mari il y a quelques semaines.

– Oh, je m'en souviens parfaitement. Il m'a tout raconté. Vous avez inventé un conte à dormir debout pour le piéger. Une histoire de robe et de verre de vin.

Judith fut prise de court. C'était une Daisy bien différente de celle de la dernière fois. Qu'est-ce qui avait changé ?

– Que dites-vous ?

– Vous étiez venue l'espionner.

– Pas du tout ! J'étais venue lui demander de me rembourser le nettoyage de cette robe qu'il a saccagée.

– Vous mentez.

– Pardon ?

– C'est un mensonge. Je le vois. Vous mentez.

– Absolument pas ! s'écria Judith, outrée. Et je vais déposer cette robe tachée dans le bureau de votre mari !

– Vous n'avez pas le droit d'y entrer ! cria Daisy.

Il était trop tard. Judith était déjà dans le bureau d'Elliot et examinait les photos accrochées aux murs.

Elle avait eu cette idée en se levant ce matin-là : pour trouver des informations sur le passé de rameur d'Elliot, le mieux était de commencer par les murs de son bureau, où étaient exposées les photos de toutes les équipes victorieuses dont il avait fait partie. Les noms des jeunes rameurs figuraient même sur les cartons d'encadrement. C'était le meilleur moyen de savoir s'il avait déjà ramé avec l'un des témoins ou l'une des victimes.

Avant que Judith eût pu vérifier toutes les photos, Daisy l'avait suivie dans le bureau.

– Je vous ai interdit d'entrer ici ! C'est le bureau de mon mari, c'est un espace privé !

Sa férocité effraya Judith. On aurait dit une louve défendant ses petits.

– Nous nous sommes donné tant de mal pour être heureux ! dit-elle entre ses dents. Tous les deux, Elliot et moi. Et rien ni personne ne nous en empêchera. Alors sortez d'ici. Sortez !

Il valait mieux obtempérer avant que Daisy ne lui saute à la gorge.

Une fois sortie de l'hôtel des ventes, Judith chercha à comprendre ce qui venait de se produire. Pourquoi Daisy avait-elle réagi si violemment ? Pour protéger son mari ? Sinon, pour quelle autre raison ?

La question méritait de s'y arrêter, mais Judith la mit de côté, car elle venait de faire une découverte fracassante dans le bureau d'Elliot. Parmi les photos alignées sur le mur, il y avait un espace vide qui n'y était pas la première fois.

Après la visite de Judith, Elliot avait retiré l'une des photos.

Elle ne douta plus de son intuition : le lien qu'elles avaient tant cherché, c'était l'aviron. C'était forcément cela. Judith comprit alors qu'elle n'avait plus le choix. Elle toucha la clé suspendue à son cou.

Le temps était venu.

– Tu voulais nous voir ? demanda Becks.

Judith la fit entrer chez elle, ainsi que Suzie, et leur raconta son escapade dans le bureau d'Elliot et ses démêlés avec Daisy.

– Elle t'a sauté dessus ? s'inquiéta Suzie.

– Je n'ai pas compris. La première fois, elle était si charmante ! Mais ce matin, c'était un animal blessé.

– Pourquoi un changement radical ? interrogea Becks.

– Elle a compris que son mari est un assassin, c'est pour ça, dit simplement Suzie.

– C'est bien possible, dit Judith.

– Pourquoi crois-tu qu'Elliot a retiré une photo de rameurs ? demanda Becks.

– J'ai passé au peigne fin tout ce que j'ai pu trouver en ligne sur les compétitions d'aviron, dit Judith, et je n'ai rien trouvé.

– Donc ça n'a aucun rapport ? dit Becks, déboussolée.

– Si, je continue de penser qu'il y en a un. Mais Elliot était très jeune quand il était rameur. C'était dans les années quatre-vingt, bien avant Internet. Alors je vous propose de continuer de chercher la solution par nos propres moyens.

Tout en parlant, Judith détacha la clé qu'elle portait au cou et la montra à ses amies.

Suzie ouvrit de grands yeux. L'importance de ce qui allait suivre échappait totalement à Becks.

Souriant à Suzie, Judith se dirigea vers la porte à côté de la table de bar.

– Ne va pas imaginer des trucs faramineux, lui dit-elle en introduisant la clé dans la serrure. Ce n'est pas aussi intéressant que tu sembles le croire.

Elle avait raison, mais d'un autre côté elle se trompait lourdement.

CHAPITRE 35

Quand Judith eut ouvert la porte, ses amies restèrent bouche bée.

– Merde alors ! finit par articuler Suzie, résumant ainsi son impression et celle de Becks.

La pièce où elles venaient d'entrer était couverte d'une épaisse couche de poussière. D'un mur à l'autre et jusqu'au plafond, des piles de journaux, de magazines, de brochures et de bulletins s'élevaient en tours de trois mètres de hauteur appuyées les unes aux autres. L'ensemble paraissait maintenu par un épais réseau de toiles d'araignée, tendu entre les gratte-ciel de papier et chaque mur.

Becks, horrifiée, ouvrit la bouche mais aucun cri n'en sortit. Elle venait de pénétrer dans le dixième cercle de l'enfer. Puis elle éternua. Éternua encore. Pour finir, elle sortit un mouchoir en papier de sa manche et se couvrit le nez.

– Pourquoi…

Après cette tentative, Becks abandonna tout espoir de finir sa phrase.

– Parce que je n'aime pas jeter les journaux.

– On ne s'en serait jamais doutées, dit Suzie. Mais il n'y a pas que des quotidiens.

– Non, il y a aussi la presse locale, des magazines, des périodiques, des bulletins paroissiaux, des feuilles d'information de l'administration locale.

– Ça remonte à quand ? demanda Becks, sidérée.

– À 1970.

– Quand ta grand-tante est morte ? demanda Suzie.

– Non, quelques années avant.

Suzie plissa les yeux.

– En quelle année est-elle morte ?

– En 1976.

– Donc, au moment de son décès, tu accumulais déjà du papier depuis six ans ?

Judith s'impatienta.

– Il faut traverser cette pièce, c'est dans l'autre que ça se passe.

– Il y a une autre pièce comme celle-ci ? dit Becks, abasourdie.

– Il y en a deux autres. Allez, venez !

Judith, suivie de ses deux amies, se fraya un chemin entre les tours de papier.

Dans la pièce suivante, les murs étaient couverts jusqu'au plafond d'étagères de métal bourrées à craquer de piles de journaux aux bords déchiquetés, au papier jauni par le temps.

– C'est ici que tout a commencé, dit Judith.

– En 1970, dit Suzie.

Elle avait instinctivement compris l'importance de ce millésime.

– Qu'est-ce qu'on cherche exactement ? demanda Becks.

– Si Elliot a décroché une photo de rameurs du mur de son bureau, c'est parce que cette photo risque de l'incriminer. Notre mission est donc de découvrir avec qui Howard ramait quand il était jeune.

– Tu crois que la réponse est ici ? demanda Becks, déjà épuisée à l'idée de la tâche qui se profilait.

– Ne t'en fais pas, ce n'est pas aussi terrible que tu le crois. Elliot a cinquante-huit ans, ce qui veut dire qu'il doit être entré au lycée Sir William Borlase en 1973 et en être sorti à l'âge de dix-huit ans, en 1980. L'équipe de Borlase rame toujours à la régate de la ville de Marlow et à celle de Henley. Ces régates ont lieu en juin et en juillet. Donc nous ne devons éplucher que la presse locale pour les mois de juin et de juillet entre 1973 et 1980. Ça ne devrait pas nous prendre trop de temps.

– Tu veux dire que le meurtre de Stefan n'a rien à voir avec son Rothko ? Qu'il a été tué pour une histoire d'aviron ? demanda Becks.

– Non, mais maintenant que je sais que ce Rothko est authentique, je crois avoir compris le rôle qu'il joue dans cette affaire.

– Et tu as aussi compris pourquoi Elliot a volé le cadre du vrai tableau ?

– Oui, je pense. Mais pour le moment, ce n'est pas ce qui nous occupe. Je suis convaincue que si nous identifions les camarades d'aviron d'Elliot nous découvrirons enfin pourquoi Stefan, Iqbal et Liz ont été tués.

Judith s'était trompée quand elle avait dit que ce ne serait pas long. Il apparut très vite qu'elle avait tout oublié de son système de classement pour la presse locale des années soixante-dix ; elle n'était même pas sûre d'avoir utilisé un classement rationnel au début de son entreprise, contrairement à ce qu'elle avait fait par la suite. Chaque titre paraissait avoir sa propre pile, les plus anciens numéros en bas, mais c'était loin d'être systématique. Après avoir identifié, dans une pile, une suite continue de numéros pour quelques mois, voire une année avec un peu de chance, on tombait soudain sur une autre publication ou une autre année. Tout ce qu'on pouvait affirmer, c'était que plus un journal était proche du bas de la pile, plus il était ancien, mais il y avait aussi des centaines d'autres piles de journaux entassées sur les rayonnages.

Becks luttait pour ne pas céder à la panique : la poussière tourbillonnante s'incrustait dans ses cheveux, se posait sur ses vêtements et sur sa peau. Mais elle se mit courageusement au travail et alla jusqu'à mettre au point la meilleure méthode de tri : elle feuilletait rapidement le bord de chaque pile, cherchant les dates imprimées à l'angle supérieur droit. Si elle en trouvait une antérieure au mois de juin, elle cherchait vers le haut, et si elle en trouvait une autre postérieure au mois de juillet, elle cherchait vers le bas. Chaque fois qu'elle trouvait des journaux de juin ou de juillet, elle les sortait de la pile avec une grande délicatesse et les mettait de côté.

Ce qui les rassurait, c'était que Judith avait vu juste : la presse locale couvrait les régates de Henley et de Marlow dans les moindres détails, avec une abondance de photos et de reportages. Mieux encore : le *Henley Advertiser* consacrait une pleine page aux résultats de chaque course. Malheureusement, il citait les noms des bateaux mais pas ceux des équipages. Par exemple, on pouvait lire que le huit n° 1 de Borlase avait ramé contre le huit n° 1 d'Abingdon, mais s'il était précisé que l'équipe de Borlase avait remporté la course tandis que celle d'Abingdon était bonne pour le repêchage, les noms des rameurs n'apparaissaient nulle part.

Au bout de deux heures de recherche, Judith leva les bras, désespérée.

– Arrête de remuer la poussière ! la supplia Becks, qui en était couverte.

– Mais ça ne sert à rien ! Nous ne trouverons jamais ce que nous cherchons.

– Si c'est ici, nous le trouverons, dit Becks.

– Mais ce n'est pas ici.

– Il faut chercher encore.

Becks avait raison, Judith le savait. Il était encore possible de découvrir le visage d'Elliot souriant sur papier journal, et avec lui les noms des autres personnes présentes sur la photo. Mais c'était comme chercher une aiguille dans une botte de foin.

– Et toi, Suzie, tu n'es pas obligée de rester les bras ballants, dit Judith, passant son irritation sur son amie.

– Pardon ? dit Suzie, plongée dans la lecture d'un journal.

– Tu n'as rien trouvé en deux heures. Tu crois que je ne l'ai pas remarqué ?

Suzie ne sut d'abord que répondre, puis elle étendit le bras et leur montra le journal.

– Je n'appelle pas ça « ne rien trouver », dit-elle.

C'était un très vieil exemplaire du *Bucks Free Press*, ouvert sur un gros titre : LA TRAGÉDIE GRECQUE D'UNE FEMME DE MARLOW.

Sous le titre, une grande photo en noir et blanc représentait Judith. Beaucoup plus jeune.

CHAPITRE 36

– Où as-tu trouvé ça ? demanda Judith d'une voix très calme.

Elle se tenait droite comme un I, pétrifiée.

– C'est à cause de ton alliance, dit Suzie.

– Quoi ?

– Tu m'as dit que ton mari te tyrannisait. Qu'il était violent. Mais toutes ces années plus tard, tu portes encore ton alliance.

– Ça ne te regarde pas.

– Si, parce que je sais ce que c'est que d'avoir un mari infernal. Je t'assure que dès que j'ai pu me débarrasser de mes bagues je n'ai pas traîné. Je les ai vendues, et avec l'argent j'ai acheté des cadeaux de Noël pour les filles. Mais toi, tu la portes toujours.

– Nous en avons déjà parlé. C'est pour me rappeler mes erreurs.

– Oui, je m'en souviens, mais c'est tout de même bizarre. Chaque fois qu'on évoque ton mari tu prends un air coupable. Alors quand tu as révélé que tu gardais ici toute la presse du monde et de l'univers depuis 1970, je n'ai pas tardé à comprendre. 1970, c'est l'année où ton mari est mort, non ?

– Il s'appelait Philippos.

– Je ne sais pas pourquoi, mais tu n'arrives pas à décrocher. La preuve : tu portes encore ta bague et tu accumules le papier dans cette caverne d'Ali Baba depuis 1970. Tout ce que ça m'inspire, c'est que tu as dû faire des bêtises quand il est mort. Alors je me suis mise à chercher, à examiner le bas des piles les plus anciennes, pour trouver la feuille de chou qui a déclenché tout ça. La presse locale de l'année 1970 : *The Maidenhead Advertiser, The Henley Advertiser, The Windsor Echo, the Marlow Free Press, The Reading Evening Post*… Et enfin, j'ai trouvé.

Suzie donna l'article à Becks, qui le lut avec curiosité.

Judith, toujours droite et immobile, sentait la colère bouillonner en elle. Voilà pourquoi elle ne laissait jamais personne entrer chez elle ! Voilà pourquoi elle gardait ces pièces fermées à clé ! Moins on révèle de détails sur sa vie, moins on risque d'être trahi. Personne ne pouvait comprendre que sa collection de journaux n'était pas l'effet d'une faiblesse ou d'une erreur de sa part. C'était une habitude, rien de plus.

Au début, à son retour de Grèce, après l'enterrement de Philippos, elle l'avait fait pour s'assurer qu'on n'imprimait plus de mensonges sur son compte. Et une fois la routine installée, elle avait continué. Elle n'avait pas pu s'arrêter. Était-ce au bout de quelques semaines, de quelques mois ? Sa propension à conserver la presse et les imprimés était devenue une fin en soi, et pour elle, c'était parfaitement naturel. Rassurant, même, comme on peut se sentir rassuré par la possession de la collection complète de l'*Encyclopaedia Britannica*. Dans ces trois pièces était conservée toute l'histoire locale sur une cinquantaine d'années.

D'ailleurs, ce n'était pas inutile : qui aurait pu prédire en 1970, au début de cette collection, que, des décennies plus tard, ces archives l'aideraient à identifier un meurtrier ?

Becks interrompit la rêverie de Judith.

– Dans l'article, je lis qu'il y avait quelqu'un d'autre à bord du bateau.

– Oui, dit Suzie, j'ai remarqué.

– Eh bien c'est faux ! objecta énergiquement Judith.

– Mais ça a dû être horrible pour toi, dit Becks. Je ne savais pas que la police t'avait interrogée, que ce décès avait soulevé des doutes. Tu as dû en baver.

– Ça, tu peux le dire ! confirma Judith. Mais c'est moi qui ai demandé à la police de faire une enquête : Philippos était un excellent navigateur. Ils n'ont rien trouvé de suspect et ont conclu à un tragique accident.

– Pourtant, Suzie a raison : un témoin, sur le rivage, a vu une autre personne à bord avec Philippos.

– Oui, dit Judith, agacée. On rapporte qu'un témoin a cru voir quelqu'un d'autre sur le pont. Ce témoin était un vieux bonhomme qui n'a jamais pu identifier cette autre personne. Il n'était même pas sûr d'avoir vu le bateau de Philippos. Son témoignage n'a pas été pris en considération.

– Tu crois que ton mari était avec quelqu'un ? demanda Becks, la voix pleine de sous-entendus.

– Tu veux dire avec sa chérie du moment ? Je n'en sais rien. Je sais qu'il y en avait une. Il y en avait toujours une. Mais j'en doute : seul le corps de Philippos a été retrouvé. S'il avait été accompagné, on aurait aussi retrouvé l'autre corps ou quelqu'un aurait été porté disparu. Bon, je crois qu'on a fini, qu'en pensez-vous ? En temps normal, déjà, je n'aime pas venir ici, et il est clair que nous n'y trouverons pas ce que nous cherchons.

– Mais on n'a pas fini ! dit Becks.

– Je crois qu'il est temps que vous partiez, toutes les deux.

Cette phrase fit à Becks l'effet d'une gifle.

– Allons, Judith ! dit Suzie. Pas la peine de te mettre dans des…

– Non, non, l'interrompit Judith, ça n'a rien à voir avec toi, Suzie. C'est juste que je n'aime pas venir ici. Trop de souvenirs, trop d'histoire.

– Tu as raison, dit Becks en reposant le journal.

– Je ne vous raccompagne pas, vous connaissez le chemin, dit Judith.

Suzie et Becks restèrent sans voix.

Ce fut Becks qui brisa le silence :

– Viens, Suzie. On s'en va.

Elle poussa doucement Suzie vers la sortie.

– Judith, ajouta-t-elle, si tu as besoin de quoi que ce soit, de quelqu'un à qui parler, et si tu veux continuer à enquêter sur l'affaire, passe-nous un coup de fil.

Becks jeta un dernier regard sur ce monstrueux désordre au milieu duquel se tenait une femme solitaire. Judith avait ramassé le journal et s'était plongée dans sa lecture.

Becks et Suzie sortirent seules de la maison.

CHAPITRE 37

Judith n'arrivait pas à détacher ses yeux de l'article et de cette photo qui la contemplait depuis les années soixante-dix. Elle avait alors vingt-sept ans et s'en souvenait comme si c'était hier. Le cliché avait été pris sur la plage de Paleokastritsa, où elle se trouvait avec Philippos. Ils venaient de déjeuner. Malgré la vie misérable qui était alors la sienne, cette journée l'avait rendue étrangement heureuse. Il faisait si beau, le paysage était magnifique, et elle n'avait pas oublié cette brise d'après-midi qui apportait l'odeur du feu de bois de la taverne voisine mêlée au parfum des buissons de romarin.

Judith pensait que malgré son âge elle avait gardé une certaine beauté, mais que cette beauté était devenue un état d'esprit et avait cessé d'être une apparence. Avec les années, elle s'était retirée sous sa peau et s'était intégrée à ce qu'elle appelait son âme. Mais la jeune femme sur la photo avait les cheveux si brillants et le teint si lumineux, même en noir et blanc ! Et Judith ne se souvenait pas avoir été si mince.

Pendant qu'elle méditait sur le visage de sa jeunesse, elle trouva enfin la réponse.

L'idée fit irruption dans sa tête sans avoir été attendue ni même désirée. L'avant-dernière pièce qui manquait au puzzle vint se placer toute seule.

Judith était stupéfaite : c'était donc si simple ?

Le souvenir d'une remarque qu'Andy Bishop avait faite à Becks vers la fin de leur promenade lui avait fait l'effet d'une décharge électrique.

Elle laissa tomber le journal, sortit de la réserve à journaux et referma la porte à clé. Cette révélation n'avait été qu'une pièce du puzzle : il en manquait encore une, mais cette fois elle était certaine de la trouver. Elle en connaissait la forme, même si elle en ignorait encore la nature.

Elle repassa dans son esprit les informations qu'elle avait rassemblées : Iqbal rêvait d'avoir un bateau, Fred le facteur avait dit que Stefan était un escroc, Liz avait fait euthanasier son chien en parfaite santé par un vétérinaire véreux… Mais en dépit de ses efforts, la dernière pièce du puzzle restait introuvable. Elle la reconnaîtrait dès qu'elle la verrait : il suffisait de persévérer.

Maintenant, où chercher ?

Elle sortit sa tablette et consulta l'historique de son navigateur web mais n'y trouva aucune réponse. Il fallait être méthodique. Elle retourna à la toute première recherche qu'elle avait faite après l'assassinat de Stefan, l'article qui faisait état de sa dispute avec Elliot Howard à Henley. Elle cliqua sur le lien et relut attentivement l'article, mais la réponse n'y était pas. Elle referma la page et ouvrit la suivante.

Alors qu'elle avançait dans l'historique, le calme lui revint : ce sentiment de paix qu'elle éprouvait quand elle composait des mots croisés. Elle ouvrait une page, la lisait, la refermait et en essayait une autre.

Cette concentration exigeait un effort, mais elle creusait sans relâche : avec un peu de patience, elle y arriverait.

Elle y arriva.

Ironie du sort, c'était dans la toute dernière page web qu'elle avait consultée, et donc la dernière qu'elle devait relire : l'article du *Marlow Free Press* consacré à la maison de Stefan Dunwoody au bord de la Tamise. Judith avait peine à croire qu'elle l'avait parcourue si récemment sans que le détail important lui ait sauté aux yeux. Mais maintenant qu'elle avait vu cette vieille photo d'elle-même et se souvenait de la remarque de Becks, elle lisait l'article d'un œil nouveau.

Quand je demande à Mr. Dunwoody pourquoi il a acheté une maison sur la Tamise, il éclate de rire. « Je ne sais pas nager, dit-il, et j'ai toujours détesté l'aviron : mon achat d'un vieux moulin peut donc vous sembler bizarre. Mais j'aime bien la faune du fleuve et cette sensation d'être proche de la nature. Tant que vous ne m'obligez pas à monter à bord d'un bateau, je suis le plus heureux des hommes. »

C'était évident : ces quelques phrases révélaient l'identité de l'assassin de Stefan Dunwoody.

À présent, le puzzle était entièrement reconstitué. Pourquoi on avait tué Stefan Dunwoody, puis Iqbal Kassam, et enfin Liz Curtis. Pourquoi ces trois meurtres avaient été commis avec un Luger de la Seconde Guerre mondiale. Et pourquoi, enfin, l'assassin avait laissé un médaillon maçonnique sur chaque scène de crime.

Perdue dans ses pensées, Judith n'entendit pas tout de suite son téléphone sonner.

Elle sursauta et prit l'appel.

– Allô ! dit-elle.

– Qu'est-ce que vous faisiez aujourd'hui dans mon bureau ?

Le sang de Judith se glaça dans ses veines. C'était Elliot Howard.

– Que dites-vous ?

– Ma femme m'a dit que vous êtes entrée dans mon bureau en mon absence. Pour y faire quoi ?

– Où avez-vous trouvé mon numéro ?

– Je sais pas mal de choses sur vous, Judith Potts.

– Mais vous ne pouvez pas m'appeler à ce numéro.

– Et vous, vous ne pouvez pas entrer dans mon bureau quand je n'y suis pas.

Étourdie, Judith ne savait que répondre. Elle lança au hasard :

– Je peux faire ce que je veux tant que vous refuserez de payer le nettoyage de ma robe.

– Vous prétendez encore que j'ai renversé du vin sur votre robe ?

– Vous l'avez fait, vous le savez, et j'ai la robe pour le prouver.

– Vous êtes pathétique.

– Je viendrai vous la montrer, et vous paierez.

– Oh ! Je ne crois pas qu'on se reverra.

Il avait dit cela avec une assurance qui inquiéta Judith.

– Qu'est-ce que vous en savez ? demanda-t-elle.

– Je le sais, c'est tout.

– Nous sommes jeudi, vous serez à 19 heures à l'église pour la répétition de la chorale. J'ai hâte de vous voir refuser de payer le nettoyage de cette robe devant tous vos amis.

– Ah oui, mais malheureusement je ne serai pas à la répétition ce soir. Je vais à un match de foot à Highbury avec des vieux potes. Adieu, Mrs. Potts.

Il raccrocha. Un frisson s'empara de Judith, la sensation qu'on venait de marcher sur sa tombe. En fait, c'était plus qu'une sensation : c'était vrai.

Ses jambes se dérobèrent sous elle. Elle s'assit sur son canapé.

Son esprit avait disjoncté. Elle n'arrivait plus à réfléchir.

Peu à peu, un soupçon de rationalité lui revint. Il y avait encore quelque chose à faire.

Elle reprit son téléphone, chercha le numéro de l'étude d'Andy Bishop et appela.

La réceptionniste décrocha. Judith se présenta et demanda à parler à Mr. Bishop.

– Malheureusement, Mr. Bishop est en déplacement.

– Ah ? Quand reviendra-t-il ?

– Je crois qu'il est à Plymouth cet après-midi et qu'il y reste le week-end. Mais je sais qu'il sera à son bureau lundi matin. Voulez-vous prendre rendez-vous ?

– Non, murmura Judith.

Elle raccrocha, submergée par un ouragan de panique.

Maintenant, elle en était certaine. Il n'y aurait pas seulement trois meurtres à Marlow, il y en aurait un quatrième. Le sien.

Bilan de l'enquête (3)

Rien de tel qu'une grille de mots-croisés
pour faire le point sur l'enquête !

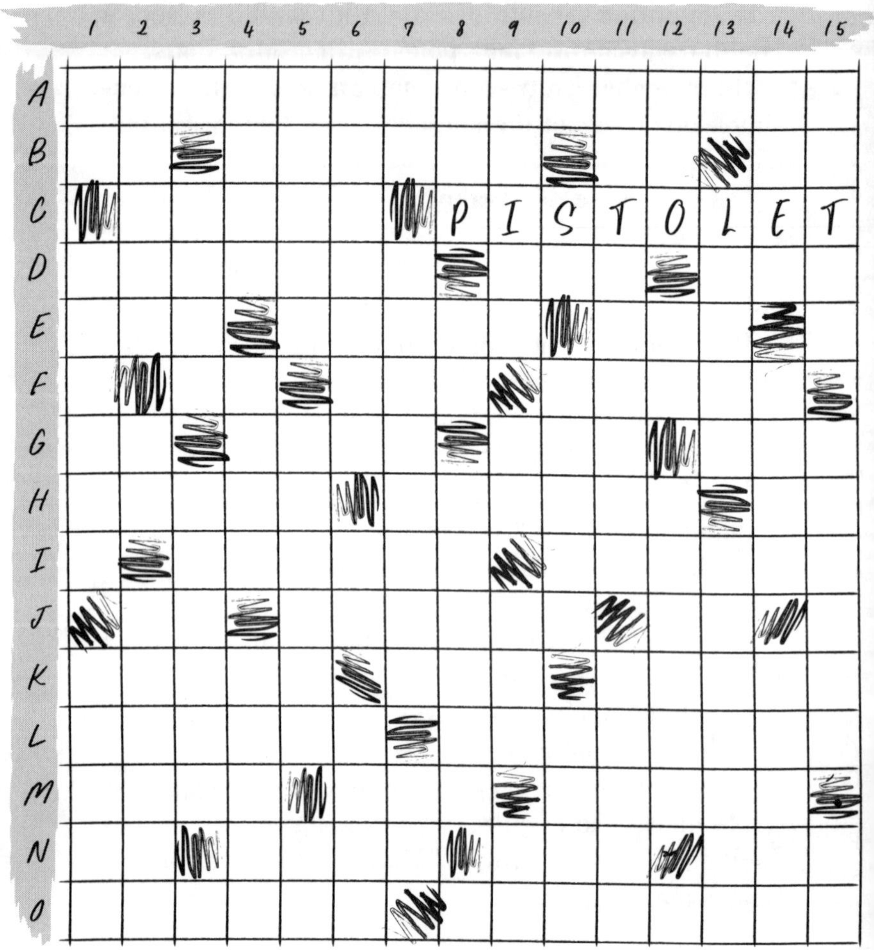

Horizontalement

A. Qui s'est mis à table en cette soirée du 5 août ? B. Liz y a décroché une médaille, pas un médaillon de bronze. Laisse cette gondole à Venise, ça ne vaut pas un punt. Le métal de la médaille. Deux à l'heure. C. Femme d'Elliot qui vire Tanika. Il fait des trous, des petits trous. D. Celles de Marlow et de Henley semblent au cœur de l'affaire. Comme j'aime nager ! Les meurtres s'y affichent. E. Pièce d'Ibsen. On peut s'en faire un sang… ou un roman. *No man's land.* F. Terme exclusif. Navigateur bien avant Philippos. Telles mes bouteilles. G. Pronom anglais gonflé à l'hélium. Suzie a vendu sa bague pour y faire des cadeaux. Dégagea une odeur de cadavre. On peut se sentir fait comme lui. H. Papier des enveloppes de police. Plus grande pour une difficulté. Résistible dictateur. I. Les puzzles sont le mien. Dunwoody en était-il un honnête ? J. Bout de ma cape. Un pro de la détente. C'est cela. K. Je risque de l'être sous peu ! Du sport à l'école. Volume faisant partie du mystère. L. Avive le feu. Sans poils de peau… « et ivre » de façon homophonique. M. Connexion entre meurtres. Empreinte. Celle de crime m'attire. N. Pilote de lignes. Équipe d'enquêtrices ou d'aviron. Philippos l'avait dans le sang. Moyen de s'envoyer en l'air. O. Qui n'en commet pas ? Qui enquête et fouine.

Verticalement

1. Le boulot visé par le mari de Tanika. Ses aplats valent de l'or. L'île alibi de Bishop. 2. Faire sentir le varech. Queue de cocker. Type prouvant que la terre tourne. 3. Vous risquez aussi d'y prendre un pruneau. Si je suis en danger, je devrai la donner. 4. Guetta comme Brenda. *Just one scoop.* Se sent un peu cloche. 5. Ne part pas. Feux de feuilles, près du pavillon. Obtenu. 6. Brenda est la nôtre. Un début d'hypothèse. Barre qui devrait fermer ma porte. 7. Puis. Telle la revue dont Andy déchiquette une page. Le matin, à Marlow. 8. *Please !* Un sous *mi.* Je les préfère au breakfast qu'aux enterrements. 9. Pizza pour Elizabeth ? Suzie a pris une photo de celui d'Andy. Port pour clé. Mis en branle. 10. Révélé. Verbe chez moi incompatible avec « tablette de chocolat ». Prendre des risques. 11. L'âge de ceux du tableau prouvent son authenticité. De l'énergie dans mon thé. 12. Celui du notaire choque Becks. En ville, pour faire court. Celle aux Corinthiens parle de foi, d'espérance et de charité. 13. Le *Parabellum* cherché. Imite Becks en présence de poussière. 14. Ce qui relie Iqbal à Stefan, *a priori.* Idem hareng. Renvoyé dans sa chambre. 15. J'ai visité tous ceux d'aviron sur Internet. Déclarée championne du monde. Ah non ! Moi, c'est Miss ou Mrs.

CHAPITRE 38

Ce soir-là, l'orage éclata enfin. Tout l'après-midi, le ciel avait charrié des nuages épais venus de l'ouest, puis, vers l'heure du thé, il s'était déchiré : une forte pluie avait martelé le sol, parfois illuminée par de terrifiants éclairs.

Judith était désemparée. Elle savait qui était l'assassin, mais comment le prouver ? Cette incertitude la frustrait et lui donnait aussi l'impression d'avoir affaire à plus malin qu'elle. C'était un sentiment qu'elle n'aimait pas. Pas du tout.

La situation présentait au moins un avantage : elle pouvait prévoir ce qui allait arriver. Ce soir, quelqu'un chercherait à attenter à sa vie. Il y avait un avantage à en tirer.

Il n'y avait qu'un moyen pour cela, extrêmement dangereux et même insensé : la probabilité de se retrouver dans une mare de sang avec un trou dans le front était très élevée.

Elle pouvait servir d'appât.

En effet, si l'assassin se faisait surprendre en pleine tentative de meurtre avec le pistolet Luger qui avait tué les trois autres, cela suffirait à l'incriminer. Il suffisait donc à Judith de remplir sa maison de policiers qui, dès l'entrée de l'assassin, l'intercepteraient et l'arrêteraient.

Mais que faire si l'assassin voyait la police débarquer ?

Plus Judith y pensait, plus elle se rendait compte qu'il était peut-être déjà dehors, sous l'orage, espionnant sa maison. Dès l'arrivée de la première voiture de police, il s'éclipserait et attendrait un autre jour pour lui régler son compte. Un jour où elle ne bénéficierait d'aucune protection policière.

Non, se dit Judith. *Je ne peux pas prendre le risque d'impliquer la police. Pas encore. Je dois agir seule. La police ne doit arriver qu'une fois l'assassin entré chez moi, son Luger à la main. Mais comment faire ?*

Trop anxieuse pour manger, elle se versa un petit verre de scotch, s'assit à sa table de jeux, tailla un crayon et établit une liste de ses idées : ce qu'elle savait, ce qu'elle soupçonnait, ce qu'elle croyait qu'il adviendrait.

La dernière goutte de scotch avalée, sa main se tendit vers la carafe pour se verser une nouvelle dose. Elle s'interrompit. Un whisky, pour ce soir exceptionnellement, ça suffisait. Mais comme l'envie de sucré persistait, elle prit son sac à main, en sortit sa boîte de bonbons, la posa sur la table, l'ouvrit et n'y trouva que du sucre glace. Non, à mieux y regarder, il restait deux bonbons. Elle en mit un dans sa bouche et se remit au travail.

À 20 heures, l'orage avait redoublé de violence. Le vent cherchait à plaquer les arbres contre le sol. Judith avait fini de faire le point sur la situation.

Elle était arrivée à la conclusion que, tout en évitant d'attirer des voitures de police, il fallait lancer une alerte. Une fois l'assassin chez elle, elle n'aurait peut-être pas le temps d'appeler la police. Sans oublier qu'il pouvait demander à voir son téléphone et s'apercevoir qu'elle venait de l'appeler.

Elle donna donc à Suzie et à Becks des instructions précises par téléphone, sans dévoiler ses théories ni ses conversations de l'après-midi avec Elliot Howard et la réceptionniste de l'étude. D'une part pour ne pas mettre leur vie en danger, et d'autre part parce qu'elle leur en voulait encore pour ce qu'elle considérait comme une trahison de leur part : leurs commentaires sur l'article relatant la mort de Philippos. Elle leur en révéla le moins possible, se contentant des directives qui leur permettraient de faire le nécessaire.

En les tenant à distance, Judith obéissait à une de ses tendances ataviques. Si la vie lui avait appris une leçon, c'était qu'il ne fallait jamais laisser personne s'approcher trop près de soi. Tout allait tellement mieux quand on se débrouillait tout seul.

Assise à la table de jeux, Judith cessa de lire ses notes et observa la pluie au-dehors. Un éclair gigantesque illumina le ciel. Elle sursauta. *Pourquoi maintenant ?* se demanda-t-elle. Il avait fait si beau pendant des semaines !

Que faire, en attendant, pour calmer ses nerfs ? Un puzzle, des mots croisés : hors de question. Elle sortit un vieux paquet de cartes, battit le jeu et commença une patience d'horloge. Comme jeu en solitaire, il y avait mieux, mais c'est sa grand-tante Betty qui le lui avait appris : c'est donc celui-là qu'elle allait jouer.

En attendant.

Elle tournait le dos à la pièce, ce qui était pour le moins courageux, mais elle pouvait toujours admirer l'orage par la fenêtre. Le seul son qui lui parvenait était le *flap, flap, flap* régulier des cartes sur la table du salon, pendant qu'elle attendait, attendait…

Juste avant 21 heures, Judith aperçut le flash d'une lampe torche sur l'autre rive.

Un autre flash.

La peur s'empara d'elle.

Encore deux flashs, un bref intervalle, puis de nouveau deux flashs de lampe torche. Elle s'étira, bras en l'air, et les flashs cessèrent.

Le moment était venu. C'était en train d'arriver.

Judith regarda ses cartes sur la table. Elle n'arrivait plus à se concentrer : les figures, les couleurs et les chiffres flottaient devant ses yeux. Elle perdait le contrôle d'elle-même. Ses bras et ses jambes étaient devenus si lourds qu'elle n'était pas sûre d'arriver à les mouvoir le moment venu.

Tanika arrive, se dit-elle. *Encore dix minutes et tout sera fini. Tanika arrive.*

Elle entendit un bruit de verre brisé quelque part dans la maison.

Sa peur s'intensifia.

L'assassin était chez elle.

– Pourquoi tu ne m'as pas prévenue plus tôt ? hurlait Tanika à Becks, assise à côté d'elle dans la voiture de police lancée à toute allure sur l'A404 en direction de Marlow, sirène et gyrophares à fond.

– Parce que Judith me l'a interdit, dit Becks. Elle m'a dit d'aller au commissariat, de m'assurer que tu n'en partais pas, puis d'attendre un coup de fil de Suzie pour te dire que l'assassin était chez elle et qu'il se préparait à la tuer.

– Mais j'aurais dû être là pour l'arrêter !

– Non, elle m'a dit qu'elle ne pouvait pas prendre le risque de faire fuir l'assassin et qu'elle devait se débrouiller seule…

– Elle ne peut pas se débrouiller seule avec un tueur en série ! lui rétorqua Tanika en attaquant un rond-point sur les chapeaux de roues en direction de Marlow.

Une gerbe d'eau s'éleva de la route. Becks se cramponnait à la poignée de la portière, pétrifiée, mais regrettant aussi que le véhicule ne pût aller plus vite. Elles étaient à quelques minutes de chez Judith.

Pour Judith, le temps s'était immobilisé. Assise dans son fauteuil, elle attendit – quelques secondes ? quelques minutes ? Elle n'en savait rien.

Elle sentit une présence derrière elle.

De l'eau tombait, goutte à goutte, sur le parquet.

C'était lui.

Le moment était venu d'appliquer sa stratégie.

– Bonsoir, Danny, dit-elle.

Judith se retourna dans son fauteuil et vit Danny

Curtis au milieu du salon, trempé de la tête aux pieds, vêtu d'un imperméable poncho gris, les cheveux en folie, les yeux aussi.

– J'ai dit : bonsoir, Danny.

Elle cherchait à établir un contact avec le visiteur. Mais Danny Curtis, la respiration haletante, le regard exorbité, n'entendait pas.

Il tenait un pistolet Luger.

À une centaine de mètres de là, sur l'autre rive de la Tamise, Suzie était morte d'angoisse et rongée par l'indécision. Dissimulée par les branches d'un saule pleureur, elle piétinait pour se réchauffer tout en cherchant à distinguer la maison de Judith sous la pluie battante.

Au début de la soirée, Judith l'avait appelée pour lui annoncer qu'un homme s'introduirait chez elle cette nuit. Il viendrait certainement par le fleuve, en canoë : c'était son *modus operandi*. Il fallait que Suzie reste sur l'autre rive, un peu en aval, pour l'apercevoir dès que possible. À l'apparition de cet homme, elle devait appeler Becks au commissariat de Maidenhead pour lui donner le signal du départ, avec Tanika ou un autre officier de police.

Suzie avait demandé des détails, dont l'identité de cet homme qui devait arriver en canoë, mais Judith avait refusé tout net. Suzie et Becks devaient exécuter toutes ses instructions à la lettre, sinon elle irait jusqu'au bout de sa tactique sans elles. Suzie avait beau donner de la voix, elle n'était pas arrivée à dissuader Judith.

De guerre lasse, Suzie avait enfilé son ciré et, Emma en laisse, était partie se promener au bord de la Tamise, côté Marlow, en plein orage. Elle s'était cachée sous le saule pleureur, d'où elle voyait assez bien la maison de Judith.

Elle trouvait cela terriblement risqué, mais Judith lui avait expliqué que l'homme au canoë devait d'abord manœuvrer pour s'approcher du rivage, s'extraire de son canoë puis l'amarrer avant de se rendre chez elle. Une fois arrivé, il lui faudrait un peu de temps pour parvenir à pénétrer dans la maison.

Judith s'était trompée.

Suzie avait bien vu la silhouette d'un homme en canoë à travers le rideau de pluie, mais il allait à une vitesse incroyable : son aviron tournait comme les ailes d'un moulin. Dès qu'il eut dépassé Suzie, elle avait envoyé à Judith deux flashs de sa lampe torche. Elle avait vu Judith s'étirer dans son salon, signe qu'elle avait reçu le message. Retournant dans son refuge de branches feuillues, Suzie avait appelé Becks.

En écoutant la tonalité d'appel, elle avait vu l'homme ramer le long du jardin de Judith, sortir du canoë d'un seul coup et le tirer sans difficulté sur le rivage. Sans ralentir une seule seconde, il s'était dirigé vers la maison.

Judith avait estimé que toute cette opération lui prendrait au moins dix minutes.

Elle ne lui en avait même pas pris deux.

Danny fit un pas vers Judith et la mit en joue avec le Luger.

– Ça faisait longtemps que vous désiriez la mort de votre femme, n'est-ce pas ? dit Judith, toujours en quête d'un contact.

De son autre main, Danny essuya l'eau qui dégoulinait sur son visage. Il avait l'air déterminé, inébranlable.

– Je me demande de quand date votre ressentiment, continua-t-elle. *Parle, parle, ne t'arrête pas !* se disait-elle. *Parle sans cesse ! Gagne du temps !* Depuis l'origine, j'en suis sûre. Depuis que le rameur très doué que vous étiez a commencé à sortir avec une rameuse encore plus douée que lui. Mais pour elle, il ne s'agissait pas seulement de talent. C'était une vraie championne, elle a ramé pour la Grande-Bretagne aux jeux Olympiques et a décroché une médaille d'argent. Contrairement à vous. Votre carrière n'a jamais vraiment décollé, je me trompe ?

Danny serra les dents.

– Et c'était insupportable d'être marié à une femme qui avait mieux réussi que vous. Vous vous sentiez diminué. Un raté, voilà ce que vous étiez. Et là, Liz a encore fait quelque chose que vous ne pouviez pas lui pardonner. Au plus fort de son succès, alors qu'elle avait certainement deux ou trois jeux Olympiques devant elle, elle a tout laissé tomber. Avant ses trente ans.

Judith perçut une expression de douleur sur le visage de Danny. *Oui !* se dit-elle. *Voilà, c'est ça ! Occupe-le !*

– Et n'oublions pas qu'un bon rameur olympique peut gagner beaucoup d'argent. Pour vous, le prince consort, ç'aurait été difficile à avaler, mais au moins elle aurait été célèbre. Mais Liz n'était pas comme vous. La célébrité, elle s'en fichait. L'argent aussi. Tout ce qu'elle voulait, c'était être la meilleure rameuse possible. Une fois qu'elle a eu sa médaille, elle s'en est satisfaite. Je crois que pour vous, ça a été le coup de grâce. Parce que vous aviez accepté de jouer le second rôle derrière votre femme plus talentueuse et que ce talent, elle le jetait aux orties. Elle préférait se consacrer aux affaires de la famille : le club nautique de Marlow…

Mais où est Tanika ? Et que fait Becks ?

« Or le club nautique de Marlow n'était pas un très bon filon, continua-t-elle, s'efforçant de parler le plus calmement possible. Financièrement parlant. Il l'avait peut-être été à l'époque où le père de Liz l'avait fondé. Mais depuis, le climat a changé et le club est sous l'eau chaque hiver, ou c'est l'impression que ça vous donne. C'est à ce moment que Liz commet une autre erreur : elle ne baisse pas les bras. Même si votre affaire se casse la figure, même si elle engloutit toutes vos économies. À chaque étape de cette dégringolade, vous sentez que le destin vous abandonne un peu plus. D'abord, vous échouez en tant que rameur de compétition. Ensuite, vous échouez en tant que second violon d'une rameuse célèbre. Et vous échouez enfin comme propriétaire d'une affaire florissante. Parce que l'affaire était loin d'être florissante.

Pendant son discours, Judith n'avait pas quitté des yeux le visage de Danny un seul instant, mais sa vision périphérique l'avertit que sa main avait commencé à vaciller et à s'abaisser.

Elle s'accorda une bribe d'espoir. Son plan allait-il

fonctionner ? Arriverait-elle à distraire Danny jusqu'à l'arrivée de Becks et de la police ?

– Plus qu'une minute ! On y est presque ! cria Becks à Tanika. D'une main, elle serrait la poignée de toutes ses forces, et de l'autre, elle tenait son téléphone pour vérifier l'itinéraire.

– Cramponne-toi ! répondit Tanika, tout en propulsant le véhicule à travers le village de Bisham.

Elle se faufila entre les voitures garées de part et d'autre de la rue étroite. Une fois sortie de Bisham, elle accéléra et fonça vers le pont de Marlow à une vitesse terrifiante.

Au tout dernier moment, elle braqua et s'engagea sur Ferry Lane dans un crissement de pneus. Becks poussa un cri : un énorme chêne était tombé en travers de la route. Tanika écrasa la pédale de frein. La voiture glissa sur une flaque d'eau et partit en tête-à-queue avant de s'immobiliser, la roue arrière gauche suspendue au-dessus de la Tamise en furie.

L'arbre venait d'être terrassé par cette tempête de mousson ou par la foudre. Seuls les excellents réflexes de Tanika leur avaient permis de s'en sortir saines et sauves.

Accusant le choc, Tanika et Becks restèrent muettes un moment. Elles n'entendaient plus que le chuintement des essuie-glaces et le martèlement de la pluie sur le toit.

– Ça va ? demanda enfin Tanika.

– Oui, je crois, répondit Becks, qui jeta un regard de côté sans oser déplacer le poids de son corps sur la banquette. La Tamise bouillonnante n'était qu'à quelques pas.

– Voici ce qu'on va faire, dit Tanika. C'est la roue arrière gauche qui est au-dessus du fleuve et c'est moi qui fais contrepoids. C'est donc toi qui dois sortir la première. Ensuite, je pourrai sortir, mais pas avant.

Becks, jetant un coup d'œil au rétroviseur extérieur, vit la roue arrière qui tournait dans le vide.

– Arrête de penser, fais-le ! Sors de la voiture bien gentiment, bien calmement, et passe par-devant. Fais ce que je te dis. Tout ira bien.

Becks ouvrit la portière, ou plutôt la pluie et le vent l'ouvrirent à sa place. Elle posa le pied sur les quelques centimètres de terrain détrempé qui la séparaient du fleuve déchaîné, puis elle se coucha, passa sous la portière et atteignit la chaussée. Dès qu'elle fut tirée d'affaire, Tanika sortit à son tour. La voiture recula d'une trentaine de centimètres et s'effondra sur son essieu : désormais, les deux roues arrière tournaient dans le vide.

Elles échangèrent un regard : elles avaient compris. Elles ne pourraient jamais ramener cette voiture sur la route. De toute façon, ça n'aurait pas servi à grand-chose : le vieux chêne faisait obstacle.

Impossible d'aller chez Judith.

Judith avait de plus en plus de mal à contenir sa peur. *Mais où est la police ?*

Elle s'obstinait cependant à faire durer la conversation :

– En ce qui concerne votre mobile, c'est mon amie Suzie qui a mis le doigt dessus, la première fois qu'elle est entrée dans cette maison. Elle m'a dit qu'elle devait avoir une grande valeur. Mais mon petit bout de rivage n'est rien comparé au vôtre, au site de votre club nautique. Le terrain doit valoir des millions, voire des dizaines de millions de livres. Alors pourquoi continuer à tirer le diable par la queue et à travailler comme un âne pour empêcher l'établissement de couler alors qu'il suffirait de tout vendre à un promoteur et de prendre votre retraite ? Je me demande même si, quand vous avez épousé Liz, vous n'aviez pas l'intention d'attendre la mort de son père pour la convaincre de vendre le terrain. Mais quand Liz a hérité, vous avez découvert qu'elle n'accepterait jamais de vendre, malgré votre travail acharné et votre précarité financière. À moins de trouver une solution, n'est-ce pas ? Si Liz mourait, vous hériteriez du terrain et seriez enfin libre de le vendre au plus offrant. À vous les millions de livres qui vous revenaient de droit ! Oui, mais il ne suffit pas de vouloir tuer sa femme, il faut aussi trouver comment s'y prendre.

Judith sentit que l'instant était arrivé.

Danny émergea de son état hagard et parut la voir pour la première fois.

– Ta gueule, salope ! dit-il.

Il releva le pistolet Luger, visa la tête de Judith et appuya sur la gâchette.

Sur l'autre rive, Suzie entendit la détonation et vit la fenêtre du salon voler en éclats.

– Oh mon Dieu ! dit-elle.

Elle dit à Emma :

– Va sauver Judith ! Il faut sauver Judith !

Emma ne bougea pas : elle était trempée jusqu'aux os, frigorifiée et très malheureuse. Impossible de faire comprendre à un chien que, sur l'autre rive, son amie Judith avait besoin d'aide.

Que faire ?

Son téléphone se mit à sonner. Elle décrocha.

– C'est moi, dit Becks.

– Où es-tu, nom d'un chien ? Il y a une éternité que tu devrais être ici ! Tanika est avec toi ?

– Oui, mais Ferry Lane est bloquée. Un chêne est tombé en travers et la voiture de Tanika est à moitié suspendue au-dessus du fleuve.

Suzie lui coupa la parole :

– Il a tiré sur Judith ! cria-t-elle sur fond de coup de tonnerre.

– Tu dois absolument la rejoindre. Pour nous, c'est impossible.

– Je ne suis pas sur la bonne rive.

– Traverse !

– Je ne peux pas !

– Il le faut !

– Je ne peux pas !

– Il le faut absolument.

– Je ne sais pas nager !

Brève pause à l'autre bout de la ligne.

– Comment ça, tu ne sais pas nager ? Tout le monde sait nager !

– Je n'ai jamais appris.

– Tu te fiches de moi ! Bon, écoute, reste où tu es. Nous allons nous débarrasser de ce chêne. Je ne sais pas comment, mais on va y arriver.

Becks raccrocha et rejoignit Tanika, elle aussi au téléphone. Elle l'interrompit :

– Suzie dit qu'on a tiré sur Judith… Il faut envoyer quelqu'un chez elle de toute urgence !

– J'ai demandé du renfort et une ambulance. Mais avec cet ouragan tout le monde est déjà mobilisé, ça va prendre du temps.

– Du temps, on n'en a pas ! Et l'hélicoptère de la police ?

– Il ne peut pas décoller par un tel orage.

– Mais Judith est là-bas, toute seule !

– Y a-t-il un autre itinéraire que cette route ?

– Non ! répondit Becks.

Elle chercha désespérément une solution.

Elle n'en trouvait pas.

Elle était là, sur une route bloquée, près d'une voiture de police qui se balançait au-dessus de la Tamise. Devant elle, à quelques mètres, sous la pluie, se dressait le pont suspendu, indifférent au sort de Judith. Et au-delà du pont, une silhouette élégante sur fond de ciel d'orage : l'église.

Son église.

On était jeudi soir et 9 heures venaient juste de sonner.

– Attends-moi ! lança Becks en courant vers le pont. Je reviens dans deux minutes !

Au grand étonnement de Tanika, Becks traversa le pont suspendu.

Où allait-elle ?

Judith avait eu beaucoup de chance.

Elle avait entendu la balle siffler près de son oreille avant de fracasser la fenêtre. Danny l'avait ratée de quelques centimètres.

Il avait l'air tout étonné d'avoir manqué sa cible. Elle comprit que dans quelques secondes, il tirerait de nouveau.

Il fallait le distraire, c'était le seul espoir qui lui restait.

– C'est vous qui avez tué le chien, n'est-ce pas ? lança-t-elle.

Danny cligna des yeux.

– Quoi ? dit-il.

Très bien ! pensa Judith. *J'ai enfin réussi à le faire parler !*

– Mon amie Suzie m'a dit que Liz avait fait piquer votre chien par un vétérinaire, mais elle se trompait à moitié. Car ce n'est pas Liz qui a fait tuer le chien. C'est vous.

– Et alors ? cracha-t-il. Vous n'avez aucune preuve, et Crumble n'était qu'un chien. Et je n'ai pas tué Liz, quand est-ce que vous allez le comprendre ?

– Il se trouve que sur ce point je suis d'accord avec vous, dit-elle.

Mais Danny n'écoutait pas.

– Parce que j'étais à Nottingham !

– Oui, je sais, et c'était très malin de votre part. La dernière fois qu'on a vu Liz vivante, à 9 heures du matin, vous étiez à des centaines de kilomètres. Et quand son corps a été découvert, une heure plus tard, vous étiez encore à des centaines de kilomètres.

– Alors comment pouvez-vous croire que je l'ai tuée ?

– Comme vous l'avez dit, vous ne l'avez pas tuée.

– Hein ?

– Vous n'avez pas tué votre femme, vous avez tué Stefan Dunwoody.

– *Quoi ?*

– Parfaitement. C'est vous, l'assassin de Stefan. C'est vous qui avez attaché le médaillon « Foi » à sa boutonnière. Il n'y a qu'un rameur pour attacher un médaillon ainsi, comme on attache les badges de circulation lors des régates.

– C'est absurde.

– Oh non, pas du tout. C'est très rationnel. Horriblement rationnel, même.

– Vous croyez que j'ai tué ce Stefan ? Je ne le connaissais même pas. C'était Liz qui le connaissait.

– Cela aggrave votre cas, car vous l'avez tué de sang-froid. Je me suis demandé pourquoi Stefan avait été tué dans son jardin. Je ne comprenais pas comment il était arrivé là. Voyez-vous, mon suspect numéro un était d'abord Elliot Howard. Stefan ne l'appréciait pas du tout. Il le soupçonnait même d'avoir cambriolé sa maison. Mais si Elliot était venu chez lui pour le tuer, comment Stefan se serait-il retrouvé au bout du jardin ?

Imaginez Elliot disant : « Bonjour, Stefan, je sais que tu ne peux pas me sentir, mais tu viens faire une petite balade au fond du jardin avec moi ? » Ça n'aurait aucun sens. Si l'assassin est arrivé par le fleuve, c'est une tout autre histoire. Parce que, vous avez raison, Stefan ne vous connaît ni d'Ève ni d'Adam. Alors quand il vous voit apparaître au bout de son jardin, il est surpris, mais nullement effrayé.

– Quand j'apparais au bout de son jardin ? Qu'est-ce que vous racontez ?

– Honnêtement, j'ai honte d'avoir mis si longtemps à comprendre. Mais le soir où Stefan a été tué, je nageais dans le fleuve et j'ai vu un canoë bleu dans les massettes au bord du jardin de Stefan. J'ai cru alors que ce canoë appartenait à Stefan, et j'ai même essayé de m'en servir pour sortir de l'eau. Mais ce n'était pas son canoë, parce que, comme je l'ai découvert cet après-midi, Stefan détestait la navigation et tout ce qui allait avec. Il ne pouvait donc pas avoir de canoë. Et de toute façon j'aurais dû m'en douter, parce qu'à chaque fois que j'ai nagé près de chez Stefan depuis son assassinat, et même quand je suis rentrée chez moi après avoir exploré le jardin et trouvé son cadavre, il n'y avait plus de canoë bleu. Or qui pouvait être parti avec, sinon l'assassin ?

Judith vit que Danny était désormais suspendu à ses lèvres.

– J'imagine assez bien votre panique quand vous avez entendu une femme appeler Stefan du fleuve, alors que vous veniez de le tuer. Votre plan, en effet, était d'arriver en douce, de tuer Stefan en douce, puis de laisser le courant de la Tamise vous ramener au club nautique. Qui aurait pu se douter que c'était vous ? Comme vous dites, vous n'aviez jamais rencontré Stefan. On ne tue pas un parfait inconnu. Ce qui m'amène d'ailleurs à votre pauvre femme. Parce que, maintenant que nous savons que vous avez tué Stefan, son comportement devient compréhensible. Je pense qu'elle a dû sentir quelque chose le soir du meurtre, quelque chose qui lui a fait craindre que vous soyez impliqué. Étiez-vous très agité en rentrant chez vous ? Vous a-t-elle vu sortir du canoë avec le Luger ?

Elle désigna le pistolet qu'il tenait en main.

– Quoi qu'il en soit, continua-t-elle, elle a commencé à se méfier de vous. Rappelez-vous, quand nous sommes venues vous parler, Suzie et moi, vous nous avez dit que Liz connaissait un peu Stefan. Son décès a dû la choquer. Quelle que soit l'histoire que vous lui avez racontée ce soir-là, ça n'a pas suffi à dissiper ses soupçons. Le lendemain, elle est allée chez Stefan pour essayer d'en savoir plus. C'est à ce moment que je l'ai aperçue et que je l'ai appelée de l'autre rive. Maintenant, je sais pourquoi elle s'est enfuie. Si elle avait ce comportement bizarre, ce n'était pas parce qu'elle se sentait coupable mais parce qu'elle *vous* sentait coupable. Cela explique pourquoi elle s'est enfuie de nouveau quand je l'ai rencontrée dans le pré, le lendemain. Et son air de culpabilité quand nous sommes venues lui parler, elle niait des faits incontestables et s'emberlificotait dans ses réponses. J'ai de la peine pour elle, je n'arrive même pas à imaginer les tourments qui ont dû la ronger. Soupçonner son propre mari de meurtre ! Tout son univers s'effondrait. Pas le vôtre, j'ai remarqué. Quand nous vous avons interrogé, vous étiez gai comme un pinson. Vous vous souvenez ?

« Encore mieux : vous avez tout goupillé pour que les soupçons se portent sur votre femme. Vous nous avez dit qu'elle était en bons termes avec Stefan, ce qui est partiellement vrai. Mais le plus fort, c'était de nous signaler qu'elle avait pris le taxi d'Iqbal quelques semaines plus tôt, et plus tard de dire à la police que nous vous avions arraché cette information. Un coup de maître, je dois l'avouer ! Parce qu'en une seule conversation vous avez réussi à nous faire croire que Liz était en contact avec Stefan et avec Iqbal. Et que si elle mourait un peu plus tard, et vous saviez que cela arriverait, nous serions tentées d'en tirer des conclusions hâtives et tout à fait erronées.

– Des bobards, rien d'autre ! dit Danny.

– Vous savez bien que non, que tout est vrai, dit Judith. Votre présence le prouve.

Judith soutenait son regard et s'efforçait de ne pas le lâcher : il ne fallait pas que Danny comprenne qu'elle était à court d'arguments pour prolonger la conversation.

Elle n'avait plus la moindre idée. Son esprit était désespérément vide.

Sa seule pensée était pour le Luger toujours pointé sur elle. Et Danny semblait à deux doigts d'appuyer de nouveau sur la gâchette.

Mais que font Becks et la police ?

Becks entra comme une tornade dans l'église de Tous-les-Saints et remonta l'allée centrale, échevelée, trempée de la tête aux pieds et la robe pleine de boue.

La répétition venait de prendre fin, la chorale commençait à se disperser. Les choristes, sidérés, contemplaient la femme du vicaire toute débraillée, le regard exorbité.

– Chérie ? s'écria Colin, très embarrassé.

– J'ai besoin de ton aide ! dit-elle. L'assassin va tuer de nouveau. Et il faut déplacer un arbre.

– L'assassin ? dit Colin, cherchant à calmer son épouse. Qu'est-ce que tu racontes ?

Becks constata avec soulagement qu'Elliot Howard n'était pas parmi les choristes. Mais elle se souvint qu'il était à un match de foot à Londres, Judith le lui avait dit.

– L'assassin est chez Judith Potts !

– Vous savez donc qui est l'assassin ? dit le major Lewis, depuis le rang des ténors.

Le héraut autoproclamé des bonnes manières bourgeoises, penché en avant, s'appuyait de tout son poids sur sa canne à pommeau de laiton.

La dernière fois que Becks avait vu le major Lewis et sa femme, elle leur avait préparé une poitrine de porc au fenouil.

– Il faut sauver Judith ! s'écria-t-elle.

Son regard se porta du major Lewis à son mari, puis de son mari aux choristes. Ils avaient tous l'air profondément gênés.

– Ce n'est pas à la police de le faire ? demanda le major.

– La police est bloquée devant le chêne ! Le chêne

est en travers de Ferry Lane ! Nous avons besoin d'aide pour le déplacer !

– La police sait ce qu'elle fait, nous devons la laisser faire son travail.

– Mais écoutez ce que je dis, bon sang ! La police ne peut plus faire son travail, il y a un arbre en travers de la route !

Elle se précipita sur le major, lui arracha sa canne, courut vers les vitrines des bas-côtés où étaient exposés des trophées de héros militaires, brandit la canne à bout de bras et en fracassa une. Le verre vola en éclats et se répandit de toute part.

– Becks ! cria son mari.

– Ne reste pas planté là ! dit Becks.

Dans la vitrine brisée, elle attrapa un sabre qui avait appartenu à un officier subalterne de la guerre de Crimée pendant la charge de la brigade légère à Balaklava, en 1854.

– Elle est folle à lier ! cria le major. Il faut appeler la police !

– Il faut vous le dire combien de fois ? Je suis avec la police ! répondit Becks.

Elle courut vers le clocher et se lança dans le petit escalier branlant, louant Dieu pour son programme de mise en forme : ses heures de masochisme consacrées à la boxe, au yoga et au vélo d'appartement allaient peut-être finalement servir à quelque chose.

Les choristes, rassemblés derrière Colin et le major Lewis, levèrent les yeux vers le clocher. La femme du vicaire grimpait l'escalier quatre à quatre en faisant des moulinets avec le sabre.

Elle s'arrêta à mi-hauteur, sur la mezzanine où étaient

rassemblées les cordes des huit cloches de l'église. Elle saisit celle de la plus grosse cloche et la tira de toutes ses forces. La cloche retentit dans toute la ville. Becks espérait que les Marloviens comprendraient qu'il s'agissait d'une urgence et afflueraient vers l'église.

Après avoir sonné plusieurs fois, elle se saisit d'une autre corde, la plus longue, qui descendait jusqu'au sol de l'église. Elle était raccordée à la seule cloche que l'on pouvait actionner depuis la nef. La tenant fermement de la main gauche, elle se mit à la scier avec son sabre.

À force de scier, de tirer et de pousser, elle réussit à couper la corde.

– Attention la tête ! cria Becks, laissant tomber quinze mètres de corde qui s'enroulèrent sur les dalles de l'église.

« Attrapez cette corde, quelqu'un ! dit-elle en dévalant l'escalier. Allons, ramassez-moi cette fichue corde, et que ça saute !

Quand elle fut au niveau du sol, elle se rendit compte que les quelque vingt choristes, le major et son mari la dévisageaient comme si elle avait perdu la raison.

– Tu dis qu'il y a une femme en danger ? demanda Colin.

– Oui, Judith Potts. L'assassin est entré chez elle.

– Mais que vient faire cette corde dans tout ça ?

– Il faut la transporter par le pont. De l'autre côté, l'inspecteur Tanika Malik vous dira ce qu'il faut en faire. Colin ! Je t'en prie, aide-moi maintenant !

Il y avait quelque chose dans la voix de Becks qui finit par convaincre son mari. Il parut s'éveiller d'un seul coup :

– Naturellement, chérie. Allez, tout le monde ! ordonna-t-il aux choristes en ramassant plusieurs anneaux de corde. On porte cette corde à l'inspecteur !

Becks se joignit à leurs efforts. L'espoir renaissait : avec tous ces gens et toute cette corde, on arriverait certainement à déplacer le chêne. Et une fois le chêne déplacé, peut-être serait-il encore temps de sauver Judith.

Au même instant, Judith était toujours assise, muette d'épouvante, à court de mots, la tête vide.

Heureusement, Danny mit fin au silence :

– Vous venez de dire que je n'ai pas tué Liz.

Ce n'était pas une question mais une affirmation.

– C'est vrai, je viens de le dire.

– Vous n'arriverez jamais à prouver que j'ai tué Stefan. Un type que je n'avais jamais rencontré. Un type que je n'avais aucune raison de descendre.

– C'est vrai, dit Judith, ravie que Danny ait choisi de relancer la conversation. Sacrée énigme, n'est-ce pas ? Mais comme pour la plupart des énigmes, la solution est simple, tout dépend de l'angle de vue. Par exemple : *fréquente le palais et menace la couronne*.

– Hein ?

– Non, rien, n'en parlons plus. Mais je suis d'accord avec vous : vous n'aviez aucun mobile pour tuer Stefan. Elliot Howard, lui, en avait un. Donc, étant donné que l'assassin de Stefan, c'est vous, il est logique de supposer que vous l'avez fait à la place d'Elliot.

– Vous dites n'importe quoi.

– Oh, non ! Je parle très sérieusement. Vous avez tué Stefan pour Elliot.

– Pourquoi l'aurais-je fait ?

– C'est à vous de me le dire.

Danny fronça les sourcils, cherchant à se repérer dans le raisonnement de Judith.

– Je ne vois pas, dit-il. Tout ce que j'imagine, c'est que vous allez dire que j'ai tué Stefan pour Elliot afin qu'il tue Liz pour moi. Mais c'est impossible ! Quand Liz a été tuée, il dirigeait une vente aux enchères par webcam.

– Et comment le savez-vous ? dit Judith.

– Je ne sais pas, dit Danny, gêné. C'est la police qui me l'a dit.

– Ne me prenez pas pour une imbécile. Cependant, vous avez raison : vous avez tué Stefan pour Elliot, mais Elliot n'a pas tué Liz pour vous. Il a tué Iqbal.

– Quoi ?

– Elliot a tué Iqbal.

– Et en quoi ça m'aurait arrangé ?

– Vous, en rien, mais ça arrangeait Andy Bishop. Parce que c'était ça votre plan, n'est-ce pas ? Vous tuez Stefan Dunwoody pour Elliot Howard. Elliot tue ensuite Iqbal Kassam pour Andy Bishop. Et enfin, Andy tue Liz pour vous. La boucle est bouclée. C'est d'une telle simplicité mathématique que ça en devient très malin. Parce que si vous aviez tué Stefan et qu'Elliot ait tué Liz, la police n'aurait pas mis deux minutes à comprendre que vous aviez échangé vos meurtres. Mais si l'on ajoute une troisième personne, ça devient beaucoup moins évident. Vous tuez Stefan, un parfait inconnu pour vous. Et Elliot, qui veut se débarrasser de Stefan, s'assure d'être à la répétition de la chorale pendant ce temps. Même s'il n'a pas pu s'empêcher, en sortant, de jeter un regard de défi à la caméra de surveillance. Il était si fier du mauvais coup qu'il venait de jouer ! Blanc comme neige parce qu'il était ailleurs. Et ça lui permet de sortir de son lit à 5 heures un samedi matin et d'aller tuer Iqbal. Là encore, un parfait inconnu pour lui. Comment pourrait-on le soupçonner ? Quel est le mobile ? Andy Bishop, celui qui voulait réellement la mort d'Iqbal et qui a donné à Elliot son double des clés, était à Malte à l'heure du crime. Il était aussi à Malte quand vous avez tué Stefan : il a donc un double alibi, pour faire bonne mesure. Mais pour tuer Liz à votre place il n'avait pas le choix, il fallait être en Angleterre. Et il l'a tuée, lui aussi, alors qu'il ne l'avait jamais rencontrée !

» Votre plan était déjà bien pensé, mais votre coup de maître, c'est le pistolet Luger, et bien sûr les médaillons “Foi”, “Espérance” et “Charité” que vous vous êtes distribués pour les laisser sur les scènes de crime. Ce plan comportait toutefois un point faible, que l'utilisation du Luger ancien, en distrayant la police, l'a empêchée de découvrir. Après tout, si les trois victimes ont été tuées avec le même pistolet, elles ont forcément été tuées par la même personne. A-t-on déjà vu trois assassins utiliser le même pistolet ? »

» Les médaillons, c'était encore plus futé. Foi, espérance et charité, ça ne fait que trois mots et c'est clair pour tout le monde. En laissant un médaillon sur chaque corps, on fait savoir à la police que les trois meurtres sont liés entre eux et ont tous été commis par le même tueur isolé. Mais surtout, on lui envoie un message clair : il n'y en aura que trois. Une fois que le corps de Liz a été retrouvé avec le médaillon "Charité" autour du cou, la police penserait que c'était fini. Il n'y aurait plus de meurtre. Ensuite, elle ne parviendrait pas à établir le lien entre les trois assassinats, et l'eau coulerait sous les ponts. Au bout d'un moment, elle passerait à autre chose : il y aurait de nouvelles affaires, plus urgentes. Les trois meurtres n'attirant plus l'attention, vous vous en tirez. Mais vos efforts ont été vains : je sais maintenant que ces meurtres n'ont pas été commis par un homme, mais par trois hommes qui se sont fait passer pour un seul.

– Et c'était quoi, le point faible ? demanda Danny, faisant un pas vers Judith.

– Ah oui, je me demandais si vous aviez relevé, dit-elle avec beaucoup de calme, tout en hurlant intérieurement : *Où est la police ?* Votre plan avait un talon d'Achille : imaginez que la police se soit rendu compte qu'il n'y avait pas de lien significatif entre les trois victimes ? Et cela malgré l'usage d'un même pistolet, malgré les médaillons ? Qu'elle ait raisonné selon le principe « à qui profite le crime ? » Dans ce cas, qui étaient ces trois hommes qui profitaient manifestement le plus de ces trois crimes ? Car vous trois, vous êtes unis par un lien, n'est-ce pas ? Un lien très fort.

– Il n'y a aucun lien entre moi et les deux autres ! cria Danny.

– Oh, si ! il y en a un. Et vous le connaissez.

– Admettons, dit Danny. Alors, c'est quoi ?

Depuis Ferry Lane, Tanika vit arriver sous la pluie battante, Colin Starling et toute la chorale sur le pont de Marlow, une longue corde d'église sur les bras. Quand ils furent tous rassemblés, elle comprit ce que Becks attendait d'elle.

– Attachez-la au tronc du chêne ! cria-t-elle. Allez, tout le monde ! On le fait bouger, cet arbre !

Pendant qu'ils attachaient la corde au tronc du chêne, la lumière éblouissante des phares d'un 4x4 déchira l'obscurité : Becks venait de traverser le pont de Marlow, virait sur Ferry Lane et braquait brusquement en faisant crisser les pneus. Malgré l'étroitesse de la voie, elle fit un demi-tour en trois coups de volant parfaitement maîtrisés. À la fin de la manœuvre, son pare-chocs était tourné vers le chêne abattu.

– Il y a une barre de traction à l'arrière ! dit-elle en sortant du véhicule.

Tanika fit attacher la corde à la barre de traction du 4x4. Au loin, on entendit des sirènes : la police arrivait enfin.

– C'est bon ! cria Tanika à Becks. La corde est fixée, tu peux y aller !

À travers les hurlements du vent, il était difficile de se faire entendre, mais Becks comprit, remonta dans sa voiture et referma la portière. Colin, passant la main par la fenêtre, lui prit le bras.

– Becks ? souffla-t-il à sa femme, sans rien trouver d'autre à ajouter.

Elle regarda son mari et vit une lueur de passion dans ses yeux.

– Je ne sais pas ce qui se passe, mais si je ne te l'ai

pas dit ces derniers temps, tu es une femme formidable. Je t'ai toujours trouvée formidable.

Le cœur de Becks bondit. Elle retrouvait le Colin qu'elle aimait, plein de vie, sincère, capable de lui dédier toute son attention.

– Je t'aime, lui dit-elle avec un clin d'œil.

– Je t'aime, répondit-il.

– Mais là, maintenant, il faut que je mette le pied au plancher.

Elle se tourna vers le tableau de bord. Colin recula de quelques pas. Becks enclencha le mode 4x4 sur la position la plus basse et accéléra.

Les roues arrière se mirent à tourner sur la route mouillée dans un nuage de gaz d'échappement et de caoutchouc brûlé, mais le chêne ne bougea pas d'un centimètre.

Becks leva le pied de l'accélérateur avant de recommencer. Deux voitures de police débouchèrent dans Ferry Lane et se faufilèrent lentement pour ne pas entrer en collision avec le véhicule de Becks.

Quand deux officiers sortirent de leurs voitures, Becks appuya de nouveau sur la pédale jusqu'au plancher. La corde se tendit, l'arrière de la voiture se mit à osciller et le moteur rugit jusqu'à couvrir le bruit du vent et de la pluie. Mais le chêne ne bougeait pas davantage. Il était trop gros, trop lourd.

Becks leva de nouveau le pied et, de déception, frappa le volant des deux mains.

Rien ne pourrait jamais déplacer ce chêne.

Judith était complètement seule.

Depuis quelques minutes, Judith était arrivée à la même conclusion : elle était seule. Cette évidence s'était insinuée dans ses veines comme de l'eau glacée. Si Becks avait réussi à mettre la main sur Tanika, elles seraient arrivées depuis longtemps. Il y avait certainement eu un problème. Un très gros problème.

– Allez, dit Danny. Parlez-moi de ce lien que j'aurais, selon vous, avec les deux autres.

Les pensées de Judith se concentrèrent à nouveau sur l'instant présent.

– Ce n'est pas difficile à comprendre, dit-elle.

En fait, il y avait deux Judith : l'une parlait, l'autre pétrifiée de terreur.

– Vous êtes allés tous les trois au même lycée, expliqua-t-elle, à Sir William Borlase.

– Hein ? C'est tout ? Il n'y a que deux écoles d'enseignement secondaire à Marlow. Plein de gens sont allés au même lycée. Et je parie que je n'ai pas le même âge que les deux autres.

– C'est vrai, vous êtes d'âges différents. Elliot a un an de plus que vous et Andy quatre ans de moins.

– Alors comment voulez-vous que je le connaisse, cet Andy ? Je ne me souviens même pas de lui au lycée !

– Oh mais si, vous vous souvenez de lui ! À l'époque, c'était un athlète accompli. Difficile à croire quand on le voit aujourd'hui. Mais en retrouvant une ancienne photo je me suis souvenue que nous avons tous été beaucoup plus minces dans notre jeunesse. Le détail pertinent, ce n'est pas la corpulence d'Andy, c'est sa hauteur. Parce qu'un rameur de petite taille, ça n'existe pas, vous êtes d'accord ?

– En effet, ça n'existe pas.

– Par contre, un barreur de petite taille, ça existe. D'ailleurs, il faut que le barreur soit le plus petit et le plus mince possible. C'est ce qu'était Andy, barreur. Une petite chose toute mince. Comme il s'en était vanté à ma bonne copine Becks Starling, il avait été très athlétique dans sa jeunesse. Au début, nous n'avions pas prêté attention à cette vantardise, c'était pourtant vrai. Lui, Elliot et vous, vous formiez une belle équipe d'aviron qui faisait la gloire de l'école. Je me trompe ?

Pour la première fois, Judith vit la panique s'installer dans le regard de Danny.

– C'est bien ce que je pensais, reprit-elle. Par la suite, vous vous êtes sans doute perdus de vue, mais au temps de votre adolescence vous étiez une des meilleures équipes d'aviron que l'école ait jamais eues. Deux rameurs et un barreur, c'est clair maintenant. Le barreur, c'est Andy, le petit futé avec plus d'un tour dans son sac. Et les deux rameurs, plus âgés, plus grands et plus forts : Elliot et vous. J'imagine que vous faisiez des miracles à toutes les régates.

– Ce ne sont que des suppositions.

– Pas du tout. Une fois que j'ai compris que l'aviron était l'élément qui cimentait toute l'histoire, je suis retournée dans le bureau d'Elliot. Et vous savez quoi ? Depuis ma première visite, il avait retiré la photo d'une des équipes d'aviron que j'avais vues au mur. Supprimer des images encadrées, c'est une habitude chez lui ! Mais l'absence de cette photo était tout ce dont j'avais besoin pour savoir que j'étais sur la bonne voie. Et la colère de sa femme, aussi ! Daisy soupçonnait Elliot depuis quelque temps et ça la rendait folle.

Comme votre femme, d'ailleurs. Quoi qu'il en soit, cette photo manquante me prouvait que la composition d'une équipe d'aviron pouvait incriminer Elliot. Il fallait donc chercher qui d'autre que lui était sur cette photo. Malheureusement, de nos jours, il ne reste plus beaucoup de traces des performances d'autrefois. Vous savez ce qui se passe quand on ne résout pas complètement une grille de mots croisés ? Souvent, le reste se met en place tout seul. J'ai cherché avec qui Elliot pouvait avoir ramé. J'ai d'abord pensé à Stefan, mais comme je l'ai dit, Stefan a fait savoir par voie de presse qu'il détestait l'aviron. Alors je me suis souvenue d'une parole de Becks : quand vous avez rencontré Liz, vous étiez rameurs l'un et l'autre. Donc, la troisième personne de l'équipe d'Elliot, c'était vous.

Danny serrait et desserrait les dents de façon répétée.

– Vous ne dites rien ? Vous n'avez rien à ajouter ? dit Judith. Je suppose que non. Mais je commence à comprendre la logique de ces assassinats. Comme vous l'avez dit, Elliot et Andy n'ont pas grand-chose en commun. La dernière fois que vous avez ramé ensemble, c'était pendant l'année de terminale d'Elliot, en 1980. Il y a exactement quarante ans : le prétexte idéal pour une réunion d'anciens camarades de classe. C'est d'ailleurs pourquoi Liz a noté un événement dans son agenda pour le lundi 5 août : « Dîner des rameurs ». Mais ce n'était pas pour elle, ce dîner. Elle l'avait noté, en bonne épouse, parce qu'elle ne voulait pas risquer de programmer un autre rendez-vous pour la même date.

« Je suis certaine qu'Elliot, Andy et vous, vous avez passé une excellente soirée, dans un salon particulier de restaurant, peu importe lequel. En smoking, je parie. Oui, je vous imagine bien tous les trois dans le salon privé lambrissé de chêne d'un pub cossu des environs. Tirés à quatre épingles, râlant parce qu'on ne peut plus fumer le cigare à l'intérieur… Mais j'en viens au fait. Ce même lundi 5 août, Elliot était allé à la galerie de Stefan. Je suis sûr qu'il est arrivé fulminant à votre rendez-vous, compte tenu de ce qui a suivi. Il a dû tout vous raconter : que Stefan était un escroc – ce qui était vrai, je suis au regret de l'admettre – qui, quelques décennies plus tôt, lui avait volé un Rothko d'une valeur inestimable. Il vous donne tous les détails, y compris sa dispute avec Stefan à la régate de Henley. Et même, je suppose, ce qu'il a fait ensuite. Il est dans une telle fureur depuis cette bagarre à Henley qu'il a décidé de se venger. Il veut récupérer son Rothko à tout prix, mais comment faire ? Il y a un moyen : Elliot a toujours cherché à prouver son talent de peintre. Il va peindre une copie. Mais là encore, comment s'y prendre ? Il n'a pas vu le tableau depuis des années. De plus, il lui faut récupérer le cadre du vrai Rothko pour y placer sa copie afin que Stefan ne voie pas la différence. Il s'introduit donc chez lui en douce et je pense que c'est juste pour prendre des photos du Rothko, mesurer le cadre et le système de fixation de la toile, et d'autres détails techniques. Mais après cela il s'en va. De telle sorte que, quand Stefan appelle la police pour signaler un cambriolage, il ne peut signaler aucun vol. En effet, rien n'a disparu : Elliot n'est entré chez lui que pour réunir des informations.

« La suite, pour Elliot, consiste à se refaire la main en peignant des Rothko, en se remémorant sa technique et sa palette de couleurs. Cela explique toutes les croûtes dans le style de Rothko qu'il brûlera dans son jardin beaucoup plus tard. Pour se débarrasser des brouillons. Stefan a bien compris que le cambrioleur c'est Elliot. Peut-être a-t-il remarqué que son Rothko est un peu de travers. Ou Elliot a peut-être croisé Stefan quelque part et l'a nargué. Nous ne saurons jamais ce qui met la puce à l'oreille de Stefan, mais toujours est-il que ça lui paraît assez sérieux pour convoquer Elliot dans son bureau et l'accuser du cambriolage, en le menaçant d'aller voir la police. »

« Alors, oui : je devine qu'Elliot est d'humeur massacrante quand il vous retrouve autour de cette table. Il vous dit certainement que Stefan mérite la mort. Et ensuite ? J'imagine qu'Andy est le deuxième à mettre son grain de sel, parce que lui aussi, il a des problèmes. Pour ne pas avoir trop l'air d'un truand, il doit enjoliver l'histoire. Il vous raconte certainement qu'il a été un modèle de compassion en s'occupant de son client Ezra sur son lit de mort, à tel point qu'Ezra a légué tous ses biens à son fidèle notaire. Énorme mensonge, bien entendu, mais il est obligé de préciser que comme Ezra, à l'article de la mort, n'était pas en état de signer son nouveau testament, il a dû créer deux témoins de toute pièce. J'imagine aussi qu'il débine copieusement Iqbal, le voisin indiscret qui a découvert que les témoins ne sont autres que d'anciens élèves de Borlase morts avant la signature du testament et a poussé l'insolence jusqu'à lui envoyer la preuve : la page arrachée à la rubrique nécrologique du *Borlasian*.

« Andy est dans une situation beaucoup plus complexe que celle d'Elliot. Il est coupable d'une fraude grave, et s'il n'arrive pas à faire taire Iqbal, c'est la prison pour lui. Même si Elliot n'est sans doute pas le premier à affirmer que Stefan mérite la mort, Andy le dit certainement à propos d'Iqbal. Iqbal doit mourir. Mais comment mettre ce projet à exécution ? Quand on dirige un hôtel des ventes, il ne doit pas être trop difficile de mettre la main sur une arme ancienne non neutralisée, par exemple un Luger de la Seconde Guerre mondiale. On connaît toujours quelques vendeurs louches, et je suis sûre qu'Elliot en a deux ou trois dans sa manche. Il reste à s'assurer qu'on peut faire le coup en douce. Je crois que c'est à ce moment que vous avouez votre désir de vous débarrasser de votre femme. Parfois, il est plus facile de confier des choses inavouables à une relation superficielle qu'à quelqu'un que l'on connaît bien. Et si Liz disparaît, vous héritez du terrain sur lequel est bâti le club nautique ; vous pourrez alors le vendre et devenir multimillionnaire. »

« Une fois que chacun a avoué aux autres son terrible secret, l'idée vous vient de faire exécuter chacun de ces meurtres par l'un de vous trois, celui qui n'y a pas d'intérêt direct. Avec la même arme pour faire croire qu'il n'y a qu'un assassin. Et avec une fausse piste sous la forme de médaillons maçonniques, certainement fournis par Andy Bishop, pour parfaire l'illusion d'un seul et unique assassin.

Danny, élevant de nouveau son arme, la pointa vers Judith.

– Maintenant, vous allez la fermer.

– Vous tenez vraiment à avoir un autre mort sur la conscience ?

– Vous vous fourrez le doigt dans l'œil, parce que c'est précisément ce que je veux.

La lueur de folie dans les yeux de Danny fit comprendre à Judith qu'il n'accordait plus aucune importance aux conséquences de ses actes. Elle ne pourrait plus l'amadouer par la parole, ni faire appel à sa capacité de raisonnement. Il voulait l'abattre, à n'importe quel prix.

Judith dut se rendre à l'évidence : son plan avait échoué.

Elle était seule avec Danny Curtis, et rien au monde ne pourrait l'empêcher de la tuer.

Suzie était encore sous le saule pleureur, terrorisée, avec un désespoir croissant et des vêtements de plus en plus trempés. Que se passait-il chez Judith ? Il devait bien y avoir un moyen de l'aider, mais lequel ? Elle n'était pas sur la bonne rive et n'avait aucun moyen de traverser le fleuve.

Elle s'éloigna du saule pleureur, s'approcha de l'eau et contempla la masse bouillonnante qui courait devant elle. Non seulement elle ne savait pas nager, mais ce fleuve torrentiel, en plein orage et en pleine nuit, était infranchissable.

Emma ? Elle ne servait à rien. La pauvre bête grelottait aux pieds de Suzie.

Suzie comprit soudain qu'il n'y avait plus qu'une solution. Becks et la police n'arriveraient pas à temps, il ne fallait plus compter sur elles. Le dernier espoir de Judith, c'était elle. Cette idée l'aida à prendre sa décision. Judith avait peut-être prévu cela.

– On va sauver Judith ! cria-t-elle à Emma, perçant

les hurlements du vent. On va sauver Judith, toi et moi !

Elle s'accroupit, délaça ses chaussures de marche et en dégagea ses pieds. Elle se débarrassa aussi de son chapeau à large bord et de son imperméable ciré, et les laissa au sol.

Elle entra enfin dans le fleuve. Emma, fidèlement, la suivit : peu importe ce que faisait Suzie, elle devait l'accompagner.

À peine dans l'eau, Suzie fut emportée par le flot, malgré ses efforts pour se maintenir debout.

Elle essaya de traverser la rivière à grands gestes des bras, mais le courant était trop fort. La panique de Suzie était à son comble, elle but la tasse. Elle continuait malgré tout d'essayer d'atteindre l'autre rive, mais le courant la portait trop loin de chez Judith et elle n'arrivait pas à y retourner à temps, même si elle parvenait à sortir de l'eau. Elle comprit qu'elle n'y arriverait jamais.

Il faisait nuit noire, la pluie s'abattait tout autour d'elle. À plusieurs reprises, le courant du fleuve en crue la souleva, la fit tourbillonner, puis l'aspira vers le fond. À chaque fois, l'immersion était plus longue.

Elle avait froid, si froid ! Et elle était tellement fatiguée. Elle se sentait lourde, épuisée. Elle n'arrivait plus à lutter, le fleuve était le plus fort.

Suzie fut entraînée vers le fond une dernière fois, elle le savait. Elle ne remonterait plus à la surface.

Tout se jouait désormais entre Judith et Danny.

Maintenant qu'elle avait accepté sa complète solitude, Judith commença à éprouver une sorte de calme. Danny allait la descendre, et elle ne pouvait rien y changer.

Il avança d'un pas.

Braqua son pistolet sur elle.

Il était proche mais encore hors de portée. Elle n'arriverait jamais à se précipiter sur lui avant qu'il n'appuie sur la gâchette.

Il n'y avait plus rien à faire. C'était la fin.

Elle posa sa main sur la feutrine verte de la table de jeux, juste pour éprouver une sensation familière aux derniers instants de sa vie.

– Vous vous croyez maligne, dit Danny, mais ça ne vous empêchera pas de prendre un pruneau dans la cervelle.

Son doigt se crispa sur la gâchette. Judith se souvint qu'il n'y avait plus un seul bonbon dans sa boîte en métal. Quoi, elle ne trouvait pas mieux, comme dernière pensée ?

Maintenant qu'elle s'en souvenait, la boîte n'était pas tout à fait vide.

Judith s'en saisit et la jeta au visage de Danny. Le sucre glace explosa en un épais nuage blanc, accordant à Judith la fraction de secondes nécessaires pour attraper un de ses crayons très affûtés et le planter dans le biceps droit de Danny. Il lâcha le pistolet et tomba à genoux avec un cri de douleur, cherchant à arrêter le flot de sang avec sa main gauche.

Judith s'empara du pistolet et recula en le pointant sur Danny.

– On ne bouge plus ! On n'y pense même pas ! cria-t-elle.

Mais Danny n'était plus Danny : il était devenu une créature monstrueuse qui se leva, retira le crayon de son bras, provoquant un geyser de sang auquel il ne prêta aucune attention.

– On ne bouge pas ! cria de nouveau Judith.

Avant qu'elle eût le temps de réagir, il souleva la table de jeux et la projeta sur elle. Judith chercha à se protéger de ses bras, mais la table la renversa et le pistolet lui tomba de la main.

Elle était allongée sur le tapis, sonnée, les bras douloureux d'avoir amorti sa chute. Il fallait se relever et récupérer le pistolet avant Danny.

Elle se redressa en s'appuyant sur un genou et chercha le pistolet des yeux. Il n'était plus là.

Danny l'avait de nouveau en main et la mettait en joue, droit sur le visage.

C'était la fin pour de bon, mais elle ne donnerait pas à son assassin la satisfaction de voir sa terreur : elle planta son regard dans le sien.

Et comme elle avait les yeux grands ouverts, elle put voir deux rangées de crocs et un ouragan de griffes se précipiter par la fenêtre brisée. Un monstre venu du fleuve atterrit sur ses pattes, rebondit sur le tapis et renversa Danny.

C'était Emma, qui maintenait Danny au plancher.

– Au secours ! cria-t-il.

Le pistolet avait glissé sur le parquet : Emma s'était emparée de son poignet et le secouait entre ses crocs comme pour lui casser le bras.

Quelques secondes plus tard, la porte s'ouvrit

brusquement, laissant passer une Becks à bout de souffle. Elle découvrit Emma, qui secouait le bras de Danny entre ses crocs avec un grognement sinistre, et Judith debout sur le côté. À ses pieds, elle vit un pistolet Luger. Elle le ramassa.

Trois officiers de police dégoulinants de pluie surgirent derrière elle et virent Danny sur le parquet.

– C'est votre chien ? demandèrent-ils à Judith.

– Mais non, c'est pas son chien ! cria une voix de stentor qui venait de la fenêtre.

Suzie était dehors sous la pluie, les cheveux pleins de lentilles d'eau.

– C'est le chien d'Iqbal ! dit-elle.

Entendant la voix de Suzie, Emma lâcha Danny, mais elle continua de gronder pendant que les officiers le soulevaient et le menottaient sans ménagement.

Judith, soudain, se sentit mal. Elle s'appuya sur un fauteuil.

– Ça va ? demanda Becks en accourant vers elle.

– Ça ira mieux dans une minute.

Becks regarda les trois officiers sortir de la maison avec Danny.

– C'est Danny Curtis, l'assassin ? dit Becks, très étonnée.

– C'est l'un des trois, oui, dit Judith.

Tanika, essoufflée, entra comme un tourbillon.

– Décidément, c'était trop loin pour venir en courant, dit-elle.

– Tu as couru ? demanda Judith.

– C'est une longue histoire, dit Becks, mais oui, nous avons couru. Nous cherchions à déplacer un arbre qui bloquait la route et ça prenait une éternité.

– C'est Becks qui a sauvé la situation, grâce à sa présence d'esprit, ajouta Tanika. Elle a trouvé une corde qu'elle a attachée à sa voiture, mais l'arbre ne bougeait pas. Nous étions complètement bloquées. Alors il s'est passé quelque chose de formidable, des tas de gens sont arrivés de Marlow, traversant le pont.

– Magnifique, mais qu'est-ce qu'ils faisaient là ? dit Judith.

– Becks avait sonné le tocsin, et toute la ville est venue sous la pluie pour nous aider. Nous devions être au moins deux cents. Avec les Marloviens et le 4x4, nous avons réussi à déplacer l'arbre, juste assez pour nous faufiler et courir jusqu'ici.

– Extraordinaire ! dit Judith. N'oublie pas d'arrêter aussi Elliot Howard et Andy Bishop pour meurtre.

Elle expliqua rapidement à Tanika et à Becks comment les trois hommes s'étaient mutuellement chargés d'exécuter leurs victimes.

– C'est ce qui m'a fait deviner que Danny allait essayer de me tuer ce soir, dit-elle pour terminer son récit. Ils procédaient toujours ainsi, chaque meurtre était commis par la personne la moins évidente, et les deux autres s'assuraient d'avoir des alibis en béton. J'ai su que ma vie était en danger quand Elliot m'a dit au téléphone qu'il ne serait pas à Marlow ce soir, malgré la répétition de la chorale, et que la réceptionniste d'Andy a confirmé qu'il serait lui aussi absent de la ville.

– On va les pincer dès ce soir, dit Tanika.

– Elliot est à un match de foot quelque part à Londres et Andy est à Plymouth.

– Ne t'inquiète pas, on ne les laissera pas filer.

Judith et Tanika se regardèrent. Judith pensait que Tanika allait la réprimander parce qu'elle s'était chargée de Danny toute seule, mais elle comprit aussitôt que pour une fois, elle n'en ferait rien. Elle avait devant elle une Judith triste et fatiguée, et aucune des deux n'avait plus rien à ajouter sur le sujet.

Tanika sourit.

– Ça va aller ?

Judith lui rendit son sourire.

– Ça va aller, merci.

Suzie fit irruption dans la pièce tambour battant. Becks et Judith l'acclamèrent comme une héroïne.

Tanika les regarda toutes les trois avec une mine réjouie, surtout quand elle vit Becks retirer les lentilles d'eau des cheveux de Suzie. Elle se réjouissait aussi pour elle-même : c'était fini, bien fini. Demain soir, elle pourrait lire une histoire à sa fille avant qu'elle s'endorme. Mais ça, c'était demain : ce soir, il y avait encore deux hommes à arrêter pour meurtre.

Judith et Becks étaient trop occupées avec Suzie pour voir Tanika s'éclipser.

– Comment as-tu pu traverser le fleuve ? demanda Judith.

– J'ai nagé, répondit Suzie.

– Mais tu ne sais pas nager ! dit Becks.

– Eh bien ! j'ai essayé tout de même, mais tu as raison, je ne sais pas nager. Je coulais, je remontais à la surface, je recoulais, et ainsi de suite. Et puis j'ai senti quelque chose agripper le col de mon pull. C'est Emma qui m'a tirée de l'eau !

Elle regarda Emma avec émerveillement.

– Et une fois qu'elle m'a déposée sur l'autre rive, Judith, je l'ai envoyée te sauver.

Les deux amies étaient pleines d'admiration devant Suzie, qui ne savait pas nager mais qui venait de traverser la Tamise.

– Et toi, Becks, demanda Judith, tu as vraiment sonné les cloches ?

Becks rougit.

– Pendant que nous y sommes, j'ai aussi coupé une des cordes du clocher.

– Avec quoi ? demanda Suzie.

– Avec un sabre.

– Quel sabre ?

– Vous savez, dit Judith, je vous dois des excuses. J'ai eu tort de me charger de Danny toute seule. C'était une erreur, surtout avec des amies aussi courageuses et débrouillardes que vous. Je ne recommencerai plus, je vous le promets.

– Merci ! dit Becks, profondément touchée.

– Désolée, dit Suzie, mais ça ne répond pas à ma question. Quel sabre ?

– Avant d'aller plus loin, je propose un petit verre de whisky. Ou deux. À des fins purement thérapeutiques, bien entendu.

Judith prit dans la table de bar trois verres à whisky en cristal taillé et y versa trois doses généreuses.

Elle tendit un verre à chacune de ses amies.

Becks leva le sien.

– Je crois que le moment est venu de porter un toast, proposa-t-elle.

– Et puis quoi encore ? s'écria Suzie, qui vida son verre cul sec.

– Suzie n'a pas tort, dit Judith en faisant de même.

Becks sourit. Pour une fois, ça ne la gênait pas de se faire taquiner par ses amies. Elle promena son regard sur le salon de Judith : la table de jeux les pieds en l'air, le sang par terre, la fenêtre brisée, et une chose qu'elle n'arrivait pas à s'expliquer, comme s'il y avait eu une explosion de sucre glace au milieu du parquet. Il faudrait passer un bon coup d'aspirateur sur tout ça, mais ça pouvait attendre.

Elle regarda ses amies en souriant :

– En fait, vous avez raison.

Elle vida son verre d'un trait.

CHAPITRE 39

Quelques jours plus tard, le soleil brillait de nouveau sur la région. Tout Marlow bruissait encore de l'arrestation d'Andy Bishop, d'Elliot Howard et de Danny Curtis. On racontait notamment que Judith Potts, une promeneuse de chiens nommée Suzie et la femme du vicaire y avaient été pour beaucoup.

Toute la ville parlait de Judith, mais elle n'en était nullement consciente. Le lendemain de son entrevue avec Danny, elle resta au lit à manger des toasts au miel, et encore des toasts au miel, tout en regardant des cerfs-volants rouges s'élever dans le ciel d'été. Le choc et la terreur avaient vite fait place à un profond sentiment de fierté pour elle et ses amies, mais elle aimait trop son lit pour en sortir. Tour à tour somnolant ou rêvassant aux derniers événements, elle y passa donc le reste de la journée. Et toute la journée du lendemain.

Le troisième jour, quand elle se leva, sa première pensée fut pour ses amies.

– Il faut fêter ça ! dit-elle à Suzie au téléphone.

– Pour faire la fête, je suis toujours d'accord.

– Maintenant ? Tu serais disponible ?

On était dimanche matin. Le soir, Suzie devait garder deux labradors noirs, mais d'ici là elle était libre.

– Emma peut venir ? demanda-t-elle.

– Bien sûr ! Elle a autant le droit de fêter ça que nous ! Tu peux venir chez moi vers 11 h 30 ?

– D'accord. Qu'as-tu en tête ?

– Viens à 11 h 30, dit simplement Judith avant de raccrocher.

Ensuite, elle appela Becks. Au téléphone, elle paraissait à bout de souffle. Judith lui expliqua qu'elle avait une surprise et qu'elle aimerait la voir chez elle vers 11 h 30.

– D'accord, dit Becks. Après l'église.

– C'est pour cela que j'ai choisi ce moment.

– Ah, mais c'est vrai ! je me souviens, juste après la messe, Colin et moi, nous servons un café paroissial au presbytère.

– Avec plein de petits biscuits maison sur des plateaux, je parie.

– Tu me connais trop bien ! dit Becks, qui trouvait aussi que Judith sous-estimait quelque peu le travail que demandait un café paroissial.

– Je parie même que tout est déjà prêt.

Becks, qui avait pris l'appel dans sa cuisine, contempla les plats de porcelaine chargés de mini-sandwichs, de blinis au saumon fumé, d'œufs de caille et de mini-éclairs qu'elle avait préparés toute seule. Chaque plat était soigneusement protégé par du film alimentaire.

– Oh, j'ai fait deux ou trois petits trucs, admit-elle.

– Et si tu séchais le café paroissial, pour une fois ? suggéra Judith.

Silence à l'autre bout de la ligne.

– Tu sais quoi ? dit enfin Becks. Ça marche ! Colin peut se débrouiller sans moi. S'il a besoin d'aide, il peut demander aux enfants.

À 11 h et demie, le van de Suzie se gara devant la maison de Judith. Suzie et Emma en sortirent. Au même instant, Becks descendait de son 4x4 maculé de boue. Suzie remarqua que la barre de traction était toute tordue.

– Par ici ! cria Judith de son hangar à bateaux.

Elles traversèrent le jardin pour la rejoindre.

Dans le punt, Judith avait mis des coussins et un panier de pique-nique.

– Ah ! non, tu ne me fais pas retourner sur le fleuve ! s'écria Suzie avec horreur.

– Ne t'inquiète pas, je suis un as de la navigation. Tu n'as rien à craindre. Allez, on embarque !

Judith leur parla d'un vieux pub délabré au bord de la Tamise, à un peu moins d'un kilomètre. L'idée était de les y emmener en punt pour déjeuner.

– Mais en attendant j'ai prévu un petit en-cas. Servez-vous.

Suzie et Becks s'installèrent à bord du punt. Emma s'assit à la proue, haletant de plaisir. Judith sortit une bouteille de champagne du panier, prit une cordelette fixée au bord de l'embarcation et, adroitement, fit un nœud de demi-clé autour du col de la bouteille.

Qu'est-ce que tu fais ? demanda Suzie.

– Tu n'as tout de même pas l'intention de boire du champagne tiède !

Elle tira sur la corde d'un coup sec pour serrer le

nœud et immergea la bouteille dans l'eau fraîche du fleuve. Ensuite, elle ramassa la perche, se pencha et donna une poussée énergique pour donner de l'élan au punt, qui passa les portes du hangar et s'engagea sur le fleuve. Les quatre passagères émergèrent sous le soleil matinal.

– Ça, c'est la vie comme je l'aime ! lança Suzie.

Judith manœuvrait le punt près du rivage, là où l'eau était peu profonde.

– Tu veux un coup de main ? demanda Becks.

– T'en fais pas pour moi. Je suis plus forte que j'en ai l'air.

Becks admira un instant cette femme debout à la poupe de son punt. Elle avait rejeté sa cape d'un côté pour mieux tenir la perche : on aurait dit un mousquetaire déluré. Cette image fit sourire Becks.

– Tu m'étonnes ! dit Suzie. Je ne connais pas beaucoup de vieilles dames à la retraite capables de désarmer un assassin avec une boîte de bonbons et un crayon.

– Je l'ai juste occupé assez longtemps pour qu'Emma puisse l'attaquer. Et si elle l'a fait, c'est parce que tu as risqué ta vie en traversant le fleuve.

– Tu plaisantes ! protesta Suzie. N'importe qui aurait fait la même chose.

– Je ne suis pas du tout d'accord avec toi, dit Becks.

– Quant à toi, Becks, déclara Judith, je paierais très cher pour te voir sur la vidéo de la caméra de surveillance en train de briser la vitrine du mémorial militaire et de courir partout dans l'église, sabre au clair.

– Tout le monde me croyait folle, admit Becks, mais je ne pensais qu'à te sauver. Il reste une chose que je ne comprends pas : pourquoi a-t-on volé le cadre du tableau de Stefan ?

Judith sourit.

– Ah, oui, c'est vrai ! Comme nous le supposions à l'époque, c'est Elliot qui l'a volé. Et il n'avait pas l'intention de voler le cadre.

– Alors pourquoi l'a-t-il fait ?

– Parce qu'il avait déjà photographié et mesuré les dimensions du tableau original lors du premier cambriolage. Ensuite, il en a peint une copie, et le soir où je l'ai intercepté chez Stefan, il était occupé à intervertir les deux tableaux. Mais les copeaux de bois, le ciseau et le maillet que nous avons trouvés sur la table auraient dû nous faire comprendre que, quand je suis arrivée, il avait déjà réussi à retirer le cadre du vrai Rothko. Au moment où je l'ai interrompu et où il m'a lancé sa lampe torche à la tête, il avait près de lui un Rothko authentique, le cadre original du vrai Rothko et le faux Rothko. Il devait faire un choix en toute hâte : soit accrocher le faux Rothko au mur et partir avec le vrai, soit remettre le vrai Rothko au mur, même débarrassé de son cadre.

– Moi, dit Suzie, j'aurais accroché le faux et je me serais tirée avec le vrai ! Puisque j'étais venue pour ça !

– Tu crois vraiment ? Elliot était pris en flagrant délit de cambriolage : il savait que la police n'allait pas tarder. Peu importe lequel des deux tableaux il accrochait au mur, il savait que nous découvririons très vite qu'il avait falsifié cette œuvre-là et pas une autre.

– Et c'est bien ce qui s'est passé, continua Becks.

– Précisément. S'il avait accroché le faux au mur, on y aurait trouvé ses empreintes digitales et son ADN, ou même un cheveu de sa merveilleuse tignasse incrusté dans la peinture par maladresse.

– Ah, je comprends ! dit Suzie. Le faux aurait dirigé la police vers Elliot.

– Oui, il fallait donc qu'il remette le vrai Rothko à sa place. Ce qui explique le feu dans son jardin : il fallait détruire le faux Rothko, le cadre d'origine et toutes ses études préliminaires. Cela explique également son coup de cafard quand Tanika l'a interrogé devant le feu : il venait de comprendre qu'il avait tué un parfait inconnu pour reprendre le Rothko de son père et qu'il avait tout foiré. Il avait tué un homme, mais il n'avait pas récupéré le tableau.

– Et c'est toi qui l'en as empêché ! reprit Suzie, enchantée.

– Pas du tout ! Ce n'est pas moi, c'est nous. Nous approchons d'une boucle du fleuve : si je manœuvre correctement, le courant nous la fera traverser.

Elle fit virer le punt à quatre-vingt-dix degrés par rapport à la rive. Lorsqu'il entra dans le courant plus fort qui passait au milieu du fleuve, la proue vira dans l'autre sens et suivit la courbe du méandre.

– Un vrai capitaine ! dit Becks.

– N'exagérons rien, dit Judith.

Elle reposa la perche sur le punt et sortit du panier trois flûtes en cristal et une barquette de fraises achetée au supermarché du coin.

– Désolée, je n'ai pas eu le temps de préparer ces fraises.

– Donne-les-moi, dit Becks. Je vais le faire.

Judith détacha une assiette et un couteau des lanières de cuir qui les retenaient au panier et les tendit à Becks. Elle sortit la bouteille de champagne de l'eau glacée de la Tamise. Et, d'un coup de poignet, dénoua la corde d'une seule main.

– Tu te fous vraiment de ma gueule ! dit Suzie, cassant l'ambiance.

Judith et Becks la regardèrent, interdites.

– Excuse-moi, continua-t-elle en fixant Judith droit dans les yeux, mais si je ne m'abuse, tu m'as bien dit que tu ne connaissais rien à la navigation.

– Et alors ? dit Judith, perplexe.

– Peu après notre rencontre, tu m'as dit que tu n'y connaissais rien. Mais ce matin, avant de monter à bord, tu me dis de ne pas m'en faire, que tu es un as de la navigation. Ce sont les termes que tu as employés.

– Quoi ? dit Becks.

– Tu as un punt, bordel ! Et tu sais te servir du courant pour traverser un méandre ! Et en plus, je n'ai pas rêvé : tu viens de défaire un nœud d'une seule main !

– Où veux-tu en venir ? demanda Judith d'un ton neutre, mais son sourire s'était crispé.

– Nous avons lu dans ce journal qu'un témoin a vu deux personnes à bord du bateau de ton mari. Le second passager, c'était toi, n'est-ce pas ? Ne te méprends pas, nous sommes amies, et après les galères que nous avons traversées ensemble, Dieu sait que nous pouvons compter les unes sur les autres, à la vie et à la mort. Mais débarrasse-moi de ce doute, je t'en prie ! Deux personnes, ce jour-là, ont embarqué dans la tempête, et une seule a pu regagner la terre ferme. Dis-moi si je me trompe.

Judith resta muette et imperturbable. Un modèle de sang-froid aristocratique.

– C'est pour cette raison, et aucune autre, que tu as commencé à collectionner tous ces journaux, continua Suzie. Tu voulais t'assurer que personne n'allait découvrir la vérité, car tu y étais bel et bien, à bord de ce bateau ! Et il se peut que, dans la tempête, ton mari soit passé par-dessus bord et que tu n'aies rien fait pour le repêcher. Ou alors c'est toi qui l'as poussé, ce qui me paraît plus vraisemblable, te connaissant. Et prends ça pour un compliment de ma part ! Tu avais un mari abusif qui te cocufiait, tu l'as tué, voilà tout. Une fois débarrassée de lui, tu es retournée à terre et tu as abandonné le bateau afin qu'il reprenne le large.

– C'est vrai, tout ça ? demanda Becks, tellement horrifiée qu'elle ne remarqua pas qu'une fraise venait de tomber de son assiette.

Judith ne répondit pas immédiatement.

Elle regarda autour d'elle. Le soleil se reflétait sur l'eau, les vaches broutaient paisiblement dans le pré. Un sentiment de bonheur la submergea avec une puissance qui l'étonna.

Suzie avait raison : elle pouvait se fier à ses amies, à la vie et à la mort.

Avec un léger sourire, elle se pencha :

– Je ne ferai aucun commentaire.

Pourtant, elle avait dans les yeux une petite lueur qui en disait long.

– Et maintenant, dit-elle, qui veut du champagne ?

Remerciements

Merci à Finn Cotton, mon éditeur. Sans son enthousiasme, sa fine compréhension de l'intrigue, son regard au laser et son attention aiguë aux détails, ce livre aurait été de bien moindre qualité. Merci aussi à Dominic Wakeford, la première personne à qui j'ai envoyé le texte, et à Anne O'Brien pour sa réactivité durant la préparation de copie. Quand je lui ai envoyé le manuscrit par e-mail, j'étais convaincu qu'il n'y avait aucun problème de délai. Je me trompais – très, très lourdement. Elle a rectifié tout ce qui était rectifiable, et toutes les erreurs restantes sont de mon fait.

Merci aussi à mon agent littéraire, Ed Wilson, et à toute l'équipe de Johnson & Alcock. Ed a été le premier à écouter le pitch de ce livre au cours d'un très agréable déjeuner que nous avons partagé à Marlow. Son enthousiasme immédiat m'a soutenu le moral pendant ces longs mois d'écriture. J'aimerais aussi remercier Charlotte Knight, mon agent pour la télévision et le cinéma, et toute son équipe de l'agence Knight Hall. Charlotte possède un instinct inégalé pour reconnaître un bon roman. Ses sages conseils et son amitié m'ont maintenu sur le droit chemin, excepté aux moments où il était question de cocktails.

Je remercie également Rebecca Bradley, officier de police

à la retraite, qui m'a expliqué en quelles circonstances un détective peut se retrouver à la tête d'une enquête criminelle, ce qui m'a permis de garder Tanika sur le devant de la scène. À ce propos, toutes les inexactitudes liées à la procédure policière sont de ma part. Aussi, j'exprime toute ma reconnaissance à Aaron Neil pour sa description, aussi brillante que posée (ce qui a été pratique pour prendre des notes), des modalités complexes d'un service funéraire musulman.

À maints égards, notamment à celui du personnage de Judith Potts, ce livre est une lettre d'amour à mes grand-tantes Jean and Jess, à ma grand-mère Betty et bien entendu à ma mère, Penny. C'est elle qui m'a appris à résoudre des grilles de mots croisés complexes, et mes souvenirs d'enfance résonnent des rires féminins qui emplissaient la maison quand elle refaisait le monde avec ses amies – comme elle d'une intelligence féroce – autour d'un verre de Cointreau et d'une cigarette (ma mère, j'en suis sûr, tiendrait à préciser qu'elle ne boit plus de Cointreau et qu'elle a arrêté de fumer).

Enfin, je désire remercier ma merveilleuse épouse, Katie Breathwick, et nos enfants, Charlie et James. Sans eux, c'est simple, je ne pourrais même pas écrire. Katie lit toutes les ébauches, suggère des améliorations et des coupes – c'est même elle qui a eu l'idée de mon passage favori –, et toute la famille est ma caisse de résonance. D'où mes excuses pour les deux dernières années : chaque fois qu'on promenait les chiens, qu'on s'attablait en famille ou qu'on partait faire un petit voyage en voiture, je gâchais l'ambiance par mon attitude distraite ou distante, ou, pis encore, par mes appels à l'aide, auxquels tous les trois ont toujours répondu de bon cœur. Sans vous, je ne serais jamais arrivé au bout de ce travail. Merci.

L'éditeur remercie à nouveau Emmanuel Pois. Sans lui, le titre de cette première enquête des *Dames de Marlow* n'aurait pas eu la même saveur.

Robert Thorogood

LES DAMES DE MARLOW ENQUÊTENT

Petit Papa Noël, quand tu descendras Mrs Jenkins

Nouvelle inédite

On était une semaine avant Noël, et Judith Potts n'était pas à prendre avec des pincettes. Elle se sentait d'humeur querelleuse, bien qu'elle n'eût personne avec qui se quereller. Bien sûr, elle adorait Noël, ses promesses de neige, de cantiques à la radio et d'excès de table. Elle aimait aussi se promener dans Marlow et admirer High Street tout illuminée – les vitrines décorées pour les fêtes, le grand sapin de Noël dressé devant le pub The George and Dragon, chamarré de guirlandes lumineuses qui s'élevaient jusqu'à l'étoile qui scintillait à son sommet…

Pourtant, cette année-là, le cœur n'y était pas. Depuis des semaines, le temps était trop doux : grisaille pâle, ciels moroses, la campagne et la Tamise délavées de toute couleur. Où étaient donc passées les chutes de neige ? Les matins d'un froid perçant, l'herbe raidie par le givre ? Le fait que Judith traversât une de ces périodes où elle n'avait envie de voir personne n'arrangeait rien. Cela ne lui arrivait pas souvent, mais quand c'était le cas, elle savait qu'elle n'avait d'autre choix que d'attendre que ça passe. *Peut-être retrouverai-je un peu de peps au Nouvel An,* se dit-elle en s'installant dans son fauteuil à oreilles avec une tasse de thé et le dernier numéro de *Puzzler*.

On frappa à la porte.

Judith soupira. C'était inévitable. Il suffisait qu'elle commence à se mettre à l'aise pour qu'on la dérange. *Tant pis,* pensa-t-elle. *Faisons comme si je n'avais rien entendu.*

Les coups retentirent de nouveau, plus forts.

Judith s'extirpa avec humeur de son fauteuil, alla ouvrir la porte et resta sans voix.

Devant elle se tenait Becks Starling, déguisée en elfe de la tête aux pieds.

– Tu n'es pas au courant ? lui dit-elle, toute rouge et très agitée. Un meurtre vient d'être commis !

Tout en lui versant une tasse de thé, Judith détailla la tenue de son amie : baskets recouvertes de feutrine verte, collant à rayures horizontales rouges et blanches, justaucorps vert très serré à la taille – indécemment court maintenant qu'elle était assise – et un bonnet, également en feutrine verte, dont pendaient deux grandes oreilles pointues en mousse.

– Dis-moi tout ! dit Judith en lui tendant sa tasse. Mais d'abord, nous devrions parler de l'éléphant dans le magasin de porcelaine. Ou plutôt de l'elfe dans le magasin de porcelaine, ajouta-t-elle en souriant.

Becks mit un certain temps à comprendre de quoi parlait Judith, puis elle sursauta, comme si elle venait de s'apercevoir de son déguisement.

– Ah, ça ? Ne t'inquiète pas, je t'expliquerai, une fois que je t'aurai parlé de Vicky Jenkins.

– Et qui est Vicky Jenkins ?

– Elle tient le magasin 1Terre, sur Station Road.

Judith connaissait bien 1Terre. C'était une épicerie-droguerie-quincaillerie écoresponsable qui ambitionnait d'être zéro déchet, zéro empreinte carbone. Tout y était vendu en vrac dans des distributeurs muraux ou dans de grands bocaux de verre placés sur des étagères. Judith, enthousiasmée par cette initiative, y faisait régulièrement ses courses, mais les clients étaient censés apporter leurs propres contenants et les remplir eux-mêmes, pour réduire au minimum la production de déchets. Et comme Judith n'y pensait jamais, elle se retrouvait toujours obligée d'acheter des boîtes biodégradables ou des sacs « durables » en tissu pour emporter ses achats – ce qui, elle en était bien consciente, annulait tout l'intérêt de l'entreprise.

– Laquelle des deux est Vicky ? demanda-t-elle.

Deux femmes officiaient dans ce magasin. La propriétaire, proche de la quarantaine, était un personnage exubérant et volubile, toujours vêtue de couleurs vives et parée d'une abondance de bijoux. Judith l'aimait beaucoup. Son assistante, une femme d'une trentaine d'années, avait toujours l'air de mauvaise humeur, comme si on l'avait enchaînée de force à ce poste de vendeuse. Judith la connaissait à peine.

– Vicky est la plus âgée, dit Becks. Celle qui se pavane sans arrêt.

Judith haussa un sourcil. Becks ne disait jamais de mal de personne : que lui avait donc fait cette femme pour l'irriter à ce point ?

– En tout cas, continua Becks, tu ne devineras jamais ce qui s'est passé : elle vient de se faire descendre dans son magasin par un homme déguisé en père Noël.

– Que dis-tu ? Elle vient de se faire tuer par un père Noël ?

– Tu as bien entendu. Tuée net. À la carabine. Il semblerait qu'il ait laissé tomber l'arme à ses pieds avant de disparaître.

– C'est horrible ! dit Judith. Mais l'avantage, c'est que la police n'aura aucun mal à mettre la main sur le meurtrier : un homme déguisé en père Noël dans Marlow.

– C'est justement là le problème.

– Quel problème ? Combien d'hommes se baladent actuellement dans Marlow en costume de père Noël ?

– Environ trois mille.

Judith n'était pas sûre d'avoir bien entendu.

– Aujourd'hui, lui rappela Becks, c'est la Course des pères Noël. La ville déborde de pères Noël, habillés en rouge de la tête aux pieds. Il y en a littéralement des milliers.

Judith se souvint alors du fameux cinq-kilomètres des pères Noël, un des événements clés des fêtes de fin d'année à Marlow. Le Rotary Club, en tant qu'organisateur, envoyait un costume en feutrine à quiconque voulait bien acquitter les frais d'inscription. En conséquence, la moitié de la ville courait dans les rues déguisée en père Noël pendant que l'autre moitié l'acclamait sur son passage.

– Ah oui, bien sûr ! dit Judith. Mais je croyais que tout le monde devait s'habiller en père Noël. Pourquoi es-tu déguisée en elfe ?

– Tu les as déjà vus, ces costumes envoyés par le Rotary ? répondit Becks, horrifiée. Informes, mal coupés, tout sauf seyants : pas question que je coure le cinq-kilomètres dans cette tenue ! Alors j'ai commandé ce costume sur Internet. Il s'appelle « Le Petit Assistant du père Noël ». Tu en penses quoi ? Je me demande si le haut n'est pas trop court. Il est trop court, n'est-ce pas ?

Becks examina son costume comme si elle le découvrait pour la première fois :

– Ça conviendrait mieux à une soirée *Tarts and Vicars*[1], tu ne crois pas ? Mais de toute façon, il est hors de question que j'y remette les pieds.

– Pourquoi ? Que s'est-il passé à ta dernière soirée *Tarts and Vicars* ?

– N'insiste pas, je ne te le dirai jamais.

– Très bien, alors je n'insiste pas, dit Judith avec un sourire compatissant, sachant parfaitement qu'elle ne manquerait pas de lui reposer la question à la première occasion.

Le crissement des pneus d'une voiture sur le gravier se fit entendre à l'extérieur de la maison. Quelques

1. Lors d'une *tarts and vicar party*, en Grande-Bretagne, les hommes se déguisent en clergymen et les femmes en prostituées. L'institution s'est récemment diversifiée en permettant d'inverser les rôles. On peut aussi mélanger les deux thèmes en un costume. (N. d. T.)

instants plus tard, la porte s'ouvrait brusquement et Suzie déboulait dans le salon en costume de père Noël, le visage presque entièrement recouvert d'une épaisse barbe en feutre.

– Non, ne dites rien, je sais très bien de quoi j'ai l'air, dit-elle avant de découvrir le déguisement de Becks.

– Ha ! toi, continua-t-elle, j'aurais dû me douter que tu serais déguisée en elfe sexy, avec tes longues jambes !

– *Sexy* ? dit Becks, d'une voix qui cachait mal à quel point elle était flattée.

– Judith, il fallait que je te voie. Tu es au courant ?

– Du meurtre ? dit Judith.

– Parfait, comme ça, je n'ai pas besoin de te rappeler les faits. Je viens d'avoir Tanika au téléphone, elle nous rejoint ici.

– Pourquoi ?

– Parce que j'ai vu qui a fait le coup. Le gars qui a tué Vicky Jenkins. Je viens de faire une arrestation citoyenne et de le livrer à la police.

Cette déclaration provoqua un tel choc que Judith dut immédiatement verser une troisième tournée de thé et demander à son amie de s'asseoir avant de tout leur expliquer. Pendant que Judith lui tendait une tasse, Suzie examina la pièce.

– Où sont tes guirlandes ? demanda-t-elle.

– Je ne les mets jamais avant la veille de Noël, répondit Judith.

À la vérité, elle ne décorait pas toujours sa maison pour les fêtes, veille de Noël ou pas.

– Sans blague ? dit Suzie.

– Noël ne commence pas avant la messe de minuit. N'est-ce pas, Becks ?

– Officiellement, c'est vrai, même si chez nous, on décore à la veille de *Gaudete*.

– Ça veut dire quoi ? demanda Suzie.

– C'est le troisième dimanche de l'Avent. Ça nous paraît un compromis acceptable.

– Pourquoi tu fais des compromis ? Tu n'aimes pas les décorations ?

– Si, bien sûr, mais je n'aime pas les guirlandes. Je n'apprécie pas leurs couleurs criardes, tout cet or, tout ce rouge…

Suzie voyait bien de quoi parlait Becks : elle avait déjà vu de tels ornements dans les magazines qu'elle feuilletait chez le coiffeur.

– Je suis sûre que chez toi, les lumignons de Noël sont en verre transparent et que tous tes accessoires sont assortis et du meilleur goût. Je parie même que tu vaporises du spray argent sur la couronne en branches de sapin de ta porte d'entrée.

– Exactement ! confirma Becks, charmée de la perspicacité de Suzie, et parfaitement inconsciente que celle-ci ne venait pas de lui faire un compliment.

– Eh bien ! moi, dit Suzie, j'adore toutes ces lumières, toutes ces couleurs, les guirlandes et le houx accrochés partout. Si j'avais mon mot à dire, il y aurait des décorations de Noël toute l'année !

– J'aimerais beaucoup voir les tiennes, dit Judith.

– Si tu veux…, répondit Suzie.

Ses deux amies notèrent qu'elle avait un peu hésité avant de répondre.

– Tu n'y vois pas d'inconvénient ? demanda Judith.

Elles entendirent une autre voiture se garer devant la maison.

– Ah ! Voilà Tanika ! lança Suzie, heureuse de changer de sujet.

Elle courut ouvrir la porte. Judith et Becks échangèrent un regard. Pourquoi Suzie avait-elle paru gênée à l'évocation de ses décorations de Noël ?

Suzie revint accompagnée de l'inspecteur Tanika Malik. Judith fut soulagée de voir qu'elle n'était déguisée ni en elfe ni en père Noël. En revanche, elle avait l'air fatiguée.

– Viens prendre un peu de thé ! dit-elle en allant chercher une tasse sur la console.

– Bon sang, mais tu as l'air complètement lessivée ! dit Suzie.

– Désolée, dit Tanika en s'asseyant. C'est cette période des fêtes, vous comprenez. Merveilleuse, bien sûr, mais épuisante. Et maintenant, avec un meurtre par-dessus le marché !

– Du sucre ? demanda Judith en brandissant un sucrier en porcelaine. Ou peut-être quelque chose de plus fort ?

Elle désigna la bouteille de scotch qui trônait à côté des tasses à thé.

– Une tasse de thé, ça ira très bien, merci. Mais dis-moi tout, Suzie. Tu as vu le meurtre de tes propres yeux ?

– Oui ! répondit fièrement Suzie.

– Parce que tu participais à la course des pères Noël, dit Tanika en désignant le costume de Suzie.

– Est-ce que j'ai l'air de quelqu'un qui fait la course des pères Noël ?

Ses amies, étonnées, ne surent que répondre.

– Mais tu es bien déguisée, non ? hasarda enfin Tanika.

– Ah oui, je vois ! dit Suzie en pouffant. Non : je paie ma participation au Rotary Club, je reçois mon costume et je me mets dans la file de départ, mais je ne participe pas à la course. Au passage, je ramasse quelques chiens à promener, c'est bon pour le business. Et dès que quelqu'un vient caresser un chien ou m'adresser la parole, je lui donne ma carte et je lui vante mes services.

– C'est très malin de ta part, dit Judith.

– Mais si tu t'inscris à la course, tu dois courir ! ajouta Becks.

– Et pourquoi donc ? D'ailleurs, quelle idée de participer à une course ! Courir, c'est pour les blaireaux. Voici comment je procède : après le départ des coureurs, je me balade mine de rien jusqu'à la zone d'arrivée, je distribue mes cartes en attendant qu'ils se pointent, et je franchis la ligne d'arrivée avec eux. Pas la peine de me regarder ainsi, Becks, je paie mon inscription comme tout le monde. Je ne fais que supprimer une étape intermédiaire fastidieuse.

Judith leva sa tasse en hommage à l'ingéniosité de Suzie.

– De toute façon, continua celle-ci, ce n'est pas le sujet. La course battait son plein depuis à peu près une demi-heure, les coureurs commençaient à arriver en peloton, à toute vitesse, et la rue était pleine de supporters en délire. C'est là que j'ai entendu une énorme détonation qui venait de ce magasin bobo-écolo, 1Terre. Sur le coup, j'ai cru qu'il s'agissait d'un pétard ou d'un feu d'artifice, mais alors j'ai vu un éclair rouge se précipiter dans le magasin. C'était un père Noël, mais ça n'avait aucun sens ! Quel intérêt avait-il à entrer chez 1Terre ? Immédiatement, je l'ai vu baisser le store de la vitrine et ça m'a paru très louche. Je suis allée voir ce qui se passait. Au moment où je m'apprêtais à entrer, la porte s'est ouverte brusquement et un père Noël est sorti en me balançant un truc du genre : « Poussez-vous ! » Il a filé directement vers la ligne d'arrivée pour rejoindre les autres coureurs.

– Un homme, tu en es bien sûre ? demanda Tanika.

– Oui, c'était bien une voix masculine, mais je n'ai pas reconnu le bonhomme. J'étais trop occupée à regarder ce qui se passait dans le magasin. Mariella Walton était à genoux à côté du comptoir.

– Qui est Mariella Walton ? demanda Judith.

– C'est la vendeuse du magasin, dit Tanika. Je viens juste de lui parler. C'est elle qui a découvert le corps.

– Oui, c'est ça, poursuivit Suzie. Quand je suis entrée, je l'ai trouvée agenouillée à côté du cadavre de Vicky Jenkins, la propriétaire du magasin. Il y avait une carabine par terre. Tout s'est passé en une fraction de seconde, et je pouvais encore apercevoir l'homme qui venait de sortir. Je lui ai couru après en criant : « Arrêtez-le ! » Personne n'y a prêté attention, mais je l'ai poursuivi. Juste après avoir franchi la ligne d'arrivée, il s'est arrêté pour reprendre son souffle et retirer sa fausse barbe. Et c'est là que j'ai fait mon arrestation citoyenne.

– C'est à ce moment que tu l'as reconnu ? demanda Becks.

– Oui. C'était Neil Jenkins, le mari de Vicky.

Neil Jenkins ? Impossible ! dit Becks.

– Je te dis que c'était bien lui. Dans la foule, la nouvelle commençait à se répandre qu'on venait de tirer sur Vicky. J'ai donc attrapé Neil et je l'ai traîné vers un agent de police. Pendant que celui-ci l'emmenait pour l'interroger, je t'ai appelée, Tanika.

– Merci ! Mais tu es bien en train de nous dire que tu as vu Mr. Jenkins sortir d'1Terre déguisé en père Noël ?

– Oui, c'était lui.

– Alors qu'en réalité, tu n'avais pas encore reconnu l'homme qui est sorti du magasin ?

– Admettons : avec sa barbe et sa capuche, je ne l'ai pas reconnu immédiatement.

– Et je suppose que tu l'as quitté des yeux quand tu as regardé à l'intérieur et découvert Mariella avec Vicky ?

– Peut-être bien, mais à peine une seconde.

– Et combien de chiens avais-tu en laisse quand tu lui as couru après ?

– Quatre. Emma, bien sûr, plus Wally, Evie et Monty. Je les avais empruntés à des amis, pour me faire de la pub.

– Tu devais bien les surveiller de temps à autre ?

Suzie chercha à se souvenir. Son front se plissa.

– En fait, y avait aussi un type qui portait un de ces stupides costumes de père Noël gonflables. Il s'est pris le pied dans la laisse d'Emma, s'est cassé la figure et a commencé à se dégonfler. Ça a provoqué une certaine émotion.

– Donc, tu n'as pas eu les yeux constamment fixés sur ton père Noël, ne serait-ce que quelques secondes.

– Oui, tu as sans doute raison, admit Suzie à contrecœur.

– Et je suppose que tu étais entourée de dizaines de pères Noël qui couraient dans tous les sens.

Suzie se renfrogna et ne dit plus rien. Son beau récit n'était pas aussi imparable qu'elle l'avait cru.

– C'est très ingénieux, dit Judith. Un meurtrier agit sous le couvert d'un déguisement bizarre, mais il le fait le seul jour de l'année où des milliers d'autres personnes portent le même. Et la touche de génie, c'est que le costume est rouge ! S'il y a des taches de sang, on ne les voit pas.

– Attends une minute, dit Suzie, qui ne voulait pas abandonner si vite sa version des événements. Si ce n'était pas Neil Jenkins que je suivais, comment expliquez-vous que ce soit lui que j'ai vu près de la ligne d'arrivée ?

– Parce que, répondit Becks avec douceur, comme l'a dit Judith, presque tout Marlow participait à la course. Il aurait été étonnant qu'il ne soit pas sur la ligne d'arrivée. Et je dois dire que ça me rassure.

– Pourquoi ? demanda Tanika.

– Parce que Neil est membre de notre comité d'action pour l'Afrique. Et que c'est un des hommes les plus courtois et les plus attentionnés que je connaisse.

– Il t'aide à l'église ?

– Oui. Et il ne tuerait jamais personne, encore moins avec une carabine.

Judith se rappela que, quelques minutes auparavant, Becks avait décrit la femme de Neil comme insupportable et prétentieuse.

– Et que penses-tu de Vicky ? demanda-t-elle.

– Je ne voudrais pas dire du mal des morts, répondit Becks.

– Mais si, vas-y ! Ça ne me dérange pas du tout, dit Judith, l'œil pétillant.

– Et il s'agit d'une enquête criminelle, rappela Tanika. Par conséquent, dire du mal des morts, c'est aussi ce que j'attends de toi.

– Bon, d'accord, mais je vous en prie, ne dites à personne que ça vient de moi. À mon humble avis, Vicky est une de ces femmes qui tiennent à être constamment le centre d'attention. Toujours dans le mélodrame, ramenant tout à sa personne. Elle est catholique, et chaque fois que je la vois, elle prend un malin plaisir à me rappeler qu'elle ne prie pas dans mon église. Et elle accuse sans arrêt son mari de choses invraisemblables : il cherche à l'empoisonner, ou il a des maîtresses – alors que, selon certaines rumeurs, c'est elle qui a des amants.

– Ha ! dit Suzie. Tu dis qu'elle est bonne catholique mais qu'elle a des amants ?

– Oui, exactement ! Quelle hypocrite !

Le téléphone de Tanika sonna. Elle répondit brièvement : « Inspecteur Malik ». Après avoir écouté quelques secondes, elle conclut : « OK, merci ! » et raccrocha.

– Du nouveau ? demanda Judith.

– C'était l'agent qui a procédé à l'arrestation, expliqua Tanika. Neil Jenkins est bouleversé. Il affirme qu'il a toujours adoré sa femme et qu'il n'a aucune idée de qui peut lui avoir fait cela. Nous avons examiné ses vêtements et fait des prélèvements sur ses mains, son cou et son visage : on n'y a trouvé aucune trace de poudre. Or je peux vous assurer que les carabines laissent toujours énormément de résidus sur la personne qui a appuyé sur la gâchette, et qu'il est impossible de s'en débarrasser si tôt après la détonation. Neil Jenkins n'est pas notre assassin.

– Tu en es sûre ? demanda Suzie.

– Oui.

– Très bien ! dit Becks. Je me disais aussi que Neil était incapable de tirer sur qui que ce soit.

– Mais c'est bien Neil que j'ai vu sortir du magasin ! s'écria Suzie.

– Que tu as *cru voir* sortir du magasin, rectifia Becks.

– Tu nous as dit que tu avais parlé à l'assistante, Mariella Walton ? demanda Judith.

– Très brièvement, répondit Tanika. Elle est assez secouée par l'événement, elle aussi. Crois-tu qu'elle puisse être l'auteur du meurtre ?

– Je n'en sais rien, mais je vais souvent dans ce magasin et elle ne m'a jamais été sympathique. Elle est invariablement froide et rébarbative.

– En effet, elle m'a toujours paru un peu bizarre, à moi aussi, mais nous avons récupéré la vidéo de la caméra de sécurité du magasin, et elle ne peut pas être l'assassin.

– Il y a une vidéo ? demanda avidement Judith.

Tanika se rendit compte qu'elle en avait peut-être trop dit.

– Tu pourrais nous la montrer ?

– Non, c'est impossible.

– Allons donc ! dit Judith, cherchant sa boîte de bonbons acidulés dans son sac à main. Elle l'en sortit, fit sauter le couvercle, et continua :

– Réfléchis un peu. Soit tu nous montres cette vidéo dès maintenant, soit on te le redemande inlassablement, on te rappelle l'aide précieuse qu'on t'a procurée lors de ta dernière enquête, on ajoute au passage que ça te fait trois paires d'yeux supplémentaires, que nous connaissons très bien le magasin et qu'on pourrait tout à fait apercevoir sur la vidéo un détail qui aurait échappé à un officier de police de Maidenhead. Et de toute façon, tu finiras par céder. Alors autant nous montrer la vidéo dès maintenant et éviter l'ennuyeuse étape intermédiaire où nous nous disputons toutes les trois.

Judith choisit un bonbon acidulé, le mit dans sa bouche et le croqua.

Tanika soupira.

– Très bien, admit-elle, mais promettez-moi de ne le dire à personne.

Tanika lança la vidéo sur sa tablette de police. Bientôt, les trois amies découvrirent les images recueillies par la caméra de sécurité fixée au plafond : son champ embrassait presque tout le magasin. On y voyait le comptoir, de gros bocaux sur des étagères, quelques caisses en bois, des cartons sur des tables, ainsi que la grande vitrine à l'ancienne et la porte d'entrée. Mariella Walton, debout derrière la caisse, essuyait l'intérieur d'un grand bocal à l'aide d'un chiffon tandis que Vicky Jenkins, derrière la vitrine, contemplait la scène au-dehors : une file ininterrompue de pères Noël en pleine course. On entendait aussi, au loin, les acclamations des habitants de Marlow venus soutenir les coureurs.

– Il y a le son ? demanda Suzie, admirative.

– Oui. Vous êtes sûres que vous voulez regarder ça ? Vous allez voir le meurtre.

– Évidemment que nous voulons regarder ça ! Ce ne serait pas la première fois, rappelle-toi !

Sur l'écran, Mariella Walton échangeait avec Vicky Jenkins. Les voix étaient peu audibles, mais on percevait le mot « cigarette ». Vicky acquiesça du menton. Mariella se dirigea vers l'arrière-boutique et quitta le champ de la caméra.

– Cette vidéo confirme le propos de Mariella, commenta Tanika en mettant la vidéo en pause. Elle fumait une cigarette dans la cour derrière le magasin quand l'assassin est entré. Elle n'est revenue qu'après avoir entendu une forte détonation. Elle croyait que Vicky venait de laisser tomber un gros bocal ou autre chose.

– C'est bien la première fois qu'on peut le dire : la cigarette a sauvé une vie ! dit Suzie, impressionnée.

Tanika appuya de nouveau sur *play* pour visionner la suite. Une fois Mariella partie, Vicky retourna vers le comptoir, finit de nettoyer le bocal et le posa sur l'étagère derrière elle. À cet instant, la porte du magasin s'ouvrit et un père Noël entra précipitamment, le visage dissimulé par une épaisse barbe blanche. Il sortit une carabine qu'il cachait sous sa veste rouge.

– Attends un peu…, dit Becks.

Tanika interrompit la vidéo.

– Qu'y a-t-il ?

– Il faut un permis de port d'arme pour avoir une carabine, non ?

– Bien sûr, dit Tanika, et cette carabine appartient à Vicky.

– Alors c'est Neil l'assassin ! dit Suzie. Qui d'autre pouvait s'en emparer ? Qu'est-ce qu'il te faut d'autre comme preuve ?

– Je sais, dit Tanika, mais souviens-toi : il n'avait sur lui aucun résidu de poudre.

Elle fit repartir la vidéo. On vit le père Noël s'avancer vers Vicky et pointer le canon vers sa poitrine. Avant qu'elle eût le temps de réagir, une forte détonation retentit et un nuage de fumée blanche apparut pendant que Vicky, faisant un tour sur elle-même, tombait au sol comme une poupée de chiffon. Tout s'était enchaîné en quelques secondes, mais l'assassin n'en avait pas terminé. Il frotta vigoureusement le canon sur sa manche, sans doute pour éliminer ses empreintes digitales, puis laissa tomber la carabine sur le plancher et saisit le cadavre de Vicky par les pieds pour le traîner vers l'arrière-boutique.

– Pourquoi déplace-t-il le corps ? demanda Judith.

– Pour qu'il ne soit pas visible depuis la rue, répondit Tanika. Regarde.

Le temps de contourner le cadavre, le meurtrier était sorti du champ pendant un bref moment. Les quatre femmes le virent ensuite réapparaître, finir de traîner le corps derrière le comptoir, puis s'approcher de la vitrine pour baisser le store.

– Pourrais-tu remettre en pause, s'il te plaît ? demanda Judith.

Tanika s'exécuta.

– Cela pourrait être Mariella Walton, tu ne crois pas ?

Les trois femmes regardèrent Judith avec étonnement.

– Imaginez que cette pause cigarette ne soit qu'une ruse et que Mariella ait enfilé un costume de père Noël dans l'arrière-boutique avant de sortir dans la cour, puis de rentrer dans le magasin par-devant avec une carabine pour tuer Vicky.

– Ça ne peut pas être elle, dit Suzie. Rappelle-toi : l'assassin m'a parlé en sortant du magasin, et il avait une voix d'homme, j'en suis certaine. Et quand j'ai regardé à l'intérieur, Mariella était dans la boutique, à côté du cadavre.

– Il faut que vous voyiez la suite, dit Tanika, elle prouve au-delà du moindre doute que Mariella ne peut pas avoir fait le coup.

Elle appuya sur la touche *play*. L'assassin finissait de baisser le store. Elles virent Mariella revenir de l'arrière-boutique et, prise de panique, se mettre à crier. Le père Noël se retourna, surpris, et sortit du magasin en courant. Mariella tomba à genoux pour aider Vicky. On vit la porte s'ouvrir et Suzie regarder à l'intérieur ; leurs regards se croisèrent un instant. « Je l'attrape ! » cria Suzie juste avant de sortir à son tour. Mariella prit son téléphone et composa très vite un numéro. « Allô, la police ! dit-elle. Je m'appelle Mariella Walton, je suis au magasin 1Terre, et un homme déguisé en père Noël vient de tirer sur ma patronne ! Il est en train de courir vers Higginson Park, il faut l'arrêter ! C'est urgent, aidez-moi ! »

Tanika arrêta la vidéo.

– Voilà, c'est à peu près tout, dit-elle. Sur le reste de l'enregistrement, Mariella termine son appel au service d'urgence, puis elle reste auprès de Vicky jusqu'à l'arrivée d'un agent de police, trois minutes plus tard.

Tout en parlant, Tanika voyait que Judith était plongée dans une profonde réflexion.

– À quoi penses-tu ? lui demanda-t-elle.

– Il y a quelque chose qui cloche dans cette vidéo, répondit Judith.

– Ah bon ? Quoi ?

– Cela concerne l'entrée de l'assassin par cette porte, ou sa sortie, je ne saurais dire au juste.

– Tu veux revoir la vidéo ?

– Oui, merci beaucoup, c'est exactement ce que j'aimerais faire.

Elles la regardèrent de nouveau, du début à la fin, mais quel que fût l'élément qui avait fait tiquer Judith, il ne leur apparut pas. Il ne se révéla pas davantage au quatrième visionnage qu'au troisième.

– Je suis désolée, dit enfin Judith. Il y a bien quelque chose qui ne tourne pas rond à propos de cette porte, mais je n'arrive pas à comprendre quoi.

Une fois que Tanika les eut quittées, non sans leur avoir promis de les tenir au courant, Becks déclara qu'elle devait rejoindre la chorale de l'église pour prendre part au récital de chants de Noël. Celui-ci devait avoir lieu au Compleat Angler, le plus bel hôtel de Marlow, au bord de la Tamise. Comme Judith et Suzie n'avaient rien d'autre à faire, elles décidèrent de l'accompagner. Assises avec les autres spectateurs dans le superbe jardin de l'hôtel, elles entendaient, au-delà, le murmure du barrage de Marlow et contemplaient l'église de Tous-les-Saints de l'autre côté du fleuve. Judith se tourna vers Suzie.

– Allez, dis-moi tout ! Quel est le problème avec tes illuminations de Noël ?

– Pardon ? dit Suzie.

– Tout à l'heure, quand je t'ai demandé si je pouvais les voir, tu as paniqué.

– Oh, écoute ! dit Suzie. Ils commencent à chanter *Once in Royal David's City* !

Un jeune choriste venait d'apparaître à la porte, toute la chorale rassemblée derrière lui. Il commença à chanter en solo. Le chœur, Becks comprise, s'avança vers le grand arbre de Noël dressé dans le jardin.

Judith se promit de percer le mystère des illuminations de Suzie, mais pour l'instant, elle ne désirait rien d'autre que de s'immerger dans le cantique. Pour elle, c'était une occasion exceptionnelle, car rien n'évoquait aussi bien Noël qu'une chorale, et celle-ci avait fière allure : tous les choristes portaient une aube bleue sur un surplis immaculé, avec une fraise du même blanc pur, et chantaient à perdre haleine.

L'esprit de Judith s'éleva encore un peu plus quand la chorale entama le cantique *Torches*, qu'elle aimait entre tous pour la joie et la vitalité qu'il exprimait. Tout en fredonnant ces couplets qu'elle connaissait si bien, elle laissa ses pensées dériver vers le meurtre de Vicky.

Il y avait décidément plusieurs détails qui ne tournaient pas rond. Pour commencer, Neil paraissait être la seule personne capable d'avoir tué sa femme. Il participait à la course en habit de père Noel, s'était servi de la carabine de son épouse, et c'était bien lui que Suzie avait vu sur la ligne d'arrivée. Pourtant, Tanika avait insisté sur le fait qu'il ne pouvait pas avoir appuyé sur la gâchette, vu l'absence de résidu de poudre sur sa peau et sur son costume.

Et que dire de Mariella Walton ? Judith n'avait aucun mal à imaginer une personne aussi revêche commettre un meurtre. Mais si c'était le cas, quel pouvait être son mobile ? Becks avait laissé entendre que Vicky avait des amants et qu'elle soupçonnait son mari de vouloir l'empoisonner, mais il était difficile de concevoir en quoi tout cela – à supposer que ce fût vrai – pouvait avoir une quelconque influence sur son assistante. Et de toute façon, Tanika avait raison : en revenant de sa pause cigarette, Mariella s'était trouvée face à face avec l'assassin ; elle ne pouvait pas avoir tiré. Cependant, Judith, revisualisant cet instant, se demanda pourquoi l'assassin avait tenu à baisser le store. Elle ne voyait à ce geste aucune justification logique.

Judith ne pouvait aboutir qu'à une seule conclusion : Neil et Mariella étant hors de cause, il devait y avoir une quatrième personne. Un homme en mesure de s'emparer de la carabine de Vicky et ayant une raison de s'en servir contre elle. Peut-être un de ses amants ? Et dans ce cas, comment l'identifier ?

Le chœur et la congrégation en étaient à la partie médiane du cantique, plus calme, puis tous élevèrent la voix pour l'attaque du dernier couplet. Judith, captivée par ce chant majestueux, cessa de penser au meurtre.

Elle croisa le regard de Becks et lui sourit. Celle-ci ne portait plus son costume d'elfe : sa longue aube bleue tombait jusqu'au sol, soulignée par le blanc de son surplis et de sa fraise amidonnée. Judith examina les choristes un par un, particulièrement ceux du premier rang : le groupe hétéroclite des garçons qui chantaient les aigus et des jeunes filles qui chantaient les sopranos. Comme toujours, c'était un joyeux mélange d'adolescents trop petits ou trop grands, trop gros ou trop maigres. Cependant, il n'y avait qu'une seule taille pour les aubes, et elle sourit au spectacle de ces tenues que certains remplissaient copieusement tandis que, pour d'autres, l'ourlet traînait au sol.

Ce détail lui fit soudain comprendre ce qui l'avait intriguée dans la vidéo de surveillance.

– Nom d'un chien ! cria-t-elle au beau milieu du silence religieux qui succédait à la fin du cantique. La congrégation tout entière se tourna vers elle d'un air désapprobateur, ce dont elle se fichait complètement.

– *Qu'est-ce qui te prend ?* chuchota Suzie, d'une voix qui résonnait curieusement plus fort que sa voix ordinaire.

Tous les regards braqués sur elle, Judith s'avança à pas rapides vers le chœur, suivie de Suzie. Elle fixa Becks d'un regard intense et prolongé, mais celle-ci, concentrée sur le chef de chœur, fit semblant de ne pas la remarquer. Judith toussa pour solliciter son attention. Becks finit par lui adresser un sourire désespéré qui signifiait « pas maintenant ! », mais Judith ne voulut rien savoir. Elle toussa de nouveau : Becks comprit qu'il fallait rendre les armes. Avec un gros soupir, elle tendit sa partition à sa voisine de chant et quitta la chorale en rougissant jusqu'aux oreilles.

Quand elle sortit vers le parking avec Suzie et Judith, toute l'assemblée les regardait encore.

Quand elles furent hors de vue, Becks commença à retirer sa tenue.

– J'espère que ça en vaut la peine, s'indigna-t-elle.

– Je crois que tu ne seras pas déçue, dit Suzie. Judith, j'imagine que tu as identifié l'assassin ?

– Je vous le donne en mille : je crois bien que oui, dit Judith, mais j'ai une question pour toi, Becks : as-tu chez toi un très gros marteau ?

Ce retour sur la scène de crime avec Judith, Becks et Suzie était loin d'enchanter Tanika, sans parler de Mariella Walton et de Neil Jenkins, mais Judith avait fortement insisté.

Neil, hésitant sur le pas de la porte, faisait triste mine. Quant à Mariella, debout derrière la vitrine, elle semblait plus perplexe que mécontente. À la pensée de ce qu'elle s'apprêtait à faire, un bref sentiment de culpabilité pinça le cœur de Judith, mais elle était convaincue que la présence de Neil et de Mariella, ainsi que celle du marteau de tapissier qu'elle tenait à la main (Becks l'avait trouvé dans la boîte à outils de son mari), constituaient ses meilleures chances d'élucider l'enquête.

Judith leva les yeux vers la caméra de sécurité suspendue au plafond, puis elle se rendit au fond du magasin, hors du champ de la caméra. Il y avait là une petite réserve qui donnait sur l'issue de secours utilisée par Mariella pour sortir du magasin et y rentrer. Judith s'approcha des étagères qui couvraient toute la largeur du mur. Les gros bocaux de verre qui y étaient alignés portaient des étiquettes indiquant leur contenu : *Graines de chia, Graines de lin, Graines de chanvre*, etc.

– Très bien, Judith, le lieu est à ta disposition, dit Tanika.

Pourtant, à voir le marteau que Judith tenait en main, elle n'était plus très sûre d'avoir pris la bonne décision.

– Merci, dit Judith. Et merci aussi, Mr. Jenkins, Mrs. Walton, d'avoir accepté de revenir sur ces lieux. Je serai aussi brève que possible. C'est même pour cette raison que j'ai apporté ce marteau.

Brandissant l'outil, elle se tourna vers l'étagère.

– Qu'est-ce que vous..., dit Mariella, mais elle n'alla pas plus loin, car Judith était déjà en train de fracasser un bocal avec son marteau. Le récipient explosa bruyamment, répandant une pluie de verre brisé et une avalanche de graines sur une vaste surface du plancher.

– Qu'est-ce que vous foutez ? demanda Neil.

Judith constata qu'après tout, il était capable d'un peu de passion, même si elle l'avait déjà deviné auparavant.

Cependant, le bocal qu'elle venait de briser ne lui avait pas apporté le résultat attendu.

– Judith ? dit Tanika, désormais très inquiète.

– Ne t'inquiète pas, répondit Judith, je sais ce que je fais.

Elle éleva de nouveau le marteau et brisa un autre bocal, plein à ras bord de lentilles vertes biologiques.

Tout le monde était scandalisé, sauf Suzie, animée d'un petit rire intérieur.

– J'adore ! dit-elle.

– Ah ! dit Judith devant la mer de lentilles étalée à ses pieds. Ça n'a pas marché, là non plus.

– Judith, arrête immédiatement ! s'écria Tanika, comprenant enfin la terrible erreur qu'elle avait commise. Sinon je serai obligée de t'arrêter pour déprédation criminelle, destruction d'une scène de crime, et peut-être même pour les deux !

– D'accord, d'accord, vous serez donc privés de la grande surprise que je voulais vous faire, dit Judith.

– Il me semble que le saccage d'une épicerie écologique zéro-déchet, ça nous suffit, comme surprise !

– Très bien. Puisque l'assassin ne daigne pas jeter un regard, même furtif, au bocal que je dois briser, je vais simplement vous révéler son identité : c'est Mariella Walton qui a tué Vicky Jenkins.

– Quoi ? dit enfin Mariella, aussi étonnée qu'incrédule.

– Vous pouvez faire l'innocente autant que vous voulez, mais vous avez tué Vicky de sang-froid.

Tanika toussa pour capter l'attention de Judith.

– C'est faux, dit-elle.

– Et c'est là que tu te trompes ! répondit Judith.

– Nous avons toutes vu la vidéo de la caméra de sécurité. Vicky revient dans le magasin avant le départ de l'assassin.

– Je sais, je sais ! Mais c'est en voyant, dans la vidéo, l'assassin baisser le store que j'ai compris comment elle avait procédé. Ainsi qu'en regardant les aubes des choristes pendant le récital. Nous avons toutes vu l'assassin traîner le corps derrière le comptoir afin qu'il ne soit pas visible de la rue. Mais alors, pourquoi fallait-il aussi baisser le store ? Logiquement, l'assassin devait faire l'un ou l'autre, mais pas les deux !

– Tu pourrais revenir sur cette histoire d'aubes ? demanda Becks.

– Volontiers ! Souvenez-vous : je disais qu'il y avait quelque chose de bizarre dans la vidéo que nous a montrée Tanika, mais je n'arrivais pas à mettre le doigt dessus. Tout est devenu clair quand j'ai vu la chorale de l'église : les enfants sont de carrures et – surtout – de tailles différentes, mais les aubes sont taille unique. Tout comme les costumes de père Noël envoyés aux coureurs par le Rotary Club. C'est là que ça a fait *tilt* : un costume de père Noël peut dissimuler votre identité, mais pas votre taille ! Et quand notre père Noël a fait irruption dans le magasin, la bordure de fausse fourrure blanche qui orne le bas de la veste arrivait en dessous de la poignée de porte. N'est-ce pas, Neil ? Parce que, si c'est Mariella qui a commis le meurtre, c'est vous qui l'avez aidée, pas vrai ?

Neil devint blanc comme un linge.

– Vicky n'était pas la seule à avoir des aventures extraconjugales, je me trompe ? Mariella et vous, vous êtes amants. Pourtant, tout infidèle qu'elle était, Vicky refusait de vous accorder le divorce – trop bonne catholique pour ça.

– Vous ne pouvez rien prouver de tout cela ! dit Mariella d'un ton aigre.

– Bien sûr que si ! rétorqua Judith, mais permettez-moi d'abord de vous expliquer comment vous avez procédé. Pour commencer, à un moment convenu avec Neil, vous avez demandé à Vicky la permission de faire une pause cigarette. Quand vous êtes sortie, Neil vous attendait déjà dans la cour, habillé en père Noël, avec la carabine de sa femme et un autre costume de père Noël pour vous. Vous l'avez laissé entrer dans la réserve, à l'arrière du magasin. Pendant ce temps, vous avez enfilé le costume, caché la carabine sous votre veste, et vous êtes sortie par-derrière pour revenir dans le magasin en empruntant l'entrée principale et tuer Vicky.

« Et là, vous n'avez pas manqué de jugeote. En effet, qui connaissait mieux que vous le champ couvert par la caméra de sécurité du magasin ? Une fois votre crime accompli, vous avez traîné le corps de Vicky vers la réserve – pour le dissimuler aux regards, ou du moins c'est ce qui devait apparaître sur la vidéo. Pourtant, une fois votre victime positionnée à l'extrême limite du champ de la caméra, vous avez contourné son cadavre et vous avez – très brièvement – disparu du champ. Juste une fraction de seconde. La personne que l'on voit réapparaître sur la vidéo, ce n'est pas vous, mais Neil, toujours en père Noël, qui venait de la réserve et vous remplaçait dans le champ de la caméra. C'était simplissime ! Un véritable jeu d'enfant. En costume de père Noël, tout le monde se ressemble. Mais je dois admettre qu'un détail m'avait d'abord échappé : un père Noël peut en cacher un autre. Le premier qui tue et l'autre qui prend la relève pour jouer son rôle. Voilà pourquoi, quand Neil a quitté le magasin, la bordure de fourrure blanche au bas de sa veste arrivait alors bien au-dessus de la poignée de porte ! Il mesure une bonne quinzaine de centimètres de plus que vous, Mariella.

« À présent, venons-en au second détail qui m'a intriguée : la fermeture du store. Après tout, cela ne pouvait pas être pour empêcher les passants de voir à l'intérieur : le corps de Vicky était déjà caché derrière le comptoir. C'est alors que j'ai compris que ce geste, pratiqué quotidiennement dans un magasin, n'avait servi qu'à gagner du temps et à retarder la sortie de Neil pendant que Mariella retirait en vitesse son costume de père Noël. C'était un parfait moyen d'embrouiller quiconque regarderait la vidéo ! Parce que Mariella pourrait ainsi réapparaître dans le champ de la caméra normalement vêtue, comme si elle revenait juste de sa pause cigarette. Dans ces conditions, comment croire qu'elle pouvait être l'assassin, puisqu'il y avait une preuve filmée de sa présence et de celle du tueur en même temps dans la même pièce ? Et si la police trouvait du sang ou des débris de tir sur ses mains ou ses vêtements, ce serait facile à expliquer, parce qu'elle avait tenu le corps de Vicky dans ses bras juste après sa mort.

« Et Neil ? Il savait qu'il apparaîtrait sur la vidéo, mais comme on ne retrouverait sur lui aucun résidu, la police ne pourrait jamais l'accuser d'avoir appuyé sur la gâchette, même s'il était complice de l'assassin.

Judith avait terminé son récit en regardant Neil, dont le visage était livide et plein de larmes. Les yeux de Mariella brillaient d'une rage froide.

– J'ai compris ! s'écria soudain Suzie.

– Qu'est-ce que tu as compris ? demanda Becks.

– Pourquoi Judith a cassé ces bocaux. Mariella n'avait que quelques secondes pour retirer son costume de père Noël – est-ce que je me trompe ?

Suzie prit le marteau des mains de Judith et fracassa tous les bocaux posés sur l'étagère. Céréales, haricots, lentilles et autres graines se mirent à pleuvoir sur le sol avec les débris de verre. Dans les trois derniers bocaux qu'elle brisa apparurent des flashs de tissu rouge, et, l'un après l'autre, tombèrent au sol un pantalon de père Noël, une paire de couvre-chaussures noirs en feutrine, puis une veste rouge, une barbe et un bonnet de père Noël.

– La voici, la preuve ! dit Judith à Mariella. La tenue que vous portiez quand vous avez assassiné la femme de votre amant. Couverte, bien entendu, de l'ADN et des résidus de poudre qui permettront à la police de vous inculper pour meurtre.

Mariella parut alors prendre conscience de ce qu'elle avait fait.

Un peu plus tard, Judith déclara qu'il fallait aller arroser cette victoire chez Suzie, sa maison étant la plus proche. Suzie n'y tenait pas trop, mais Judith se montra inflexible. Pendant qu'elles parcouraient Dedmere Road, un halo nimbait les réverbères dans la nuit tombante. L'air était enfin froid et vif, et Judith sentit qu'elle avait retrouvé son énergie. Il avait suffi d'un bon vieux meurtre.

– Je n'arrive pas à croire que Neil est impliqué dans cette histoire, dit Becks.

– Je pense qu'il n'a fait qu'obéir à Mariella, avança Judith.

– Quel imbécile ! dit Suzie. Dominé d'abord par sa femme, puis par sa maîtresse !

Elles marchèrent en silence pendant quelques minutes.

– Becks ! lança Judith. Maintenant, je veux que tu me dises tout sur cette soirée *Tarts and Vicars*.

– Comment ? dit Becks, au comble de l'horreur. Jamais !

– De quoi parlez-vous ? demanda Suzie.

– D'un épisode du passé de Becks qu'elle aimerait mieux oublier, répondit Judith. Et malgré notre triomphe de cet après-midi, elle ne tient pas à le partager avec nous, ce qui n'est pas très chrétien de sa part, qu'en penses-tu ?

Becks comprenait bien que son amie ne faisait que la taquiner.

– D'accord, dit-elle, je vais vous raconter l'histoire. Elle date du temps où Colin était banquier, et je ne savais pas encore qu'il avait l'intention de devenir vicaire. Un jour, il m'annonce que nous sommes invités à une soirée *Tarts and Vicars*, ce qui ne lui ressemble pas du tout. Pourtant, je me lance à fond dans l'aventure et je me commande un costume fabuleux. Pas très convenable, mais justement, c'est le principe. La fête devait se dérouler dans une salle du quartier : pour m'y rendre, j'avais mis un long manteau par-dessus mon déguisement. Colin devait venir directement de son travail et nous sommes arrivés séparément. Quand j'ai retiré mon manteau, je dois le dire, j'ai reçu des acclamations. Tout le monde me faisait des compliments sur ma tenue, surtout les hommes habillés en vicaires. Quand je leur ai dit que j'étais la femme de Colin, ils ont redoublé d'intérêt.

« Dix minutes après le début de la fête, j'ai commencé à remarquer qu'il y avait beaucoup de vicaires et très peu de prostituées. Les seules femmes présentes étaient toutes déguisées en vicaires, elles aussi. Ensuite, Colin est arrivé, en costume trois-pièces puisqu'il venait de sa banque. Je ne suis pas près d'oublier le regard qu'il m'a lancé en découvrant ma tenue ! En fait, la soirée n'était pas du tout sur le thème *Tarts and Vicars*. J'avais mal entendu : c'était une fête de vrais vicaires, et il m'avait demandé de faire une tarte pour le buffet. Maintenant, quand je croise l'évêque de Salisbury, j'ai du mal à le regarder en face. Cette nuit-là, Colin m'a déclaré qu'il entrait dans l'Église. Et moi, j'étais habillée en danseuse de cabaret du Far West !

– Oh ! Becks, elle est merveilleuse, ton histoire ! dit Suzie.

– Oui, vraiment énorme ! dit Judith.

Elles arrivaient à la maison de Suzie.

Judith la contempla, perplexe : il y manquait toujours la façade. La structure entière était maintenue par des échafaudages, mais elle ne voyait aucune lumière de Noël.

– Eh bien ! Je croyais t'avoir entendue dire que tu adorais les illuminations de Noël.

– Je les adore, dit Suzie en se balançant d'un pied sur l'autre.

– Alors où sont-elles ?

– Bon, je vais te le dire, puisque c'est le soir où nous partageons tout. Cette année, j'ai voulu mettre le paquet. J'ai trouvé un site Internet qui propose de transmettre la phrase de notre choix à une entreprise taïwanaise qui se charge d'en faire un panneau lumineux de la taille qu'on veut. J'ai opté pour la taille maximale, car je savais que je pourrais le suspendre à l'échafaudage de ma façade. Je me disais que cela apporterait de la joie à toute la rue !

Judith et Becks remarquèrent un panneau en filet très fin suspendu au sommet du premier étage et tombant jusqu'au sol : il couvrait la surface entière de la façade et était constellé de minuscules ampoules LED.

– Quelle merveilleuse idée ! dit Judith.

– Mais pourquoi n'est-il pas allumé, ton panneau ?

– Ça coûtait si cher que j'ai dû boire quelques verres pour me donner le courage de franchir le pas, et quand j'ai inscrit ce que je désirais, j'étais complètement saoule. Oh, et puis zut ! Ce sera plus simple de tout vous montrer. C'est seulement quand j'ai allumé le panneau, après l'avoir déroulé et fixé à la façade, que je me suis rendu compte de ce que j'avais fait.

Suzie ouvrit la porte et entra. Quelques instants plus tard, des centaines de petites lumières s'allumèrent sur la façade de la maison, dessinant une phrase scintillante qui changeait de couleurs en magnifiques dégradés. C'était l'illumination de Noël la plus grandiose que Judith eût jamais vue, même si elle lui donnait une furieuse envie de rire.

Becks se retenait également de pouffer quand Suzie sortit de la maison.

– Il faut laisser ce panneau allumé ! décida Judith. Il n'inspire que la bonne humeur.

– OK, dit Suzie, mais d'abord il me faut un verre. Justement, Judith, à propos de fêter ça, je n'ai pas de scotch.

– Qu'à cela ne tienne ! Judith tira une petite flasque en métal de son sac à main. J'ai toujours mon scotch de sac !

– Scotch de sac ? dit Becks en souriant.

– Uniquement pour les urgences, tu comprends. Et maintenant, célébrons cet instant ! Après tout, c'est Noël, et nous venons de pincer un assassin et son complice ! Si ce n'est pas l'occasion de boire un coup, alors quand le ferons-nous ?

Pendant qu'elles avançaient vers la porte, de gros flocons de neige commencèrent à tomber dans l'air glacial du soir. Judith s'arrêta un instant, regarda le ciel et sourit. Elle reçut quelques flocons frais sur le visage. Finalement, ce serait un très beau Noël. Non, rectifia-t-elle en son for intérieur : si ses amies étaient avec elle, ce serait un Noël magnifique ! Elle entra la dernière. Quand elle eut refermé la porte derrière elle, les ampoules LED continuèrent à illuminer le ciel nocturne d'un message de fête et de réjouissance :

JOEYUX NLOË !

Note de la traductrice

Marlow et la Thames Valley

Le lecteur français connaît généralement la Tamise en aval de Londres. Charles Dickens, dans *De grandes espérances* (1861), a évoqué l'atmosphère brumeuse de son estuaire et de ses marais littoraux. Il est plus rare que la littérature anglaise évoque la Tamise en amont de la capitale, comme le fait ce livre. En cela, *Mort compte triple*, autant qu'une intrigue policière, est une découverte de la Thames Valley, que l'auteur décrit avec minutie et tendresse. D'Oxford à Londres, le fleuve y suit un parcours tout en méandres et rythme la vie quotidienne : baignades, aviron, compétitions, régates. Cette région synthétise le mode de vie anglais, son confort et son ambiance paisible. Sauf quand quelque meurtre mystérieux vient troubler sa quiétude…

Sophie Brissaud

Solutions des mots-croisés

	1	2	3	4	5	6	7	8	9	10	11	12	13	14	15
A	C	H	A	U	D	I	E	R	E	■	P	O	T	T	S
B	O	U	■	H	U	N	■	A	N	T	O	N	I	A	■
C	L	I	S	T	E	N	E	R	■	E	L	O	■	P	I
D	I	T	E	■	L	O	G	I	G	R	A	M	M	E	S
E	N	■	U	K	■	C	O	S	Y	■	I	A	N	■	I
F	■	G	L	A	C	E	■	S	M	A	R	T	■	O	S
G	P	I	E	T	I	N	A	I	■	S	E	O	I	R	■
H	I	L	■	I	N	T	I	M	E	S	■	P	U	N	T
I	G	E	L	E	E	■	M	E	N	A	G	E	■	E	U
J	E	T	E	■	M	I	E	S	■	S	O	E	U	R	■
K	O	■	G	R	A	V	E	■	L	S	D	■	N	A	P
L	N	O	U	E	■	A	S	S	A	I	■	C	A	■	I
M	S	T	E	F	A	N	■	A	R	N	A	Q	U	E	S
N	■	A	R	U	M	■	D	I	M	■	S	F	■	S	T
O	I	N	■	S	I	R	E	N	E	S	■	D	A	T	E

p. 92

	1	2	3	4	5	6	7	8	9	10	11	12	13	14	15
A	S	U	Z	I	E	■	L	I	Z	C	U	R	T	I	S
B	C	R	I	M	I	N	E	L	■	L	B	■	H	O	T
C	O	N	■	P	R	O	M	E	N	E	U	S	E	■	A
D	T	E	R	R	E	■	A	S	O	■	E	I	■	O	R
E	C	■	O	E	■	A	N	■	T	E	S	T	A	T	■
F	H	O	U	S	E	S	■	B	A	N	Q	U	I	E	R
G	■	I	S	S	U	■	B	R	I	Q	U	E	S	■	U
H	R	E	S	I	S	T	E	■	R	U	E	■	N	I	■
I	E	■	E	O	■	A	I	N	E	E	■	C	E	L	E
J	B	A	■	N	E	M	E	E	■	T	V	A	■	I	X
K	E	L	A	■	R	I	Z	■	P	E	U	R	S	■	A
L	C	A	D	R	E	S	■	P	R	■	S	A	L	E	M
M	C	R	I	E	■	E	T	A	I	N	■	M	A	R	E
N	A	M	E	R	S	■	W	I	M	B	L	E	D	O	N
O	■	E	U	■	P	H	A	R	E	■	A	L	E	S	■

p. 248

	1	2	3	4	5	6	7	8	9	10	11	12	13	14	15
A	D	I	N	E	R	D	E	S	R	A	M	E	U	R	S
B	J	O	■	P	E	O	T	T	E	■	A	G	■	I	I
C	■	D	A	I	S	Y	■	P	I	S	T	O	L	E	T
D	R	E	G	A	T	E	S	■	N	U	E	■	U	N	E
E	O	R	E	■	E	N	C	R	E	■	R	E	G	■	S
F	T	■	N	I	■	N	O	E	■	D	I	V	E	S	■
G	H	E	■	N	O	E	L	■	P	U	A	■	R	A	T
H	K	R	A	F	T	■	A	C	C	R	U	E	■	U	I
I	O	■	L	O	I	S	I	R	■	E	X	P	E	R	T
J	■	P	E	■	T	I	R	E	U	R	■	I	T	■	R
K	M	O	R	T	E	■	E	P	S	■	S	T	E	R	E
L	A	T	T	I	S	E	■	E	B	O	U	R	R	E	E
M	L	I	E	N	■	P	A	S	■	S	C	E	N	E	■
N	T	E	■	T	E	A	M	■	M	E	R	■	U	L	M
O	E	R	R	E	U	R	■	F	U	R	E	T	E	U	R

p. 336

Judith, Becks et Suzie n'ont pas fini de bousculer la douce tranquillité de leur petite ville du Buckinghamshire. Retrouvez les Dames de Marlow dans leur nouvelle enquête, *Il suffira d'un cygne !*

Après l'été trépidant qu'a passé Judith, elle pensait pouvoir siroter son whisky et faire ses mots-croisés tranquillement. Suzie quant à elle, désormais une célèbre enquêtrice (selon elle), est occupée à animer une émission de radio sur Marlow FM. Becks, la troisième « dame de Marlow », vaque à ses occupations de femme de vicaire, avec lequel, soit dit en passant, il semble y avoir de l'eau dans le gaz… Finalement, vivre à Marlow n'est jamais de tout repos et Judith et ses amies attirent les ennuis comme des aimants.

Comme ce jour où elles assistent à une garden-party pour fêter le mariage de Sir Peter Bailey, riche héritier de la ville… Et où le futur époux se retrouve écrasé sous une armoire ! Accident ridicule ou meurtre ? Judith et ses acolytes sont prêtes à mener l'enquête.

La Martinière littérature s'engage à imprimer ses livres en France pour réduire la production de CO_2 ;
à imprimer sur du papier PEFC qui garantit une gestion durable des forêts ;
à ne faire appel qu'à des imprimeurs appliquant la charte Imprim'vert.

La certification Imprim'vert impose la collecte et l'élimination des déchets en conformité avec la réglementation, un suivi régulier des consommations d'énergie et interdit l'utilisation de produits toxiques.

RÉALISATION NORD COMPO À VILLENEUVE-D'ASCQ
NORMANDIE ROTO IMPRESSION S.A.S. À LONRAI
DÉPÔT LÉGAL : NOVEMBRE 2022. N° 152158 (2203700)
IMPRIMÉ EN FRANCE